中国现代文学馆青年批评家丛书

丛书主编 吴义勤

梁鸿 著

黄花苔与皂角树

中原五作家论

图书在版编目(CIP)数据

黄花苔与皂角树：中原五作家论 / 梁鸿著 .—北京：北京大学出版社，2013.6
(中国现代文学馆青年批评家丛书)
ISBN 978-7-301-22621-6

I. ①黄… II. ①梁… III. ①作家评论—河南省—当代 IV. ① I206.7

中国版本图书馆 CIP 数据核字(2013)第 120533 号

书　　　名：黄花苔与皂角树：中原五作家论
著作责任者：梁　鸿　著
责 任 编 辑：黄敏劼
标 准 书 号：ISBN 978-7-301-22621-6/I·2635
出 版 发 行：北京大学出版社
地　　　址：北京市海淀区成府路 205 号　　100871
网　　　址：http://www.pup.cn　新浪官方微博：@北京大学出版社 @培文图书
电 子 信 箱：pw@pup.pku.edu.cn
电　　　话：邮购部 62752015　发行部 62750672　编辑部 62750112
出版部 62754962
印　刷　者：三河市腾飞印务有限公司
经　销　者：新华书店
650 毫米 ×980 毫米　16 开本　19.5 印张　253 千字
2013 年 6 月第 1 版　2013 年 6 月第 1 次印刷
定　　　价：42.00 元

目　录

阎连科

李 洱

丛书总序

中国现代文学馆是在巴金先生倡议和一大批著名作家的响应下，于1985年正式成立的国家级文学馆，也是目前世界上规模最大的文学博物馆。中国现代文学馆的主要任务是收集、保管、整理、研究中国现当代文学书籍、期刊以及中国现当代作家的著作、手稿、译本、书信、日记、录音、录像、照片、文物等文学档案资料，为文化的薪传和文学史的建构与研究提供服务。建馆二十多年以来，经过一代代文学馆人的共同努力，中国现代文学馆的事业不断发展壮大，现已成为集文学展览馆、文学图书馆、文学档案馆以及文学理论研究、文学交流功能于一身的综合性文学博物馆，并正朝着建成具有国际影响的中国现当代文学资料中心、展览中心、交流中心和研究中心的目标迈进。

为了加快中国现代文学馆学术中心建设的步伐，中国作家协会党组决定从2011年起在中国现代文学馆设立客座研究员制度，并希望把客座研究员制度与对青年批评家的培养结合起来。因为，青年批评家的成长问题不仅是批评界内部的问题，而且是一个对于整个青年作家队伍乃至整个文学的未来都具有方向性的问题。青年评论家成长滞后，特别是代际层面上70后、80后批评家成长的滞后，曾经引起了文学界乃至全社会的普遍担忧甚至焦虑。因此，首批客座研究员的招聘主要面向70后、80后批评家，我们希望通过中国现代文学馆这个学术平台为青年评论家的成长创造条件。经过自主申报、专家推荐和中国现代文学馆学术委员会的严格评审，杨庆祥、霍俊明、梁鸿、李云雷、张莉、周立民、房伟等 7 位优秀青年评论家成为首批客座研究员。

一年来的实践表明，客座研究员制度行之有效，令人满意。正如中国作协党组书记李冰同志在中国现代文学馆第二批客座研究员聘任仪式上的讲话中所指出的那样，第一批 7 位青年评论家在学术上、思想上的成长和进步非常迅速。借助客座研究员这个平台，通过参加高水平的学术例会和学术会议，他们以鲜明的学术风格和学术姿态快速进入中国当代文学批评现场，关注最新的文学现象、重视同代际作家的创作，对于网络文学、类型小说、青春文学等最有活力的文学创作进行即时研究，有力地介入和参与着中国当代文学的创作实践，在对青年作家的研究及引领方面发挥了不可替代的作用。作为 70 后、80 后批评家的代表，他们的“集体亮相”，改变了中国当代文学批评的格局和结构，带动了一批同代际优秀青年批评家的成长，标志着 70 后、80 后青年批评家群体的崛起。

为了更好地展示这 7 位青年批评家的成就与风采，中国作家协会和中国现代文学馆决定推出这套“中国现代文学馆青年评论家丛书”，希望这套书既能成为中国当代文学批评的重要收获，又能够成为青年批评家们个人成长道路的见证。

是为序。

吴义勤

2012 年金秋于文学馆

绪论 “乡土中国”：起源、生成与形态

一 “乡土中国”的被建构：进入“世界史”的视野

日本学者子安宣邦认为，自1850年始，“东亚”是“被拖到‘世界’和‘世界史’”中去的，而这一“世界”，是以西方和西方文明为中心的“世界”。这一时期发生在中国、日本的一系列东方和西方的冲突具有非常强大的象征性，“1840年的鸦片战争、1853年的佩利渡航日本、1859年的日本开放口岸、1860年英法联军占领北京，以及1863年的萨英事件等等，只要举出上述年表中的事实，就会清楚1850年在东亚所具有的意义。1850年象征着由于欧美发达国家以军事实力要求开埠使亚洲卷入所谓‘资本主义世界体系’的时期。人们认为，发源于欧洲的资本主义这一经济、政治体系正是在此时期作为世界性体系得以完成的。”[①] “欧洲的资本主义经济政治体系”成为“世界性体系”，而亚洲的“帝制和农业文明经济体系”被作为“地方性知识”和“地方性体系”被纳入到“世界史”之中。亚洲的“近代”由此发生，开始了所谓的“启蒙”和“发现”之旅，但也决定了它的“第二性”的身份和地位。

“与东亚一起，日本的近代是以被组合到‘世界秩序’中来，被编入‘世界史’过程而开始的。日本的近代化意味着自愿走向发源于欧

---

① 子安宣邦：《东亚论——日本现代思想批判》，赵京华编译，第5页，吉林人民出版社，2011年。

洲的‘世界秩序’或者‘世界史’。[1] 在子安宣邦这里，“日本”，和“亚洲”、“中国”是同质性的存在，因此，这句话，也可以转义为“中国的近代化”意味着自愿走向发源于欧洲的“世界秩序”或者“世界史”。“自愿走向‘世界史’也便是将自己编入到欧洲普遍主义的‘文明’历史当中。”[2] 以此角度分析中国的近代史和现代性追求的起源很有启发性。

从本源上讲，20 世纪初，中国知识分子是在接受这一“世界史”的过程中开始了对本国现代性的思考，也就是说，这一现代性思考是在“资本主义世界秩序”的视野中思考中国的形象。“乡土中国”正是在此视野下诞生的。“传统”、“本土”、“东方”等词语的诞生正是因为这一“普遍世界”的背景和视野，因为我们的文明只能作为“现代”的背面和对立面存在，若非如此叙述，便找不到合适的词语来讲述这一状态。

“世界史”的视野改变了中国的时空观念，并成为中国现代词语意义诞生的基本起源。当“中国”和“西方”被置于同一空间时，“农业的、儒家的、专制的、技术落后的”中国自然落后于“工业的、宗教的、民主的、技术发达的”西方，中国的时间一下子呈现出了线性的差距，“西方”成了未来，而“中国”则指向“过去”，还有待于“进化”。在这个意义上，“现代”所意指的“当下性、过渡性、暂时性”则被忽略，而成为一个“要好于‘传统’的”、代表世界未来走向的、具有绝对价值性的词语。

在晚清至民国时期，“世界史”的视野对中国各个层面的修改显得颇有成效。专制体制的象征物被推翻，“民族国家”渐有雏形，新的文化观念不断被建构，都显示了“世界史”的强大力量。在这其中，最能够展示“世界史（西方）”与“地方史（中国）”的冲突的是新型词语的

---

① 子安宣邦：《东亚论——日本现代思想批判》，赵京华编译，第 6 页，吉林人民出版社，2011 年。

② 同上，第 7 页。

诞生过程。如“革命”、“经济”、“科学”等，它们在中国生活中已经有自己较为固定的语义，但是，在翻译、对应及语境不断改变过程中，这些词语最终发生了词义的改变，如“革命”由原来的王朝主体的转换转向为现代民族主体的重建；[①]“经济”从原来的包含着道德结构的“经世济用”转义为“生计学”、“理财学”，即economy，这一翻译的对应及最后对本民族内部词语的转义过程正是“世界史”不断渗透的结果。[②]与此同时，知识分子也在为如何界定中国的“时间”而焦虑。[③]对“时间”产生焦虑，这可能是中华帝国面对庞大的西方和西方文明时的初始焦虑，这恰是中国“近代”的开始，可谓是“现代性的潜焦虑”。

“时间”从何开始？如何与“世界史”对接？梁启超试图以孔子的出生年为民族时间的起点，希望以此作为现代中国纪年的开始，因为孔子之于中国文明，恰如耶稣之于西方文明，都有“起始”和“源头”

① 参考陈建华：《“革命”的现代性——中国革命话语考论》，上海古籍出版社，2000年。

② 参考金观涛、刘青峰：《观念史研究：中国现代重要政治术语的形成》，法律出版社，2009年。

③ 梁启超在《中国历史研究法》中讲到中国“纪年”方法在与西方相遇时所遭遇到的困境，“吾中国向以帝王称号为纪，一帝王死，辄易符号。以为最野蛮之法。（秦、汉以前各国各以其君主分纪之，尤为野蛮之野蛮），于考史者最不便。……故此法必当废弃，似不待辨。惟废弃之后，当采用何者以代之，是今日著中国史一紧要之问题也。甲说曰：当采世界通行之符号，仍以耶稣降生纪元。……泰东史与耶稣关系甚浅，用之种种不合。且以中国民族固守国粹之性质，欲强使改用耶稣纪年，终属空言耳。乙说曰：当用我国民之初祖黄帝为纪元，以唤起国民同胞之思想，增长团结力之一良法也。虽然，自黄帝以后，中经夏、殷，以迄春秋之初年，其史记实在若茫若昧之中，无真确之年代可据，终不能据一书之私言，以武断立定之。是亦犹有憾者也。……于无完备之中，惟以孔子纪年之一法，为最合于中国。孔子为泰东教主、中国第一之人物，此全国所公认也，而中国史之繁密而可纪者，皆在于孔子以后，故援耶教回教之例，以孔子为纪，似可为至当不易之公典。司马迁作《史记》，既频用之，但皆云孔子卒后若干年。是亦与耶稣教会初以耶稣死年为纪，不谋而合。……但取对勘之便，故本书纪年以孔子为正文，而以历代帝王年号及现在通行西历分注于其下。”梁启超：《中国历史研究法》，第169—170页，中华书局，2009年。

之意。颇具意味的是，梁启超最终在他的历史研究中做了一个折中：以孔子为正文中的时间，而以“历代帝王年号及现在通行西历分注于其下”。也就是说，梁启超既不愿意完全按照西方的时间作为中国历史的时间，但同时，却又无法摆脱现实中西历的通行性和便捷性。如今，距梁启超写作该文的时间已经整整九十年，我们看到的结果是，无论是历史研究还是其他学科的研究，“孔子纪年”的方法都没有被采用，当代史家在写作时多是正文采用“公元多少年”，在接下来的具体叙述中，才会用到如“万历多少年”这样的表述，而中国政治史也从 1949 年开始正式采用“公元”作为通行的纪年方式，“中国”的时间被“西方”的时间所代替，这其中自然有博弈之后的妥协和认同在内，也有“强 / 弱”之分。

“统一于西历”意味着完全被“纳入”，中国正在不可避免地走向“近代”，走向一个“发展”的“连续”的时间，并以此被纳入到“世界史”的范围之中。中国开始朝着“世界史”的方向规约自己，试图达到统一性。

但是，外部改造往往会遭遇到内部自我特性的强大抵抗。“世界史”作为一个统摄性的视野对中国内部思维观念进行改造，但作为包含着民族观念轨迹的词语而言，它在转义过程中的某种“顽固性”也显现了民族内在思维的惯性和强大生命力。“革命”一词在现代语境中固然已经具有民主革命和“历史发展必然之洪流”的意义，但同时，在中国当代政治史和民众日常理解中，却不免包含着“王朝更替”和“暴力运动”等意味，这与“革命”在中国古语中的含义是分不开的。

在这样一种“接受 / 抵抗”的双重视野下，我们重新审视现代革命史，就会发现，国共两党内战和日本侵略中国既干扰同时也加速了中国进入“世界史”。“军阀”、“农民战争”、“均贫富”、“土地革命”等均是具有中国特色的话语、身份和社会运动，它们的思维方式无疑是“非现代的”，这也是它们能够在中国广泛发挥作用的基本原因。同时，新中国政治体制的理论来源虽然是“马克思主义”，但是，其能够被利用的内在原因却是，它所提倡的“共产主义”思想恰恰应对了中国革命的原动力——“均贫富”，而经济上的公有制也在某种意义上类似于封建帝制时的“中央集权制”（这些概念都被作了微妙而确然的中国式换算），随着这一换算不断被扩大、实践，“世界史”的力量开始逐渐消退，而“地方史”的力量也因为一味强调其正确性而走向膨胀并被扭曲。我们从“军阀”的自治政策，“土改”中广泛存在的暴力和非理性，从建国初期对西方世界的排斥，等等，都可以看到这一“接受 / 抵抗”双重视野所产生的西方 / 本土混杂观念的巨大影响力。

“资本主义经济方式”是中国完成“近代化和现代化”的必然方式，也是进入“资本主义世界史”的必然表现形式。中国“改革开放”的潜在思路正是依据这一基本逻辑，所以，自“改革开放”以来，“社会主义”越来越被符号化、象征化，具体的政治实践、生活方式与之处于严重错位和矛盾状态。阎连科长篇小说《受活》中柳县长试图引进“列宁遗体”以拯救贫困的县城财政，并走上致富的道路，社会主义最有力的符号成为其反面的存在，这本身就具有讽刺意味。而这一努力最后的失败，象征着中国重回经典社会主义秩序的努力和失败。但它又是一种双重的隐喻和象征，因为“社会主义”同样也是引进来的理论，它在中国所具有的适应性是因为中国民间文化中“均贫富”的历史要求。而它在中国改革开放过程的“被泛化”、“被纯粹概念化”和“表象化”也意味着中国结构内部“均贫富”原始思维的被弱化。

二 “乡土中国”的他者性和异质性

“黑格尔把缺乏精神之内在性的中国作为没有历史进步的停滞大国而排除在世界史之外。黑格尔认为中国缺乏‘属于精神的所有东西，如自由的实体精神、道德心、感情、内在宗教、科学、艺术’，相信象形文字汉字是符合缺乏精神自由之发展的中国社会的文字符号。‘中国民族的象形文字书写语言，只适合于中国的精神形成中静止的东西’。象形文字汉字正是中国社会停滞性的象征。”[①]“停滞的帝国”，“穿蓝色长袍的国度”[②]，“难以捉摸的中国人”[③]，“帝国的没落”，这些西方人类学短语勾勒出了“中国”的基本形象，这些可以说是近代欧洲知识分子对中国的基本描述和基本定位。

就像列维－斯特劳斯必须要到遥远的热带去考察“野蛮人”的生活、语言那样，在20世纪30年代前，欧洲人类学一直是以当时被欧洲人称为“野蛮人”的族群作为研究对象的。当年费孝通的博士论文《江村经济：中国农民的生活》使其导师马林诺基看到了人类学对“文明民族”研究的可能性。并且认为：“作者并不是一个外来人在异国的土地上猎奇而写作的，本书的内容包含着一个公民对自己的人民进行观察的结果。”[④]但是，有一个小花絮恰恰证明了欧洲人眼中的“中国”已经类似于“古老的、野蛮的”民族，正是黑格尔所言的“停滞的、静止的”形象。在马氏给《江村经济：中国农民的生活》写的序言里，这样写道“It is the result of work done by a native among natives”，由于害怕费孝通误解，马氏特意向费孝通说明“native”指的只是“本地人”，并没有“野蛮人”之意。因为在当时的西方语言中，native一词已经包含着某种贬义，特指殖民地上的本地人或土著，也是当时人类学最常用的一个词语，西方殖民主义已经深入到民间的语言感觉之中。马氏的特别解释反而证实了当时中国在西方的基本形象。

中国人生，中国文明是业已完成、即将消失的人生，是属于过去的

---

① 子安宣邦：《东亚论——日本现代思想批判》，赵京华编译，第34页，吉林人民出版社，2011年。

② 阿绮波德·立德：《穿蓝色长袍的国度》，刘云浩、王东成译，时事出版社，1998年。

③ 彭迈克：《难以捉摸的中国人》，辽宁教育出版社，1997年。

④ 费孝通：《江村经济·序》，第9页，上海世纪出版集团，2007年。

时间和空间的。在这一考察视角下，中国人的生活是如此原始，如此蒙昧。中国的语言、风俗、礼俗、性格，还有那被西方人认为是“过于成熟因此走向衰弱”的病态的美的文化，建造出丑陋、怪异和残酷的中国生活，而这些现象的根源是由黑格尔所言的“东洋的专制”造成的。“在黑格尔那里，‘东洋’的构成处在作为西洋原理的世界史发展之‘外’，在时间、空间上都是与西洋异质的世界。构成‘东洋’的乃是‘我们西洋’的原理。”[①] 在“世界史”的视野内，中国知识分子接受了中国文化和政治的这一“异质性”，并以此来评价、判断中国文化的优劣。换句话说，近代以来，知识者一直以“他者”的身份来审视自身民族的种种。种种问题的发现既意味着民族主义的觉醒、民族国家的诞生和现代性思维的渗透，但同时，它的起点和前思维也决定了这一审视的非主体性和价值偏向。

以此角度，再看“乡土中国”的诞生，它是在观照视野下的产物，是自“天朝中心主义”被打破之后就开始慢慢被呈现出来的“自在物”。这一“自在物”悬浮于民族的观念之中，与新生的思维、新的文明方式形成对峙。它有着来自于久远历史和时间所塑造出来的坚硬和愚昧，但又充满悲伤，因为它是古老中国的象征物。

这一“自在物”和“象征物”一旦被固定化和抽象化，它与现实时代精神之间的冲突会被强化，并且多强调它作为一种固定模式的负面因素，而可能的融合的那一部分，即它作为一个运动着的生活的可塑性则会被忽略。于是，我们看到，“乡土中国”一直是愚昧、落后、“哀其不幸、怒其不争”的形象，而它所拥有的“乡土文化特征、道德礼俗、儒家思想”则是“停滞大国”的精神根源。这是拥有了新思维的五四知识分子站在“现代文明”的高度去审视自己“故乡”的结果，因为有

① 子安宣邦：《东亚论——日本现代思想批判》，赵京华编译，第26页，吉林人民出版社，2011年。

了距离，有了新的视野，才有可能反过来观望原来的自我，这时，是一个全新的“自我”去审视“过去”的自我。很显然，此时的“乡土中国”是完全“异质性”的，这背后的“审视”是以“西洋的原理为基础的”。这是视野的起源问题，它造成二元对立的观念和线性历史发展观，但并非涉及对错，因为中国的“近代”，中国有“变革”的可能性正是从这样的视野开始的。

自五四新文化运动以来，知识分子一直致力于进行乡土中国的构建与想象。想象“乡土中国”的方式，也是他们想象现代性及现代性所代表的意义的方式。从某种意义上讲，“现代性想象”与“乡土中国”并非两个对立的名词，从晚清时期西方文化大规模进入中国生活内部起，譬如传教士的大量进入对乡村民众思想的影响，譬如工业进入乡村内部对中国手工业生产方式的冲击，这在许多作家作品那里都有体现。[①]“现代性”一直与“乡土中国”融合、排斥、纠缠，它们已经互为一体创造出新的中国生活，但也正是在逐渐深入的渗透过程中，它们各自顽固地呈现出自己的根性。

但是，因为“世界史”的视野始终占据上风，“乡土中国”一直是处于被批判被否定的位置。在文学史上，虽然有废名《竹林的故事》、沈从文《边城》这样的作品，但它被看作纯文学和纯粹理想的存在，与现实的乡土不发生关系。这一状况到了延安文学时期和“十七年文学”略有改变，农民、乡村形象第一次变得高大、幸福、欢乐，他们朴素的阶级情感和温柔敦厚也被“发现”，这在《太阳照在桑干河上》和《暴风骤雨》,《山乡巨变》和《创业史》等作品中都有体现，但是，这一“发现”背后强烈的政治意图使其与乡土中国纯粹的自性发掘还有很远距离。80年代的“寻根文学”又一次把“乡土中国”陌生化和“异质

---

① 如茅盾的《春蚕》、《林家铺子》，叶圣陶的《多收了三五斗》，叶紫的《丰收》等作品，都展示了30年代复杂的乡村经济结构及对乡村生活的冲击。

化”，《爸爸爸》、《棋王》、《厚土》中的人物无一不是具有“原型”意味的乡土中国和传统文化形象，它们如同肿瘤，永远附着在民族的躯体内部。

从另一层面看，中国作家对自己的文化，对“乡土中国”始终有一种“耻辱”心理，这也是乡土中国他者化的重要表现。2008年诺贝尔文学奖获得者帕慕克在谈到他自身的土耳其文化与西方文化关系时，这样说道，“向西方看齐，意味着他们对自己国家和文化持深刻的批判态度。他们认为自己的文化不完全，甚至是毫无价值。这种冲突是西方化、现代化、全球化的，另外一方面是历史、传统的冲突。这些冲突还会导致另外一种混乱——耻辱。当我们在土耳其谈论传统与现代紧张关系的时候，当我们谈论土耳其与欧洲含糊其辞的关系的时候，耻辱总是悄悄潜入”[①]。“耻辱”，这一词语非常恰切地表达了当现代性引入东方时，东方民族最基本的情绪和心理基础。因为有压迫性，所以感到耻辱，因为耻辱，故此更深刻地批判自身文化的缺陷和弱点，这是强势文明和弱势文明交锋时所共有的不自信。

随着当代政治和经济“现代化”的强力推进，整个乡村被摧枯拉朽般地摧毁，这一摧毁不只是乡土中国经济方式、生活方式和政治方式的改变，而是一举摧毁了整个民族原有的心理结构和道德基础。即使经历了将近一百年的“批判”和“质疑”，乡土内部道德结构和文化原型仍然保持着一种均衡性和神圣化的意味，儒家道德主义仍然对每个人有基本的约束力，家庭关系、人际关系、社会结构都仍在这一底线之内。当经济的驱动力成为社会发展的唯一动力和发展方向时，一切曾经神圣的事物都被变为世俗的，工作、生活很难再为人们提供终极意义和终极信念。“一切坚固的东西都烟消云散了，一切神圣的东西都被亵渎了，人们终于不得不冷静地直面他们生活的真实状况和他们的

① 帕慕克：《小说的艺术》，《东方早报》，2008年5月23号。

相互关系”，“一切坚固的东西都烟消云散了”，对于中国生活来说，那“坚固的东西”是什么呢？尽管那“神圣的东西”（如中国传统的道德结构）同时也阻碍了民族自由个性和健全政治之发展，但它毕竟是全民族的心理无意识，它类似于宗教，具有一种约束、向上和向善的力量。当整个社会被“经济的解放力”所控制时，社会生活的剧烈变动撼动了民族最深层的文化结构和道德观念，曾经为之自豪的、骄傲的事物变得一文不值，如“教授不如卖茶叶蛋的”；曾经具有天然的神圣契约的关系也开始破碎，譬如父母和孩子，医生和患者，教师和学生，等等。1990 年代中国人在精神和人的本质存在层面所发生的精神嬗变并不亚于世纪之初王权坍塌带给中国人的影响。

在这样一种“现代化”的发展思潮中，“乡土中国”的命题似乎不再只是“劣根性”的问题，而涉及它是否还应该存在的根本问题。因为在“现代化”的视野中，“乡土中国”始终是“异质性”的，是线性发展的过去阶段，必须被取代。所以，今天，我们在任何地方重提“传统”、“本土”、“儒家”或与这些词语相关的具体生活时，都首先要面临着被质疑的眼光，这一“被质疑”不只是基于质疑者对自身传统的深刻理解和批判视野，还是世界史视野对“乡土中国”定位的结果与外现。

三　对“乡土中心主义”的反思

实际上，当以“世界史”的视野把“乡土中国”作为一个“不变的抽象物”来思考时，在有意无意中，我们在把“乡土中国”塑造为一个与“现代中国”对立的存在，就像《爸爸爸》中的丙崽。“乡土中国”和“现代中国”，两个二元对立的概念，代表着过去与未来，要想达到“现代”，必须去除“乡土”，当然，也包括在“乡土”上形成的种种生活方式和精神结构。这样一种线性的思维方式也成为当代中国政治和经济改革的基本模式。

诚然，中国的确是一个农业文明的国家，“乡土性”是它的基本特性，但它是否就是一个纯然的“不变的抽象物”？当“世界史”、“近代”、“工业文明”进入中国之时，在面对冲击时，它是否唯有“抵抗”、“溃败”，而没有“接受”？如果我们一味地强调它的“不变的抽象”存在，是否忽略了“乡土中国”的包容性和自我嬗变的能力，并由此形成新的“传统”的能力？进而，忽略它在中国未来生活中的合法性和合理性？正如丸山真男讲所谓“传统”和“外来”思想时所认为的，“以传统与非传统的范畴来区分两者，有可能会导致重大的误解。因为外来思想被摄取进来后，便以各种形式融入我们的生活方式和意识中，作为文化它已留下难以消除的烙印。从这种意义上讲，欧洲的思想也已在日本‘传统化’了，即使是翻译思想，甚至是误译思想，也相应地形成了我们思考的框架”[①]。其实，所谓的“乡土中国”也是如此，尤其是进入“世界史”以后，它的存在形态、文化方式也在发生变化，并形成新的特质。

早在上个世纪30年代，费孝通在进行《江村经济》考察时就认为，江村传统经济方式的衰败一个最重要的原因就是乡村工业和世界市场之间的关系问题，各种传统工业的迅速衰亡，“完全是由于西方工业扩张的缘故”，[②] 他认为中国已经进入世界的共同体中，西方的政治、经济压力是目前中国文化变迁的重要因素。而上文所提到的现代文学作品也都不约而同地书写到世界经济的进入对乡土中国生活和精神的影响，如叶圣陶的《多收了三五斗》，茅盾的《林家铺子》、《春蚕》、《秋收》，叶紫的《丰收》等小说都有典型的体验。但是，在观念层面，知识分子总是倾向于把“乡土性”作为一个固定不变的抽象物来理解，这也直接影响到具体的科学考察和文学写作。

① 丸山真男：《日本的思想》，区建英、刘岳兵译，第7页，生活·读书·新知三联书店，2009年。

② 费孝通：《江村经济》，第213页，上海世纪出版集团，2007年。

社会学家王铭铭在考察了现代时期著名社会学家许烺光的“喜洲”调查时发现，许烺光有意忽略掉喜洲作为一个曾经的都市所拥有的多元经济和多种文化，忽略了喜洲“都市/乡村”的双重面貌，而是倾向于把它形容为“乡村中国的一个典范村庄”，“急于表白自己对中国的乡土性之看法的许烺光对此没有任何表示，而埋头梳理这个地方在他的中西文化比较研究中的‘类型学典范意义’。从一定意义上讲，他的著述与其说是民族志，毋宁说是一种抽象的东西方文化比较的村庄志表述”。[①] 王铭铭认为，这一“乡土性”的界定恰恰是以“西方视野”为中心下所产生的。而1949年进入中国的美国人类学家施坚雅（G. William Skinner）在经过考察后却有另外的看法：“施坚雅有一个基本的观点，认为恰是那些被我们想象为乡村的对立面的事物，才是‘乡民社会’的特点。在一生的学术追求中，施坚雅坚持了这个观点，指出中国乃是以城乡这个结构性的‘连续体’为特征的。”[②] 这一结论无疑对“乡村中心主义”具有极大的冲击力，它暗含着一种观点，中国的乡村并非就是封闭的、纯粹农业的社会构成，它本身也包含着城市经济和城市生活的因子，譬如每一个农民在农闲季节可以随时变为小商贩，而日常的集市、庙会都在村庄的周边，它也是乡村的大型经济场所，传统乡村中已经具备有非乡村因素，“城市”和“乡村”在某种意义上是共生于中国社会生活之中。但是，在“乡村中心主义”的观念下，“乡土”被作为“过去”的中国特征确定下来，而被施氏（施坚雅）和沃氏（沃尔夫）[③] 当成欧亚农民社会重要特征之一的城市，则总是以必然取代乡村的“未来”——而非它的共生物——为面目出现在我们面前。这也可以使我们略微觉察到当代“城市化”发展思维的基本

---

① 王铭铭：《走在乡土上——历史人类学札记》，第236页，中国人民大学出版社，2009年。

② 同上，第240—241页。

③ 沃尔夫（Eric Wolf），另外一个和施坚雅有相同观点的人类学者，著有《乡民社会》，以“乡民社会”区别于其他学者关于中国农村的“原始社会民族志模式”的研究方法。

来源。

“知识分子那一‘乡村即为中国的缩影’的观念，其政治影响力远比我们想象的要深远得多（至少可以说是对于20世纪以来中国社会变迁起到关键影响的思想之一）。将传统中国预设为乡村，既可能使国人在处理国家事务时总是关注乡村，又可能使我们将乡村简单地当做现代社会的前身与‘敌人’，使我们总是青睐于‘乡村都市化’。”[①] 当然，政治的驱动力并非只是因为思想的影响，但是，我们也可以以此为起点，来重新反思这一百年来关于“乡土中国”的思想，它如何被“发现”，在这一发现过程中，我们又遮蔽了什么？

反思“乡土中心主义”立场，并非是要否定“乡土中国”的存在，更不是要否定中国作为具有独特文明方式的个性的存在，而是试图把“乡土中国”作为一个生成物，一个随着社会变迁内涵也在发生相应变化的生成物，在现代工业文明的高速发展过程中，它同样具有包容与吸纳的力量，这样，才能够摆脱非此即彼（消灭乡村，建造城市）的二元对立发展观念，并且，使之与现代世界具有对话能力。

在现代化视野中，中国传统文化始终被描述为一个静态的、没有生命力的，甚至是虚弱、怪异、荒诞的低级文化模式，它里面的人际关系是多么复杂可笑，人们的观念道德迷信低下，礼仪习俗更是落后。在科学、民主的涵盖下，中国传统文化是一个腐朽、脆弱又充满着病态美感的文化。更重要的是，它也渐渐为我们所接受、认同并在此基础上，以全然“革命”的方式进行新的国家建设。中国古老文明的创造力，中国乡村和传统文明所具有的容纳力和包容性，它对美的感受，它的宽阔，它的因为与政治、与天地之间复杂混合而产生的思想、哲学观和世界观都被抛弃掉了。“世界史”的视野能帮助我们找到自身所处的坐标和在星空的位置，但同样，也可能会因为被吸引、被占有而遮蔽了

---

① 王铭铭：《走在乡土上——历史人类学札记》，第240页，中国人民大学出版社，2009年。

自身的光芒、价值和在生活实践中的启发性。

但是，文学又与社会学、政治学的实践不一样，文学中的“乡土中国”往往是一个强大的象征物。当作家在想象乡土中国的生活、观念与行为，甚至塑造一个桃花源式的乌托邦时，他是否真的就认为这一“乡土中国”是最完美的，人类应该重回那样的时代？或许还不应该如此简单理解。今天，作为全球化时代的文学，站在全部事物商品化和经济化的时代，再返回来重新思考乡土，思考农业文明，并非只是二元对立的好与不好，而是涉及人类生活的本源问题：人与自然、人与自我、人与人、民族与世界、科学与自然、技术与人性等等本质性问题。在此视角上，我们再重新理解乡土文明的衰落、乡土中国的沦陷，它并非只是本土性失落的问题，它是整个人类生活该何去何从的问题。一切似乎都是老生常谈，但问题并没有解决。

四　河南作家与“乡土中国”

在某种意义上，河南是北方，是山东、山西、陕西等具有北方农村灰色大地和原野的一个代表，它们是一个共同体，同在黄河的支流上，同受着中原文化的影响，灰色的平原上散落着同样灰色的村庄，数千年来几乎没有发生什么根本的变化。几乎是一种约定俗成，中国文化中的北方更多的是指中国政权的发源地和儒家文化发源地的广大中原地区。“黄河中下游地区，古称‘中原’。‘中原’作为地理概念，它有狭义和广义之分：狭义的中原，指古中州，即今河南一带；广义的中原，即包括整个黄河中下游地区，即今陕西、山西、河南、河北、山东诸省的全部或部分，甚至扩及安徽东部和湖北北部。……广义的中原地区，原始文化有较多的共性，而且在古代，尤其是在北宋以前，是国家统治和经济、文化、军事的核心地区，文化内涵有许多共性，可构成地域性的文化体系……”[①] 中原文化其实就是传统意义上北方文化的简称，山东的齐鲁文化、河北的燕赵文化以及秦晋文化只是表现形式之一，其文化内核基本相同。但是，河南虽属这一体系，却不像山东、陕西有着相应的文化称呼，又不能说它就是“中原文化”（只是中原文化的一部分），也不能说它是二程文化，后者是中国文化制度的代表，不只是河南所依循的文化形式。这样，河南在文化中的所属位置变得颇有点暧昧难名，河南在北方所处的位置和文化性格更像传说中的“四不像”，在古代，它地处九州之中，因此，称之为“中州”，它融合了北方各省的特点，而成了一个大杂烩，它既开放又保守，既传统又现代，既是中国传统乡村中国的最有力的代表，却也在时时以自己的方式接受并消化着八方来风，它似乎没有自己清晰的面目，但有一点可以肯定，在河南文化里，有着中国传统文化——中原文化最浓的缩影。以农业文明为主的北方中原，曾经是历代大国的定都之地。从三皇五帝一直到北宋时期，中国的国都大部分都建立在北方，极少在南方，并且大多是为了躲避战乱才南迁的。正因为此，中国历史上的重大政治变故、战争都起始于中原，因此才有“得中原者得天下”、“逐鹿中原”之说；中国文化的起点，儒、道、释都从中原始，并且由此成为整个中国文化的滥觞。但是南宋迁都之后，北方的地气人气越来越弱，文化、经济、政治也逐渐衰落。政治的衰退引起北方经济、文化无可挽回的衰退，北方开始萎缩，日渐成为中国的劣势文化，散落在黄土地上的一个个古老村庄成为永恒的印记存留在中国人心中。封闭的内陆环境、匮乏的自然资源使本来就贫穷的北方更成为一个个古老、没有生机的村庄，从另一方面讲，以血缘、土地为主要纽带的家族文化在北方村落却更具实用性。而地处沿海、沿江的南方，在地理位置、经济方面本来就比北方有优势，再加入政治上的优势，一个开放、富足、文化相对发达的南

---

① 李绍连：《永不失落的文明——中原古代文化研究》，第1页，学林出版社，1999年。

方和南方文化逐渐形成。

河南作家在现代文坛上寥若晨星，像徐玉诺、冯沅君、赵清阁、于庚赓、师陀、姚雪垠等，他们有的如流星划过转瞬逝去，有的转行，少数存留在文坛上的文学成就都非常有限；到30年代后期40年代初期，除了师陀、姚雪垠这样一些漂泊在外的河南作家还在创作，河南本土文学几乎处于相当萧条的状态。50年代末李凖、魏巍等人的创作标志着河南作家、河南文学又一次在中国文坛上亮相。从80年代开始，河南开始涌现出大批作家，张宇、田中禾、郑彦英、周大新、孙方友、周同宾、杨东明、齐岸青、李佩甫、二月河，等等。南阳作家群和90年代文学豫军的崛起，高质量大部头小说的集中产生代表着一种新的文学现象，它们所蕴含的复杂文学品格不能不让人有所思考。

20世纪90年代河南文学处于高潮期，我们翻阅大型文学刊物，河南作家如李佩甫、刘震云、周大新、阎连科、何庆邦、周同宾、李洱、张生、邵丽、乔叶等作家作品常出现在里面。并且，作家每写出一部长篇小说，都会引起文学界和思想界的强烈关注，如刘震云的《一地鸡毛》、《故乡天下黄花》、《故乡面和花朵》，李佩甫的《羊的门》，阎连科的《日光流年》等都在当时产生过巨大影响并引起争论，不仅仅是他们作品的内容值得关注，更重要的是，这些作品中都有鲜明的“乡土中国”意象。这一意象包含着村庄、乡土经验、乡村传统与文化方式和由此而产生的中国人生、中国道德礼仪和中国性格。

作为中原文化的发源地和承载体，河南还保持着农业文明以来中国最原生态、最纯粹的村庄形式，它以类似于化石式的积累和凝固呈现出中国文化的原型状态，这为河南作家的创作提供了极具文化价值的描写对象。河南作家都不约而同地在作品中对“村庄”进行文化考察并对中国文化传统形成进行全方位的再阐释，乔典运的《问天》，张宇的《活鬼》，李佩甫的《李氏家族》，刘震云的《故乡天下黄花》，阎连科的《日光流年》、《受活》等小说中都有这样一个明显的“文化象征体”。作家从“村庄”、从最普遍的乡村日常生活图景入手，对中国历史、文化的运行机制，观念体系的形成和心理机制以及民族性格的特点进行再阐释，给我们提供了某种类似于原型性的东西。评论家曾用“中国生活”来分析刘震云小说中的大中国意识，“刘震云的过人之处即在于他对中国生活的最痛切的体悟、最深刻的洞悉，以及体悟和洞悉的外具谐谑、内具耻辱意蕴的艺术表现”（摩罗语）。他的《故乡相处流传》、《故乡天下黄花》以一个周而复始、循环往复的“争当村长”的故事为我们展示了历史的“真相”；《温故一九四二》以犀利的思考和重回“现场”的严谨重新阐释民众和国家之间的关系；《一句顶一万句》以一种全新的叙事模式和语言模式阐释中国生活与中国心灵的秘密。

这些作品都有“乡土中国”的意象，从中我们能够体悟到中国文化机制的基本特点，中国政治性格、民众性格的基本特点，它并不只是过去，虽然现代文明对中国已经造成很大的冲击，这一文化方式却仍以最基本的形式和活跃的生命力影响、塑造着“中国”这个庞大的国家和其中的民众。1999 年李佩甫《羊的门》的发表在中国文坛甚至文化界、政界引起巨大的冲击，作者以一个“东方教父”的人物呼天成为基本视点，呼天成的形象展现出中国文化最深层的灵魂，包括当权者的灵魂和民众的灵魂。1980 年代以来，乔典运以“文化寓言”的方式给我们奉献了一个庞大的农民生存群像，刘庆邦却以细腻、细节化的笔调展示了乡村生活的纯洁、美好和丰富细微的美，他的《梅妞放羊》、《三姑听戏》等作品是当代短篇小说不可多得的精品。

本书所选择的五位河南作家——20 世纪初出生的师陀，50 年代出生的周大新、刘震云、阎连科和 60 年代出生的李洱——几乎贯穿了整个 20 世纪，他们对“乡土中国”的不同书写和想象也是在以不同方式探讨“乡土中国”的现代命运。

师　陀

异乡和故乡

在中国现代乡土文学史上，师陀的名字，一直是和废名、沈从文放在一起的，是属“京派作家”的一员。如果往上追溯，废名直接师承于周作人是大家所公认的，所谓的“田园小说”一步步形成：这里，是诗意、静美、和谐的乡村世界，人与人之间有着淳朴的人际关系，作者在文本中建构了一种理想的生命存在方式和社会制度模式。这样的“原乡神话”，感动了一代代阅读者。但是，当我们把目光重新投回文本和现代文学的发生背景时，就会发现，在师陀的作品中，有和其他京派作家很大不同的地方，并非他们之间个性或风格的不同，而是作者创作的美学观念和基本的思想指向不同，它并没有止于五四作家包括京派作家普遍的“感伤”情结，尤其是，师陀很少有其他京派作家创造“乌托邦”世界的审美冲动。在他的作品中，你看不到任何建构“理想社会”或“理想人性”的可能性，只是无边无际的废墟般的故乡场景和充满悲剧感的生命存在。而师陀和废名、沈从文之间这些文学观念和美学追求上的不同，在某种意义上恰恰代表现代乡土文学诗性品格的两个发展方向：现代诗性和古典诗性。所谓的古典诗性是指作家基本上遵循古典美学意义上“美”、“和谐”等审美理念创作并试图建构一个田园诗般的“故乡”——这一乌托邦世界是作者思考的终结点。现代诗性却意味着作者面临着“故乡”和“现实”的双重失落，强烈的批判意识和深沉的“故乡情感”的矛盾使师陀作品蕴含着一种无法解决的激情。无论这些作家在创作中是古典诗性还是现代诗性，都具有外省文学的基本特点：对故乡的回忆和对异乡的追求，两者总是同时并存。在他们的思维中，“故乡”和“异乡”究竟以什么样的形象存在？

“我要走了，”我说。

“你要往哪里去？”

坐在我旁边的P君不明白我这要走的意思。其实我也不过是随便说说，我自己似乎从来就没有想过我究竟要去什么地方。……

我想的有些古怪；我时常这样跟自己说：“我要走了。”我要走了，接着我又不得不仍旧埋下头去作事。在那边，在偶然引起我们回忆的平原上，我们的许多亲旧，其中有一部分已经不在世上……①

阅读师陀的这些文字，总让人感觉非常奇怪，在充满沉思意味的喃喃自语中，你似乎能感受到作者胸中一股受阻的激情，它隐藏于作者心灵深处，无处奔涌。“我要走了”，想回到那“充满尘土的故乡平原上”去，但是，实际上“我”却不能走。在作者的思想深处，找不到自己的归属感，异乡之于他，没有他要寻求的东西；故乡之于他，是一片曾经充满诗意而现在却是无限荒凉的原野，也没有容他灵魂的地方。他无处可去，成了一个永远漂泊的“异乡人”。

五四时期，在中国社会制度发生巨变之际，现代文学家笔下产生了大批年青的“异乡人”形象。在京沪两地新文化运动的冲击下，外省青年明显地感受到本地文化空间的狭小和知识信息的匮乏，于是，纷纷从尚未受近代文明冲击、几近原始状态的外省故乡走出，在乡村、山野踽踽独行，满怀理想、希望和奋斗的决心走进城市，但是，却很难

① 师陀：《〈看人集〉题记》，收入《芦焚散文选集》，江苏人民出版社，1981年。

找到可以实现自己抱负和生命理想的地方。[①] 这是世纪初青年知识分子外省意识的第一次显露。海德格尔分析"异乡人"的品质："'异乡的'根本上意味着：往别处去，在去某地的途中，与土生土长的东西背道而驰。异乡者先行漫游。但它不是毫无目的、漫无边际的徘徊。异乡者在漫游中寻索一个能够作为漫游者安居于其中的位置。"[②] 这和中国现代文学发生期的知识分子形象有某种神似的地方。

有评论家把五四时代这样一批漫游者称为"跋涉者"[③]，这是一个更具形态意义上的称呼，"异乡人"却意味着：在他们的灵魂和思维意识里，有"与土生土长的东西背道而驰"的东西，这就使他们有获得"自我"意识的可能性，他内在具有一种超验性，即以理想的方式看待世界。但是，"异乡人"并不是"漫无目的、毫无边际的"，他和周围环境最大的不同就是：他始终在途中。他是动态的，是思索着的，是一个时而充满激情时而又悲哀、充满虚无感的理想主义者，他的"不确定性"与周围千年未变的常态生活构成一种差异性存在，也只有这样，"异乡人"和"外省人"的形象和意义才显现出来。读师陀的作品，我们可以清晰地感受到他的思索的本能，《夏侯杞》式的自言自语，自问自答，他在自我批判中行走，他总是孤独的，也可以说，孤独和沉思是他的形式和内容。一旦失去了这种孤独和漫游的形式，"异乡人"就失去了他的本质意义。在某种意义上，"异乡人"是五四时代具有现代意识的知识分子的雏形。

如果说路翎的《财主的儿女们》中的蒋纯祖是纯粹精神的漫游者，

---

① 在鲁迅的作品中，他是那始终往前走的"过客"，在路翎那里，他是始终充满紧张的痛苦和思索的蒋纯祖，而在郁达夫那里，他是苍白、忧郁的"零余者"，在师陀的作品中，则可能是从山间走来的"汉子"，是走进果园城的马叔敖，是一个在异乡的道路上奔波，思维却穿行在故乡的忧郁诗人。

② 海德格尔：《在通向语言的途中》，孙周兴译，第28页，商务印书馆，1997年。

③ 钱理群：《试论芦焚的"果园城"世界》，《信阳师范学院学报》，1990年第1期。

他以决裂的态度离开家，走上茫茫的探索之路，路翎从一开始就把他定位到较优越的地位，他的孤独是一种精神和文化上的清醒造成的。师陀笔下的马叔敖则不然，在果园城，他是一位过客，又是一位省亲者。他曾从这里走出，成为一个外省人，现在，回到故乡，他所观之人之物也不自觉涂上了一个异乡人的色彩，是一个"异乡人"眼中的家乡。可是，他和他们有情感上的牵连，共同拥有这片他所"怀念的广大的原野"和过去的时光，因此，马叔敖多了一份对生命和时光流逝的哀伤和更为抽象化的思索。在某种程度上，师陀的"回乡"小说和鲁迅的"回乡"小说有更为相近的气息，一种哀伤。温暖的情感的潜流和冰冷的寒意同时袭击着主人公，他们叙述的视角既是"他者"化的，同时又属于自我体验的，具有双重性，所有的批判和不满都是建立在那无法表达的爱和痛之上的。不管是蒋纯祖、马叔敖，还是鲁迅《故乡》中的"我"，他们都是在"回乡"中失望的一群，他们并没有在"故乡"找到精神上的归属感，从"离开—归去—离开"这一归乡模式中，我们感受到的是一群现代知识分子无处可依的境地。他们面临的是"故乡"和"异乡"的双重失落，这决定了他们只能"在途中"，只能永远地行走，没有归宿。而这种荒谬感、孤独感、无归属感以及人与现实之间的疏离感，正是五四时期现代文学"现代性"的重要表现之一。

面对同样"荒谬、孤独"的感受和在"异乡"的"伤感"，现代文学先驱者们在自己的文本中做了不同选择，从而也展现了作家内在不同的社会观、生命观和审美观。和师陀不同，废名和沈从文构筑了一个"故乡"的田园神话，它是古典美学中诗性特征的最高代表，从语言、修辞到作品中所展示的人性美、生命美和社会的和谐美几乎可以说达到了中国文学的极致。这个田园诗般的"故乡"和"小城"——完美的"乌托邦"世界——是作者思考的终结点。在《边城》等一系列作品中，沈从文把他的所有理想、信念和生命的追求给了他的"湘西"，他在那里找到了生命、人性存在的终极价值和最高的美，也描绘出最具古典色彩，当然也是最具现代思维的“乌托邦”中国乡村图景。“湘西世界”是他思考的终结点和最高的梦想，也是他思维的最大陷阱：他不能再往下设想了。实际上，追求陶渊明“桃花源”式的和谐、美满、朴素的生活方式是几千年来中国知识分子的一个传统，从另一角度讲，也是中国知识分子逃避现实苦难和精神思索的集体无意识的长期沉淀。这种“逃避”一方面是知识分子对社会不满的表达和自我理想的寄托，另一方面却也产生一个封闭的结构，即它可能促使作家慢慢“退守”到那纯美、自然的“田园世界”，把对人性的、生命的美变成一种“把玩”和“怜伤”。鲁迅正是从这一角度批判废名的小说：“在一九二五出版的《竹林的故事》里，才见以冲淡为衣，而如著者所说，仍能‘从他们当中理出我的哀愁’的作品。可惜的是大约作者过于珍惜他有限的‘哀愁’了，不久就更加不欲像先前一般的闪露，于是从率直的读者看来，就只见其有意低徊，顾影自怜之态了。”[①]

和沈从文一样，师陀也以“乡下人”自居，但是，这两个“乡下人”却赋予了“故乡”完全不同的精神特征。师陀在文章中不止一次地表达他对故乡——中原大地——的复杂感受：“我憎恨那里的人们，却怀念那广大的原野。”换言之，师陀在理智上背叛了他的“故乡”，只是赋予它情感上的永恒意义。应该说，师陀的思维始终没有离开故乡，他离家乡越远，越久，那片记忆的底色就越浓。刘西渭在《读〈里门拾记〉》里这样说，“他用力给自己增加字汇。他不忌讳方言土语的引用，他要这一切征象他所需要的声音，颜色和形状”[②]。“他所需要的声音，颜色和形状”恰恰意味着故乡的某些影像，他把这些回忆作为他创作和思索的底色，其实，也是他“在途中”的基本思维背景。即使在《果园城》中，虽然作者在序中声明是以一个异地小城为背景，但是，真正

---

① 鲁迅：《中国新文学大系·小说二集·导言》，上海良友图书印刷公司，1935年。
② 刘西渭：《读〈里门拾记〉》，收入刘增杰编，《师陀研究资料》，北京出版社，1984年。

浮现在他脑海中，支配他写作的，还是他故乡的那片土地。“这是我的《果园城》，其中的人物是我习知的人物，事件是我习知的事件……比如《颜料盒》，有位朋友以为油三妹即另一位朋友的化身，她其实是我小时候一个熟人……”[①] 其实，“果园城”的形象是他心中的故乡形象，“果园城”文化的变与不变其实是他对故乡的感受和思考。

但是，在师陀的作品中，“故乡”并不具备独立的意义，它从来都是在“异乡”意识的参照下完成它的形象的，是一个精神上属于“异乡”的人对“故乡”的感受和批判。师陀的思想正是在这两者之间的游移形成的，它们沉淀出作者的思想方式和价值判断，也决定着他写作的色彩和气味。正是因为处在这样一个无根基的、具有反方向作用力的中间地带，处在这样一个情感和理智、“变”和“不变”的历史文化的交叉地带，才使师陀的作品在充满审视意味的同时蕴含着一种绵绵不绝、回旋往复的深沉情感和沉郁的诗意。师陀曾在《老抓传》中这样描述“异乡人”的品格，“他就戴着这镣铐，立在流光的海里，人的海里。岁月逝去了，人也逝去了。他孤立着，永远年青，让邻舍们为着鸡、猫、狗的事去争打”[②]。这和鲁迅的《过客》中的形象在精神上是多么的相似！他们是作者心目中具象化了的“异乡人”，一个永恒的形象，在逐渐走向没落的“故乡”里，他们却永恒存在，因为他们坚守着自己的孤独和沉思，坚守着自己“异己”的批判本质！

但是，考察师陀的整体创作，又总觉得他的有些小说失去了一个具有独特性的作家的特色，如《结婚》。其实，《结婚》有点像师陀早期的作品《无望村馆主》，用的都是讲故事、说故事的叙述模式，是一种单层结构模式，带有一定的传奇色彩（我总感到，师陀在写作中长篇小说时，总脱不开乡间说书人的影子，他的语言方式和结构方式都有着

---

① 师陀：《〈果园城记〉序》，收入《果园城记》，上海出版公司，1946 年。

② 师陀：《老抓传》，收入《黄花苔》，上海良友图书公司，1937 年。

乡间书场的特点，实际上，师陀也的确写过一篇文章《说书人》，可以觉察出他们对师陀的影响）。但在《结婚》中，作者的“异乡”感已经消失，失去了真正的批判精神，取而代之的是对人和社会的明朗、决绝的是非判断，《无望村的馆主》里面的“我”——那个在茫茫雪野中跋涉的意象——已经没有了，“异乡人”所独具的忧郁、沉思的气息也没有了，由此，作品也失去了师陀独特的诗性气息。

荒原之中的诗意

刘西渭评论师陀的作品时认为"诗意是他的第一特征","诗是他的衣饰，讽刺是他的皮肉，而人类的同情者，这基本的基本，才是他的心"[①]。从刘西渭的整篇评论文章来看,他这里所说的"诗意"仍然是从古典美学意义上来理解师陀作品中所呈现出的诗性特征，他仅仅把它看作师陀作品的修辞特点，如语言文字的优美，自然风景的精雕细镂等等。其实，简单地用古典美学中的诗性特征"和谐、优美"等词语并不能涵盖住师陀作品的美学特征。

师陀的许多作品，常常在最冷静最无情的叙述和批判中，在反向的表达中突然流露自我的情感意识，从而，形成一种情感上的"逆转"和情节结构的逆差。如"我不爱我的家乡，但是我怀念那片广大的原野"。在《老抓传》中，师陀写道,"在那里永远计算着小钱度日，被一条无形的锁链纠缠住，人是苦恼的。要发泄化不开的积郁，于是互相殴打，父与子，夫与妻，同兄弟，同邻舍，同不相干的人；脑袋流了血，在创口上掩一把烟丝：这是我的家乡"。[②] 便是典型的师陀式的"逆转"句式。经过新文化思想启蒙的师陀，以一位严厉的文化批判者的身份，俯视故乡，无情地揭露了故乡文化的愚昧和荒谬，但是,"这是我的家乡"，这几乎是绝望的呐喊，它流露了师陀隐藏得很深的痛楚，把前面所有冷静的批判都涂上了自我的情感色彩，那是一种创伤，是永远无

---

① 刘西渭：《读〈里门拾记〉》，收入刘增杰编,《师陀研究资料》，北京出版社，1984 年。

② 师陀：《老抓传》，收入《黄花苔》，上海良友图书公司，1937 年。

法舍弃的爱恨的交结。这简单的叙述转合形成一种情节和情感上的“逆转”，使文章包含着巨大的悲剧感，而不止于单纯的揭露黑暗现实和批判传统文化。师陀非常善于使用这种结构方式，它总是在意料之外的情况下直达作者和读者的情感最深处，让你毫无防备地走进一种本质性的境地，使最丑陋、最无法容忍的故乡乡镇生活场景充满情感气息和诗意的感觉。

我把师陀作品所蕴含的这种诗意称为“残酷的诗意”，这里所说的“诗意”并非古典美学意义上的“诗意”，不是现实叙述层面的情境描写，不是传统审美观念中的“美”和“和谐”，而是从现代意识层面来讲的。它可能是一种残缺，一种震惊，一种丑陋的展示，却充满着冷静的批判精神和审视意味，它迫使你走向更深的思索和某种具有哲学意味的沉思，由此，达到一种思维的澄明境地和诗性气息。这种具有明显的现代意识的现代诗性和沈从文、废名文中的古典诗性特征恰恰构成中国现代乡土文学诗性特征的两个方面。

必须指出的是，我这里所说的“现代诗性”并不局限于作家们对社会现实的批判精神和“感时忧国”的情怀，而是更多地指作家对人的存在状况的质疑，这种质疑态度超越于时代的某一阶段；它也没有“古典诗性”所暗含的一个浪漫主义的理想社会和人性的标准。它的思维没有终结点，它和“异乡人”的征程一致，永远在“在途中”，如鲁迅、萧红和其他一些乡土作家都有明显的现代诗性。其实，沈从文和废名等的乡土小说在不同程度上都具有现代诗性的特征，我在这里只是取其主要美学倾向。两者并没有优劣、高下之分。

那么，究竟是什么使师陀的作品充满这样的“残酷的诗意”？它和师陀心中的“异乡人”意识、“外省意识”和“故乡情感”之间的矛盾有没有关系？我们再回到师陀的作品中，会发现，师陀的思维始终处在无所不在的矛盾纠缠之中，这矛盾就是“荒原”般荒凉、无情的故乡和他对故乡无法摆脱的情感之间的矛盾。

评论者们都注意到师陀作品中大量的“废墟、荒原”意象[1]，这也是五四新文学先驱们的所共有的心理背景——荒原意识[2]。和其他乡土作家一样，师陀心中的荒原意识来源于他漂泊无定的生活，来自于他对废墟般的时代景象的感受；但是，就师陀的创作来看，师陀心中的“荒原意识”却更多地来源于他的破败的、被时光遗忘了的家乡原野和生活在其中的“故乡人”的生命状态。在某种程度上，恰恰是这些独特的意象组成了师陀作品独特的诗意，这种荒凉的诗意甚至是作者的审美取向。

师陀的故乡——河南杞县，紧靠着九朝古都开封。正如我在前文所述，在20世纪三四十年代，河南频遭旱涝灾和战乱的打击，经济极端衰退，新文化运动对这一封闭而又保守的外省影响极小。古都开封早已失去了帝王气象，非常破败，荒凉。师陀在这片中原大地生活了二十一年。从他的履历我们知道，师陀出生在一个破败的地主家庭，童年时代的他，已经不得不在田野里劳作。另外，青年时代父亲的死、小侄的死和分家等都给他以打击，这使本来就颇为荒凉的故乡在他眼里更涂上一层忧郁、冷酷的色彩。他的大部分短篇小说、散文都以“故乡”为基本背景，他称“这块地上有毒”[3]，毕四奶用她所能想象到的最恶毒的方式诅咒着——中原大地——这片“有毒”的土地，直至成为一片荒芜；“魁爷”以极端的专制主义统治着果园城，也抽走了果园

---

① 杨义在《中国现代小说史》（第三卷）中写道：“这里蕴涵着师陀式的‘荒原意识’：乡土化作废墟，空气中还回荡着尖厉、村俗而怪诞的鬼魂鸣奏曲……”，第416页，人民文学出版社，2001年；《中国现代文学三十年》（钱理群等著）也提到师陀作品中的“荒村、弃园、废宅”等意象。

② 赵园在《乡村荒原——对中国现当代小说的一种考察》中写道：“由五四新文学发动的，缘于‘外铄’的文化批判的激情，也促成了对于荒原式生存的发现。部分作家有意使用了以荒野式生态、人生寄寓文化思考、文化理想的一套象喻系统。”《赵园自选集》，广西师范大学出版社，1999年。

③ 师陀：《毒咒》，收入《芦焚短篇小说选集》，江西人民出版社，1983年。

城人的灵魂和存在的自主性；荒凉的小车站在上演着千年不变的男人打女人的故事："空恬的原野上，起了呼救声，就在这车站下。呼声随即就消失了，沉寂又重锁了这幅天地。但那呼声的尾音却像一声哨子，尖利而且可怕，至今似乎还刺痛人的耳朵。"[1] "沉寂"，这是处于前文明状态下的中国小城，它到处是死一般的寂静，生命在无力地挣扎，甚至连这挣扎似乎也成为了一个仪式，而非生命本真的呼救。

即使在那果园城里，那像"云和湖一样展开，装饰了小城"的果园也只是残酷、无情的人生的背景，果园被寂寞地遗忘，人们在这文化的废墟上毫无希望地生活着。我们好像能感受到师陀那"异乡人"的灵魂始终在旷野中游荡，他总在寻找，思索，所发现、所感受到的却始终是生的悲哀和生命逝去的无可挽回的忧伤，目之所及只是一片沼泽满地、无所去从的"荒原"以及无望地挣扎在其中的生命，是广大无边的空虚和寂寞。这是他的哲学观、生命观和文化感受；是他心灵深层的悲剧意识，也是他对中国文化的本源感受。

在这里，"荒原"不仅是师陀对人的生存境遇的感受，也是对我们生活在其中的文化情境的描述，同时，它也是他对人的生存体验和生存方式的感悟。自然的生生不息和人类的麻木构成奇异的对照，显示着人类生命存在的荒谬和空虚。但是，从另一角度讲，荒原感的体验恰恰意味着人的主体意识的觉察，它意味着人和社会现实已经疏离开来，并且开始思考自己的处境，这应该是五四新文学作家们具有初步的现代意识的表现，它和师陀的"异乡人"品质是一致的，是中国20世纪初现代文学先驱者们的基本生命体验和对社会现实的感受。

除开故乡的悲剧生活所赋予给师陀心灵的故乡景象和独特的情感意味，从地域文化上讲，北方所特有的自然景观，必然影响有着诗人气质的师陀的人文性格。斯达尔夫人在《论文学》中写道："北方各民族

① 师陀：《这世界》，收入《黄花苔》，上海良友图书公司，1937年。

萦怀于心的不是逸乐而是痛苦，他们的想象却因而更加丰富。大自然的景象在他们身上起着强烈的作用。这个大自然，跟它在天气方面所表现的那样，总是阴霾而暗淡。当然，其他种种生活条件也可以使这种趋于忧郁的气质产生种种变化；然而只有这种气质带有民族精神的印记。"[①] 虽然斯达尔夫人所论述的并不是中国的北方，但却是北方所共通的气质。师陀的故乡杞县位于黄河边上，周围是一望无际的沙地和灰色、寥阔的大平原。单调、荒凉的自然景观，如黄花苔般默默生死的人们，贫穷、单一的生活方式，都潜在地影响着师陀性格的发展，师陀文中忧郁的诗意和无处不在的荒原意识正是这片平原赋予的，他的充满着哲学意味的沉思默想也来源于此。师陀也在文中经常提到他的忧郁的根源，"这回想给我带来了忧郁，这是生活在无际的平原上所常有的。你就是在这单调的，和平的，静寂的空气中生长的"[②]。这种地域文化上的影响给作者创作打上不可磨灭的烙印，也使他的作品不同于沈从文的清丽纯美和郁达夫的纤柔多情。

其实，"忧郁"本身已经使师陀对故乡的"残酷"描写浸染了情感色彩和诗意化特征。这使师陀对"故乡"的认识从理性的批判精神中又回归到一个大的情感氛围之内，这就是刘西渭所说的师陀的"同情心"。它并非仅仅指一般意义上的可怜别人的遭遇，而是指一种理解力，对处在文化中的生命存在方式的理解力、感受力。在某种程度上，它是五四时期知识分子自我意识觉醒的最初体现，个体生命的存在被放在一个宽广的人类背景之中去考察，同时，注入作者自身的激情和体验。我们不由得想起萧红《呼兰河传》中的团圆媳妇、冯歪嘴子，想起鲁迅先生笔下的闰土等很多普通的生命。

因此，在这荒原之上，毕竟还蕴含着作者最初的希望和温柔的怀

① 斯达尔夫人：《论文学》，徐继曾译，第147页，人民文学出版社，1986年。

② 师陀：《生命的灯》，收入《芦焚散文选集》，江苏人民出版社，1981年。

想，它们时时激起作者活下去的愿望，也使他的空虚最终没有变成绝望。“那里日已将暮，一面的村庄是苍蓝，一面的村庄是晕红，茅屋的顶上升起炊烟，原野是一片静寂。在明亮的辽阔的背景上面，走着小小的阴影……听着这从静寂中来的声音，我想起：休息了，人要休息他一日的勤劳，大地也要休息它一日的勤劳。落日在田野上布满了和平，我感到说不出的温柔，心里便宁静下来。”[①] 而在《灯》、《邮差先生》和其他作品中，师陀也尽力展现了百姓生活温情的一面，尤其是生活中淡淡的温情和人类相互之间的情意。“阳光充足的照到街岸上，屋脊上和墙壁上，整个小城都在寂静的光耀中。他身上要出汗，他心里——假使不为尊重自己的一把年纪跟好胡子，他真想大声哼唱小曲。为此他深深赞叹：这个小城的天气多好。”[②] 这温暖、优美、宽广平和的原野，这平静、安适的生活，与作者文本中反复出现的“荒原、废墟”形成一种对照，它从另一方面体现了师陀的诗化思维，它同样来自对故乡的感受，却是一种阔大的宁静，蕴含着自然界和人类生命的内在生机和希望。

---

① 师陀：《〈落日光〉题记》，收入《芦焚散文选集》，江苏人民出版社，1981年。

② 师陀：《邮差先生》，收入王苻选编，《师陀小城小说》，上海文艺出版社，1997年。

故乡情感和故乡意象

无论是鲁迅、萧红、沈从文还是其他一些现代文学的乡土作家，都有意无意地把“民族—故乡—人”作为一个整体链条来考察。是不是只有把“民族”放在“故乡”的背景下，才能使作家更好地体察民族性格的痼疾、社会制度的矛盾、历史叙述的空缺及虚假等等问题，而“人”的意义由于“故乡情感”的浸染才真正蕴含着作者的主观情感和真实的生命体验？但是，最大的分歧也在这里。

我在上文提到，师陀和沈从文、废名之间的不同在于：当他们在“异乡”感受到一种政治、文化的挤压后，把目光投回到“故乡”时，各自对“故乡”进行了不同的“回忆”和“创造”。而这一不同的“回忆”和“创造”恰恰体现了他们之间不同的审美倾向和创作思维，也体现了中国现代乡土文学古典诗性和现代诗性的本质不同之处。沈从文以一个“乡下人”的固执和顽强意志重新构造了一个“桃花源”，他把自然、人性、生命、社会等等都归束到文字的“美”和精神世界的“美”之中，“美”、“和谐”在他的文学道德里高于一切，因此，他才用绮丽的、抒情的笔调写砍头、写性爱，“他对生命本能的惊奇，不因荒诞无道的世路而稍挫”[1]。那种“故乡般”的归属感、安全感和自由自在的感觉吸引着他，他不愿意再回到丑陋的现实之中。

而在师陀的作品中，我们所感受的却是“故乡”和“异乡”的双重

---

① 王德威：《从头谈起：鲁迅、沈从文与砍头》，收入《想象中国的方法》，生活·读书·新知三联书店，1998 年。

失落。“故乡”丑，人性、人情和生命的丑都达到了一种极致，师陀以他富有冲击力的“残酷”语言给我们叙述出一个丑陋的、令人窒息的故乡场景。可以说，当代文学中的“审丑”意识从师陀那里已经开始。但是，失落并不意味着绝望，“残酷”也不意味着师陀从此开始憎恨生命和“故乡”。永恒不变的“故乡情感”和“故乡意识”使师陀对生命、社会有他自己独特的表达。我这里所谓的“故乡情感”是指作家灵魂中一种始终向内转和向后转的思维，它使作家不自觉地把他对社会的批判、对历史的审视以及对生命的体验都沉入到自己的生命意识之中，从而一切所观之物都变成了自我生命的观照。它并非局限于作者对故乡的实在感情，而是一种思维的向度。而所谓的“故乡意识”并非单纯地指作家对故乡的怀念，而是指一种思维方式，它意味着作者始终以“故乡情感”看待世界，意味着作者具有怎样冷静的批判也罢，痛斥也罢，最终仍然回归到情感层面之中，它意味着作者始终带着“最令人心碎的激情”热爱着这荒谬的人生。正是这憎恨和绝望之后的思考和热爱，这对人类整体生存的悲天悯人的关怀体现着作者的诗性，从而也把传统的、社会学层面的“诗意”提升到具有现代意义的、形而上的“诗意”层面。

师陀在《果园城记》中所展示的“果园城”文化——处于停滞状态的中国文化性格——是评论家都注意到的，毋庸赘述。我在这里所关注的是作品的叙述者——马叔敖先生。就叙述者而言，马叔敖作为一个“异乡人”回到果园城这一封闭的空间，是一个自由穿行于作品内外的结构者，以他过去的“印象”来对照小城现在的境象，时光的流逝和生命的可怕变化才更显现出它的意义和形象，为作品提供了反省的可能。在《呼兰河传》中，萧红以童稚的“我”为基本视角，她通过“我”的无知、天真写出生命的大悲剧，反衬出乡村原生态生存方式对人性的摧残，这种“原生态”状态是成年之后、接受了现代思想、远离了故乡的萧红才意识到的。实际上，无论是师陀作品中的“马叔敖”

还是萧红作品中的“我”都是观望“故乡”的一双“眼睛”，它把“故乡”从回忆的空间拉到现实空间和历史过程之中，使“故乡”具有阐释的可能性。这双眼睛里面所蕴含的正是无法抹去的故乡情感和故乡意识以及由此而产生的对生命、时代以及文化的感受。

师陀在写《果园城记》时写道：“这小书的主人公是一个我想象中的小城，不是那位马叔敖——或是说那位‘我’，我不知道他的身份，性格，作为，一句话，我不知道他是谁，他要到何处去。我有意把这小城写成中国小城的代表，它在我心目中有生命，有性格，有思想，有见解，有情感，有寿命，像一个活的人。”[1] 这是一个完全封闭式的小城：小城所有的人和事最后都归结到城主魁爷那里，他掌握着每个人的生杀大权。葛天民的改革无疾而终，贺文龙的文稿最终还是那几行字，桃红在一年年地绣着嫁妆，但却只能装在箱子里让它发霉，快乐的油三妹自杀、徐立刚被杀，等等，每一个具有生命力的形象都被扼杀。在这些叙述中，只有时间的流程是恒定的，生命在它那里是虚无、可笑的存在，死亡也只是一个偶然的变数。“果园城”成为一个巨大的历史凝固物，以它的“不变”对抗、消融着社会的“变”的因子。《百顺街》里面师陀对民族式的“吃”的描写最能概括这种文化的吞噬力。“屠户将毛都赶不及刮净的猪送到厨房，而厨子也只有功夫请它们去锅里洗一个澡，但一拿到桌上，便什么都不见了，单留着空空的碗盏。”[2]《百顺街》是师陀式讽刺的极致，是中国文化劣根性的一次集中、彻底的大亮相。这种毫不留情的横剖面的揭露批判和高度的意象化在师陀作品中并不多见。

无所不在的“故乡情感”使师陀对文化揭露并非止于理性的评判，而是对每一个体生命做最细微的体察和思考，由此，师陀作品中充满

---

① 师陀：《〈果园城记〉序》，收入《果园城记》，上海出版公司，1946 年。

② 师陀：《百顺街》，收入《芦焚短篇小说选集》，江西人民出版社，1983 年。

了关于生命，死亡，时光的意象。师陀对死亡有独特的感受，他始终对人的存在意义和存在方式本身产生质疑。他在作品中展示了一个生存的“众生相”，各个角落，各个层次的生命方式，弥漫在作品中的始终是挥之不去的虚无感。“当你想到这个人的死，你会像许多人曾经怀疑的，你觉得像一个谜语：‘他是为什么生的？’”[①] 作者借“死”写“生”的悲哀，这悲哀使你意识到在这样的文化方式下，人只是在无为地生活，没有创造的可能，更没有生命力可言：“那女仆送上茶来，仍旧是老规矩，每人一只盖碗。”[②] 作者所有的感受，愤怒、无奈、悲哀都蕴含在这“仍旧”中，这不变的“盖碗”使作者对生命存在的荒谬感达到了极致。

在不变的空间意象中，时间产生了它的威力：“时光于是悄悄的过去，即使是在这小城里，世人最不注意的角上，它也不曾停留。……跟这些人物在一起，我们还想到在夜色模糊中玉墀四周的石栏，一直冲上去的殿角，在空中飞翔的蝙蝠。天下至大，难道还有比这些更使我们难忘，还有比最早种在我们心田上的种子更能拔去的吗？”[③] 其实，作者并不仅仅止于哀叹生命本身的逝去，而是与之同时失去的具有生命意味影像的事物，石栏，殿角，和空中飞翔的蝙蝠，它们再现了过去的生活世界，通过它们，生命的过去和现在才能联系起来，这也正是“故乡”的意义所在。

无论是在“果园城”、“百顺街”，还是听到“那为寻找爱情却永远失踪了的青年牧人”的故事，生命和时间、历史和文化的悲剧感、虚无感、荒谬感始终萦绕在师陀的意识中。然而，“荒谬就产生于这种人的呼唤和世界不合理的沉默之间的对抗”[④]。这句话告诉我们，明白了人

---

① 师陀：《同窗》，收入《芦焚散文选集》，江苏人民出版社，1981 年。

② 师陀：《果园城》，收入《果园城记》，上海出版公司，1946 年。

③ 师陀：《说书人》，收入《芦焚散文选集》，江苏人民出版社，1981 年。

④ 加缪：《西西弗的神话》，杜小真译，第 31 页，生活·读书·新知三联书店，1998 年。

生的荒谬和虚无，并不意味着就被动地承受这无望而冰冷的世界，相反，荒谬是"一种在所有激情中最令人心碎的激情"，它的产生使你成为一个"有意识"的人，他不是逃遁，而是抗争和热爱。

因此，在师陀的作品中，哪怕是最感伤的场景，你也会感受到蕴藏着的不妥协精神："但为这集散文命名的时候，我不取驰名海内的蒲公英，也不取较为新鲜悦目的地丁，取的却是不为世人所知的黄花苔。原因是：我是从乡下来的人，而黄花苔乃暗暗的开，暗暗的败，然后又暗暗的腐烂，不为世人闻问的花。"[①] 当涉及人的生死时，作者充满无以难说的悲哀和愤怒（如果园城中桃红的命运），因为他所感受到的是每一个体生命的悲剧命运，而这悲剧又是这个时代、社会和这种让人窒息的文化造成的。但是，即使这样，它毕竟还在生存着，还在绽放着自己的生命，这便是它的意义所在。这种平静、自然的生活方式，其实是每一时代作家的"精神还乡"，它是一种哲学意义上的较为理想的存在方式，却也更是一种抗争命运的精神。

其实，无望村的馆主、果园城的魁爷、还有胡凤梧们（《三个小人物》）等等"故乡"人物都是作者所憎恶的，师陀以他入木三分的刀法为我们刻画了世纪初的外省生活，它是悲剧性的存在，但是，师陀从来不以控诉的方式写他们，因为他的"大的同情心"始终流淌在他的意识中，那是给予整个人类的同情心，是一种阔大、深沉的宗教般的情怀。因此，你读师陀的作品，总有一丝神性的光辉从灰暗的人生场景中透露出来。他是在写他的故乡的小城，是在以一种悲愤的心情写"中国小城的代表"，但是，读他的作品，你又决不会局限于他的这一点说明，在本质上，师陀是一个人类主义者，他所看所想的是整个人类的悲剧命运，他有对社会现实的不满，也在他的作品显示出他的价值取向，但是，在他的生命感受里，每一个生命的荒谬存在，死亡，虚无，无情的

① 师陀：《〈黄花苔〉序》，收入《黄花苔》，上海良友图书公司，1937 年。

时光等等这些悲剧性命题更是他所关注的，这巨大的悲剧意识来源于师陀式的“故乡情感”和“故乡意识”。而他的后期小说创作，如《马兰》和《结婚》，写作一旦脱离了他所熟悉的那块中原大地，他的这种意识反而减弱了许多，在一定程度上逐渐失去了师陀式的“同情心”，失去了他的委婉的讽刺，而变成一种仇恨和描述的快意。急于辨别是非，人物过于典型化、漫画化：“假令说，在《请愿正篇》中，作者是以如火如荼的热情来爱世界，爱人生，在《马兰》与《掠影记》中，作者却变得非常冰冷而且酷苛地憎恶他应当憎恶的人物了。”[①] 这并不是一件好的事情，无论是对于一个作家还是对于一个生活着的普通人而言。失去了“故乡意识”和“故乡情感”的观照，也最终失去他作品最本质的东西和最动人心弦的地方。这也是师陀的后期创作总体上大大逊于他的前期作品的原因之一。

① 金丁：《论芦焚的〈谷〉》，收入刘增杰编，《师陀研究资料》，北京出版社，1984 年。

周大新

“圆形盆地”的空间与精神

南阳，位于河南省西南部，与湖北省、陕西省接壤，因地处伏牛山以南，汉水之北而得名。南阳为三面环山、南部开口的马蹄形盆地，故称南阳盆地。《资治通鉴·周纪五·赧王四十三年》载：“秦置南阳郡，以在南山之南，汉水之北也”，“宛”是南阳最早的地名之一，《说文解字》：宛，屈草自履也，从宀、夗声。其义：“四方高中央下”，符合南阳西、北、东三面环山，当中低平的盆地地貌特征；“屈草自覆”为芳草盖地，植被葱绿貌。宛，既反映了“盆地”的地貌特征，又反映了它的生态环境。

在谈到小说集《豫西南有个小盆地》时，周大新曾经这样说过，“我写《豫西南有个小盆地》，对它的作用不敢妄想，但我估计人读了这些文字后，大约可以得出一个印象，南阳盆地是个圆的”[①]。从实际的地貌环境来看，南阳盆地的确是“圆形”，但对于作家来说，“圆形”这一空间的形态却具有文化的特殊含义。“圆形”在中国传统哲学里面传达的是“满、全”等含义，“圆形盆地”意味着一个封闭、自成一体的世界，意味着生活在其中的人们拥有自己完整的一套文化符号和文化规则，并且从情感上认同它的价值和存在依据。但是也正因为它是圆形的，又决定了“外界”的入侵必须以某种近似于暴力的形式才能打破“圆”的规范，这一“外界”便是在现代文明冲击下的具有极强诱

① 周大新：《圆形盆地》，《解放军文艺》，1988年第6期。

惑力的城市和代表着城市的物质享受、地位和现代观念，这就造成了“封闭”/“击破”、乡村/城市之间绵绵不绝的矛盾和冲突。在此意义上，“南阳盆地”，是一个先验的、带有抽象意义的传统文明的符号，一个抽象意义的中国大村落，具有完整的村落道德谱系，但这一符号在周大新的文本中更多地象征着一种巨大的情感力量，它牵引着生活在其中的人们不断回望，思考并做出各种生活的、伦理的或情感的抉择。他早期的中短篇小说《汉家女》、《步出密林》、《怪火》、《老辙》、《伏牛》，长篇小说《走出盆地》、《第二十幕》(三卷本)，包括《湖光山色》等都有这样的思维痕迹。

在这样一个“圆形盆地”世界中，人们按照内部的伦理规则生存。在面对“外界”时，他们常常处于一种屈从心态，认为是命，或者说是穷命所致，因此，在短篇小说《金色的麦田》中，姐姐虽然和天夫相好，并有了身孕，但是，却仍然顺从祖辈的意思嫁到城里去。“城里”，是盆地人无法抵制的诱惑。这一诱惑不仅指盆地人的出走倾向及对城市的向往，更在于盆地对外来观念及生活方式的无条件崇拜与简单化接受。在80年代改革开放后的乡村，“金钱”、“物质”突然迸发出闪耀的金光，在“发展”、“现代”逻辑下，这些所谓现代观念和现代词语凌驾于传统道德，伦理与人性之上，并且破坏了几千年来村落文化的基本样态。《湖光山色》中旷开田最后的变异并非只是个人现象，它是乡村文化超稳定结构裂变的象征。圆形盆地的平衡被打破，与此同时，圆形盆地的缺陷，落后，守旧，及在此基础上对现代文明的误解也被昭示出来。《无疾而终》的瞎爷以超然达观、幸福的心态度过他并不幸福的一生，他幸福的依据是什么呢？是忍耐，承受，承认并接受命运的安排，瞎爷几乎是盆地人的一个生存符号，以快乐的形象给盆地人以希望，但却是一种宿命论支配下的希望。

周大新以一种思辨的叙述给我们展示了“圆形盆地”文化观念的一体两面的存在。长篇三部曲《第二十幕》描述的家族企业——南阳尚家丝绸，在中国政治环境的影响下几起几落，最终支持尚家丝绸没有彻底失败的却是尚家传统文化的根基，他们依靠自己顽强的家族式延续纽带使自己总能保持一点星星之火。《左朱雀右白虎》则几乎可以说是一首中国知识分子传统的颂歌。王涵、古楠夫妇为了维护宝贵的汉代石刻，不惜用自己的生命做代价。更重要的是，他们从这些石刻之中看到了中国古人的生存精神：尊重生命的自由选择。这些都是盆地文明中最有价值的部分，作者总是忍不住用饱满的情感语言去抒写。同样，作者也以清醒，甚至于苛刻的目光审视着他所爱的这块土地上的生存悲剧。《第二十幕》第三卷中的宁贞，在以自己的名誉做抵押挽救了尚家企业之后，最终，换来的却是她所爱的人对她的污辱，并且，所用的是传统文化中最具有杀伤力的语言。《宣德年间的一些希望》以作者少有的冷酷写了在权力文化支配下的一个花季少女的悲剧。值得注意的是，进宫的主意不仅是她的父亲——知府大人的，更是少女舒韵自己的愿望。最后的结局却是，舒韵所做的是陪葬宫女。这样一个戏剧性的结尾让我们感受到中国封闭的盆地文化对人的巨大制约。

但是，这都是“盆地”内的事情，是自家家务事，作者的“圆形盆地”意识使自己的描述形成一个完满的判断。这就在文本中产生了非常有意思的现象。当作者的目光回归到“盆地”内部时，作者是一种思索性的、反省式的语言，他描述、批判故乡文化的劣根性，但同时，这种批判和反省被作品中弥漫着对故乡温润、潮湿的回忆所笼罩，人物的喜怒哀乐浸透在宽广、温暖的情感中，那是一种近乎于庄严的宗教般的情感，是永恒的。一当把目光投向城市，他立刻把故乡文化整体化，作为一种精神的优越感，城市成了阴暗、不祥的，带着某种破坏性和入侵性的象征物。作者几乎以一种神秘的叙事，或神话故事，或符号象征，来肯定圆形盆地内在精神的强大，并以此来肯定传统文明及道德方式，并且否定都市的生存特征及对人性的毁坏。从“圆形盆地”里的“神话传说”到《第二十幕》中的“格子网”、《21 大厦》中的

“黑雉鸟”，周大新的许多小说里总有这样一些神秘、具有隐喻意义的符号系统。我们发现，这些阴影似的、具有暗喻意义的符号系统总是出现在这样的时刻：当小说主人公做出违背“普遍良心”或遭受某种危机的时候。要么惩罚，要么使主人公心灵受到极大压迫。《21 大厦》中被关在墙壁里的“黑雉鸟”作为一个象征物时时提醒主人公的心灵世界里对自由的追求，就此而言，这种“向上飞的隐秘的欲望”对于生活在城市伦理之下的人们来说常常意味着灾难。当 5 层 801 的宋女士精神出现危机时，总会看见窗外一只大鸟往屋里飞，最后，宋女士真的像一只鸟一样坠楼而死；河南保安自杀时，同样看到那黑雉鸟的双翅。黑雉鸟像一道神秘的符咒，目睹着大厦内传统良心的破产、精神信念的崩溃。黑雉鸟茂密的森林栖息地消失了，然而，它却虎视眈眈地盘踞在大厦内，显现自己力量的存在。西方一位持文化守成主义观点的学者这样说过，“现代化是一个古典意义的悲剧，它带来的每一个利益都要求人类付出对他们仍有价值的其他东西作为代价”[①]。周大新在作品中传达了他深刻的危机意识，在越来越物质化、经济化的城市文明面前，某种维系一个民族凝聚力的重要纽带正在失去，那将是文化的毁灭，是那一部分对人类“仍有价值的”的东西的彻底坍塌和最终的毁灭。

在《21 大厦》中，我们能感觉出作者在有意探索城市的脉搏，努力呈现城市文明有序、科学的一面，但是，就总体叙述来看，作者笔下的“大厦”及所隐喻的城市显得非常概念化和简单化，批评与否定居多，而思辨很少。这也使得其对传统文明及乡土道德的赞美与肯定显得单薄。相当一部分当代作家似乎面临着一种困顿的境遇：在面对这样一种乡村伦理和城市伦理的冲突时，他们犹豫，徘徊，摸不准城市的

① 艾恺：《世界范围内的反现代化思潮——论文化守成主义》，第 212 页，贵州人民出版社，1991 年。

脉搏，害怕做出判断，却又总是不由自主地在文中形成判断。在描写乡村精神时，作家运用的是直觉，是未经理智篡改的“直觉印象”，但是，一当面对城市时，这种“直觉”的力量消失了，直接的判断、明白的是非感被容许凌驾于印象和体验之上，从而使作品失去那“沉甸甸、湿漉漉的感觉”。

其实，这并不是我们这一时代作家的困境。可以这样说，城市伦理的发展进程及与其同时存在的以反城市伦理为内容的乡村基本伦理，这个二重性的矛盾模式会持续到将来。20世纪中期出生的中国作家在这一点上无法摆脱“乡村生活”、“原野大地”给予他们的直觉体验，也无法将自己真正融入城市伦理之中，这是无法超越时代的生命体验的局限。他们对“城市”这一不断扩张着的势力处于一种失语状态。于是，他们扭过头去，把目光投向自己的故乡，去挖掘那一方无限丰富的属于自己的“世界”。如莫言的“东北高密乡”系列、阎连科的“耙耧天歌”系列和周大新的“豫西南的小盆地”，等等。在这些“故乡系列”的作品中，他们展现出惊人的“家族的相似性”，即某种“圆形盆地”的意识。阎连科在《年月日》、《日光流年》中以一种反复的、几乎是强烈的暗喻方式暗示：外面的世界是“人家”的，出去的人最终都必须要回来。[①] 只有在内部的生存才是有意义的，而出去只是暂时的逃避或为了获得一些利益。这种“圆形盆地”观念自然形成盆地人两种看待世界的眼光，形成城市和乡村之间复杂的缠结，也迫使作家不得不将目光收回到乡村内部的“纯粹世界”之中。

① 郜元宝：《论阎连科的“世界”》，《文学评论》，2001年第1期。

当代乡村的陷落与农民的身份

正如茅盾文学奖授奖辞所言,《湖光山色》“深情关注着我国当代农村经历的巨大变改，关注着当代农民物质生活与情感心灵的渴望与期待”，的确，小说写了春种秋收、择偶成家、打工返乡、农村开发旅游等这些当前乡村寻常的生活事件，但展示的却是现代化进程对乡村的侵袭及在这一过程中农民的困顿、人性的变异和文化的失落。似乎没有哪个当代作家比周大新更关注当代农民的生活及情感问题，农民在乡村的遭遇及进入城市的农民身份问题，等等。乡村在当代所发生的变化及农村人、底层人以何种方式获得生存权是理解他小说的重要线索。而这些问题，也恰恰是当代重大的社会矛盾与症结。

上世纪 90 年代以来，中国社会结构及文化结构进入转型期，在“现代化”的宏大命题下，乡土形态，乡土文化及乡土经验和生存方式都发生了极大的改变。中国对乡村的经济与政治改革已经告一段落。但反观这一现代化的改革过程，会发现，它对乡村的影响和改变结果并不像 80 年代初期预想的那样乐观。乡土中国及 8 亿农民仍是最底层的存在，生存问题，身份问题，传统文化失落问题，社会转型过程中的挤压与不公正，等等，几千年来沿袭下来的村庄结构已经变形，内部成为废墟，原野上的土地大片地荒芜，无人耕种，原有的乡土形态和生活结构遭到破坏或毁损，等等，这些问题以前所未有的矛盾、冲突方式存在。“现代化转型”这一政治实践在乡土中国呈现出的是矛盾、纠结的态势，是一个巨大的问号式存在，无论是在现实层面，还是文化结构，民族心理等方面都如此。

也正是在此意义上，有社会学学者提出“乡土中国终结论”，认为传统意义的乡村与传统文化已经消失，取而代之的将会是“泛城市化”的乡村，一种乡土文明与城市文明的混杂结构。而在文学批评界，“乡土文学终结论”的呼声也越来越高，2005 贾平凹《秦腔》的出版被认为是“乡土中国叙事的终结”、“为传统的农耕文化奏响了安魂曲”，等等。这些说法的确为学者提供了很多话题和思索角度，但是，从本质意义上讲，只要中国 8 亿农民仍然还在，只要他们的身份没有改变，没有被纳入到城市体系与改革之中，那么，乡土中国就依然存在。不管他是在城市打工，还是在矿区挖煤，他最后能够退守的，可依靠的根只有乡村。因此，也许鲁迅命名的“乡土文学”概念和启蒙性逐渐失去它的存在场域，但广泛意义上的“乡土文学”不会消失，只不过，其中的主人公不再是“闰土”，而成为“陈奂生”、“高加林”或“刘高兴”。乡土中国现代化转型所带来的不只是“幸福”、“先进”、“发展”，也蕴藏着巨大的丧失、矛盾与新的痛苦。这一丧失、矛盾并不仅仅指物质的减少或贫困，而是指民族文化与心理结构的失衡态势，乡村在加速坠落下去，它正朝西方模式与城市范式飞奔而去，仿佛是一个个巨大的赝品。这样的中国，这样的乡土是不是中国真正应该发展的方向？西方启蒙视野下的乡土中国是不是乡土的全部？它在照亮乡土中国的同时，遮蔽了哪些不应该被抛弃、遗忘与忽略的东西？这些都是值得思考的问题。就文学而言，这一深层的矛盾、纠结状态恰恰为乡土文学的写作提供了新的叙事空间和可能性，乡土文学正面临着历史性的挑战与机遇。

《湖光山色》所书写的正是这样境遇下的乡村的命运。作者没有把自己的乡愁作为根本性的情绪来写，而是以温情但又节制的叙事对乡村的变化进行现实的客观的书写，没有寓言与抽象，只是描述实实在在的乡村生活与人生。在不可抗拒的历史发展中，当代农民呈现出怎样的精神状态，他们怎样的屈服或抗争，他们的生命，人性在发生着怎样的改变？这是现实主义者周大新在经过长期的乡村考察与思考后的作品，里面蕴含着作者自己对当代乡村命运的独特思考。楚王庄是一个环境优美，人性纯朴的中原村庄，暖暖的奶奶、父亲，旷开田，青葱嫂是这村庄的隐喻，纯朴，踏实，虽然生活艰难，但各自依守自己的本分，遵守着古朴的原始正义。暖暖自作主张与旷开田结婚，得罪了村支书，从而遭遇到村支书的性骚扰，这使我们看到“圆形盆地”内部的封闭与落后，看到权力文化对乡村的制约。但是，当历史的车轮缓慢而又坚决地碾向楚王庄时，真正的大悲剧悄悄降临，它从根本上改变了楚王村的人心，道德与性格。当楚长城被认为具有考古与旅游价值后，楚王庄的瓦解与崩溃开始加速。暖暖的丈夫旷开田从一个死种地的农民变为经商者，在金钱的诱惑下，他出卖了自己的良心，不惜让同村的姐妹出卖色相，与此同时，权力欲望也在膨胀，当了村支书的旷开田在演楚王的过程中感受到权力的威严与快感，性格逐渐变异。他在拆迁房屋过程中对乡邻的欺压展示了权力与金钱对人的异化与腐蚀，也使我们感受到乡村衰落命运的必然性。五洲旅游公司的到来及新的管理方式、经营方式都使楚王庄感受到现代文明的巨大成就与吸引力，也因此，村民在短暂的质疑之后也投入到建设之中，期待着更大的发展与利益的获得。但是，最终，楚王庄的村民被排斥，被迫离开自己的家，贡献出自己的土地，还有纯洁的女儿。当暖暖走上告状之路后，才发现，这样的发展模式与轨迹并不只是一个旅游公司的行为，它背后有政府与权力的支持。政府以权力的方式，以现代文明的名义，使乡村，及传统文明方式加速崩溃。

当代农民还有另外一个身份，即“进城农民”，或“城市农民工”。据统计，从 80 年代改革开放后，在这二十几年间，有大约两亿农民离开家乡，走进城市的各个角落，从事着各种低层的工作，他们在城市生活，却是农民的身份，也因此无法获得城市居民的各种待遇。可以说，周大新是较早触及进城农民生活及精神存在状态的作家。《汉家女》中的汉家女,《走出盆地》中的邹艾,《第二十幕》中的尚穹,《21大厦》中的小保安等都是典型的“进城农民”形象。

一个非常明显的现象是,周大新的小说人物在从农村走入城市的时候,总是带着一股不成功决不罢休的决心,不管采取什么手段都要达到。进入城市之后,他们竭力寻求城市的认同,学习、模仿城市的规则、风尚和伦理秩序,但是由于摆脱不了农民身份和文化差异,他们又总是和城市处于冲突和痛苦的磨合之中,这决定了他们在城市的边缘存在,而乡村伦理和城市伦理的紧张对峙和冲突在这群农民工身上表现得尤为突出。

80年代初周大新的短篇小说《汉家女》因为塑造了一个独特的汉家女形象而使周大新名声大振。但是,有一点大家却忽略了,汉家女是通过非正常的手段进入部队的,并且她只能通过这种手段才能进去,这是她唯一的选择。当上兵的汉家女通过这种方式真的如愿以偿,逃离了土地,但是,汉家女的农民意识却并没有消除,她很自然地替连队家属躲避计划生育,为调级大吵大闹,甚至为送礼去偷连队的东西,她的一言一行仍显现出她的农民身份,和城市规则格格不入。可以想见,如果汉家女没有在战场上牺牲,回到宛城,仍然会是一个不合时宜者。

对于汉家女、邹艾们来说,走进城市,意味着她们走进了一场只能胜不能败的战争。作为一个乡村少女,邹艾向往美好的爱情、幸福的生活,但是,为了获得在城市的生存权,她不得不放弃爱情,开始了自己艰难的奋斗历程。邹艾的悲剧是什么?她与城市的所有人势不两立,所有的人都是她的假想敌,她费尽心机一一应战。为了获得在城市的合法地位,她不得不不择手段,不惜欺骗、报复,甚至于丧失自己的人格。她对自己的农村出身特别敏感,一个小保姆的话就会在她身上刻下深刻的仇恨,这其实是自卑心理和强烈的不安全感所致。在城市的邹艾始终没有归属感,处于一种戒备状态。这是弱势群体特有的心理现象。这是一场一开始就力量悬殊的战争，最后失败的必然是邹艾，她不得不回到她的故乡。有评论者把这一群体称为“逃离土地的一代人”，认为“周大新所着力刻划的，是农村中逃离土地的一代人，他们为逃离土地所进行的奋斗和挣扎，他们欲逃离土地而又最终无法逃离的悲剧和喜剧；他们应和着时代的躁动，却仍然没有足够的力量把握时代、把握自己的命运”[①]。其实，与其说他们“没有足够的力量把握时代、把握自己的命运”，毋宁说从封闭的中原小镇走出的他们无法在城市找到自己的位置，城市不承认他们，他们的农村出身、农民身份成了一道无法去除的符咒，终身捆绑着他们。这就是当代农民的命运，他们只能是一个窥视者，面对近在咫尺又遥不可及的城市幻象，为能挤进去而上演着弱者的悲喜剧。

对“农民身份”的厌弃是中国农村一直以来的文化传统。尤其在当代社会，城乡之间越来越大的差距、农业的日渐破产更使大量农民不得不涌入城市寻找出路，而城市对他们则是完全的排斥，不但从日常生活的言行上，而且从政策上也有许多规定。那么，这样一群生活在夹缝里的农民该往何处去？没有人回答，没有人关注。“不离开土地很难有好生活，逃离土地也可能会带来更坏的生活，农民们的两难处境也使我的内心处于两难的惶惑之中，我的一些小说便是在这样的心态下写出的。”[②]灵魂始终在广阔的乡村大地徘徊的周大新以一个作家的情怀关注着他们的存在，它不仅仅是一个文学命题，也是一个严峻的社会问题，一个无法忽略的时代命题。

《21 大厦》中的小保安和地下 2 层的打工者丰嫂、余太久、崔发的生活和大厦高层生活俨然是两个不可相通的世界，作品通过在小保安的眼光把两个世界联系在一起，使我们看到两者的差异和可怕的隔膜。

① 张志忠：《逃离土地的一代人——周大新小说创作漫评》，《文学评论》，1989 年第 5 期。
② 周大新：《答二君问》，收入《旧世纪的疯癫》，新世界出版社，2002 年。

“很难见到阳光”是他们生存处境的最好比喻，面对被放逐的历史境况，生活在城市的农民按照自己最朴素的本能组成一个完整的精神世界以对抗城市施之的压力。他们也有欲望、渴求，但是在艰难的生存现实面前，只能以悲剧的形象出现，崔发因为找一个江湖医生给女友流产导致了女友生命危险，老梁因为贫穷不敢娶老婆，可是他们能互相体谅，有难同当、有福同乐，他们之间是一个辛酸、温馨的世界，这与高层人与人之间的相互倾轧、相互欺骗形成尖锐的对比。他们的物质虽然极端贫乏，但他们却保持着最朴素的人间情怀，保持着人性最基本的优美和崇高，正是他们保持着人性的基本底线。而生活在高层的人却恰恰相反，情感的枯竭、对物质的无限贪求、心灵的萎缩以用在各种新观念掩盖下灵魂的卑鄙，生命在物质的丰盈下反而显得焦虑异常，21 大厦每层形态各异的黑雉鸟像一个不祥的诅咒，冷漠地注视着他们没有希望的生活。

但是，农民只能是农民，任何想越位的可能都会被毫不留情地打消。小保安以为他获得了城市女性梅苑的爱情，以为梅苑认同他的情感方式，于是，他开始像在农村一样，悄悄地安排着婚礼，但是，梅苑的行为却无情地粉碎了小保安的梦。小保安的死并不仅仅意味着一个善良、保守的农村人追求城市生活理想的破灭，并不仅仅是他不能接受梅苑城市生存规则和伦理规则，而是他无法忍受失去尊严的生活。人可能还有一种最基本的对尊严、对爱的追求，保安所看到的恰恰是城市人对这些追求的漠视和践踏，他所受不了的正是这一点。但是，不可否认的是，小保安对事物的判断充满着乡村伦理的道德本能，这就造成了一定的局限性，乡村和城市很容易形成简单的两极对立，作品无法消除对城市的“隔”的感觉，无法真正深入城市的精神内部。这也是周大新站在“农民”立场上的必然代价。可是也正是这样，他小说的根须更深地扎入土地之中，而树叶则以更为坚韧的生命形象挂满枝头。

保安之死和暖暖的抗争

20世纪最后十年是中国小说众声喧哗的十年。一方面，小说创作在以前所未有的速度、数量生产、流通，另一方面，小说形式、小说观念也以前所未有的景观激烈地分化、变异，可以说，现代白话小说正处在一个阵痛期。小说的意义，或者说，小说的道德观正在不断地衍生，作家创作越来越趋于多元化，他们更喜欢"存在"、"感性"、"精神"等等标志着人的本质世界或个人化的名词；小说的叙述范围不断扩张，承载着"想象"的气球越飞越高，逐渐进入一个共时性存在的空间，小说真正进入小说的历史。

但是，在这些多元话语中，我们还能找出一些大致的倾向性。无论是可以命名的"先锋文学"、"六十年代写作"、"女性主义写作"，还是更多的无法命名的也更具有独特意义的文学作品，作家无论是追求形式上的突破，还是语言上的大胆想象，有一个总体感觉，饱经各种文学外话语因素左右的当代作家们显然更认同昆德拉关于小说的理论，昆德拉把小说称为"道德判断被延期的领地"，他认为小说的基本品格"幽默"正是"把世界揭示在它的道德的模棱两可中，将人暴露在判断他人时深深的无能为力中"；[①] 他们也更认同巴赫金的"狂欢化理论"，"狂欢式，意指一切狂欢节式的庆贺、仪式、形式的总和。这是仪式性的混合的游艺形式。……狂欢节上形成了整整一套表示象征

---

① 米兰·昆德拉：《被背叛的遗嘱》，孟湄译，第31页，上海人民出版社，牛津大学出版社，1995年。

意义的具体感性形式的语言，从大型复杂的群众性剧到个别的狂欢节表演。狂欢式转化为文学的语言，这就是我们所谓的狂欢化”。[①] 如刘震云小说所潜藏的“闹剧冲动”在某种程度上正是这种文学“狂欢化”意识的暗合，它同时显示了作家本人对历史的某种看法。应该说，在20世纪90年代，小说的意义和小说道德首次有了自己独立的意义和存在依据，这对于中国现代白话小说来说，无疑是一个划时代的变革。

但是，有一些问题始终存留在这些小说新观念之中似乎还没有解决：现实道德和小说道德是否完全相悖？当作家通过人物的某种“狂欢化降格”（并非完全指巴赫金的“降格”）来展示人类生存的悲剧时，是不是也有另外一种例如比较理想主义的方式使人类的大悲剧呈现出另外一种意义？我们不要忘记，昆德拉还说过：“小说考察的不是现实，而是存在；而存在不是既成的东西，它是人类可能性的领域，是人可能成为的一切，是人可能做的一切。小说家通过发现这种或那种人类的可能性，描绘出存在的图形。但是再说一遍，存在意味着‘在世之在’。这样，人物和世界双方都必须作为可能性来理解。卡夫卡的世界和任何已知的现实都不相同，它是人类世界的某种极限的和非现实化的可能性。”[②] 这种“可能性的存在”领域不仅包括昆德拉所谓的“道德的模棱两可”，也应包括作家对人在现实境遇中所做的“理想主义”的悲剧性理解。

读《21大厦》时，这些一直萦绕于心的问题又一次浮现出来。在目睹了21大厦里一场场现代文明的悲、喜、丑剧之后，那个单纯、善良的河南小保安最后自杀了，似乎有些不值，没有人关注这样一个小人物的悲哀、愤怒和巨大的悲怆感。这几乎有一些荒诞喜剧的意味。我们不禁想问那个可爱的小保安：城市与你何干？那本来就是人家的，

---

① 巴赫金：《诗学与访谈》，白春仁等译，第160页，河北教育出版社，1998年。

② 米兰·昆德拉：《小说的艺术》，孟湄译，第44—45页，作家出版社，1992年。

你死什么死，那只能使你显得更窝囊！可是小保安听不见了，他以那纵身一跃的定格完成了他飞翔的使命，也替人类在上帝面前赎了罪。在那一刻，他看见了童年时代那三只在天空自由飞翔的斑鸠。实际上，周大新也可以按照另一种写作方式来写。小保安完全可以不死，从此以后，他像巴尔扎克笔下从外省来到巴黎的拉斯蒂涅一样，也像当代许多作品中的描写一样，随波逐流，认同这个世界的游戏规则，过上富有反讽意义的自由生活。但是，周大新却拒绝那"一撒手"的轻清、快乐和自由，他没有让保安看透一些，他拒绝这样安排小说的人物，这不符合他的心中的小说道德和思维指向。他曾这样宣告他的小说目标："全世界所有的真正可称为作家的人，不管他居住于哪个国家属于哪个民族，不管他用何种语言何种方法创作，他们最后都会在那面写有'为了人类日臻完美'字样的旗帜下站立和汇聚。"[①] 这种理念无疑先验地决定了周大新小说的理想主义色彩。他宁愿做一次堂吉诃德，不自量力地与风车作战；他宁愿做西西弗，无望地朝山顶一次次地推着巨石，却保持着精神的悲壮和一种永恒的向上的激情！

但是，"保安之死"决不是对"城市伦理"的腐败、黑暗做一种现实的道德判断，这是周大新在文本中竭力避免的。我们与其说"保安之死"是我前文所提的"普遍良心"的破产，毋宁说它是一道警示，它以"保安之死"的无价值感和不能承受之轻来揭示他的"不能承受之重"，这正是当代文化自由的困境！当我们处于历史的"被抛"状态的时候，我们是否真的能把握住自己？或者说，哪一种选择能称得上是一种更高层次的"自由的选择"？"保安之死"揭示出"另一种自由"对人类永恒的重要性，即坚守使生命高贵、尊严的自由，那是一种"向天空飞翔"的无限向上的自由。它与道德无关，与社会处于什么阶段无关，与梅苑对保安的玩弄无关，与小保安落后的性爱观也无关，它

① 周大新：《为了人类的日臻完美》，收入《村边水塘》(散文集)，文心出版社，1996年。

是有关于生命本质意义的。它应和昆德拉的“小说模棱两可的道德”一起，构成“小说道德”的一体两面。这是当代作家所不应该忽略的。因此，在某种意义上，“保安之死”使21大厦失去了那单纯但却具有本质意义的注视，使关在笼子里的“黑雉鸟”失去了期待的可能和希望。它该走向何方？

如果说《21大厦》中的保安是以“死”来抗争城市之黑暗与人性之变异，并以此达到精神上的归乡的话，那么，《湖光山色》中暖暖的抗争则更富力量，更具有启发性。因为母亲生病而不得不终止在城市打工生涯的暖暖，当发现自己回城无望时，很快摆脱失望与不满，开始积极安排、创造自己的生活。这是一个“抗争者”的形象，与在城市的保安的局外人身份不同，暖暖是自己生活的创造者，虽然她所面对的是正在慢慢坍塌的古老乡村和城市的眈眈虎视。

在某种意义上，暖暖的抗争暗示了周大新对乡村命运的新的理解。保安之死是一种宿命的象征，它预示了传统文化与文明方式必然的丧失，作者以保安作为祭礼为这行将消失的传统与民族精神唱一曲挽歌，也从另一层面鞭挞了城市之丑恶。但是，在《湖光山色》中，作者改为一种积极的态度，当湖光山色被强行破坏，当人性的丑不断侵袭并改变着乡村与中国文化之“根”时，作者的态度是，决不妥协，并在抗争中寻找新的存在方式。“圆形盆地”所具有的乡村情感，村落文化与现代文明形式，如开发，旅游，经商，等等，不再截然对立，作者，或者不如说，中国的乡村，必须在此中寻找某种平衡，既最大限度地保持自我，同时，吸纳这必然到来的现代文明的某些东西。但是，前提是，要保存自我的精神内核。这当然是非常大的难题，也是非常艰难的事情。这是小说中暖暖所遭遇的困境，同样，也是现实乡村的困境。

暖暖的存在，她的韧性，果断，及对原始正义的坚持，使得乡村的这一必然的衰落和发展模式变得让人质疑。她以一种朴素的道德感坚守着这片土地，希冀乡邻不被赶出自己的土地，希冀少女保持自己的纯洁，希冀能够守住爱情。于是，她踏上了诉讼之路，一条漫长而又艰辛的路。这也是当代农民，怀着最朴素的情感坚守在这片荒凉的土地。

充满光彩和温暖的盆地女性

评论家何向阳在论《湖光山色》中的暖暖形象时认为："20世纪20年代的祥林嫂、40年代的喜儿、60年代的李双双、70年代的玉米、80年代的巧珍作为中国乡土叙事中的女性形象，见证着20世纪中国社会的深层变革，也见证了中国文学近百年来的启蒙主题到阶级主题直至田园主题各时期农村题材创作的流变。暖暖续写上了她母辈和姐姐一代的生存链条，她与她们一样，昭示着时代的变革下中国社会最基层的乡村一个个农村女性的命运、抗争与奋斗，她们的斗争之激烈，不亚于一场改革或者革命。90年代从游离于乡村又回到乡村并最终成为乡村变革的真正主人，某种意义上，暖暖刷新了一百年来中国文学中的农村女性的传统形象。这是一个不守'妇道'的女性，她忠厚、善良，机敏、能干，她的不守'妇道'是敢于在男人作为疆场的地方进行拼杀，并以人性的战胜来完成理想。这是这个形象的文学史的意义。"[①] 其实，"不守妇道"的女性一直是周大新小说的重要主人公，他的成名作《汉家女》，第一部长篇小说《走出盆地》中的邹艾都是这样的女性形象。汉家女，邹艾，暖暖，这些女性，美丽，大方，勤劳，具有中原女子特有的泼辣，韧性，敢爱敢恨，敢走敢闯，正是她们的存在，使这圆形盆地的未来充满希望与温暖。

在成名作《汉家女》中，周大新以超越时代的透视力塑造了一个

---

① 何向阳：《我深爱你的忧愁》，《中华读书报》，2008年11月5日。

内蕴复杂的盆地女人的形象。汉家女，封建、保守、粗鲁，爱占小便宜，说话随便，不懂国家政策，公然违反计划生育，我们看看汉家女是如何当上兵的："俺家无权无钱，不能送你们东西，也不能请你们吃饭。可你必须把俺接去，你们既然能把公社副书记那个近视眼姑娘接走，就一定也能把俺接走！俺不想在家拾柴、烧锅、挖地了，俺吃够黑馍了！……你只要敢说个不字，俺立时就张口大喊，说你对俺动手动脚。"可以看出，汉家女几乎是在"勒索"与"恐吓"接兵的军官，在蛮不讲理的话语背后也道出她对权力的了解。但是，却正是她，以对人性最基本、朴素的理解满足了小战士在参战前的非分要求（想看一看女人的身体）。因为她知道，那将是小战士的最后一次。在那一刻，她尊重的是生命的要求，是伟大母性的闪现，这是盆地文化基本的生命观和道德观。

"我欣赏汉家女，如一小小宇宙，既恶又善，既浑身是刺又柔情似水，既泼辣无比又温存无限，既恪守传统又在非常关头打翻传统令人瞠目，她的一身集合着载不动的生力和情感。"[①] "既恶又善"，这才是汉家女独特的审美价值。在汉家女身上，善与恶处于混沌状态，两者在她的灵魂中是平等存在的，作者没有特意抑恶扬善。这是一个鲜活真实的生命，是人性的自然存在，善恶之间有内在的张力，并导致人物进行自我选择。

如果说汉家女展示了女性的直觉与母性所具有的超越政治、政策与道德的力量，那么，《走出盆地》则以典型化的叙事给我们塑造出了一个试图"走出乡村"，顽强与命运抗争的女性。中原女子，常常具有男子般的坚强意志和拼搏精神，为了改变底层命运，走出乡村，她们不惜付出自己的青春与爱情。这也是中原生存文化特有的景观。作为中国的内陆腹地，作为传统文化的发源地，中原人多地少，缺水少粮，没有山川矿物，没有工厂，企业，观念也很保守，这都使得它贫困落后，

① 雷达：《周大新小说中的善与恶》，《解放军文艺》，1988年第6期。

城乡差别巨大。在这样的生存环境中,“走出乡村,成为城里人”几乎成了中原农民唯一的愿望,而对于中原女子来说,除了考学这一渺茫的道路外,嫁人是最好的捷径。《走出盆地》中的女子邹艾就是在这样的思想与习俗支配下嫁给了一位军官。然而,婚姻生活并不一帆风顺,丈夫家有权有地位,骨子里对邹艾看不起,而邹艾的倔强与不会熄灭的自尊心导致她不可能低三下四的去讨好别人,在这样的纠结中,邹艾走上了离婚,独自闯天下的道路。虽然生活曲折,艰辛,性格中也慢慢有些阴郁的东西,但是,这样一种坚强,自强却使得邹艾的形象充满光彩。

“暖暖”,仅仅是这一名字就足以激起心灵的涟漪,温润,晶莹,有光泽,它仿佛生命的底色,存在于我们每一个的灵魂深处。当这样一位女性行走在田间,水库,蓝天之下,那是一道暖流,缓缓流过我们的心。一个人物的名字在小说中或许并不重要,也没有那么本质化,但当“暖暖”出现在《湖光山色》中时,隐喻的意味马上出来。那是一片温暖之地,还有古老的美在里面。的确如此,暖暖是小说的绝对主人公。

与邹艾不同的是,暖暖生活在地理形态的乡村和精神的乡村都即将被瓦解的时代,她所面临的困境不止是脱离贫穷的问题,还是如何能够保存农民最后的栖居地,如何能够如孤军奋战般地坚守最后的道义。暖暖美丽,聪慧,勤劳,有头脑,能够在现代文明的冲击与挤压下找到相适应的生存方式,但同时,在身上,又保留着最朴素的美德,那就是对自由,爱情的向往,她躲避村支书弟弟的求爱,在没有三媒六证的情况下,自己走到旷开田家里做新媳妇,这在乡村无疑是大胆之举,这从另外意义上传达了她对权力、习俗的蔑视与反抗;而在她的性格中,最让人震动与觉得美好的是她对“仁”与“义”的坚守,在做生意失败后,她没有逃避,而是挨门逐户道歉,一点点攒钱去还,后来,因接待旅游者而挣钱致富,她也没有忘记乡里乡亲。而当旅游公司违背基本道德让女孩子在宾馆做“小姐”时,为了保护这些不谙世事的姑娘,暖暖不惜与合作开发公司领导闹翻,甚至与丈夫离婚。因为在她眼里，丈夫开田的行为，权力欲望的膨胀及逐渐变态的性格，已经脱离了一个“人”的本性与本分，那不是她的信念，暖暖不愿意为了钱而丧失基本的道义。暖暖不仅是楚王庄的希望，更是当代乡村一个坚守者的形象与范本。“暖暖最先嗅到了资本文明带给农耕文明的铜臭，并不在于她意识的先进，而是她本人正是另一种封建势力的牺牲品，而这时乡村姐妹的身体却是资本权力的祭品，她的果决反抗以致将她的生意合作人、经济启蒙者最终提交法律的结局有着争回人之尊严的根源。这是暖暖形象超出文学史的意义。对资本权力的警觉，使周大新将20世纪初鲁迅一代知识分子开创的启蒙主题深化一步，暖暖于此也不同于百年前的祥林嫂，在反对权力——不论它以何种包装出现，只要它是恣意删改人的命运以羞辱人的美好人性为前提的，暖暖的反对均做到了勇敢彻底。”[①]

如前所言，在现代化进程中，古典意义的乡村，具有完整的家族谱系，村落的结构方式，传统的文化结构与道德信念的乡村正在瓦解，“湖光山色”不可避免地要被“声光电化”代替，而田野、村庄的荒芜似乎也是必然，不管是象征意义的，还是具体存在层面的乡村，都处于某种沦陷之中。这使得生活在这个时代的人们充满着乡愁，就如同渐行渐远的，慢慢消失的故乡。但是，挽歌式的叙述，或愤怒的谴责并不能解决问题，也并不是乡土文学唯一可做的事情，《湖光山色》以“圆形盆地”特有的韧性与抗争精神寻找新的存在，在历史以加速度方式行进的过程中，暖暖的抗争，楚王庄的抗争，还有那在风霜雨雪侵蚀下依然存在的古长城，等等，这些力量会显得单薄，脆弱，但是，只要有它们在，民族的某种传统就不会被完全毁掉，还有希望、美好可以追求与向往。这正是“圆形盆地”的湖光山色和周大新的乡土写作所赋予给人的力量。

---

① 何向阳：《我深爱你的忧愁》，《中华读书报》，2008年11月5日。

刘震云

“故乡”的两极意义

早在1992年，刘震云便发表声明：“故乡在我脑子里的整体印象，是黑压压的一片繁重和杂乱。从目前来讲，我对故乡的感情是拒绝多于接受。……在我的小说中，有大约三分之一与故乡有关。这个有关不是主要说素材的来源或以它为背景等等，而主要是说情感的触发点。”[①] 在这段话里，作者可能要着意强调两层意思：一、在“实在”的意义上，“故乡”只是他思维的出发点和情感的启动点；二、他并不怀着通常作家对“故乡”的温情去写作，他对“故乡”的情感是拒绝批判多于认同，他作品中的故乡是抽象的，是整个东方中国的象征，而不是具体的河南延津，他只取其符号的意义。和现代文学时期师陀作品中所充满的“残酷的诗意”相反，刘震云从情感和理智上都否定了自己的“故乡”。几乎没有作家对自己的“故乡”作出如此严厉的判断，这是一种激愤，还是对“故乡”生存境象的某种隐喻？似乎很难说清楚。作为20世纪中国典型的外省，河南总是与灾难、贫穷相联系，而民众的生活也总是在艰难中变得扭曲、麻木甚至残酷，在农村生活了十几年的刘震云不可能感受不到这种生活的真相，批判“故乡”，其实是在批判中国生活，同时，也在某种程度上展示处于偏远外省的民族性格和它们在中国文化中所具有的普遍性。

但是，事实并非如此简单，“故乡”对一个作家的影响绝不仅仅限于性情上和文字上的影响，“故乡”的整体生活方式、思维方式和大的

---

① 刘震云：《整体的故乡与故乡的具体》，《文艺争鸣》，1992年第1期。

生存意象在某种程度上决定着一个作家基本的创作内容和叙述趋向。回想一下刘震云的整体创作，我们会发现刘震云的思维背景并没有脱离他故乡那块荒凉、贫瘠的黄土地，他的《故乡天下黄花》、《故乡相处流传》、《故乡面和花朵》等作品，都很少或干脆没有关于自然风景的描写，呈现在文本之中的是灰尘飞扬、苍黄的天空，是他故乡为生存而战而“说”的中原农民。当然这也可能只是一个作家生活的地域特征的正常投影，但对于刘震云来说，更为重要的是，这种沉潜在他思维最深处的“黄土地意象”、“中原农民生存境象”，包括无时不在他思维深处的“姥娘意象”，不仅决定着他的语言方式，而且，从更深层次来讲，它们决定着他看待世界的方式，决定着他小说的基本叙述方式，并且最终成为他通向世界的通道。从这个意义上讲，刘震云所说的“情感的触发点”并没有真正说出“故乡”在他写作意识中的地位，而他所说的“拒绝多于接受”也是更多地从情感认同的角度来讲的。但不管是认同也罢，拒绝也罢，刘震云的创作源泉和思考世界的方式都不可避免地打上“故乡”的烙印。

这里所说的“黄土地意象”更多地是指中国北方文化的基本特征，具体到刘震云这里，则是中原文化和恶劣的生存环境对他小说的潜在影响。北宋南迁以后，以中原文化为主要文化形式的河南不再成为中国政治文化中心，而成为封闭、落后的外省，但是，中原文化却仍然影响着河南民众的性格和生活。在这块地域上，中原文化从本质上说是一种官本位文化和生存文化的结合体，这既是几千年来中国政治文化生活的遗留，同时，也与中原地区的生存现状有关。除了《一地鸡毛》、《单位》等一些城市题材作品外（即使这些作品，里面所流露出的许多感受也是典型的中原思维），刘震云的大部分小说都是以他的故乡——河南延津县——为基本背景。延津和河南大部分地方一样，是黄河脚下的一块土地，没有优美的山川河流，没有湿润的气候，有的只是有关饥饿的记忆，不断的蝗灾、旱灾、饥荒、战争的记忆和一望无际漫漫的黄色土地，以及在这样一个生存背景下为微不足道的权力而争斗的中原农民。因此，在刘震云的小说中，出现得最多的是弥漫在黄土地上空的饥饿意象、灾荒意象和权力意象。

在故乡姥娘身边度过青少年时期的刘震云，对中原农村的贫困境象不但有所闻有所见，而且也有深刻的体会，这种最初的记忆无疑为日后刘震云小说定下一种基本的创伤基调。《搭铺》中爱莲为给父亲治病而把自己出嫁，还只是个人饥饿创伤的浅层次描写，从《故乡相处流传》开始，这种个人的创伤记忆逐渐被上升到一个集体的、民族的创伤性记忆中去，"饥饿"不再是个人的记忆，而化为一种民族意识和集体无意识积淀在民族的情感深处，它已经脱离了"饥饿本身"，决定着民族的基本生存特性和道德指向，从而成为民族生存行为的基本心理指向和最根本动机。《故乡相处流传》中谁能给曹操捏上脚，谁家就有"猪尾巴"一扭一扭过来。这时，给曹操捏脚不仅是一种权力，还有随之而来的"猪尾巴"，这是财富的象征，民众需要这种脱离贫困因此也超越了群体生存而成为人上人的象征；在《故乡天下黄花》中一代代人为争当"村长"而奋斗，其中的最大好处就是可以"吃热烙饼、炖小鸡"；《故乡面和花朵》中的"生面团"大战，在饥饿来临的时候，拥有"生面团"的孬舅也就拥有了权力，他不给孬妗和他的孩子吃，不给他的相好吃，因为他自己想要活着；《温故一九四二》大灾荒中的"易子而食"，"我故乡的人们"给鬼子带路以换取粮食等，在"饥饿"面前，人性是没有可把握的尺度的，在一个几千年来从来没有摆脱过"饥饿危机"的民族面前，所有关于"人性、道德、正义"的言说都是苍白无力的。这正是民族的悲剧所在，在民族的精神深处，我们看不到作为一个民族的和一个人的尊严和希望，同时，似乎又找不到该谴责的对象。在这样一团混沌之中、与"我"没有干系的自我原谅中我们浑浑噩噩地走过了几千年。在某种意义上，刘震云挖掘出了潜藏于民族最深处的"病根"，"饥饿"不再是实在的物理病因，而成为一种文化疾病蔓延在每一个民众灵魂中。民众的虚荣、不自信、要面子、没有原则、时时表现出来的残忍性格，大都来源于此。什么时候摆脱了这一基本的困惑，民族才有可能真正走向新生。

刘震云的小说有非常明显的权力意象，他特别擅长于描写处于权力关系中人的欲望和生存特性，《官人》、《官场》、《故乡面和花朵》、《故乡天下黄花》等等几乎可以称得上“中国权力关系的百科全书”。实际上，当我们用一种整体眼光来考察河南作家时，可以发现，当代河南作家有一个明显的总体特点：在他们的文本中有非常明显的政治意识和权力意象。这并不是说作家有参与政治的热情，而是作家特别擅长于通过文本描述中国政治文化的基本特征，以一种潜在独立的批判态度去审视这样一个文化类型的存在，进而描写权力关系、权力关系中的人的位置以及在权力欲望下人的生存境象。如乔典运的作品《问天》、《满票》，李佩甫的《羊的门》，阎连科的《日光流年》，等等，权力争斗不仅在官场存在，在乡村的每一个角落都是最活跃的力量。河南当代作家大部分都是从农村走出，对乡村生活中的权力运作非常熟悉，并且化为他们创作的最基本的题材，成为他们思考世界、历史和人类生活的重要途径之一。

早期作品如《官场》、《官人》等已经初步显示了刘震云在这方面的通透力，《官场》里的各个人物无一不是生活在权力的焦虑之中，在这样一个“权力网络”之中，“获得权力”是人唯一的生活方式和生活目的，这是文化形式对人的隐性挤压和生存压迫，他们可以寻找很多理由不去争取这一权力地位，但是，他们却无一例外地陷入其中无法自拔。“权力”作为一个词语游离出逻辑关系之外，以一种暴力方式统治着人本身，人在其中是“被缚”和“自缚”的关系。如果说《官场》、《官人》更多的是描绘中国单位制度下人的生存境况，那么，《故乡天下黄花》描写的则是民间文化中的权力运作方式，“当村长”是马村人唯一的命运，它既是具体的生存要求，也是一种文化要求。在一个没有摆脱“饥饿危机”的民族生存背景之下产生的权力争斗必然与生存本身紧密相连，因此，这种权力争斗在某种程度上是“民间生存文化”的外现，这就决定了无论时代以何种话语言说，马村人仍按照自己的“村庄逻辑”生存，它形成一个具有完满意义的圆，以自己的历史惯性和发展逻辑游离于时代主潮之外，使时代话语面目全非，同时，也正是它们成为真正的潜流改变着历史发展的方向。“村庄逻辑”才是民间的政治文化方式，社会政权不断地更替，而村庄，却仍旧按照旧有的思维在自动运行，几十年历史的发展在那里只不过是死了一茬茬的人，后代仍在按祖先的轨迹生活，时代话语很难进入马村人的深层意识，这是刘震云的历史政治观，也是他对时代精神状况的一种理解。正如他在访谈中所说：“民间文化的力量是线性的，而时代主导思想只是断面。前者是剑，后者只是一张纸。剑能轻易穿破纸。在民间文化力量的影响下，时代主潮很快会变形、妖魔化。宗教也是如此，佛教、天主教也好，很快在农村被吃掉，成为家长里短的东西，中国民间文化胃的消化能力是非常可怕的。”他的长篇巨制《故乡面和花朵》中关于各种关系的描述其实是对前面思考的深入。各种“关系”降临到“故乡”上空，曾经在故乡生活过的人们接受了新兴“关系”的洗礼，准备在故乡上演，但是，无论是外国的球星、享誉世界的名模，还是已成为影帝的瞎鹿和成为作家的小刘儿，回到故乡一段时间之后，身上又都重新染上了牛屋里的牛粪味和故乡的青草味，他们慢慢又恢复了原来的面目和原来的思维方式；各种现代的后现代的“关系”在故乡上空飞了一圈之后，变成了意义不明的“四不像”，仍按照中国几千年来的村庄逻辑和权力方式生根发芽。从本质意义上讲，这是外来“关系”的失败，是民间权力模式的又一次胜利的全面入侵。在刘震云的新作《一腔废话》中，作者通过描述最普通的底层人的“精神想象内容”从另一层面给我们展示了民众对权力的想象和模拟，他们以“想象”和“话语”的方式为自己创造了一个无限飞升的自由世界，但是，却仍然不自觉地陷入历史的圈套和诡计，最终，一切言说都成了“一腔废话”。

在饥饿、灾荒、战争的夹缝中艰难生存的中原农民必须以生存为第一要义，这就意味着所谓的“道德、正义、是非”等等都只能是第二位的。这种生存文化常常导致人性以一种扭曲、残忍的形式表现出来，我们来看看《故乡相处流传》中“我故乡的人们”是如何对待自己的邻居的：

> 这时孬舅想出了个办法，大家同意。当然不是活埋，活埋更没意思，而是将一个大杆子立起来，用绳子将白蚂蚁往上边吊，叫“望曹杆”，一边吊一边问：“看到曹贼了吗？”什么时候说看到了，就猛地一松绳子。大家都说好玩，拍手同意。孬舅的这种发明，被延津人流传下来。以后再处置人，就常树（竖）这种杆子。……杆子顶上风大，将他吹醒，他眼望四周，不知身在何处；看天上一片繁星，地上一片火把，火把照亮人的无数眼睛，以为回到了童年时期，他娘给他举高高玩呢，觉得好玩，便“嘀嘀”乱笑。这时绳子一松，一个肉团从高杆顶上坠落下来，“叭嚓”一声，血肉飞溅。白蚂蚁就又昏了过去。几次这样“望曹”，杆子周围溅得都是碎肉。马上就有无赖将碎肉捡起，放在火上烤；像现在某些人涮羊肉一样，有个半熟，变了颜色，就往嘴里填。①

白蚂蚁是白石头的父亲，曹丞相统治延津的时候，白石头被选去给曹操捏有脚气的脚，他的父亲白蚂蚁天天能吃到别人送的猪尾巴，是众人嫉妒和羡慕的对象，现在，袁绍来了，白蚂蚁自然也就成了众人“乱棒打死”的对象。其实，不管是谁吃到猪尾巴，其他吃不到的同伙都会本能地恨他，这是没有摆脱“饥饿意识”的民众深入集体无意识

---

① 刘震云：《故乡相处流传》，收入《温故流传》，第54页，江苏文艺出版社，1996年。

的恨。但是，这里最吸引我们的是刘震云的叙述方式，死亡被轻描淡写，大家像在做游戏似的残杀自己的同类，就好像杀一个毫不相干的动物，虽然这个人在明天就可能是他自己。这段话里面有“吃人”意象，“整人”意象，还有“看客”意象，看客常常就是杀人者；有“发明者”的意象，不过这发明者发明的是最原始最残忍的整人工具，这也可以成为他在群体中获得某种优越感的理由。我们看到，这样的权力文化产生这种形式的生存，而这种形式的生存又巩固着这文化的生存，两者互为因果，生活在其中的民众像一个“被动的承受者”，因袭着并巩固着这种文化传统。

可以说，刘震云的所有小说的目的都旨在揭示真正的生存是什么，它不是绝对的正义和非正义、错和对所能衡量的，它在于“人要活着”，这一基本的事实战胜了所有关于世界的定义。时代政治的轮流与真正的民间是无关的，他们关心的是“谁能当村长断案吃上免费的热饼”，所谓的崇高和政治目标其实是被他们利用了，他们利用它来达到自己的目的，路家儿子当八路军，李家儿子做国民党，都只是为了复仇。他们有一套自己的生存法则，是你死我活的战争，这比时代的政治斗争要残酷得多，持久得多。

但是，不管刘震云如何绝望地描述着历史、文化、人性，如何用一种绝望的黑色幽默来描述中国“内耗式”的生存，在他思维的另一极，始终有“姥娘”的形象稳固地存在着。姥娘是刘震云所有作品的一个沉沉的铅砣，她以她天然的尊严和慈爱坠住在“话语”中不断飞升的、逐渐失去了存在之本真面目的人类，她存在着，“故乡”才存在着，人类才有可能得到真正救赎的机会，因此，还有希望，还有温情，还有生命的自尊和尊严，它们昭示着人类某种本质的存在方式。考察刘震云创作的整体思维背景，我们会发现，“姥娘”是刘震云所有小说最重要的思维背景，她作为一种原型力量以永恒的形象站在故乡，也存在于作者的心灵深处。可以说，刘震云在其小说中不遗余力地向我们展示了北方农村或者说中国根深蒂固的“生存文化”的劣根性，人性的卑琐、残酷和麻木以及种种的扭曲都被入木三分地表现出来；而历史的发展似乎只是形式的、言说的改变，乡村权力舞台上只是人在流动，唱的永远只是一出戏，无论是“同性关系时代”、“生灵关系时代”、“灵生关系时代”，还是“牛屋里的学术讨论会”，无论是谁当马村村长，大家所想的仍是千古不变的“权力”，其“精神内容”没有实质的改变，这似乎给人一种感觉，刘震云是一个彻底的绝望主义者和悲观主义者。但是，有姥娘在，姥娘是刘震云所有狂欢、所有绝望、所有思索、所有愤怒和玩世不恭的终结点，人类声嘶力竭、百般卖弄的表演在永恒的姥娘面前都显得异常浅薄、滑稽、卑下。

这样，在刘震云的思维背景中，就有一个两极的存在，一极是卑微、无奈而又残忍的民间生存境象，如前所述的“望曹杆”的发明，如《故乡天下黄花》中的路黑小、许布袋等，这是没有希望的群体生存，可怕的盲从、可怕的残忍、可怕的愚昧和自私，许布袋在日本人烧杀淫掠的时候跑到地里睡觉，因为他要避开三方势力的混战（国民党、共产党和日本人），以免得罪任何一方，马村一代代人为当村长而相互残杀，在这里，作者对人性的省察没有幽默，因为没有可宽容、可回旋的余地，人只是一个“客观的、被动的”动物，是一种冰冷的存在。然而，同时，姥娘却作为另一极出现在故乡的原野上，姥娘割三里长的麦趟不抬头，姥娘以自己的尊严获得村庄的尊重，姥娘以对女儿、孙子无限的爱而赢得了孙子最深刻的情感。姥娘是尊严、道德、美好的化身。换言之，在刘震云的小说中，作为“故乡”唯一完美的形象，姥娘就像一堵墙，挡住了千里之外的孙子不断向人性、社会的黑洞探望下去的眼光，在姥娘身上寄托了刘震云最后的理想、信念和希望。因此，姥娘又成为一个巨大的历史象征物和原型存在，她的形象给刘震云提供了一个可能的完美理想的人性和世界，这是他心中生命纯粹本质的象征物和人类灵魂最后的栖息地，也是人性最后的救赎地。

故乡在刘震云那里究竟意味着什么？它既是理性的，因为刘震云把“故乡”作为一个“社会整体”来考察，它“包括人、土地环境，还包括维持人、土地和环境的社会政治、经济形态及生活方式”，这样，“故乡”就不仅仅是河南这样一个中国的边缘外省，而是整个东方中国的缩影；但是，它又一定是感性的，因为故乡是他生活过的土地和原野，也是刘震云所有思想和情感来源的基本背景。他的思想在故乡的茫茫原野上游走，探听，不时听到他所熟悉的亲人们发出响亮的笑声，这笑声是如此响亮、如此幽默，他吓了一跳，不由得回过去看他们为什么那么笑，他看到了他们自在而并不美好的生活，看到了他们并不美好但却充满着完整意义的人生。故乡有姥娘，那永恒的地母形象，顽强、坚韧而又不失尊严地活着，也有孬舅、孬妗、猪蛋，他们为了吃一团生面而你死我活的相互斗争，有吃自己孩子的亲人，也有杀人如麻的土匪。刘震云完全沉浸在里面，因为爱之太深，也越发现其中的颓败和残缺，面对这庞大的历史遗迹，那化石般顽强存在而又失落了许多东西的亲人，面对这在历史和现实生存挤压下逐渐符号化的人的存在，刘震云找不到希望，找不到人的本原的存在意义，失去了希望和想象的方向。

“吵架”美学与“平民立场”的两难

“吵架”美学。用“吵架”这一颇具贬义色彩的民间词汇来概括刘震云庞大丰富的语言体系的美学特征似乎有点大不敬，但是，却是一个很有趣也很有说服力的角度。

吵架特征之一：语言具有强烈的“爆炸性”，吵架双方的思维具有无限的发散性和放射性。在吵架过程中，最丰富的是语言的存在，语言可以摆脱通常的逻辑自由飞升，不需要虚词、转折词的铺垫，也不需要考虑语法的合适与否，因为，吵架的语言在是在激切的情境下发生的，只要于自己有利，过去、现在、未来，家事、国事、天下事，古今中外，古往今来，所有话语在那一刻都如电光火石，訇然迸发，于是，星星之火，得以燎原，并且以迅雷不及掩耳之势蔓延。语言被赋予最大的灵活性和反讽性，各种文化形式的语言都可以被拿来运用，因此，吵架的过程其实是解除语言枷锁的过程，它通过游戏的方式实现了重新回到本我的飞升过程。《故乡面和花朵》中“打麦场”上“主观和客观”的相互转换、脏人韩对“历史”发表的高见和刘震云小说中随处可见的对时代话语的重新使用等等都充满了解构和创化意味，语言在这样一个“爆炸性”思维语境下充满了灵感和新鲜的活力。从这一角度讲，《故乡面和花朵》是对语言本原意义的一次深层的挖掘和再现，在洗去了重重污垢和铁锈之后，语言恢复了它最初的自由度和生命力。

吵架常常是以点代面，牵一发而动全身。《一地鸡毛》中小林和妻子的吵架是从“一块馊豆腐”开始的，这是生活和语言的起点，也是小说的所有起点。从“馊豆腐”开始，到一只花瓶，到一只热水瓶，然后，到小林的农村出身等等，“馊豆腐”其实只是一个火引子。吵架的过程是“设圈套”和“上圈套”的权力转换过程，是一个不断升级、由小到大、由游戏到认真、由量变到质变的过程。因此，也是一个“敌退我进、敌进我退”的战斗过程。在这其中，“上当”一词就具有了战略地位，它在《故乡面和花朵》和《一腔废话》中频繁出现，“这傻冒果然就上当了”，“他又上了一当”、“这阴谋立即圈住了……”，圈套之后有更大的圈套，上当背后是上更大的当，每一人物在偷偷设圈套的时候，其实已经进入别人的圈套之中。正当你得意洋洋，为之四顾之时，地雷在你脚下炸响了。这是刘震云小说语言的基本美学特征。他从来不让他的阅读者偷懒，他把你领进一个没有出口的迷宫，然后扔下你，走了。按照通常的思维惯性，你寻找着出口，刚看到希望，可随之而来的是更大的圈套和话语系统，你不得不继续往下走。《故乡面和花朵》中刘老孬和他的外甥小刘儿不断地斗智斗勇，你以为小刘儿被老舅的谜语难倒了，可是小刘儿会出奇制胜，反败为胜，于是，双方大战几百回合。虽然他们每一回合都充满着智慧、精彩和曲径通幽的妙处，可是，太多了你也就疲倦了，听来听去头都听晕了，你还没有一个明确的线索，最后，你的头脑是黑压压的一片繁乱和沉重，但是，吵架还刚开始。还有二百万字在等着你呢！

吵架特征之二：对话性。吵架其实是两方之间的虚拟对话。它具有一种张力，这种张力在于吵架双方的语言既充满着自我辩解，又暗含着对对方的指责并制造一个陷阱，在确认自我意义的同时否定对方的意义让对方上钩。双方都站在自己的立场上为自己寻找真实的理由，形成一个完整的历史言说和世界，每个人在自我的意义上都是完满的，但是，从对话双方来看，又都是片面的、残缺的，意义不断地复合、分离、扩大、转向，小说由此形成诉说、思辨又充满着民间阴谋的对话式的结构方式。因为对话起源于“吵架”，目的是要打倒对方，因此所有关于哲学的、历史的和个人意义的言说都不是一种严肃意义上的理性言说，而充满着游戏和戏仿的意味，这也使所有的理论都呈现出被讽刺和被解构的态势。可以说，《故乡面和花朵》前三卷都是建立在这样一个"吵架对话"基础之上，无论是"同性关系"还是"异性关系"，人与人之间都是在这样一种虚拟的"吵架对话"中和别人建立关系，它最能体现个人进入历史的迫切性。在这一过程中，双方所陈述的都是自己对世界、对自我历史位置的想象，它只与个人的利益和当前的语言处境有关。"基挺·米恩与袁哨"、"俺爹和白蚂蚁"、"一块石头、一副剃头担子和一只猴子的对话"，等等，"我故乡的人们"就是这样在"阴谋和反阴谋、打倒和被打倒"的吵吵闹闹中走到了历史的舞台。而归根结底，他们都只是为了获得个人的话语权。

阅读《故乡面和花朵》的时候，有一种非常明显的感觉：即使是人物自己在叙说，也仍是用一种对话口气和某个东西"争辩、解释、反抗"着什么。这仿佛意味着，在他们的心中，始终有一个巨大的对立面存在，它作为一个固定的形象阻碍着他进入世界或进入言说。为了超越它，便有了虚拟的"吵架对话"。因此，这种对话与其说在自我辩解，倒不如说人物在想象着如何争取自己可能的历史位置。刘震云经常讲的"个人情感与想象世界的通道"可能正是指个人对世界的这种想象方式，他要他的人物摆脱通常意义的时代话语和历史话语，而回归到个人的世界之中，是个人和世界的关系，而非时代与世界的关系。

吵架特征三：吵架双方看似在寻找一个胜利的结果，其实存在的只是一个过程，它是一种生活方式。或者更确切地说，它是乡村生活和平民日常生活的一种重要的生活思维。吵架其实就是一种无结果的不断循环的辩论，无论最后是和解了还是继续吵下去，都无关紧要。它不涉及意义，但却涉及时间。它是精神的一次飞升和洗涤，无论是吵架的人还是听吵架的人最后都获得某种释放，在一个又一个回合中，双方不断获得自我的意义，不断寻找着新的位置和出发点，尤其是，吵架者从日常生活的被忽视位置一下子站在舞台的中央，这种意义的反差和存在的突现对个人的存在来说具有重要的放大的作用。因此，我们看夫妻吵架、街上斗嘴，往往都是鸡毛蒜皮的小事，谁听了都不值，但是，对于他们个人存在的那一瞬间来说，却是至关重要的。或者把吵架的意义放大一点，可以说他们就在那一刻“意识到”自己对世界的参与。他们通过对方的错误来求证自己的存在，简言之，吵架就是为自己创造历史。因此，“吵架”是一种仪式，是一种战胜无休无止的虚无感的方式，它不是一劳永逸的，因此，它只能是一个过程。而这是芸芸众生的底层人才有的精神特征，与他们微不足道的社会地位相辅相成。刘震云正是从这个意义上来强调普通人的精神想象过程对他们生活的意义，这一点后面我还会详细论述。

但是，当我们阅读《故乡面和花朵》卷四时，世界突然变了。从前三卷“吵架对话”的繁复、嘈杂，到卷四的舒缓、平静（尽管它仍有前面的语言痕迹），天空、大地和生活的细节再一次回到了小说文本之中，世界又一次以形状、色彩、感觉、气味的整体方式存在，那是一个似曾相识却又转瞬即逝的体验世界。在经历了前三卷语言的冲击和挑战之后，一切归于一种尘埃落定之后的纯净和繁华之后的寂静。一个 11 岁的少年骑着自行车在 1969 年的中国乡村大地上感受着成长的躁动和世界的“真相”，这“真相”是残酷的，他对世界的每一个惊喜和惊奇都被随之而来的丑陋打击得无影无踪，但却又因为一个少年的眼光而变得富有情感，因为一个满怀着往日回忆的成人的叙述而变得幽默、意味深长。

看《故乡面和花朵》时，一直有一个巨大的疑团（也许不只是我一个人的迷惑），为什么前三卷和最后一卷反差如此之大，作者的用意何在？他用这种方式所表达的是一种什么样的思想？刘震云曾说：“前三卷是三个成年人的大梦当然出现了这种形式，但是到了第四卷作为正文好像是一个铅砣要坠住天上飞升的三个大气球不使其毫无目的地在空中乱飞开始出现一个少年对一个固定年份的深情回忆和顾盼的时候，它在文体上突然又开始返璞归真的自然流淌了……”[①]“铅砣”之说虽然形象，但只是一个比喻，换言之，卷四在某种意义上是对前三卷的一次救赎。它既是小说形式的救赎，也是对心灵的一次救赎。我们早已忘了自己曾是一个惊奇地看着世界的多愁善感的少年，在人类从少年走向成人的过程中，逐渐丧失了和天空、大地的亲和力，而成为《小王子》里面那没有一个臣民却梦想着权力的国王，那日夜不停地算着占有多少星星的商人，那个因为喝酒而羞愧、因为羞愧而喝酒的永远无可救药的醉鬼；[②]我们已被漫天飞舞的“话语”、“权力”所左右，失去了体验世界的能力和心灵，正如埃皮克蒂塔所说：“使人扰乱和惊骇的，不是物，而是人对物的意见和幻想……”通过11岁少年的眼睛，前三卷成人世界的“白日梦”、“阴谋和圈套”是多么无趣而乏味。一个少年的伤心、高兴和敏感显得那么纯洁、真实，他让我们摆脱了乡村话语对太阳花嫂的恶意涂抹，感受到她的善良、性感和生命存在的全部美丽和玄妙，他的叙述让我们意识到历史“真相”的每一细节对于个人存在的重要性，历史重又恢复了它的时间性和叙述性，大地重又升起千万种美妙的声音、气味和色彩。这是生命成长的黄金阶段，在这一阶段里，每一件事情都蕴含着强烈的情感力量，每一个生命在11岁的少年眼中都充满着奥妙和神秘的气息，而每一个小小的动作和语言都藏着无限的意味。它们像神灵一样居住在人的最深处，为人类做一次次无望的救赎。

可是，当笔者再次提起这一问题时，刘震云又换了一种说法：“三个虚拟的世界，一个真实的世界，这种结构方式比较符合我们村里人的叙述方式、思维方式。这种结构可能触及中国乡间文化的核心所在。”

---

① 陈戎：《“为什么我的眼中常含泪水……”——关于〈故乡面和花朵〉·刘震云访谈》，《北京日报》，1998/10/13。

② 安东·德·圣艾修伯里：《小王子》，艾柯译，哈尔滨出版社，2001年。

这句话让我吓了一跳。因为我从来没有想到过把这样一个具有无限奥秘的文本结构和一个村庄的叙述思维联系起来，而经他这样一解释，《故乡面和花朵》就更充满歧义性，更加扑朔迷离。

也许都只是阐释之一，而非它的全部。

“平民立场”的两难。似乎有一种倾向，刘震云拒绝对他的作品进行价值判断，尤其拒绝用知识分子的意义系统对他作品中所描述的平民世界的精神状态进行意义阐释。他曾在不止一个场合强调“精神想象的过程”对于平民生活的意义和价值，而不对其内容进行意义判断。他饶有兴致充满激情地写夫妻吵架、乡间的阴谋与圈套、菜市场上菜贩之间的插科打诨逗贫嘴，他强调民族语言的想象力和生命力恰恰来自于此。他认为，正是这种对语言的激情和由此而产生的快感支撑着平民精神世界和生活的大部分时间，它对他们的存在本身而言具有重要价值，而这些是不能用外在的意义系统来加以判断的。刘震云把底层人这种语言方式和生活方式称之为“精神想象”，是我们的作家为之忽略的，但却占了生活百分之八十的那一部分，而这一“精神想象”的过程对我们的日常生活具有重要意义。

可以说，刘震云发掘了平民世界的普遍存在状况。在关注平民如何活着，并且如何寻找精神的支撑点时，刘震云和他们站在同一位置上，作为农民之子的刘震云能从情感上深切地体会到他们此种生活方式和语言方式的原因，他和他们具有共同的心理感受，决不会高高在上。从《一地鸡毛》到《故乡面和花朵》、《一腔废话》，刘震云在小说中至少展示了平民（或底层人）两点本质的精神状态：一、他们对生活，对过上好日子有着强烈的渴求，他们有着比任何阶层都不低的智慧和道德境界，在骨子里，他们渴望获得一种自我认同，而这种认同在实际生活中没有实现的可能性，“语言”是唯一能达到自己内心世界的途径，所以，语言在底层人那里决不仅是一种说话方式，而是他们的生活方式和思维方式。这正是“一腔废话”存在的理由。二、同时，无论他们对生活的渴求多么强烈，这种想象的结果仍然是对现实秩序的惊人复制和一个怪圈般的轮回，他们在不断发现自己战胜别人的过程中迷失了自己，起点就是终点，他们仍然生活在现实秩序的生活漩流之中，他们寻找到的只是生活的表层意义，并非实现了个体的存在和自我的欲求，仍然是依循时代和历史的要求。这就产生了一个矛盾，作者的本意是想通过展开底层人的丰富的内心世界来显现他们作为个体的不可替代性，然而，当作者在五十街西里这个地方游走一圈，像孙悟空一样进入他们的灵魂深处窥听一番之后，却发现，他们的存在状态仍然只是一种群体的存在状态，民众努力获得自我的过程恰恰是他们更深层次失去自我的过程，他们陷入了一个更大的圈套之中：他们的行为其实只是加入了时代的大合唱，在更深意义上说，他们助长了时代洪流朝着人类“疯傻”的方向奔涌。在这样的叙述之中，作者给我们展现了一幅喧闹异常但却具有异常的控制力的时代境象和历史真相：个性主义的时代并未到来，相反，随之而来却是一个更为一体化和统一化的时代。在电子时代下，民众成了强化生活秩序的生活机器，而那些具有蛊惑特征的现代生活以“个性、自由”的面目出现，并引起民众的极端关注和追求，它们被看作“自由”的象征，其实，它们在诞生之日起就失去了它的本意，成为新的统治民众的工具。在这样的追逐之中，他们无比投入地观看、参加时代各种活动追逐时代潮流并以此为获得意义和自我的象征，但是，在此种意义上，人恰恰失去了自己。

刘震云被底层人复杂、巨大的精神世界淹没了，他看到了“精神想象过程”作为一种自我调节对于在现实生存夹缝中艰难存活的底层人的意义，但是，却不愿挑明这种意义的虚假性和循环性。这并不是说刘震云没能以一种批判的姿态去看待这样的精神世界，而是刘震云认为自己没有资格去评价他们的生活，这是他平民意识的一个基本立场。换言之，刘震云这里的平民立场意味着他理解他们的生活和情感，但是，却拒绝承担他们生活本质的"虚假性"。原因在于，作者认为，正是这种"虚假性"构成了底层人生活的全部意义，它在他们的心灵中生发出真实的情感和灵魂需求，那么，它也就有了它的真实意义。在自动放弃了知识启蒙返还到底层人生存内部世界之中后，作者发现，没有人去真正关注他们在想什么，而总是要求他们应该想什么，这是所谓的精英知识分子的致命盲点。因为对于底层人来说，生活真正有意义的不是获得了什么（因为很少有人有这样的机会），而是你通过什么方式平衡了自己，平衡了你在社会中的位置。这样，在刘震云的作品中，就有一个悖论性的存在：当作者在面对底层人无以丰富的言说时，他以最为充沛的情感深深投入其中，表达着他们的历史欲望和现实要求以及真实的情绪状态，但是，当作品完成之后，我们却看不到我们所渴求的向上的和生机勃勃的生活，整个民族处于一种无限的内耗之中，没有力量，没有明朗、健康的心态，一种萎顿、颓废的气质如暗流般潜伏在时代深处和每一个人的心灵深处。从这个意义上讲，刘震云称《一腔废话》为真正的新写实小说：

从《一腔废话》开始我认为我真正开始了新写实。这种写实更接近我们人的生活，更接近我们人的本体，更接近我们人的真正的思想情绪。我觉得我们的思想情绪从白天到黑夜并不是按照别人给我们总结的那样的物理时间在运作的。而是我们每一个人，大部分的时间，都是在胡思乱想中度过的。胡思乱想是《一腔废话》创作的一个基点。

另一个基点就是每天我们舌头的作用。我们说过的话，到底有多少话是有用的，我可以肯定地说，95%都是废话，都是胡说八道。听一听我们遍地打手机的人，饭桌上吃饭的人，谈论的话题、话题的范围、话题的节奏是按废话的节奏来运转的。但是，这不证明废话没有作用，我觉得这些胡说八道

> 既然占了我们生活的95%，它就一定是上帝的安排，它肯定对我们的人生，对我们这个社会，对我们这个地区，都有非常大的支撑作用。而且，这些饭桌上的笑话，包括黄色笑话，都充满着创造力，看似荒诞，更接近真实。包括我们网上的帖子，网上的聊天，虽然说人名都是假的，话也是废话，但是反映了我们此时此刻的非常真实的情绪。这些情绪是非常大的一代人的反映，也是一个社会的反映，也是这个地球的反映。我觉得大家说累了，我应该把它记下来，这是《一腔废话》创作的另一个基点。[①]

只有语言在时代的街道上兀自狂奔飞舞。

民众被历史放逐，于是，他们在话语的历史中寻找自己的存在，“饭桌上的笑话、网上的帖子、喷空儿”都是发泄的方式，语言、创造力比任何时候都丰富，但却也前所未有的贫乏，因为意义“缺席”了，所以只能是“一腔废话”。当然，它可能指向一种政治的转喻存在，可能指向民间的语言力量，但是，就使用者而言，它只是被作为话语使用，作为消磨时间的“过程”，而没有经过心灵，更没有进入心灵，因为它未被“审视”过，未被“意识”过。也许我们不能苛求意义，语言构成一个更为真实的意识形态世界，实施着它的暴力和权力侵略。但是，人到了哪里？人作为一个有意识的动物它和世界究竟以何种关系存在？《一腔废话》用最张扬的语言和最丰富的创造力为我们描绘了一幅最虚无、最绝望的时代生存图，我们每个人都被圈入之中参与。这的确是真正意义的“新写实”，它让我们看到我们精神世界惊人的丰富和惊人的贫瘠！

那么，除了以语言的游戏方式解构自己的历史存在之外，底层人

---

① 新浪网：《刘震云访谈——〈一腔废话〉是新写实》，2001/12/26。

有没有苦难意识？有没有一种悲剧感？刘震云在和五十街西里的底层人的一天天接触中，发现，生活在苦难之中的底层人并没有明确的苦难感受，苦难只是知识分子一种高高在上的姿态，苦难对于他们来说只是一种说法，只是一种必须面对的困难而不抽象的存在感受。或者说，当他们面对苦难时，他们设法渡过，而当他们说自己苦难的时候，只是一种叙述，他们有更多的平衡方式消除自己内心的不平衡。

在这里，刘震云既指明了我们所说的是"一腔废话"，正是这"一腔废话"支撑着我们的生命和社会，但同时，他也认为，这些"废话"反映出社会的情绪和时代的精神状态。这就是说，从政治学和文化学的角度，刘震云认为这"一腔废话"是时代的一种征象和寓言，而从个人史角度来看，它则具有"过程"的意义，因为它支撑着大多数人生命的历程。这其实反映了刘震云思想深处的矛盾，他从这"一腔废话"中感受出时代的虚无、荒谬，但却又要竭力肯定"一腔废话"本身的意义不是一种虚无和荒谬，因为他的平民立场要求他无时无刻不在替平民、底层人寻找存在的理由和根据，这使得他的"过程"美学本身变成了一个无法自圆其说的两难命题。

民间的生存特性

如我在前面所言，刘震云的所有创作考察的是底层人（民间生存）在以何种方式存在着，而不是他们应该是什么样子，“理想、正义、对错”之类的词不在他的考察范围之列。换言之，刘震云从来都不是一个理想主义者，而是一个生存主义者。《搭铺》是刘震云少有的以正剧的笔调描写“温情”和“感情”的小说，但随之，他否定了他的这种创作倾向。他说：“《搭铺》是我早期的作品，里面还有些温情。这不能说明别的，主要说明我对故乡还停留在浅层认识上。到了《新兵连》、《头人》，认识就加深一些”[①]。此后，“摒弃情感”成为刘震云小说的明显特征，他开始考察人性真正的存在维度。

《一地鸡毛》中的小林经历了从一个“个性人”到“群众人”（mass-man）的过程，[②]终于淹没到了芸芸众生之中，开始了他的面目模糊、精神萎顿的生命历程。看到“人”的这一退化过程的刘震云并没有过多地责备小林，因为他看到小林背后是一个无法超越的巨大网络，小林的每一次挣扎反抗换来的都是网的进一步收紧和生存的狭仄。他对小林有一种自然的认同和理解，或者说，作者和小林之间是一种零距离的关系，在思维深处，他和小林达到了情感的和谐、一致，他们以非情感的态度来对付这个巨大的网络。但是，在某种意义上，也正

---

① 刘震云：《故乡的整体和具体的故乡》，《文艺争鸣》，1992年第1期。

② 卡尔·雅斯贝斯：《时代的精神状况》，王德峰译，第32页，上海译文出版社，1997年。他认为，“‘群众人’（mass-man）通常性质表现于大多数人的举止行为中”。

是因为叙述者和主人公之间太一体化了，反而限制了小说意义的延展，作品的整体意味未能上升到对“人”的整体存在的悲剧性观照上，而对社会的指涉也显得软弱无力。刘震云也可能已经意识到这一点，到了《官场》、《新闻》，刘震云的小说人物开始被漫画化、夸张化并且丑化，《一地鸡毛》里面对小林的宽宥被作者极为严厉的否定甚至一种厌恶的情绪所代替，作者不遗余力地嘲笑、入木三分地刻画他们的丑态。我们几乎可以把它看作《一地鸡毛》的续篇，里面人物的性格是小林性格进一步发展的必然结局。它似乎在告诉我们，刘震云对小林生活的情感认同随着小林的变异已经结束，他意识到随着小林对“人”的信念的坍塌，人性的黑洞会越来越大。

也正是从此时起，刘震云对“人是什么”这一古老的问题产生了形而上的兴趣和怀疑。苏格拉底把人定义为“一种理性的动物”，他说：“一种未经审视的生活还不如没有的好。”我想，苏格拉底在这里更多地是指人应该对自己的存在有清醒的“批判意识”，经过这样审视和选择之后的存在才是“真正的人的存在”。然而，随着近代工业社会和现代世界的来临，古典主义的人的理论遭遇到了全面的质疑和挑战。“人是什么”再次成为一个迫切需要回答的问题。德国哲学家卡西尔认为：“靠着这个定义（人是理性动物）他们所表达的毋宁是一个根本的道德律令。对于理解人类文化生活形式的丰富性和多样性来说，理性是个很不充分的名称。但是，所有这些文化形式都是符号形式。因此，我们应当把人定义为符号的动物（animal symbolicum）来取代把人定义为理性的动物。”① “人是符号的动物”，它意味着我们无法摆脱环境的既定性（这一环境包括政治环境和文化环境），无法真正认识到人的本真存在，它意味着我们永远只能生活在“历史”之中，并且“不能超越”，应该说这是进入现代世界以来对“人的存在”的极为悲观的判断。

① 恩斯特·卡西尔：《人论》，甘阳译，第34页，上海译文出版社，1985年。

也许的确是这样。作为一个有理想有抱负的大学生，小林的生活不能说没有经过自我的理性审视（虽然这一审视只是作为一个大学生的理想冲动），但在这一审视过程中，他所遭受的是社会的挤压、心灵的窒息、情感的萎缩。如果他还保持他的理性存在，他将被弃之于社会门外，他将仍然不得不住在两家合住的房子里和别人吵架，他将仍然不得不含泪把自己的老师推到门外，他将失去孩子上好学校、失去换房的机会，等等，而一旦放弃自己的"审视"和"批判"，进入此前不遗余力批判的"关系网络规则"，一切问题均可解决。换言之，当小林放弃了一个"个性人"存在进入到"群众人"的存在之后，他才能存在，而"尊严、理想、自由"在此时是非常轻飘、无意义的。在这里，就出现了尼采所说的**"为了生存，我们需要谎言**……"尼采在写完这句话后，情不自禁地感叹道："为了生活而需要谎言，这本身是人生的一个可怕又可疑的特征。"[①] 可是，这又是一个多么真实的"人"的生存场景！如果小林要保持他的"经过审视的生活"，他最终将失去的不仅是他的思想、情感，还有他的饭碗；而他选择谎言，则意味着作为"人的纯粹存在"来讲，他已经被"降格"了。纯粹的理性主义在人类社会的符号王国面前举手投降。刘震云通过他对普通人尴尬生活的两难处境的情感考察告诉我们，小林对社会的认同、蜕变是一个"群众人"的必然选择，他别无选择，因为他必须活着，并且想活得更好。但是，他也必然退化着，必然从最初的"被迫"走向一种"自觉"的行为，最后退化成《新闻》里面那样的存在。

从《故乡相处流传》和《故乡天下黄花》开始，刘震云对"人的存在性"进行更为深广的思考和探查，当然，这是一次注定没有希望的探险。如果说在《一地鸡毛》、《单位》中，刘震云把小林们从"个体人"到"群众人"的蜕变更多地归结到整个中国"关系"文化的不合理和丑

① 尼采：《悲剧的诞生》，周国平译，第384页，生活·读书·新知三联书店，1986年。

陋上，这个时候的刘震云，对“人性”之本质存在还存有幻想，那么，在《故乡相处流传》和《故乡天下黄花》中，刘震云把目光投向更为广阔的民间众生相，他绝望地看到：“人根本没有本性，他所有的是……历史。”[①]《故乡相处流传》中“我故乡的人们”一会儿跟着曹操一会儿跟着袁绍，谁在上风口就信谁，只要能让他们活着；《故乡天下黄花》中孙、李两家争当村长，也无关乎“道德、正义”，而是一种活着和生存的方式；在不同的历史条件和现实要求下，他们根据自己的实际需要去选择，而不是根据“道德、宗教或人性”的要求，这是基于生存层面的选择。因为涉及生存，也就是生命存活本身，就显得更为不容辩驳。此时的人，是仅限于生存层面的人，没有真正的历史意识，没有一种对时代的判断意识、怀疑意识和一种批判意识，他们只能说是“乌合之众”。《故乡相处流传》把这种中国民众的“乌合性”表达得淋漓尽致。

在《故乡天下黄花》和《温故一九四二》中，刘震云更集中地表达“民间生存性”的特性和它的双重意义。“鬼子来了”，“中华民族到了最危险的时刻”，然而，在这个最危险的时刻，我们的民众在说些什么干些什么？在《温故一九四二》中，当局没有在意处于严重饥荒中的“我故乡的人们”，于是他们纷纷给日本人带路以换得一些粮食，在面对国家和土地的双重离弃面前，“亡国奴、汉奸”之类的词都显得轻飘而没有价值，一个始终没有摆脱基本生存的威胁的民族，“饥饿危机、生存危机”化为一种原始本能被放在最前面，任何抽象的道理对他们来说是毫无意义的。因此，《故乡天下黄花》中当许布袋在“收粮风波”中打着“退避三舍，不得罪日本、国民党、共产党三方”的美梦，在地里睡完觉以后，发现村里已经血流成河，他破口大骂：“老日本、李小武、孙屎根、路小秃，我都 × 你们活妈！”刘震云绝望地看到，在这样一种“生存文化”的支配下，是非观、民族观、正义观都不可能存

---

① 奥尔特加－伊－加塞特，转引自卡西尔：《人论》，第218页。

在，因此，他写道："邻村一些百姓，见这村被'扫荡'了，当天夜里军队撤走以后，就有人来'倒地瓜'，趁机抢走些家具、猪狗和牛套、粮食等。现在见这村埋人，又有许多人拉了一些白杨木薄木棺材来出售。一时村里成了棺材市场，到处有人讨价还价。"[①] 一个民族的麻木不仁、冷酷无情在这若无其事的"讨价还价"声中被揭示出来，这正是"生存文化"所潜藏的人类的悲剧性。

但是，也正是因为"生存"本身对于民众的迫切性和自在性而使民间力量显示了另外一层意义。这一意义不是就民众"个体"本身而言（相反，他们仍然是"群众人"的形象存在并且更被强化），而是指在意识形态和民间力量的夹缝中，"民间生存文化"（包括其他形态的民间文化）以一种整体的固化力量显示了它的威力，它与所谓的时代主潮和意识形态力量形成微妙的均衡和对抗之势，从而有效地消解了时代话语，使我们看到在宏大的主题下面并不宏大的存在和个体生命意义的消弭。许布袋为什么破口大骂，是因为没有真正关心他们怎么活着，在这其中，民众是一个被完全忽略掉的存在，他们只是作为一个对象被利用，也正是在这时候，产生了真正的民间力量，它以它的不合作的利己主义和生存规则上演着自己的历史，形成了官方话语、知识话语之外的第三种话语力量：民间话语力量。因此，刘震云把《故乡天下黄花》的"第四部分"命名为"文化"，这是一个村庄和民族的潜文化，它在任何时代潮流下都以自己的方式恒定地存在着，不容忽视。就这一问题，刘震云一语中的："民间文化的力量是线性的，而时代主导思想只是断面。前者是剑，后者只是一张纸。剑能轻易穿破纸。在民间文化力量的影响下，时代主潮很快会变形、妖魔化。宗教也是如此，佛教、天主教也好，很快在农村被吃掉，成为家长里短的东西，中国民间文化胃的消化能力是非常可怕的。"民众和民间的力量就是以这

① 刘震云：《故乡天下黄花》，收入《刘震云文集·黄花土塬》，第176页，江苏文艺出版社，1996年。

样矛盾的形象出现。一方面，他们作为“历史情境”中的存在极易冲动、易受暗示，具有极大的劣根性；另一方面，他们也吞噬、消解着每一个时代主潮，使正统力量面目全非。

意识到“民间的生存特性”的刘震云在《故乡面和花朵》、《一腔废话》中转向对人的存在的另一层面的考察，即人的内部精神世界的存在状态。在这一世界，语言的飞升、对话和想象占据90%，正是它们支撑着芸芸众生的生命过程；在这一世界里，人可以重新安排“关系网络”，自由地选择自己的历史位置，尽管他们仍然陷入“阴谋和反阴谋”的圈套之中，但是，这只是游戏。于是，人，成了一个“游戏者”，而时代，则成为一个大的游乐场。所有的东西开始呈现出一种新的面貌，笑声充满着这一世界，而笑声，意味着解放，意味着事件失去了道德判断的重压而以喜剧和荒诞的方式出现。他们摆弄着“同性关系异性关系”、“生灵关系灵生关系”，他们调侃、逗闷，讲黄色笑话，再没有比此更接近真实的人生和真实的时代精神了，再没有比对此种境况的描写更让作家辛酸、绝望和虚无。正如雅斯贝斯在《时代的精神状况》中所说：“毫无疑问，存在着一种普遍的信念，认为人的行动是毫无结果的，一切都成为可疑的，人的生活中没有任何可靠的东西，生存无非是一个由意识形态造成的欺骗与自我欺骗不断交替的大漩涡。这样，时代意识就同存在分离了，并且只关注其自身。持有这种信念的人只可能产生关于他自身之空无的意识。他关于毁灭的结局的意识，同时就是关于他自己的生存之虚无的意识。时代意识在空虚中完成了一个大转向。”[1] 刘震云正是在这样一个虚无的“时代意识和历史意识”的支配下在《故乡面和花朵》和《一腔废话》中写下了他关于“人”的新命题：人，游戏者。也开始了他的新的探索：用语言的暴动来表达一种闹剧冲动，借此，表达他对世界的感受。

---

① 卡尔·雅斯贝斯：《时代的精神状况》，第13页，王德峰译，上海译文出版社，1997年。

闹剧冲动与语言的暴动

阅读刘震云的小说，扑面而来的首先是嘈杂、热闹、响亮的语言，小刘儿，瞎鹿，孬舅，小麻子，小蛤蟆，一个个出语惊人，放荡怪诞，没有节制，东拉西扯，天上地下，古代现代，无不为我所用，东论西侃中透露着聪明、油滑、戏谑和对语言规则背后的固定文化含义的否定性和解构性。语言在刘震云这里已经不仅仅是为了表达作者的意思，而是在最大限度地生发自己的意义。它跳出来自己言说，滔滔不绝，越说越多，越说越让人迷惑，到最后，成为“一腔废话”，一个个意义的轮回和一场场闹剧。这种意义的逆转使刘震云小说充满强烈的闹剧冲动，这种闹剧冲动不仅指他小说语言自身的倾向，也包括小说中处处存在的闹剧场景，同时，它也可看作刘震云对人类普遍存在状态的哲学意识。

看《故乡相处流传》中屁声连天长着脚气的曹操，不由得想起元杂剧《高祖还乡》中对高祖刘邦的描写。作者以一个无知乡邻的眼睛，看皇帝和他的威仪，结果出现了意料不到的滑稽效果，从而使“高祖还乡”成了一场闹剧和滑稽剧。《故乡相处流传》一开始就放弃了曹操背后的我们所熟知的历史文化含义，而是把他放进一个新的语言环境中，从一个新的生存情境重新叙述、塑造他的形象，把历史场景置于农村的生活情境之中，从民间意识来观看、叙述历史和历史人物，于是，曹丞相不再是个“大奸臣、大英雄”，而是一个爱放屁有脚气爱玩女人的无赖，我们且听曹操如何训话：

> 在一次曹府内阁会议上，丞相一边“吭哧”地放屁，一边在讲台上走，一边手里玩着健身球说：“活着还是死去，交战还是不交战，妈拉个 ×，成问题了哩。有的说可以交战，有的说可以不要交战。哪到底交战交战还是不交战，这鸡巴延津成事了哩。交战不交战，是个骨气问题；交战不交战，现在又有什么意义了呢？真为一个小 × 寡妇去吗？那是希腊，那是罗马，这这里是中国。这不符合中国国情哩。有道是，能屈能伸是条龙，一根筋到底是条虫。”……[1]

《哈姆雷特》中哈姆雷特的著名疑问，《荷马史诗》中特洛伊战争的影射，当代中国的官方话语，民间俗语，河南方言，脏话，正统的非正统的，严肃的戏谑的，几种不同文化含义的语言形式结合在一起，被讽刺性地戏仿，带有很大的游戏和调侃意味，从而形成了话语的多声部和狂欢化场面，文化话语的严肃性和深刻性被拆解成为“平面模式”，官方话语的权威性和教谕性被混淆变得意义不明语焉不详，尤其是其中已经固化了的意义都被打乱，拒绝崇高、庄严、悲剧，拒绝统一的修辞方式和约定俗成的语言文化意义的使用，这正是闹剧的传统。

在这种戏拟中，语言的表层结构和深层结构意义形成一种相反的张力构成一种巨大的反讽力量。在表面上，刘震云让曹操东拉西扯，显示了曹的无赖本质，在深层，却显示了历史话语本身的随意性，这种随意的组合产生了一种新的意义并和原来的意义形成比照。这已经不单是为了讽刺，而是在讽刺的基础上，显示了一种新的历史性说法，《三国演义》中各路诸侯各占江山，是成就一番大事业的，奸臣曹操也罢，谋臣诸葛亮也罢，都被历史涂上了神圣的色彩，刘震云不过是借助于嘲弄的语言轻轻摆弄一番，使历史又回到一种情境之中，使他们只

---

① 刘震云：《故乡相处流传》，收入《刘震云文集》（四卷本），第 38 页，江苏文艺出版社，1996 年。

作为一个普通的人在活动，而不是我们所仰视的英雄。所有人都被放在一个平面上，因此，曹操有脚气，爱放屁，而袁曹之战不过是为了争沈姓小寡妇，这种贬低化描写使文章笼罩在彻底的无所顾忌的自由气氛中，小说的整体精神呈现出无拘无束的狂欢化气质，然而，这种无拘束是以否定“意义”和“无意义”为前提的。在拒绝了曹操意义的同时，刘震云也拒绝了民众的意义，他们都只是历史场景中曹操的同谋和帮凶，而不是获得了“自由”的一群。刘震云通过这种极为夸张的混合语言抹杀了传统故事中善恶分明的对立的世界观（总是一方正面，一方是负面；一方被赋予理想中的价值，另一方是被否定的对象），反对“英雄说”，由此否定了民间故事和历史演义中惩恶扬善、具有教谕意义的一面，把所有的人物都还原到身体的背景之下。曹操的“放屁”行为在文中反复出现，无疑就是把“英雄”贬低到肉体的层次，它和臭气、粪便等污秽的身体形象结合在一起，否定了历史文本中的崇高美、悲剧美的意蕴，从而产生了闹剧意义。

四卷本长篇巨制《故乡面和花朵》这种语言的闹剧意味更是俯拾皆是。整部小说语言给人的感觉就像一匹脱了缰的马，怎么追也追不上，滔滔不绝的语言不断衍生新的意义，每一种意义又都是朝着不同方向辐射，最后的结果是：语言永远走在“意义”和作者前面，把“意义”、作者和读者弄得面目全非、支离破碎、心力交瘁。我们随便掀到《故乡面和花朵》的某一页：

> ……世界上白走一遭的事情还少吗？在通往关系的路上，我这里不是慈善机构，我不对任何人发表同情。这固然不是强者的表现，但什么是强，什么是弱呢？弱就是强，强就是弱。牛粪把鲜花吃了，海水把冰山吃了，女人把男人吃了，天狗把月亮吃了。奈何？历史发展到这一步，还不算完，男女之间的分别，也已经成为历史的名词了。开始男人吃男人，

女人吃女人了。在这种情况下，就不要计较你们那点个人的得失和必要的丧失了。真正丧失的，从来都不是可见的东西；看不见的丧失，我们却从来没有发现，这才是让人痛心疾首的地方。……①

紧接着还有很长篇幅的关于“是否白走一遭”的讨论，这是小刘儿在“丽晶时代广场”获得发言权之后对影帝瞎鹿的一番狂妄演讲。但是，如果你要是仍顺着这一思路往下看，你就上刘震云和“语言”的当了，它们早已转身走到另一个舞台上，转到其他问题和世界中了，就像农村两个妇女开始为孩子的事情吵架，最后，会扯到“十年前你借过一把盐不还，我走过去没打招呼”等等毫不相干的事情上，至于是如何、什么时候起承转合过去的，谁也不知道。这正是典型的“刘震云句式”，喧闹异常，意义繁复，却只是语言能指的且歌且舞，而它的所指却由于不断的歧义被模糊掉、否定掉，任何正经的判断和肯定的意义都被语言自身的叙述消解。

也许巴赫金关于“广场语言”的论述最能解释刘震云小说的语言意味：“吆喝者戏弄着一切他们吹嘘的东西，把刚溜到嘴边的所有‘神圣’、‘崇高’的事物都引入这种无拘无束的把戏中来。……那种充满自由、欢快的游戏的广场特殊气氛出现了，在这种气氛下崇高与卑贱、神圣与亵渎拥有平等的权利，并且加入到同一个友好的词语环境中。”② “吆喝者”即“说话者”，他们或在“丽晶时代广场”，或在“马村”、“打麦场”，通过“广场语言”的闹剧方式使一切都变成了游戏。刘震云小说给我们呈现的是一个意义模糊的世界，它游离于我们通常的道德判断和阅读期待之外，在任何你想依照通常的善恶标准或社会

---

① 刘震云：《故乡面和花朵》，卷四，第152页，华艺出版社，1998年。

② 巴赫金：“拉伯雷小说中的广场语言”，《拉伯雷的创作与中世纪和文艺复兴时期的民间文化》，收入《巴赫金全集》，第六卷，第182页，河北教育出版社，1998年。

规则进行判断的时候，他都用更为喧嚣的语言和歧义毫不犹豫毫不留情地打碎你这一企图，让你陷入语言的圈套头晕目眩，不能自拔。小说真正成为“道德判断被延期的领地”[①]，它提供给我们一个更为复杂的充满相对性的世界，这一相对性不仅是指所谓“真理、政治、崇高”等词语的相对性，也指人类日常存在感受的相对性，它们和那种单一的、绝对的判断是不相容的。刘震云曾在不同的场合说过，一个作家的任务就是给他的语种和民族提供一个想象的空间，我想，他所说的这一“想象空间”不仅仅是指一个民族语言的想象力，而是指通过这一空间，让我们意识到我们生活的局限性、相对性和与人的生存现实（包括社会现实、文化现实，等等）相对的另外一种存在可能。这也正是刘震云小说语言闹剧冲动的意义所在。

《故乡面和花朵》之后，刘震云又用两年时间写出《一腔废话》。在《故乡面和花朵》中，作者已经初次触及语言快感本身给人带来精神的满足，文中的孬舅、小刘儿、瞎鹿、六指等等每一个人物无不是长篇大论，在语言的缝隙里游来游去，把“历史、现实、严肃、崇高”等等意义搅得乱七八糟，言语的叙说让他们暂时超脱真实的残酷世界，创造一个自足、虚化却又极具荒诞感的世界，从而获得暂时性的虚拟生存空间和自我存在的肯定判断；在《一腔废话》中，作者的前提就是：五十街西里人一天突然发现，自己被自己的梦话吓着了。一觉醒来，发现双手沾满了自己的胆汁。刘震云借助一个个时代最常见的公众舞台如现场直播、模仿秀等（作者把它们都喻作梦幻场，这无疑是对现代媒介的某种阐释）展开对人类内心精神生活的探索，一旦人摆脱掉日常生活角色，同时也摆脱了语言系统对语言背后通常所指的意义系统的束缚，进入一种可想象的自由境地，人马上开始滔滔不绝地言说，这

① 米兰·昆德拉：《被背叛的遗嘱》，孟湄译，第31页，上海人民出版社，牛津大学出版社，1995年。

滔滔不绝的言语其实流露出人内心隐秘的权力欲望和自我建构的欲望。它们插上语言的翅膀愈飞愈高，当他们再想寻找自己，已经被自己说出的“话”和产生的结果吓住了，因为随着话语的流动，语言不断产生意义，意义不断产生新的语言，最后的结果总是出人意料。

在某种意义上，的确如作者所希望的那样，刘震云增加了他的语种——现代汉语——的容量和可想象的空间，尤其是他的巨著《故乡面和花朵》和《一腔废话》，狂放不羁而又荒诞异常的语言不仅仅是对我们惯常的思维方式的冲击，更多地也体现了语言本身的可延展性和语言意义的无限性，而且，尤为重要的是，在这开放性、自生性的语言背后，刘震云进入了他的另一层面的思考：人的内心精神的存在形态。刘震云曾在一次采访时说过：“我的《一地鸡毛》是对已知世界的描述，写的是物理时间里发生的故事。但小林心里的想法可能有80%没有写。我现在写东西，写的就是那80%。”这80%既是所谓的想象的空间，也是更为真实的心理空间，它常常被人自身所处的现实所遮蔽。因此，刘震云的小说又被评论家称为“精神长篇小说”[①]，它挖掘“深藏着的、隐蔽的现实”，它是一种关于人的主体性存在的哲学考察。

刘震云的大部分小说主人公都没有真正的名字，只用一个最通常的代号，如“小林”、“女老乔”（《一地鸡毛》），“老杜”、“老郭”（《一腔废话》），等等，这种符号化的运用避免读者进入对具体人的指认，而进入一种群体意象和集体意识的暗示之中，这种群体意象特征正是刘震云对处于文化、生活中的人的基本看法，从他的大部分作品我们可以感觉到，刘震云从来不承认人的独立个性的存在，这在《一地鸡毛》、《单位》和《故乡面和花朵》等小说里面对人物的描述都非常清楚地表现出来，无论是“小林”、“小刘儿”还是“孬舅”、“白石头”最

① 何镇邦：《“长篇热”带来的丰收——1998、1999长篇小说创作漫评》，《小说评论》，2001年第2期。

后都表现为对文化、政治的逐渐依附、趋同，直到个性完全消失，[①] 即使是在自我的语言世界里，人物也仍然表现出对秩序和权力的认同和追逐，而非主体意识的张扬。

这就出现了另一个问题，虽然“广场语言”使民众有了游戏、戏谑、自由自在“吆喝”的机会，但是，这只是一个没有自主性的群体的非自觉行为，它并不具有主动性、审视性，或者说，它并没有进入民众的理性思维范畴，因而对他们的行为也没有一种警醒和制约作用。这样一来，这种“戏弄、消解、自由、平等”对民众来说可能只类似于阿Q的精神胜利法，而民众“吆喝”的结果就像阿Q上刑场时一样，以无意义的闹剧收场。这在刘震云对民间绰号的运用上也可见一斑。

如前所述，“广场语言”使刘震云小说具有一种“道德判断”的模棱两可性，小说话语呈现出一种反讽和荒诞意味，赞美亦是咒骂，伤感亦是调侃，崇高被贬低，神圣被亵渎。民间绰号最能反映“广场语言”的这一特点。在乡村生活中，几乎每个人在背后都有自己的“脸谱写照”，这些绰号一般都是专找你身上的肉体缺陷或者性格上最让人看不起的缺点，非常生动，但却很恶毒，常常带有某种辱骂性，如“磨桌”（《搭铺》），“猪蛋”、“六指”、“瞎鹿”、“孬舅”、“白蚂蚁”、“胖头鱼”、“柿饼脸”、“小麻子”（《故乡相处流传》、《故乡面和花朵》）等等。这些绰号因与肉体有关常常在某个议论场合引起大家意味深长的笑，在场的人突然有了紧密的联结点，并且有一种极大的优越感和满足感，其实，这些“物质—肉体”形象的绰号意义绝不仅仅是这些，在互起绰号的过程中，他们被彼此降低，降低到肉体的层次，猥亵、降低别人，也被别人降低，从而达到一种暂时的交流、认可和相互之间暂时的平等，也是相互交流的手段。在对自己肉体缺陷的嘲笑中，把自己丑化为最卑微最不应当拥有权力的动物，随之安然地乐天知命，承认并接

① 白烨：《生活流　文化病　平民意识——刘震云论》，《文艺争鸣》，1992年第1期。

受自己的弱势地位。同时，它们随时都可以转化成最恶毒的攻击和诅咒，常常是攻击对方最有力的武器。如《故乡面和花朵》卷四中的“麻六嫂事件”，在那一刻，麻六哥夫妇其实在扮演着“小丑”的角色，他们受了欺辱，反而向大家“露出讨好的笑”，这是地位卑下的民众自我保护的一种有效手段。

从这一角度来看，绰号和绰号所产生的意义系统在无形中使民间有了获得某种话语空间的机会。语言的言说方式正是他们的生存方式，一种卑贱的、被降格了的方式。它用一种被丑化的了、因而鲜活了的形象制造滑稽场景，从而使任何严肃的（在刘震云的小说中，我们找不到“严肃”这一字眼的真正含义）历史场景没有被描述之前就已经被语言自身和这些绰号所消解掉。它否定了历史叙述的真实性、绝对性，同时，也有效地保护自己创造生存空间。它捍卫了民众笑的权利，并通过此种方式把“官、权力”拉下神坛，弥补自己实际生活中的卑微，达到心理上的平衡，正是这种思想，他们试图篡改、降低、藐视一切神圣的东西。

但是，也正是这种无处无时不在的自我解嘲自我消解，使民众失去了警惕和反抗精神。在实际生活情境中，民众在比他们高一阶层的人面前毕恭毕敬，仰视他们所拥有的财富，甚至整个人格也自动降下去，但是，转过身来，一旦有机会，则极尽贬低之能事。在《故乡相处流传》中，小刘儿和白石头因为能替曹丞相捏有脚气的脚而成为显贵，在民众眼里，替丞相“捏脚”就是“身份地位”的象征，白石头和小刘儿谁能去捏脚，谁的父亲就有人送猪尾巴吃，否则，“猪尾巴也就一扭一扭走到另一家了”。这是对中国乡村精神的隐喻，每个人想得到的不是自己不受侮辱的自由，而是寻找受侮辱的机会，因为它可以带来实际利益！而一旦别人在权力上超过他们，他们马上不假思索地自动承认自己的从属地位，连最起码的尊严都理所当然地拱手相让。在《温故一九四二》中，刘震云深刻地反省了中国民众的麻木，在灾荒年月，知道逃荒，而不知道反抗；知道吃树皮，易子而食，却不知道思考它的根源何在，“一个不会揭竿而起而只会在亲人之间相互残食的民族，是没有任何希望的”。因此，从某种意义上讲，刘震云的闹剧冲动更多地来自于他对中国整体国民精神的失望。他们也有反抗，并通过各种方式（如“广场语言”的不断言说）去消解权威、展示历史事件和政治事件的相对性，但是，这些都只是一种消极意义而言，要么就是建立在实际利益之上，没有正义与非正义、正确与错误之分（并非政治意义上的区分，而是人性角度），只是一场没有游戏规则的闹剧。有论者把刘的这一叙述方式称做“历史循环论”，其实倒毋宁说刘震云摆脱了历史的既定性和简单的是非判断，直接进入时空维度之中，正如作者所言，所谓“历史”只不过是“儿戏”或者说是毫无意义的闹剧，我们从《故乡天下黄花》中孙实根的曲折命运便会明白这一点。这是刘震云对乡村精神和东方文明的基本体验。

“广场语言”的荒诞感、游戏性和民间性使人物无论在多么严肃的场合说话，其场合都会变成如“民间广场”、“集市吆喝”一样充满非严肃性和非正经性，因此，刘震云小说中的许多场景都可隐喻为这样的“民间广场”,《故乡天下黄花》中的“马村”,《故乡面和花朵》中的“丽晶时代广场”、“打麦场”,《一腔废话》中的“梦幻剧场”等都可以说是绝妙的狂欢化“民间广场”。在这里，一出出啼笑皆非的闹剧上演着。它们用种种声音的合唱赋予时代悲剧和喜剧以新的内涵，“为什么我的眼里常含泪水，因为这玩笑开得过分”,《故乡面和花朵》的卷首辞一开始便以戏仿体的方式使诗歌偏离了原来所蕴含的深沉的民族情感和时代意义，为全书定下了戏谑、狂欢的基调。《故乡面和花朵》中“打麦场”上的宣言，牛屋旁的“学术讨论会”便是典型的民间饭场原型，具有狂欢意味。在这里，语言游戏的意义大于实际内容的意义，他们相互嘲弄、讽刺时事、歪曲丑化意识形态形象，在语言的虚拟世界获得一种满足和平等。通过民间叙述的方式，意识形态也被降到物质—

肉体形象，因此，在《故乡相处流传》中，曹操爱放屁，脚有脚气，爱玩女人，完全一副流氓德性。

有评论家用巴赫金的“狂欢化”理论来解释刘震云小说中独特的众声喧哗场景。我们必须看到的是，巴赫金的理论与刘震云小说创作倾向之间既有精神实质的相通之处（前面我已详细做了论述），却也有本质的不同。而这不同恰恰表达了刘震云和巴赫金对“人的存在”的不同哲学理解以及对民众“民间性”的不同看法。在《陀思妥耶夫斯基诗学问题》中，巴赫金谈到处在狂欢节中的人们的生活及其意义时说：“狂欢广场式的自由自在的生活，充满了两重性的笑，充满了对一切神圣物的亵渎和歪曲，充满了不敬和猥亵，充满了同一切人一切事的随意不拘的交往。”[①] 巴赫金所说“文学的狂欢化”主要就是指狂欢节中民间民众的自由、平等欲望的表达以及对官方秩序的模糊、亵渎和嘲弄，这在刘震云的小说中都有深刻的表达，但是，我们注意到，即使在这样一个狂欢化的“丽晶时代广场”和“五十里西街”上，上演的仍是东方式的权力模式，权力、秩序无时无刻不存在，并且是一种古老的东方思维，在这里面，民众无不充满着对权力的基本向往，每个人所想的是怎么使自己获得片刻的历史发言权，以便能“踩倒别人，自己高高在上”，这是典型的中国式的“翻身观”，是一种权力与利益主义的结合体；它与巴赫金所言的“自由自在的生活”没有多少相似之处，这也正是中国“民间性”的特点。刘震云看到中国民间生活的空洞和意义的贫乏，尤其是，中国“民间精神”并不具备真正的生命力，更不具备创造性和独立性，它只是一种无意义、无意识的历史重复，是一场彻头彻尾的闹剧。在《故乡面和花朵》中，麻六嫂被当众脱下裤子后，“一场恶作剧过去，麻六嫂提上裤子，一边系自己的裤带，也没有对众人露

---

① 巴赫金：“陀作品题材特点和情节布局特点”，《陀思妥耶夫斯基诗学问题》，《诗学与访谈》，收入《巴赫金全集》，第五卷，第170页，河北教育出版社，1998年。

出懊恼，一边在那里系着自己的裤带，一边像麻老六一样对众人露出了讨好的笑容”（《故乡面和花朵》，第四卷，1644页）。作者说，“世界在我面前一下就崩溃了”。这种崩溃不仅是对一个11岁少年的心灵打击，也因为作者初次意识到乡村精神的可怕实质，那是人性的黑洞。这种扭曲的人性不仅仅是贫穷的生活所致，是对随时而至的灾难的一种应付，同时也已经演化为一种自觉的卑微的人格精神。刘震云思维背后的绝望感正来源于那一刹那。所谓的“神圣、美好”全然崩溃，他由此开始怀疑一切。

在刘震云的小说中，有许多关于“真相”的真相叙述，《故乡面和花朵》中影帝瞎鹿相信作家小刘儿的吹嘘时，要给他付咖啡钱，但是，一旦了解到一切都泡汤后，马上提出“AA”制，这是权力的光圈没有之后的选择；1969年11岁的“我”在看到麻六嫂被当众脱裤子时还露出讨好的笑时，“我”感到的是绝望并且这种绝望感覆盖了“我”对人的存在的基本看法；在《故乡相处流传》中，片瓦氏说出了真相，却被村民打死了；《一腔废话》中老杜在水晶金字塔里面运筹帷幄，完成了从奴隶到将军，从“被人治”变为“治人者”的伟大过程，老杜扬眉吐气、趾高气扬，对世界、人生发表了许多“高屋建瓴”的见解，然而，“真相”却是老杜仍是五十里西街的一个卖肉的。“真相”是什么？它就是在你说了一腔废话之后，事情又回到了原地，人又回到他原来的文化点并显现本来的面目。

随着刘震云作品的增多，我们分明感到，刘震云在不断扩大自己的思考范畴，如果说早期的《一地鸡毛》、《单位》考察的是具体生存中的人的境况：在现实的逼进下，人性的不断萎缩；《故乡天下黄花》阐述了刘震云的当代历史观，那么，《故乡面和花朵》、《一腔废话》则已经摆脱了具体的历史过程和人的具体生存境遇，通过近似寓言的方式对“人的存在”进行一种整体性的、哲学意义上的考察。《一腔废话》中五十里西街是被自己说出的话吓破了胆的人类抽象活动的缩影。人在不停地为自己制造着幻象，制造着想象中的理想生活场景来掩盖日常生活的平凡和卑微，这是人类内心精神生活的重要部分。但是，作者并没有把它归为人的理想主义，而是以闹剧为结束，每个人都是其中的小丑，被辉煌但却并不存在的未来和残酷的现实要了一把，每个人都在语言的浪潮中喋喋不休，最后，却发现，是“话在说他”，而不是“他在说话”，而且，说的都是“一腔废话”！“人”在自我想象中满足自己的存在欲望，最终，却被自己漫无边际的想象的无意义性吓破了胆，“人”不得不面临一个残酷的事实：人只有在不断的废话中掩盖自己无意义的存在。“人”从来都不是一个“个性”的人，而是一个不自觉的“群体”的抽象物，这是刘震云对“人”之存在的哲学体验，他的所有小说都是他这一体验的表达和描述。

通过对人类“一腔废话”的不厌其烦的描述，刘震云试图告诉我们：在喧闹的语言和纷杂的生存场景背后，人的内在精神生活其实也是贫乏而无意识的，语言涌在人的唇边，逮住机会就表达、叙说，看似是对自由、尊严的向往和变相表达，其实，说得多了就成了语言游戏和语言圈套。对于刘震云来说，这是残酷的，因为他自己也被吓倒了，他越往“人”的精神深处探索，越是感受不到光亮和缝隙，那里热闹、丰富，背后却是一片荒漠，一望无际，且寸草不生，只剩下两个字：虚无。繁华绚丽的时代境象亦是如此。因此，当记者问到，他怎么看待别人说他的作品越来越难懂了？刘震云回答道：“难懂么？我倒觉得越来越接近我们的实际和自身了。无非这些我们自身每天都在琢磨的部分，我们自己没有注意到罢了。”[①]

---

① 刘震云、陈戎：《刘震云——从〈一地鸡毛〉到〈一腔废话〉》，《北京日报》，2001年10月28日。

姥娘去了

通往故乡的路在姥娘面前停住了。

正如我在前面所言，不管刘震云如何绝望地描述着历史、文化、人性，在他思维的另一极，始终有姥娘的形象稳固地存在着。姥娘是刘震云所有狂欢、所有绝望、所有思索、所有愤怒和玩世不恭的终结点，人类声嘶力竭、百般卖弄的表演在永恒的姥娘面前都显得异常浅薄、滑稽。姥娘才是刘震云所有作品的一个沉沉的铅砣，她使刘震云不至于在人性的荒野之中迷路和害怕，她存在着，"故乡"才存在着，人类才有可能得到真正的被救赎的机会，因此，还有希望，还有温情，还有生命的自尊和尊严，它们昭示着人类某种本质的存在方式。姥娘就像一堵墙，挡住了千里之外的孙子不断向人性、社会的黑洞探望下去的眼光，在姥娘慈祥的注视下，刘震云收回了疲惫、绝望的目光。如果没有姥娘，他的作品该是怎样一种可怕的荒凉、荒谬和冷酷啊！因此，姥娘又成为一个巨大的历史象征物和原型存在，她的形象给刘震云提供了一个可能的完美理想的人性和世界。"故乡，你在我心中的印象模糊呢。故乡只是一个背景，前边是一个活动的巨大姥娘。可蔼可亲、慈眉善目。你是这个世界的希望。……俺姥娘身体健康，故乡就长存不衰。"[1]

但是，姥娘去了。姥娘物质形体的消失带给刘震云的不只是情感

---

① 刘震云：《故乡面和花朵》，卷一，第225—226页，华艺出版社，1998年。

的伤痛，更重要的是，他失去了精神的支撑点，“故乡”彻底坍塌了，没有了姥娘的“故乡”是一片巨大的精神废墟，或者说，随着姥娘的去世，刘震云也失去了他作品最基本的禁忌，再没有什么有资格作为他作品中生命纯粹本质的象征物和人类灵魂最后的栖息地。

2002年初，刘震云发表长篇小说《一腔废话》。在这本书中，没有了《故乡面和花朵》里孩子般的自由、轻松的想象、巨大的狂欢意味和近乎透明、富于无限创造力的语言，“五十街西里”的人们生活平淡、乏味，但是却用无限丰富的想象力不断地创造自己的另一层面的存在，这一创造是无时无刻不在的（一个老板和按摩女逗贫嘴的短暂时刻就已经完成了一个无限丰富的自我世界的创造），话语在那里兀自漂浮、衍生，像一个具有自生性的毒瘤，人们在话语之中轻轻松松地满足了自己，发泄了对外界的不满，然后，继续安然无事地生活下去。刘震云终于走进了这个世界——这是姥娘用她饱经风霜、并不健康的身躯一直挡住的世界——他被这令人窒息的黑暗和真相吓住了，他想回过头去，可是再也没有姥娘的目光和身躯可以慰藉他了。在这种彻底的绝望思维支配下，刘震云感受到的是人的滔滔不绝的叙述愿望，却找不到意义的存在。洋洋二百万字的《故乡面和花朵》虽然语言泛滥成灾，但是，掩卷沉思，总还感觉有一丝温暖的气息始终贯穿其中，那是对姥娘的永恒情感和因为姥娘的存在而存留的一丝对人性的希望，但是，在《一腔废话》里，再也没有情感的位置了，连“慈母泪”中的老冯的妈也开始懂得世界是“给别人设圈套和上别人的圈套”的关系并且开始不断地阴谋和算计，世界终于成了彻底、纯粹、冰冷的“关系”存在。

刘震云一直强调《故乡面和花朵》和《一腔废话》都是关于“成年人的白日梦”的描写，或者说是对占一个人生活的80%的“想象世界”的描写，由此，他强调一种主体的游戏状态，它包括语言的自由性和想象力的无限。但是，这两个“白日梦”背后主体情感却有着本质的不同。在《故乡面和花朵》中，刘震云对“关系”一词进行了文化上的词源学分析，各种“关系”纷纷登场，充满热情地、放肆地表达着自己，在词语的流动背后，我们看到的是词语本身的叙述欲望和人物的权力表达，同时，也有刘震云对各种流行于中国的后现代话语的嘲讽和深刻的洞察力。这个世界不消说仍是相互倾轧或充满“不是东风压倒西风就是西风压倒东风”的恶毒，但是，人在这里是自由、无所顾忌、具有鲜明个性的，每个人都在寻找着自己的话语方式和幽默方式，是的，幽默。幽默之光在《故乡面和花朵》中到处闪现。在谈及《故乡面和花朵》为什么用这样一种张扬、复杂的语言时，刘震云说：“在三千多年的汉语写作历史上，‘现实’这一话语指令一直处于文字的主导地位而‘精神想象’一直处于严格压抑的状态。而张扬一个语种的想象力，恰恰是这个语种和以操作这个语言为生的人的生命、生命力和活力所在。”[①] 在这一点上，刘震云成功了。他竭力避免或者有意混淆词语背后的固定文化含义，通过语言的狂欢、夸张、变形，让它们产生出新的意义，从而扩大了汉语的语法维度和词汇的意义容量。可以说，刘震云开创了一个汉语言革新的时代。他带着我们走在语言的崎岖小道上，享受着柳暗花明和峰回路转的惊喜和新鲜。

在某种意义上，《一腔废话》体现了刘震云在“姥娘去了”之后对世界的感知和对时代精神状况的新的认识，它的主题所流露出的气息和《故乡面和花朵》之间有明显的断裂痕迹，在成年人的“精神想象”领域和“白日梦”中，我们再也感受不到《故乡面和花朵》中个体的幽默张扬、自由自信和作者对“故乡”的承担意识，我们看到的是电子时代大众对现实生活的惊人复制和强化，看到的是在笼子里像小丑一样无望地挣扎的“人”！“通过卫星每一个电视机变成一个木头或塑料笼子，所有现场或电视机前的观众都变成了小白鼠，现在自动吸入到水

① 陈戎：《“为什么我的眼中常含泪水……”——关于〈故乡面和花朵〉·刘震云访谈》，《北京日报》，1998/10/13。

泥、木头或塑料笼子，接着又通过卫星线路的回收摆放到了老冯和女主持人面前。”[①] 读到这里的时候，我们只有号啕大哭。在这之前，我们还不知道我们在历史的时段中已经变成了“笼子里的小白鼠”，我们还不知道我们只是这样“上别人的当和让别人上当”卑劣地存在。我们忽然明白，这是刘震云设下的一个骗局。他说要带你去一片美丽的湖泊，结果却带你到一片散发着臭味的沼泽地，他说让你去当一个观众去看别人的笑话，结果你却发现自己像小丑一样坐在舞台上让别人看着笑话，这不是世界上最恶毒的人所做的事吗？他让我们看到，人类的这80%的“精神想象”受着现实秩序的更为严格的制约，并且它经过“阿Q精神”的改头换面，让我们自觉自愿地上钩，听其摆布。这就是他所谓的“我们每一个人在每一天时间的比重上要占百分之七十到八十的情绪的翻腾和精神的游走”的内容吗？刘震云在唤醒人们对自己所忽略掉的80%注意时，却又紧接着告诉我们，你这80%更无意义更加荒谬，是臣服在现实之下的更具派生性的生活！他的用意何在？盐就放在五十街西里，我们却拼命找盐，还下了“机密文件”，并且还放在头发里，这就是成年人在现实生活之外的“白日梦”？这就是“我们走在大街上让我们不自觉地笑一下”的内容？刘震云曾经不止在一个地方说过，“我觉得作家不是下判断的人，他提供了一个想象的基础、一个世界，他永远没有止境，这是一个无形的空间”[②]。可是，他给我们“想象”的是怎样一个黑暗和绝望的空间和世界啊！他对汉语言语种想象力的所做的努力与他所描述出的人类生活场景的无意义性构成极大的反差，一个民族最富有创造力的语言不是用来表达向上的精神意念和生命的尊严价值，而却折射出了民族最为虚无和萎顿的一面，这不是一件人类最具悖论性和悲剧性的存在吗？

---

① 刘震云：《一腔废话》，第121页，中国工人出版社，2002年。

② 张英：《刘震云：写作向彼岸靠近》，收入《文学的力量——当代著名作家访谈录》，民族出版社，2001年。

姥娘去了。刘震云成熟了，也老谋深算了。“1995年3月24日8时25分，小刘儿的姥娘去世。……小刘儿心中的故乡因此断裂。从此他再说自己是孤儿和在这个世界上无依无靠，就不是一种说法和矫情了。”[①] 这是真正的断裂。从此以后，他开始了从少年的恶作剧到成年人的有意设局的蜕变，摆脱了由于姥娘的存在而产生的思维盲点，他给我们设下一个又一个圈套，让我们绝望、流泪、难堪，不得不从自我陶醉中清醒，他却毫不留情地扬长而去。也许，这对于小说精神来说，是一次超越，是刘震云更为彻底的否定和怀疑精神真正诞生的时刻，“姥娘的去”给了刘震云新生的机会和可能，他可以毫无顾忌地走下去，走到姥娘的身后，去触摸人类冰冷的存在真相；他可以超越通常意义的“故乡情结”，洞透乐观时代境象背后的虚无和真相，彻底摆脱“道德”、“启蒙”之类的词语对中国作家的精神束缚，摆脱对乌托邦主义情不自禁的幻想，从而进入更深层次的关于中国文化精神和人类存在本质状况的描述。但是，对于作为小说家的刘震云来说，也可能正是需要警惕的时刻，过多的抽象场景可能会破坏感觉世界的浑然天成和丰富细微，枯燥的情感可能会导致小说命脉的逐渐衰弱，这将是致命的。因此，我仍然怀念“姥娘”在时的刘震云，有“姥娘”在，即使乌云满天，即使“各种正当不正当的关系”在“故乡”上空乱云飞渡，我们仍然能感受到乌云背后阳光的存在，仍然能感受到作者于漩流之中“我自岿然不动”的镇静、幽默和信心；我仍然怀念那个在《故乡面和花朵》第四卷中的1969年11岁的“我”，当我们随着那个11岁的少年骑着心爱的自行车，上面挂着一块新鲜的猪肉兴奋急切地往家赶的时候，当我们随着他上坡下坡去三十里外接煤车的时候，关于时光的记忆、大地的记忆、路边每一棵树的记忆和那碗面条的记忆都流回到了我们的心中，那是一个充满着时光的声音和色彩的世界，你怦然心动而且为

---

① 刘震云：《故乡面和花朵》，卷二，第993页。

之会心微笑，那是一种很久远的、湿润的感觉。它不再属于“关系”和“意义”的范畴，也不属于“绝望”和“希望”的范畴，它把个体生命引入了时间、空间和大地的存在，人正是在这样一个交叉点上寻找到自己的存在位置和生命痕迹的，并且由此开始对世界作出判断。“故乡”也正是在此意义上存在于刘震云的情感世界中。

“姥娘”是“故乡”存在的理由和根据。有姥娘在，刘震云自由放纵地抒写、发掘故乡和世界的冰冷存在却仍然充满着激情，因为他知道，“姥娘”站在那里！他可以失望、批判、臭骂故乡和在故乡生存着的人而不真正绝望，因为他还可以看到姥娘亲切、安详而又充满尊严的目光，这目光赋予了世界永恒的温暖和意义！有了姥娘，他可以像希腊神话中的西西弗一样，尽管日复一日地无望地往山顶上推着巨石，但是，毕竟他还怀着对“大地的无限热爱”[①]，他胸中还有一股不息的激情让他不断前进不断寻找。

可是，姥娘去了。这位世纪末最后一位充满着人类天然尊严的老人去了。失去了她，我们失去了一个世界，失去了对世界的希望和想象的方向，也失去了最后的被救赎的机会。留在这绝望的黑暗之中的我们怎么办？刘震云没有说，他的作品也没有说，一切都归于无涯的黑暗和沉默，并且戛然而至。

戏该收场了。

---

① 加缪：《西西弗的神话》，杜小真译，第142页，生活·读书·新知三联书店，1998年。

《一句顶一万句》：孤独的中国心灵

在《一句顶一万句》中，我们又看到了这样的“故乡”与“我故乡的人们”。它和《故乡面和花朵》、《一腔废话》、《我叫刘跃进》有着谱系上的相似性，即对乡村心灵，普通大众，凡俗人生进行心灵探索，寻找他们的精神存在方式。《一句顶一万句》讲了一个非常简单的故事。一个人特别想找到另一个人，找他的目的非常简单，就是想告诉他一句知心的话。“出延津”是为了找朋友，“回延津”也是为了找朋友，找一句话。否则，如骨鲠在喉，难以生活。

活动在老庄村的杨百顺，老曾，老裴虽然卑微，但却不会让人产生同情，他们是一群生活在老庄村的无数人之一，不管他们是剃头的，贩盐的，还是杀猪的，喜欢听唱丧的，他们都是作者的朋友，都在寻找朋友，生活的困苦只是无数困苦之一，而不是压倒性的，相反，他们一直被文学所忽略的丰富无边的“心”被呈现了出来。我不由得想起了同样生活在乡村的我的父亲，在我童年的记忆中，父亲和他同村的好朋友——按辈分，我应该叫大爷的，实际上，他比父亲还小有十几岁——他们俩经常彻夜长坐，夏天坐在我家院子里，冬天在屋子角落用玉米秆或树根烧一个小火堆，总是灰烬已凉还不回去。他们在谈些什么呢？无从知道，有许多时候，他们甚至是不说话的，就那样默默地盯着火光的暗淡。这些场景及所具有的含义长期以来被我们的文学与文学史长期忽略，从《故乡面和花朵》到《一腔废话》，再到《一句顶一万句》，刘震云用他的“拧巴”劲儿让我们意识到这一庞大的精神空间的存在。

《一句顶一万句》没有用知识分子写作的框架来强行塞进，因为作者没有试图对“我故乡的人们”进行启蒙，相反，他以一种“找心”的渴望回到“延津”。抛弃了先验、原型的故乡，刘震云以“具体的故乡”，以一个个的“我故乡的人们”的生活，具体、细致、缓慢，甚至絮絮叨叨地开始了“找心”之旅。在这一“找心”的过程中，乡村的生命，那些散落在历史角落的无数“沉默”的生命，一个个鲜活起来，而那些乡村事件，离婚，吵架，偷情，朋友断交，说媒，传教，也具有了另外的释义。如果这一寻找旅程发生在知识分子之间，我们毫不为怪，但它发生在乡村，发生在“沉默的大多数”之间，就破了文学史的常规与框架了。精神的漂泊与对其的追索并不仅存在于所谓高等的生命之中，正如刘震云在接受访问时所言：“我不认为我这些父老乡亲，仅仅因为卖豆腐、剃头、杀猪、贩驴、喊丧、染布和开饭铺，就没有高级的精神活动。恰恰相反，正因为他们从事的职业活动特别‘低等’，他们的精神活动就越是活跃和剧烈，也更加高级。”[①]

从《故乡天下黄花》中对“我故乡的人们”所存在的实用主义与世俗主义的批判，到《一腔废话》对十里街上走进城市边缘的“我故乡的人们”的“一腔废话”的肯定，再到《一句顶一万句》中的沉静、朴素与对“我故乡的人们”内心的雷霆万钧，阔大无边的描写，刘震云的写作立场、世界观、文学观在发生微妙的变化，那个虚无主义的、历史循环论的、怪诞讽刺的刘震云逐渐远去，一个走进尘世，走进“故乡”，走进乡村心灵的刘震云的面目逐渐清晰。不是宽恕，不是悲悯，而是去寻找“朋友”，为了摆脱孤独，刘震云花了前半生的功夫，为“我故乡的人们”立传。

如是，“故乡”不再是如刘震云早年所言的“黑鸦鸦的一片繁重与杂乱”，也不是“拒绝多于接受”，而是一片丰饶的精神领地，它超越

---

① 刘震云：《我的话和林彪意思不同·刘震云访谈》，《北京晚报》，2009年3月16日。

了阶层，超越了悲悯，超越了知识、文明、财富，与所有人共享一个空间，即使它依然贫穷，依然“底层”。从这个意义上讲，《一句顶一万句》是一部乡村心灵的精神史，而不仅仅是生活史。

但是，对于作者来说，“乡村心灵的精神史”显然只是小说的表层意义，“我故乡的人们”、“老庄村”是作者写作、观察世界、体会世界的基点与起点，但他的最终目的却并不仅止于此。刘震云是一个对哲学、对世界本源性有着强烈探索欲望的作家，在对乡村精神存在方式探索的背后，始终笼罩着一个大的超越性的东西，即对中国文化模式的本质样态的追寻，它仿佛一团迷雾，遮蔽在小说空间的上空，作者试图解开这一谜团，同时，也把读者带入到对这一问题的思考。在哲学意义上，我们民族的心灵，人与人之间的关系，人的命运，人的存在状态究竟是什么样子？这是刘震云这么年来孜孜以求所探索的层面。

从早年的《一地鸡毛》、《故乡天下黄花》，到《故乡面和花朵》、《一腔废话》，我们就可以感觉出刘震云对“说话”的兴趣（大部分批评者仅仅把它归结为一种反讽或文体模式）。在“说话”中，中国文化的模式，心灵，它的最终命运被体现了出来。刘震云拒绝对他的作品进行价值判断，尤其拒绝用知识分子的意义系统对他作品中所描述的平民世界的精神状态进行意义阐释。他曾在不止一个场合强调“说话”对于平民生活的意义和价值，而不对其内容进行意义判断。他饶有兴致、充满激情地写夫妻吵架、乡间的阴谋与圈套、菜市场上菜贩之间的插科打诨逗贫嘴，他强调民族语言的想象力和生命力恰恰来自于此。他认为，正是这种对语言的激情和由此而产生的快感支撑着平民精神世界和生活的大部分时间，它对他们的存在本身而言具有重要价值，而这些不能用外在的意义系统加以判断。刘震云把底层人这种语言方式和生活方式称之为“精神想象”，是我们的作家为之忽略的但却占了生活百分之 80% 的那一部分，而这一“精神想象”的过程对我们的日常生活具有重要意义。

但是，这里面存在着一种作者无法解决的矛盾性，民众努力获得自我的过程恰恰是他们更深层次失去自我的过程，他们陷入了一个更大的圈套之中：他们的“说话”其实只是加入了时代的大合唱。刘震云既指明了我们所说的是“一腔废话”，正是这“一腔废话”支撑着我们的生命和社会，但同时，他也认为，这些“废话”反映出社会的情绪和时代的精神状态。这就是说，从政治学和文化学的角度，刘震云认为这“一腔废话”是时代的一种征象和寓言，而从个人史角度来看，它则具有“过程”的意义，因为它支撑着大多数人生命的历程。这其实反映了刘震云思想深处的矛盾，他从这“一腔废话”中感受出时代的虚无、荒谬，但却又要竭力肯定“一腔废话”对于个体来说不是一种虚无和荒谬。

这一基本的矛盾还是因为刘震云试图把民族精神、个体存在放置在历史的维度来考察，避免不了价值论的立场。当作家放弃这一维度，而把其放置于文化与个体存在的维度上时，就会发现，“说话”不只是“一腔废话”，它体现的是一个民族的心灵状态。这也正是《一句顶一万句》不同于刘震云前期作品的重要原因。“过去我也认为作品的‘社会’和‘历史’的层面是重要的，这种认识也反映在我过去的作品里。最后我发现，‘社会’和‘历史’，都是有阶段性和局限性的。许多叱咤风云的大人物，都觉得自己创造了历史；但是，历史无情地说，这段历史很快就会过去。千里搭帐篷，没有不散的筵席。新的酒桌前，坐的是一帮新人。走马灯似地变换，皆是浮在桌面上的尘土。如果杨百顺和牛爱国之间藏着语言密码，两个人在相互寻找的话，一个人、一个民族的生命密码，并不存在于‘社会’和‘历史’的层面，而存在于这个人、这民族如何笑、如何哭、如何吃、如何睡、如何玩，及如何爱和如何恨之中。面对一粒花生米，如何把它吃下去，就已经将一个人和另一个人，一个民族和另一个民族区分开了。脱掉了‘社会’和‘历史’的外衣，变成人和人赤裸裸的交往，书中的人物和我，也都变得更加自由和轻松了。"[1] 如果说《故乡天下黄花》、《故乡面和花朵》探讨的是民族的历史存在状态的话，那么，《一句顶一万句》则是对民族内部精神存在状态的深层追问，它试图展示与描述的是民族群体中个体的精神面貌。

刘震云用"找话"一词来概括民族的心灵状态和"知己"难寻的寂寞，这正如小说腰封上所写的"中国人的千年孤独"，"一个人的孤独不叫孤独，一个人寻找另一个人，一句话寻找另一句话才叫孤独"。杨百顺、老曾、牛爱国，包括小说里面的偷情、杀人、流浪都是为了找到一个可以"说话"的人，"说话"此时不只是简单的信息交流或"一腔废话"，而是心灵的沟通与生命的依存，而寻找"说话"人的艰难正显示出"上穷碧落下黄泉"的天地之空虚与无处归依。

但是，"孤独"之于我们，究竟意味着什么？我们的民族，对于"孤独"还是非自觉性的，个体并不是自足的存在，它必须要"寻找"到共鸣或某种沟通，它与西方的、现代性意义上、内省的"孤独"不一样，后者是个体在哲学意义上的自足性的体现，因为它有上帝作为共同的倾诉者。

在中国文化的语境中，只有一个精神空间，即人间世界，在宗教国家，"上帝"是永恒的倾听者，它可以适应任何一个愿意向往他的人，而在中国，由于"共同的倾诉者"的匮乏，民族的人际关系、精神交往变得尤为复杂，充满着心灵的困顿。所以，虽然中国生活中的话语滔滔不绝，中国人爱说，喜欢说，但其存在的孤独却恰恰在这"热闹"中呈现出来，用一句现代的话来说，他们找不到心灵的安慰，也无法使自己的内心平静。杨百顺、老曾、老裴、曹青娥终其一生，都在寻找知己，寻找可以说话的人，这里面，充满着背叛，误会，仇恨，但最终，人物仍不免陷入孤独之中。这种"孤独"是一种本源性的孤独，是民族的

---

① 刘震云：《我的话和林彪意思不同·刘震云访谈》，《北京晚报》，2009 年 3 月 16 日。

文化基因所造成的。因此，传教士老詹来到中国几十年，很快就变成了延津人，“不单背着手在街上走，步伐走势，和延津一个卖葱的老汉没有区别。鼻子变低了，眼睛也混浊变黄了”。这是老詹在面对中国这样一种文化样态时的孤独，他在中国的后半生也不得不变为寻找人间知己的过程，但无论是“杨摩西”，还是“吴摩西”，与他的灵魂都没有任何交会的地方。“这是老詹的失败，也是杨百顺等人孤独的另一个原因。中国人很多，聚在一起人多势众，但分开的时候，个个又显得很孤单。不从宗教的意义上，单从生活的层面说，这就是我们的文化生态。”[①] 在某种意义上，老詹的存在及命运把中国文化与西方文化之间的某种差异和彼此之形象给隐喻了出来。

有论者从“友爱政治”的角度理解并升华《一句顶一万句》中的“说话”及其“孤独”本质，认为中国的“四海之内皆兄弟”实际上试图从伦理角度来解决人与人之间的关系问题，同时，这一思维也延伸到政治与哲学领域，从而形成一系列民族文化样态与问题。其实，简单地讲，中国哲学，包括文化，都有一种倾向性，即试图用伦理模式作为民族的精神存在与政治体制的基本原型。刘震云把这一“友爱政治”的症结给展示了出来，即中国人伦理传统背后精神上的孤独与不可沟通性。小说中祖孙三代都在寻找，百年时间中，家族在延续，但其孤独及历史处境却没有任何改变，以至于亲人、近邻、朋友之间的“交流”几乎成为某种寓言和难以实现的神话。杨百顺心灵最渴望的人不是他的父亲兄弟，而是那个唱丧的罗长礼，他的声音能够传达出杨百顺对生命的理解；被拐卖的曹青娥想再回延津的愿望不是想找亲生母亲，而是她的继父杨百顺，因为她仍然记得在车站上那温馨的一幕，那是她人生最大的安慰。在长达百年的出走与归来历程中，在看起来亲密无间、热闹无比的背后，一个民族的大孤独慢慢浮现出来。但是，这

---

① 刘震云：《我的话和林彪意思不同·刘震云访谈》，《北京晚报》，2009年3月16日。

种孤独仍然不是西方的孤独，它是中国式的，充满着机缘、巧合与误会。换言之，老庄村的人们并不自成一体，他们的命运以交叉与偶然的方式牢牢扭结在一起，并一起改变着彼此的命运方向。因和老婆吵架，并被老丈哥“说理”说输的剃头匠老裴，抱着杀人念头出门却与杨百顺偶然相遇，听了杨百顺寻猪和听丧的故事，由此改变了最初的念头；杨百顺因为爱听丧而被打，最后却因为失去唯一“能和自己说上话”的继女改玲而踏上了“出走”的道路，等等，命运如同无数个羊肠小道，充满着偶然的分歧与关联，但最终却结成一张网，彼此互为因果。这恰恰是中国文化的存在形式，彼此关联，但精神上却貌合神离。

“归来也不是失意的循环，而是文化的宿命，这可能是我们民族的种族记忆中对寻根主题的宿命。”历史没有发展，甚至在某种意义上，仍然存留有刘震云早期作品中非常明显的历史循环论的特征，在这样一种“网状”结构的叙事中，充满着一种整体的荒诞意味，细节越是真实，荒诞与悲怆的感觉越是明显。因为历史，人生，命运又以“圆圈”的方式重回老路，孤独及孤独的内容、模式都没有任何改变。但是，在固化的历史外壳下，却有内在的丰富与意义，因为“寻找”始终没有完成，也没有放弃，杨百顺的生活并非绝对的悲凉，他的寻找是丰富的、执着的存在。生活是荒凉的，但我们依然在试图寻找爱和朋友。在这个意义上，这部小说书写的不是存在的荒谬，而是心灵的追寻，这是希望的、温暖的写作。对“孤独”的描述与论证最后变为民族的某种希望与信念，我想，这也是刘震云对中国文化的一种深层理解，虽然有些悲怆，但却领会到了某种内在的本质。

我还是想回到《一句顶一万句》的写作视角和语言上，因为这一视角和语言所带来的新的可能性把当前文学界与知识界的一些问题给呈现了出来。我相信，大部分读者在阅读《一句顶一万句》时，是有“不舒服”或“不对头”的感觉的。这种意识流的、丰富的、过于敏感的思想运动很少被用来描述中国农民或普通民众的生活。在一般意义上，精神的追寻与心灵的漂泊是发生在知识分子身上的事情，而农民，普通民众不被认为具有这样的品质，他们的生命属于“地层之下”，处于一种非自觉状态，不可能有本质的精神属性。因此，发生在这一群农民身上的精神孤独与追寻并不可信，甚至有点怪异。但也恰恰在这一点上，刘震云显示出一位优秀作家的独到之处，他不选择公共性的、世界性的、认知度高的“现代人”作为考察对象，而选择还没有被所谓“现代性”遮蔽的普通民众，这是他对西方现代思想、对知识分子思维的一种反动：“许多作家，特别是中国作家，也假装是‘知识分子’，他们一写到劳动大众，主要是写他们的愚昧和无知，‘哀其不幸，怒其不争’，百十来年没变过。采取的姿态是俯视，充满了怜悯和同情，就像到贫困地区进行了一场慰问演出。或者恰恰相反，他把脓包挑开让人看，就好像街头的暴力乞讨者，把匕首扎到手臂上，血落在脚下的尘土里，引人注意。”[①]

如果把刘震云的所有小说放在一起作对比与考察的话，就会发现，《一句顶一万句》意味着刘震云的某种回归。《故乡天下黄花》的游戏与反讽，在某种意义上失之于油滑，《故乡面和花朵》的“爆炸体”与“连环体”叙说方式让人喘不过气来，《手机》虽然在某种意义上揭示了人性的残酷，但却有抖包袱之嫌，也由于此，小说脱离了对整体生活的把握与升华的可能性。那是一个“局外人”的刘震云，一切与他无关，“冷眼”看世界，并把世界的黑暗给无情地展示出来。《一句顶一万句》展示出刘震云少有的温情，这一温情不仅指情感上的某种宽容，也包括叙述上的从容与朴实。它使得整部小说存在着某种内在的宽阔，天与地的，人与人的，有冥想的余地，有会心的一笑，也有更深切的悲怆。

对于笔者和大部分读者来说，真正让心灵有所触动的或许并不是

① 刘震云：《我跟有些“知识分子”不一样》，《南方日报》，2009年3月19日。

作者对哲学意义上“精神孤独”的探索有多么深远，那只是阅读之后理性思考的产物，而是作者对中国乡村生活的细致，温情与那种娓娓道来的耐心，这种“耐心”是一个对这片土地充满着“爱”的人才有的，它浸透在字里行间，直接进入心灵。而恰恰是这一“爱”在小说中的流淌与贯穿才使得这三十万字的“家常话”不那么枯燥，而且温润，有光泽，其中的意义深远，充满想象力。这是作者在感性思维支配下的自然写作。说实话，我更喜欢，更为之欣赏的是这一部分的刘震云及《一句顶一万句》。

什么是中国人的“心”？哪些人能够代表中国人的“心”？毫无疑问，在中国传统文化内部，是皇帝，或诗人，政治家，自20世纪以来，“农民”或“普通民众”这一阶层虽然浮出了历史地表，但是，它的形象却是地表之下的，是被侮辱与被损害的，是要被拯救的对象，麻木、愚昧、“哀其不幸，怒其不争”是中国现代民众的基本精神特征，并且，作为一种民族的公共经验被广泛认同。在西方经验与思想的全面渗透过程中，中国文化及文明都成为“他者”，这种观念不只存在于那些自由知识分子的意识中，具有左翼倾向的知识分子也是不自觉地以如此视角来看待中国农民及底层大众，是在西方想象体基本上去“代言”民众的。因此，自现代思想以来，“农民”及“民众”形象在各种政治文化思想，包括那些彼此观念分歧极大的流派中，呈现出惊人的一致性。即使是“十七年文学”中那些以“新农民”为叙事主体的小说文本，也有“拯救”与“被拯救”的基本叙事模式隐含其中。新世纪以来的“底层写作”思潮基本上又回到了现代文学之初的启蒙主题上。毫无疑问，在揭示20世纪90年代以来新的阶层分化、贫富差异和所蕴藏的社会矛盾方面，“底层”这一词语恰切地隐喻了新农民、失业工人和新型无产者的社会位置及地位。但是，必须承认的是，“底层”一词把农民、农民工和城市失业者等群体的精神存在更深地遮蔽了起来，群体的历史地位完全替代了其作为个体的精神状态，他们再次成为民族精神象征的"他者"。从这一角度来看，《一句顶一万句》的立场值得思考。灰尘一样普通的民众生活同样能够体现生存的本质，这里面既有抽象的、普遍的"人"的意义的探讨，也有具体的对"中国农民"生存方式的考察，我个人以为，刘震云倾向于从"中国农民"生活方式中探索出"人"的生存本质。"孤独"发生在中国民族生活的最深处，是埋藏在地层之中的存在，具有很强的原型性与象征性。

在对曹青娥的形象塑造中，作者渗透了这一基本观点："她临死时意识到，活和死不是问题，如何活和如何死也不是问题，她一辈子面临的终极问题是孤独。她是个普通的农村妇女，她用她的一生极大地'反动'了'知识分子'的说法，即'孤独'仅属于'知识分子'，不属于全体劳动人民。"[①] 马尔克斯的《百年孤独》首先是拉丁美洲的孤独，是马孔多村庄与家族的孤独，然后才是人类的孤独，如果没有前者的特殊性与具体性，就没有后者的普遍性。所以，对于《一句顶一万句》来说，最可贵的或许不是作者对民族本源命运的追寻，而是对本土性的精准把握与传神书写，这一本土性既包括中国民族最具体的生活方式，如中国北方乡村的各色人等，人与人之间的交往，说话，神态，性格，等等，也包括作家对中国古典美学的把握。

这一视角及由此带来的启发是通过语言完成的。刘震云创造了一种"说话体"，这一说话体首先是指民间最日常的对话，文中的对话都是生活中原生态的话语，不加任何文学的修饰，就是日常大白话，但是，却又能够达到文学上的修辞效果和形而上的意味。即使是作者的叙述，也基本上依照民众原生态的思维模式，一种自然的流动与叙说，简洁，质朴，与中国民间生活相一致，又夹杂着戏文韵白，两者结合起来，一切看似返璞归真，但却又华丽无比，有内在的韵律与节奏。这种语言与叙事是只有对其所描述的生活极其熟悉与热爱的人才有可能达

① 刘震云：《我的话和林彪意思不同·刘震云访谈》，《北京晚报》，2009年3月16日。

到的，在这背后，恰恰需要作者高超的提炼与转化能力。

这一语言的选择不只是艺术的需要，而与小说文本所要呈现的意义相一致。刘震云试图给我们塑造这样一个空间，乡村的，农民的，家常的，真实的，没有任何修饰的中国生活，它如空气一样一直存在着。在这样一个真实的空间里面，说话、人物都是原生态的，生活繁复而又琐碎，没有大的意义事件，也没有历史的参与，是无数的，不断重复的普通人生。从小说的外部来看，它庞大无边，没有时间的限制，只要这样一个民族存在，这样的生活，说话与寻找都还在，可以看作民族生存的元叙事。正是这样的语言及小说重复叙事所形成的暗示，使我们熟悉的生活突然变得陌生、遥远，充满意味。它让那些或沉默，或热闹的场景或对话变为有意义的空间，内在的思想流动被呈现了出来。两个围在火堆，沉默地看着灰烬的老农，真的就是“沉默”的吗？一个剃头的，与被剃的人的对话真的是无意义的吗？这无言的世界的丰富，这“地层之下”的生命热望与相互的呼唤，谁又能够感觉得到？从这个角度上讲，刘震云的确是“中国生活”与“中国心灵”的发现者与挖掘者，他热爱这生活，这土地，及这土地上生活的人们。因为只有热爱者，才能以如此深切、不厌其烦、事无巨细的态度去观察、理解这琐碎、平淡乏味的生活，才能以如此准确、世俗而又新颖的语言去书写这生活与这生命的存在，甚至到了有些过于稠密的地步。而《一句顶一万句》所具有的文学史价值和原创性，并不仅仅在于他为中国当代文学贡献了一种全新的叙事模式和语言模式，也在于他独特的发现中国生活与中国心灵秘密的能力。正如评论家李敬泽所言，读了《一句顶一万句》，我们才忽然发现：“原来，关于中国人、关于中国人的心与身与命与我们的聒噪沉默和忙碌奔走，我们都还所知甚少。”[①]

---

① 李敬泽：《新浪中国好书榜（半年榜）文学书榜单评语》。http://book.sina.com.cn/compose/2009-07-19/1808258240.shtml。

阎连科

《日光流年》：
“乡土中国”象征诗学的转换与超越

一　存在主义的“乡土中国”

当隔着十年的时光（已然转换了一个世纪）重新阅读《日光流年》[①]时，必须承认，无论是对于阎连科自己的创作历程，还是对于当代文学发展史而言，它仍然占据着特殊的位置。毫无疑问，就《日光流年》而言，如果要被称之为“经典”的话，首先在于它给中国文学贡献了一个巨大的、独一无二的象征体，一个以一种不可分离的完整性把民族的生存精神与人类神圣情感结合起来的象征体；其次，是它在文体上极富想象力的创造，一种试图通过文体形式对时间问题进行探讨的大胆设想与实践。《日光流年》的“经典”不在于它多么令人震惊地写出了“乡土中国”的苦难与艰辛（虽然它是乡土小说“苦难”主题的创始者），而在于，它以纯粹象征体的方式，以独特的时间意识使“乡土中国”呈现出更为深远与广阔的本质，这是一部真正的民族精神史，给我们展示了民族生命存在的最原始形态，那些不为时间、政治及文明进程所左右，深埋于地理、气候、时间之下的内核存在，把深厚与天真糅成了至纯和心酸，从而写出了中国农民的一部心灵宗教史、生命救赎

① 阎连科：《日光流年》，花城出版社，1998 年。

史。[1]但所有这一切汇合起来，却形成一个超越于民族精神之上的大的寓意与象征，“创世神话”融入其中，有一种人类童年时代的完整，纯真，雄浑与无所畏惧的勇气。它写出了作为“人类”的一种原型性与可能性，人在“不能承受之重”下的悲壮、勇气与决心，给我们展示了充满悖论的人类远景，这一远景是那样让人震颤的绝望、苦难，那样的丑恶、残暴，但却也蕴含着最大的希望，信心与一种本源精神的胜利。

要想真正理解这一象征体在文学史上的意义，还必须回到乡土文学的序列之中。回顾20世纪以来中国文学史的发展轨迹，“乡土中国”始终是一个重大命题。如何进行乡土叙事，以什么样的姿态进入乡土中国，以什么样的精神倾向，语言方式回到大地深处和苦难而又沉默的群体之中，常常不仅仅是文学问题，而包含着启蒙运动、民族解放、政治宣传、原始正义、神圣故乡等等相互冲突的矛盾命题，在这里，文学与启蒙，美学与政治，审美与现实的争夺与较量最为激烈。从文学实践来看，无论是鲁迅的“批判国民性”范式，沈从文的“希腊小庙”模式，还是“十七年”的“政治阐释”型和新时期的“文化寻根”型，都存在着一个本质问题，即作家始终受制于“启蒙”与“问题”的束缚，没有真正进入乡土中国的经验层面与生命层面，并达成对现实的超越性。“农村生活的真相，一经‘问题’式策略和语言的过滤，永远只能以其片面而僵硬的存在呈现出来。作为意识形态的‘问题’一词淘空了农村的广袤与深邃，真实的农村在‘问题’的覆盖下消失了。”[2]80年代“纯文学”之后，在批评、文学和中国社会变革的合谋下，技巧、形式、语言、审美等文学形式内容更是被作为“文学性”被确立下来，而文学的物质内容，即它的历史属性却被从“文学性”中完全清除出去。

---

① 葛红兵：《骨子里的先锋与不必要的先锋包装》,《当代作家评论》, 2001年第3期；何向阳：《缘纸而上或沿图旅行》,《花城》, 1999年第3期。

② 郜元宝：《论阎连科的“世界”》,《文学评论》, 2001年第1期。

这一清除也被看作文学终于与国家意识形态脱离关系获得独立地位的象征，此时，国家意识形态在文学中既表现为“政治”，同时也指一种广义的“宏大叙事”。

对于“乡土小说”来说，这一清除既使“乡土中国”从沉重的意识形态使命中摆脱了出来，有了新的美学形象的可能，同时，却也使“文学性”与“乡土中国”根本性地对立起来，因为对于后者来说，它先天就是政治的，宏大的，集体的，问题的，在它身上，仍然携带着中国最根本的命题。因此，80 年代之后的乡土小说虽然在数量上并没有减少，但在文学地位上却越来越边缘化。这就给乡土小说家提出一个重大课题：在新的美学意识形态下，如何保持“乡土中国”的重要意义——它透视中国政治文化、民族精神、个体生存及彼此关系的能力——但同时又能以一种新的美学思想突破原有模式对小说意义的束缚？可以说，阎连科的创作轨迹最为充分地显示了乡土小说的这一美学困境与探索轨迹。对乡土中国现实苦难命运的抒写一直是阎连科的创作主题，早年的“瑶沟系列”可以说是最标准的乡土问题小说，疼痛与无奈，乡村的贫困和苦难都得到真实的刻划，但是，生活的现实本身反而成为局限约束着意义的外延和升华，这使得“瑶沟系列”始终徘徊于表层的真实。从《黄金洞》、《年月日》开始，阎连科的小说发生了大的改变，《日光流年》一改乡土小说惯常的启蒙视角，以一种特殊的民间视角“揭开了长期以来裹在民间上面的由贫穷、愚昧、落后构成的现象外壳，而把笔触引向人之为人的本质特征———生生不息的生命力、抗争命运的创造力上面，使民间生存在我们面前呈现出一个充满人性庄严的生命奇迹”[①]。《坚硬如水》以一种富于颠覆意义的方式反讽并解构了现代文学史以来的“革命 + 恋爱”模式，那不食人间烟火、公而忘私的英

---

① 姚晓雷：《走向民间苦难生存中的生命乌托邦祭——论〈日光流年〉中阎连科的创作主题转换》，《河南大学学报》，2002 年第 1 期。

雄被请下神坛，进入“人”的序列，也从根本上改变了“文革叙事”与“文革记忆”的伤痕主题；而《受活》则以怪诞美学的狂欢与荒诞，以群体的疾病隐喻为媒介给共和国的发展历程提供了新的想象与阐释，在阎连科的小说中，“革命”、“政治”与“身体”等曾经被文学史非常熟悉的元素再次纠缠在一起，并成为“乡土小说”的关键词。但毫无疑问，新的意义已经发生。一个从未被叙述过的乡土中国如“奇观”般地被呈现出来，它冲击着当代文学史许多已经固化的美学模式与思想架构，也迫使“乡土文学”摆脱已有的意义模式和象征模式，朝着新的方向发展。

这是一种带有越界性质的变革与尝试，它意味着作家要独自承担道德后果和美学后果。阎连科小说所引起的种种相互矛盾、观点对立的激烈争论也正说明了这一点。《日光流年》似乎决意要建立一种新的世界观。道德主义的、启蒙主义的、文化主义的“乡土中国”不复存在，呈现在我们面前的是一个生命主义的、存在主义的，甚至是原始主义的乡土世界。乡土世界的生命运动和本源目的（活过“四十”），而不是共和国政治运动，第一次被作为主体和过程出现在文学史的视野之中，它还原了，或者说放大了乡土中国与民族意识内核（生命观、道德观、情爱观）的形成过程，并使我们感受到这内核之中所包含的迄今为止尚未被发掘的问题与意义。在这里，我们几乎看不到乡土小说惯常的理性批判与问题审视，它在长期以来扭曲，或至少符号化了乡土生命形象——阿Q的愚昧与丙崽的丑陋是最典型代表；也找不到那纯美虚幻的桃花源冲动——单一脆弱的乡土性，它曾给一代代中国人构筑了神圣的原乡神话。《日光流年》的故事情节并不复杂，讲的是在生存的原始极限和与文明道德隔绝的背景下，几代村长带领村人前赴后继反抗“活不过四十”的宿命故事。第一代村长坚信，“只要村里的女人生娃和猪下崽一样勤，就不怕村人活不过四十”，因此，三姓村开始了一场生殖狂欢；第二代第三代村长是在天灾人祸（它暗合了共和国发展最乌托邦化的时期)的背景下展开抗争历程的，为保证油菜的种植村长不惜饿死自己的儿子，而翻地的代价则是村长把自己的女儿送给了当权者；第四代村长司马蓝是小说的主人公，也是几代村长中最富于远见、意志最坚定的村长，他认定“修渠引水”能够使三姓村人最终摆脱厄运，为此，三姓村女人卖肉，男人卖皮，连老人的棺材也被强行卖掉，然而所有的努力都只能是“注释天意”，司马蓝在巨大的轰鸣中误以为清水翻腾，满足地死在情人腐烂了的尸体旁，而那黑色、散发着剧烈臭味的灵隐渠水在三姓村人的目瞪口呆中肆意奔涌。

这是一个挣扎于命运夹缝之中的群体存在，乖戾之气弥漫小说的每一空间，让人恶心得发抖的细节比比皆是，那令人窒息的苦难存在，身体的自残，精神的极端扭曲，等等，都显示着民间生存的深不可测与复杂的精神生成。当放弃批判与启蒙，放弃身份与思想，以一个“三姓村人”的视角进行叙事时，才发觉，在这地层的最深处，具有现代意义的道德还没有得到命名，他们所遵循的仍然是古老的原始正义或生存本能。因此，尽管你内心有所抗拒，但还是不得不承认，在三姓村，不管是逼迫妇女“卖淫”，还是各自争权夺利，尔虞我诈，都能找到其逻辑性和合理性。在这样的“前现代”结构中，任何理想的激情、政治的发展都会失去它的有效性，乌托邦理想图式被遭到根本性的解构，因为对于三姓村人来说,“活过四十”并非蕴含着价值判断，它只是一种类似本能式的运动，外部世界的种种，对于他们也只是一种努力方式的改变，没有带来观念或信仰上的本质变化。实际上，恰恰是在这样一个远离政治与历史进程，偏僻到了几乎成为静止状态的“前现代”山脉，在最大意义上为我们揭开了被遮蔽几千年的民族精神状态及其背后的原因：在乡土中国，功利主义之所以盛行是因为他们必须要面对更为本质的问题：活下去，像人一样的，能够活到胡子花白满面皱纹；集体主义与专制主义的意识形态之所以会如此根深蒂固，是因为作为个人根本无法抵抗文明与历史对之的彻底遗弃；而乡土生命之所以会如此丑陋不堪而又令人敬畏，恰恰是因为在他们身上，最大程度地昭示了民族的劣根性与伟大性的双重存在，昭示了人类的原始本能与神圣冲动之间的微妙联系。

无疑，这种道德感的模糊与暧昧，这种“平视”甚至“仰视”的民间视角背叛了一般意义现代性思维模式，也不符合文学史的基本审美精神，但却有另外一种为现代性所忽略的道德观透露出来：当“活下去”被迫成为生存的唯一目的时，文明体系中诸如道德、信仰、个人等词语都只能是虚假而苍白的。对于生存主义的乡村来说，活下去，是唯一至高无上的事情。从这一意义上讲，那些“卖淫、割皮、翻地、生育”等诸如此类的荒唐行为或许并不能用荒诞或愚昧来简单概括，它是一种突破的渴望与决心，突破地层，突破文明，突破自我，寻找到集体以至个人的出路。它是人类与命运（本质的与非本质的）抗争的决心，所有令人锥心的恶心与疼痛，所有难以忍受的苦难与残酷都融入进一种逐渐弥漫而起的悲壮、雄浑的决心之中，哪怕是最后那充满恶臭的灵隐渠水及所有人的目瞪口呆、精神崩溃都不能摧毁这一决心。有评论者认为这种民间视角和生存主义美学观是阎连科对“思想”及现代文学以来乡土小说启蒙传统的拒绝，并“希望通过这种整体的拒绝，纯粹地展现他的‘世界’”[①]。的确，这种“整体的拒绝，纯粹地展现”，这种感性的、类似于“乌托邦祭”的世界观，包括它过于冗长、密集的描述性语言使《日光流年》小说主题存在着某些缺陷（比如它导致了理性思辨的过于匮乏，或许这是重回史诗时代的代价），也给小说带来很多争论，但是，它给文学史，给乡土小说的启发——全新的道德观和美学起点所发掘出的新的意义与问题——却是不容置疑的。

---

① 郜元宝：《论阎连科的“世界”》，《文学评论》，2001年第1期。

二 寓言化的当代史

《日光流年》巨大的象征能力使我们看到了一个具有“中国性”的文学文本的本质内涵及其重要意义，这是一种建立于“本土风景”之上的超越，所有的升华与象征都来自于对中国性格、中国气质与中国精神的建构与叙事。这使我想起前不久和一位作家的谈话。在谈到当代小说的世界性影响时，这位作家说有一个现象让他非常迷惑，他认为中国当代有许多作品非常优秀，甚至不比卡夫卡或任何一位世界知名小说家的作品差，但是，非常奇怪的是，他们在世界上（缩小一点，在西方）很难产生影响，真正有影响的还只是像莫言、李锐、阎连科这样具有“中国特色”的作家作品。他很疑惑，是否西方仍然存在着一种猎奇心理——就像对待张艺谋的电影一样？这位作家的疑惑是否恰切姑且不论，他无意中的话却道出了一个重要的事实，世界文学并不缺乏卡夫卡，福克纳，但却缺乏具有“中国性”的中国小说，一种具有原创性的中国小说美学——独具的中国生存（民族的与个人的），中国精神及背后所应该具有的深刻的人类形态和独特的美学形式。

的确，从 80 年代中期“纯文学”到现在，当代小说发生了富于本质意义的变化，现代主义作为一种美学形态成为文学基本的创作方式和叙述起点，这其中包含着对文学存在独立性和中国资本生活“异化”属性的基本认知。但是，在建国以后特殊的文学语境、西方文艺理论的引进与中国资本改革的共谋下，“文学 / 政治”、“个人 / 民族”、“个人叙事 / 宏大叙事”的二元对立思维被不断强化，“纯文学”逐渐成为一种带有意识形态性的美学原理，它支配着作家的创作心理并形成新的文学等级，回避社会重大问题，回避崇高，回避宏大叙事（包括民族性叙事）成为文学自由的象征。这种二元对立思维使个人与集体、民族之间的关系在文学层面呈现出本质意义的断裂。当所谓“个人性”成为文学精神的全部，而这一“个人性”又是在对政治、集体、民族等名词的遗弃过程中建立起来的时候，现代性的忧郁也就变成虚无主义的、犬儒主义的狂欢，对现代社会的批判精神成为对价值、信念、民族等一切大的名词的彻底否定，这自然导致一种大的情感的缺失。在这些作品中，没有鲁迅目之所及的那种大热爱与大憎恨的矛盾，没有路翎《财主的儿女们》那种自我精神追寻与阔大的民族之爱相互纠缠的痛苦，我们感受不到那种广阔的激情——那种将全部的灵魂奉献给与自己相关的大地、山川及故乡的一切时的冲动，是寻找到与民族生活相联系时那种神圣且神秘的伟大情感，痛苦与甜蜜的纠缠，阔大与细腻的重合，民族与人类的呼应。90 年代以来的现代小说基本上丧失了"中国性"的美学特征。"中国"，只是可供批判的现实，是一个个支离破碎的生活场景，不复有完整的形象与隐喻。关于一个民族的理想及其理想失落的痛苦被迫隐为背景，或者干脆沦落为无。这一点，甚至是作家有意的理性选择与美学规避。当一个民族的"总体生活"（卢卡奇语）和"总体精神"在民族文学中极端匮乏的时候，也可以说是时代文学精神的匮乏与衰退。它会导致民族文学特性和个人文学特性的模糊与丧失。先锋文学的衰落及近几年朝着历史与社会现实的转向趋势也说明了这一点。

可以说，《日光流年》再次呈现出民族性叙事的意义、情感与价值，让我们看到高尚、庄重风格的美学价值，使我们看到民族性与现代性、个人性及普遍存在之间并不相悖的本质关系。它显示了本土的文化意识与西方现代主义思维结合的可能性，也使被现代性叙事抛弃了的"神圣价值"焕发出新的意义。首先，《日光流年》以鲜明的"整体性叙事"结构小说，这一"整体性叙事"并不是政治学意义上的宏大意识，而是一种深层的"中国生活"意识和"总体生活"意识。对于阎连科来说，"中国生活"不只是表层结构的中国化（呈现出一般意义的"中国风景"或许并不困难，因为它的表层结构和民族特征先天地异于其他民族），而是一种大的背景性构造——人物、故事或目光的延伸，朝着历史、社会或文明核心辐射的意识与能力。当一个作家的目光所及不但看到了人物的生活、心灵与行动，而且也感受到了与之相关的气候、山川、河流及历史语境的时候，他的作品无形中就拥有了某种独特的空间特性和气息。这一空间在作品中是本体意义的存在，不是人物走过时的现实风景，而是笼罩于小说背后的象征风景，有性格、精神、气质的传承与造就，所有人物、所有行动都会受此影响并做出选择。在这样的时空观念中，小说自然地呈现出一种"根性"特征——独属于某一民族的精神与气质。三姓村虽然是封闭的，甚至在地图上并不存在（象征着其社会地位与历史属性的模糊），但是，人物的行为心理（小说开场司马蓝兄弟争坟地，竹翠流水样的表白与骂街），三姓村的权力结构方式（几代村长的更替，几次大的行动），甚至作者特意的方言化无一不体现着最典型的中国经验，中国式生存。个人生存与集体存在，个人生活与民族生活处于一种相互彰显，相辅相成的状态。因此，呈现在文本之中的耙耧山脉不仅是中原的某一封闭的世界，它可以是中国的任何一个地方；蓝四十的情感方式，司马蓝的权力欲望既是作为一个三姓村人的基本行为，却也透露出整个民族的精神内核，甚至，连日光，灰尘，那淡薄、凄凉的炊烟都打上了"中国"的烙印。其次，《日光流年》的"整体性情感"使小说充满某种本源的神圣感和阔大的凝重气息。不同于现代小说以来的理性思维和先行的批判意识，阎连科的小说更多地体现出感性的色彩，描述性语言、感官意象与经验性细节叙事占据小说的一大部分，这使得小说充满着一种类似于乡愁的模糊情感，形成非常鲜明的"阎式"风格和气质，它来自于大地，民族灵魂的深处，来自于中国生活的最深层，与土地、苦难、母亲等词语天然地紧密相连，这一层稳固，顽强，不易风化。任何形式上的改变只是为了更好地表达它，而不能从本质上撼动它哪怕一丝一毫。这种混沌阔大的情感总是把你拉回到地核的最深处，让你感受那滚烫的岩浆与被遮蔽已久的生命状态与情感气质，也使得小说的中国意象特别突出。这种"整体性"美学观同样也适合于对现代生活的“根性”发掘，当把似乎无差别的都市个人性放置于具有空间性的民族生活“背景”及进程之中的时候，它的历史属性与民族属性会以另外一种方式被传达出来，个人的痛苦或欢乐自然地会包含着某些更为深沉宽广的信息。或许，只有在本土生存与本土文化中寻找写作的依据，并在此基础上寻找创新的可能，才能在世界文学的行列中寻找到一种差异的，但却是中国文学的本质存在。

有评论者曾经这样认为，谈到阎连科，只论及文学是没有意义的，任何对他作品的评论都将是政治评论。这在某种意义上符合阎连科的深层写作冲动，作家整体意识的自觉性必然会使所有叙事都有泛政治化的倾向。我认为，这是一种褒奖（虽然它也使阎连科的某些作品有明显的主题先行或简单化倾向，这是另外一个重要问题）。唯其正面交锋，才能直抵中国生活的最深层——现实层面的最深与象征层面的最深。这一正面交锋既指一种直面民族生活重大问题的勇气，也指敢于颠覆原有的思想资源和美学形式并承担责任的勇气。在阎连科的小说中，性与政治，启蒙与民间，普通话与方言，疾病与隐喻，反讽与崇高，等等，这些已经被思想史、文化史或政治史、文学史定位了的词语，被重新解放出来，以前所未有的复杂状态纠结在一起，暴露出那些尚未被人发现的新的形象与意义。对于中国这样泛政治化的国度来说，这些词语背后都带有强烈的禁忌色彩，突破这些界限，意味着突破思维的界限。这一点，即使在《日光流年》中，这部阎连科所有小说中最不政治化的小说，也表现得非常突出。《日光流年》以一种本雅明所言的“震惊”效果把乡村的内核性生存状态展示了出来，同时，也彰显出历史与文明进程对他们的生成过程。关于阎连科小说的“惨烈”历来褒贬不一，这固然与作者过于突出某些残酷场景有关，但是，不可否认，也与读者、批评家与真实乡村的隔膜有关系。在中国的乡村大地上，要有着比《日光流年》荒诞得多、残酷得多的存在（“卢主任”的形象及村人的表现，因污染而致病的现象在乡村并不陌生，如果你把这些情节讲给农民听，甚至不会看到诧异的神情）。身在时代之中的人，要有超乎异常的敏感性、洞察力和疼痛感才能感觉到许多正常中的非正常存在。在"活不过四十"的命运咒语之下，三姓村人荒唐的乌托邦改造并非天启，而是大致依循了共和国的政治想象，"英雄母亲"、"翻地造田"、"修渠引水"，这些都是中国政治生活中并不遥远的过去，它们历来都被看作民族豪情的象征，但是，在阎连科看来，这里面却隐藏着乡村千疮百孔的痛苦与失去。生殖的狂欢除了女性主体与尊严的丧失之外，还透露出一个民族的历史处境及在这处境下更为卑微的乡土生命状态；"修渠引水"更是具有非凡的改写效果，它的原型（红旗渠）已经成为共和国政治修辞的重要隐喻和民族神话的再次延续，但是，在阎连科这里，"敢叫日月换新天"的创业豪情所迎来的却是现代性的碎片："这个故事到了结尾时达到了惊心动魄的地步，当人们不遗余力地再一次进行改写命运，改造自然、战胜命运的斗争之中发现了命运的不可战胜不仅仅在于宿命的力量，而在于外在的力量已被进步的步伐所改写，这种震撼的力量不再是80年代式的批判中国文化的民族寓言所可能传递出来的。"[①] 此时，弥漫在耙耧山脉上空的怨气，那似乎有受虐倾向的"割皮"举动，都成为一种控诉。毫无疑问，这里面隐含着作者的现代性批判，这种震撼的力量不仅在于它使人看到共和国乌托邦进程的虚幻与可笑，政治的软弱与不人道，看到了那即将面对，或已经影响中国生活的"深渊"，更重要的是，它使我们看到了一个真实的，去除了"启蒙"与"思想"等外衣之后，那令人无法接受的苦难的乡土中国生存困境，使我们感受到了在这样的惨烈困境下，乡土中国独特的生存观、道德观所蕴含的精神价值。它的可怕的畸形，残酷的行为与巨大的激情，使文明失语，使所有的思想捉襟见肘。当然，也使所有的政治，所有的现代性发展面目可疑。

---

① 戴锦华语，见《一部世纪末的奇书力作——阎连科新著〈日光流年〉研讨会纪要》,《东方艺术》, 1999年第1期。

三 “向死而生”的叙事

《日光流年》是小说方面大胆的实验，特别是就它的文体形式而言。这并不是说《日光流年》的文体有多么成功，而是指在文体形式所体现出的独特的时间观，及这一时间观在多大程度上参与小说意义的生成方面，它给现代文学带来了前所未有的启发。有论者干脆给它一个明确的命名，称之为“索源体”小说：“所谓索源体，就是指按时间上的逆向进程依次地倒叙故事直到显示其原初状况的文体。……在逆向叙述中叩探生死循环和生死悖论及其与原初生死游戏仪式的关联，由此为探索中国人的现代生存境遇的深层奥秘提供一个充满想象力的奇异而又深刻的象征性模型，似乎正是这种索源体的独特贡献所在。我个人以为，由于如此，这部索源体小说完全可以列入中国现代长篇小说杰作的行列。”①

几乎所有论者都注意到这一文体形式背后所蕴含的独特的时间意识及其所包含的意义，认为“《日光流年》本身就是一个时间意象，时间是小说隐蔽的叙事编码，这样的叙事编码决定了事件的秩序”②。小说通篇采用绝对的倒叙形式：“嘭的一声，司马蓝要死了。”小说从主人公的死亡开始往回写，直到司马蓝从母亲的子宫降生的那一刻。时间、事件、植物的生长及生命的存在全部依此回溯，小说结构也依此回溯，形成一种“向死而生”的“再生”循环结构。在最后一章：“大树变成了小树，老年成了中年，中年成了小伙，连壮牛成为牛犊后都又缩回了老母牛的子宫。亡灵从坟墓中活了回来，下葬时用坏的镢头和锄又回到了铁匠铺里被烧火后敲敲打打。锨把锄把全倒回到树枝上又生了新芽，连人们穿破的衣裳都又成了新织的布匹，或者棉花的种子。……司马蓝就在如茶水般的子宫里，银针落地样微脆微亮地笑了笑，然后

① 王一川：《生死游戏仪式的复原》，《当代作家评论》，2001年第6期。

② 南帆：《反抗与悲剧——读阎连科的〈日光流年〉》，《当代作家评论》，1999年第4期。

便把头脸挤送到了这个世界上。”它昭示着，生命的又一个轮回开始。司马蓝及三姓村人要再次经历苦难、遭受诅咒，这是没有希望的存在，因为在他出生之时死亡已然发生，三姓村人已然尝遍人间苦难滋味。但是，司马蓝们无法抵抗时间的侵蚀，无法超越“活不过四十”的命运诅咒，同样，时间的延续也无法阻止他们生命的开始，只要时光行进，生存就会开始，新的抗争就会开始。死亡成为再生的契机，逆时而上，把过去与将来，忍受与超越，毁灭与诞生连接起来，形成无限延续的链条，时间之链与生命之链。这正是“日光流年”的深意。小说结尾之处，正是故事又一次开始之时，质询的开始，苦难与承担的开始，这是无穷无尽的，只有人类存在，时光存在，它就会持续发生，直到你感受到它的巨大的力量。这一“再生”结构使小说形成一种具有强大叙事功能的隐性结构，同时，也使小说空间与小说精神得到最大程度的延伸。阎连科曾经表示过，“我个人，还是更愿意从他们的故事中去体会文体，而不愿意从文体中去体会故事”[①]，但是，在《日光流年》中，故事的强度和象征性却更多地来自于文体本身所具有的力量，换句话说，文体支撑着故事的叙述与行进，并且最大程度地参与了意义的形成。

我们可以反过来构思一下，如果《日光流年》按照顺序时间来写三姓村人的挣扎，奋斗，从司马蓝的出生到死亡，从为“活过四十”各种努力写起，直到最后富于隐喻性的失败，小说结束，又会是一个什么样的意义空间与历史维度？首先，三姓村人的生存是单向度的，走向的是彻底的失败与封闭；其次，三姓村人的精神特征也只是世俗性的，中国式的，它与现实历史的相撞只是经验层面或政治层面的冲突，没有突破以至升华的可能；其三，也是最重要的，那种悲壮的，不断朝着生命的本质前进的力量不会得到彰显，司马蓝的死亡结束了一切，一切苦难，一切抗争，一切新的希望都随之结束。它可能会使小说在

---

① 阎连科:《寻找支持》,《当代作家评论》, 2001 年第 6 期。

对现实批判层面得到某些强化，但是，却无助于整个小说精神的扩张。

与此相反，“向死而生”，虽然只是时间意识的不同，但却包含着某种可以超越的视野与历史图景，它是一次次的凤凰涅槃，超越了耙耧山脉地理意义的“孤绝”，超越了三姓村人“被遗弃”的历史处境，也超越了“活不过四十”的悲观与宿命，达成一种庄严而又神圣的普遍升华。而在观念层面，虽然生命的又一开始可能会是再次苦难的重复，盲目的运动本身仍然无助于他们改变自己的存在位置，但是，它里面已经暗含着某种抗争。最大的抗争莫过于“活着”，它是对政治、文明、历史的不作为的最大反抗。只要生命不停地朝前行进，诸神便失败了。加缪认为西西弗不停地推石上山的意义正在于它的荒谬与激情的同时存在，它显示了生命存在的价值及抗争本身的意义，而人，正是在此抗争过程中得到最终的救赎。同样，在经历了虚无、困惑、苦难之后，司马蓝仍然不可逆转地诞生了，这预示着他又一次虚无历程的开始，但毕竟，母亲的子宫是温暖的，街道上传来的声音也是神秘而繁复的，此时，生命是充实的，顽强的。这一“再生”结构包含着某种尚未开始也远未结束的东西，是超越历史视野之外的远景，它使《日光流年》的象征性得到了真正的实现，乡土中国与现代性思维，民族命运与人类命运，个人的生存冲动与人类的普遍冲动得到了完整的融合。本雅明在评陀思妥耶夫斯基的《白痴》时曾这样写道：“这部长篇小说的卓越之处在于，它表现了人类和民族充分发展的形而上学法则之间的绝对相互依赖关系。因而，人类深沉生命的任何冲动都能在俄罗斯精神的氛围中找到其肯綮。对这种处于自身氛围中的人类冲动进行表现，使之无所挂碍，自由地悬浮在民族性中，而又与民族性及其地点都不可分离，这或许就是这个作家的伟大艺术的自由之精髓。”[1]我以为，就整体精神而言，《日光流年》同样具有如此的特性。

---

① 本雅明：《评陀思妥耶夫斯基的白痴》，收入《经验与贫乏》，第138页，百花文艺出版社，1999年。

《受活》与受活庄

一 “村庄”的被发现

“村庄”在中国应该是一个具有政治功能和道德功能的基本单位。费孝通《江村经济》中对“村庄”进行了定义：“村庄是一个社区，其特征是，农户聚集在一个紧凑的居住区内，与其他相似的单位隔开相当一段距离（在中国有些地区，农户散居，情况并非如此），它是一个由各种形式的社会活动组成的群体，具有其特定的名称，而且是一个为人们所公认的事实上的社会单位。”[①] 除了这些形态上的、地理意义上的特征之外，这样一个“为人们所公认的事实上的社会单位”具有什么样的文化特征，在《乡土中国》中，费孝通从家族结构模式、村庄道德模式和人际关系等方面进行了深入的探讨，他以“乡土性”作为对这些特征的总结，由此，“村庄”也成为“乡土中国”的基本表征。

在传统诗歌中，关于“村庄”的叙事并不少见，它多是田园生活的某种载体，是普遍的“乡”的象征，蕴含着“乡愁”、“反抗”和“归隐”等含义，它是与士大夫的政治仕途追求相对应的精神存在。但是，“村庄”作为一个社会结构存在的意义还没有浮现出来，因为没有相对应的另一物理形态出现，“都市”，包括与“都市”同时而来的工业文明、现代性思维。同时，“帝国中心主义”的视野也使得“村庄”在中国政

① 费孝通：《江村经济》，第 18 页，上海世纪出版集团，2007 年。

治空间里的重要性一直被遮蔽，它和“天朝”是同一体的存在，所谓的“家国同构”，所有的“家”、“村”都是帝国模式的复制。

“村庄”、“乡村”的被发现与晚清时期西方世界的进入，“帝国中心主义”的被毁灭相一致。因为“家国同构”的基本政治模式，“村庄”作为一个微型复制品能够体现出了中国社会的基本结构特征。所谓的“乡土性”正是在“都市性”、“工业性”和“现代性”的视野观照下产生的。

如果没有“西方”的前提，“村庄”作为一个社会基本单位的本体意义可能还很难呈现出来。我们从现代文学文本中可以清晰地看到“村庄”的被发现。鲁迅《故乡》、《阿Q正传》、《祝福》中的“鲁镇”是中国文学史上最早现代意义的“村庄”，之后的乡土文学也一直遵循这一传统，从一个村庄入手，对乡土中国和农民的乡土性进行阐释。[①] 通过鲁四爷和普通下人对待祥林嫂，祥林嫂对待自身，通过阿Q对待小尼姑，我们看到影响、控制鲁镇性格的正统道德结构和政治结构，但是，通过阿Q“革命”的白日梦、农民对民间戏曲“无常”和“女吊”的塑造和喜爱，我们也看到了潜藏着的农民道德和文化的另一面。

村庄农民的文化意识如何被塑造出来，它依靠哪些途径？在传统的政治体制中，自古以来就有“王权不下县”的说法，也就是说，皇帝的权力统治到县为止。一个村庄的基本运行依靠的是“士绅阶层”，尤其是在道德秩序、文化传承和具体的生活小纠纷等方面。而“士绅阶层”所接受和依循的仍然是儒家伦理秩序，它和大的皇权是相一致的。但是，这只是正统教育和正统文化的那一部分，属于“大传统”，而乡

① 这一传统一直延续到当代文学，如延安时期丁玲的《太阳照在桑干河上》，“十七年”赵树理的“三里湾”，周立波的《山乡巨变》，柳青的《创业史》，“新时期”以来韩少功的“马桥”、莫言的“高密东北乡”，贾平凹的“高老庄”等，都有富有理论意义的“村庄”原型。

人真正接受教育的渠道却是“小传统”。[①]“中国的大传统与小传统，就意识形态而言，大传统是主导，儒家典籍讲忠孝节义，民间戏曲也依样画葫芦（虽然往往画走了样。）……小传统的文化形态是不完备的，其意识形态在日常情况下需要接受大传统的指导，小传统自身的异端与反叛意识则处于边缘状态。……真正对乡下人的世界观起架构作用的应该是乡间戏曲和故事、传说，包括种种舞台戏、地摊戏、说唱艺术及民歌民谣、俚曲、故事、传说、童谣、民谚、民间宗教的各色宝卷等等。”[②]在农业时代，游荡在各个村庄之间的戏曲班子、说书人，庙会上的滑稽剧、酸曲儿等成为“小传统”的最佳传播者。在这些戏曲里面，既有正统的“忠孝节义”，它在某种意义上起到强化正统道德秩序的作用，但更多的却是具有叛逆色彩和平等意味的各色人物。在民间戏曲中，皇帝是昏庸无能，软弱好色的，也可以呼“皇帝老儿”，阿Q的“手执钢鞭将你打”正是来自于这里；正统的门第观念、家族伦理在这里都可以被尽情地嘲笑、戏谑并颠覆。

依此来看，作为中国社会结构中最基层的单位，“村庄”一直并存着两种文化形态，“正统文化”和“民间文化”，它们两者既互相渗透，但同时后者却又时时解构、批判着前者，农民意识正在这一“大传统”和“小传统”的杂糅中被塑造。所以，发现“村庄”，即意味着发现“乡土中国”的基本特性，同时，也意味着发现民间思维生成的源头和样态。

---

① 在学术界，一直有用“大传统”（great tradition）和“小传统”（little tradition）来表达上层文化和下层文化的习惯。较有代表性的是 Robert Redfield 的说法：“在一个文明中，思辨性的大传统比重少而非思辨性的小传统比重多。大传统完成其教化在学校或寺庙中，而小传统的运作及传承则在其无文的乡村生活中。”而且，“两个传统并非是相互独立的，大传统与小传统一直相互影响及连续互动的”。转引自张鸣：《乡土心中八十年——中国近代化过程中农民意识的变迁》，第 10 页，上海三联书店，1997 年。

② 张鸣：《乡土心中八十年——中国近代化过程中农民意识的变迁》，第 10—16 页，上海三联书店，1997 年。

二　受活庄的“摹仿”性

受活庄的诞生来源于真实的历史。中原地带的人，如果你要问他最原始的祖籍是哪儿，肯定是“山西洪洞县大槐树下”。这并非传说，而是具有史书记载的历史事实。中原历来是兵家必争之地，也因此，每有战争，中原必是十室九空，一旦新朝开始执政，第一件事便是从各地迁民至中原，自明朝洪武二年开始的历时数年的规模浩大的移民也是如此。据说，来自山西及南方各省的移民在洪洞县大槐树下登记注册，然后被派往中原各地。随着时间的流逝，关于这一“迁移”，流传着无数的民间故事。

受活庄的历史始于一个惩罚和救赎的故事。

故事的原型是中国民间故事中最典型的结构。一个恶霸，同时也是义人，有着复仇和报恩的双重性格。落魄之时，遭受污辱，后又得到救助。于是，一旦有合适机会，便会把复仇和报恩做到极致。移民臣胡大海，正是这样的经历。当年行丐到山西洪洞之时，备受富家老翁的羞辱，因此从山西洪洞出发，对于他来说，也是对“洪洞人”惩罚的开始。那双眼盲瞎的老汉和双腿残疾的儿子仿佛是两个“彰显”之人，特意来体现他惩罚和复仇的欲望。而当胡大海看到求情之人中有那当年救助过他的聋哑妇人之时，猛然感到羞愧，“放下屠刀，立地成佛”，

> 胡大海不仅把盲父、瘫子留了下来，而且还留下许多银两，并派兵士百人，给他们盖了房屋，开垦了数十亩良田，将河水引至田头村庄，临走时向哑巴老妇、盲人老父，残腿儿子说：耙耧山脉的这条沟壑，水足土肥，你们有银有粮，就住在这儿耕作受活吧。
>
> 从此，位于耙耧山脉间的这条狭谷深沟，就叫了受活沟。听说一个哑巴，一个盲人、一个瘫子在这儿三人合户，把日子

过得宛若天堂之后，四邻八村、乃至邻郡、邻县的残迹人便都涌了过来。瞎子、瘸子、聋子、缺胳膊短腿、断腿的残人们，在这儿都从老哑婆手里得到了田地、银两，又都过得自得其乐，成亲繁衍，成了村庄，虽其后代也多有遗传残迹，然却在哑妇的安排之下，家家、人人，都适得其所。因此，村庄就叫了受活庄，老婆就成了受活庄的先祖神明受活婆。[①]

从这个层面看，受活庄相当于胡大海为自己建造的救赎之地，这些残疾人的存在和“宛若天堂”般的生活是为了彰显这一救赎的巨大威力，它建构了一个崭新的、不同于传统形态中的村庄的存在。作为一个村庄，受活庄和中国现实结构中的“村庄”有着同质性，但也有很大的差异性。

首先，就人员结构而言，它不是以家族氏姓为中心，“聚族而居”，而是以身体的残缺与否为特征。也就是说，受活庄不是以血缘关系，而是以同类关系组成“村庄”，因此，受活庄的地理存在形式不是以姓氏或财富来决定的，而是以彼此行动的便利来安排居住：

受活庄有两棵上了百岁的皂角树，树冠一蓬开，就把一个村庄罩了一大半。村庄是倚了沟崖下的缓地散落成形的，这儿有两户，那儿有三户，两户三户拉成了一条线，一条街，人家都扎在这街的岸沿上。靠着西边梁道下，地势缓平些，人家多一些，住的又大多都是瞎盲户，让他们出门不用磕磕绊绊着，登上道梁近一些。中间地势陡一些，人家少一些，住的多是瘸拐人。虽瘸拐，路也不平坦，可你双眼明亮，有事需要出庄子了，拄上拐，扶着墙，一跳一跳也就脚到事成了。村庄最东、最远的那一边，地势立陡，路面凸凸凹凹，出门最为

① 阎连科：《受活》，第 6 页，春风文艺出版社，2003 年。

> 不易，那就都住了聋哑户。聋哑户里自然是聋子、哑巴多一些，听不得，说不得，可你两眼光明，双脚便利，也就无所谓路的好坏了。受活庄街长有二里，断断续续，脚下是河，背里是山，靠西瞎盲人多的地方叫瞎地儿，靠东聋哑人多的地方叫聋哑地，中间瘸拐人多的地段自然就叫了拐地儿。[①]

这一地理形态展示了受活庄成员之间自然的“互助法则”，这一“互助法则”也是他们的生存模式和文化模式，因为他们相互需要，瞎眼腿却健全的需要有眼的，瘫痪但眼睛明亮的需要有腿的，双方结合在一起才能够成为一个完整的“人”。这一“互助法则”超越了血缘、地缘和宗教，它之所以能够被村民自觉遵守，完全是因为属性相同和生存需要。村民认同自己的属性及在社会中的差异，自觉遵守规则，是一种自然的契约关系和道德关系。这一法则无疑更符合于人性的理想模式，它具有“桃花源”的原型性，但同时它的成员却都只拥有残缺的身体，也就是说，这一“桃花源”的实现依靠的是身体的自我降格，是建立在“残缺”基础上的“乌托邦”，这本身就具有反讽意味。同时，受活庄“是这世界以外的一个村落呢”。它不被“世界”承认，“没有哪个郡、哪个县愿意收留过受活庄，没有哪个县愿意把受活规划进他们的地界里”。

其次，作为一个村庄，受活庄也需要领头人。但是，和传统“村庄”不一样——村长或者具有绝对权威的统领者往往是族长、长老或政治派下来的人，受活庄的领头人唯一的标准就是是否德高望重、大公无私，它的第一任领头人受活婆正是这样的人，她也是村庄的缔造者。“道德”是受活庄领头人唯一的标准，但是什么是“好品行”的标准却会发生变化。茅枝婆因为带领受活庄“入社”和那带有神秘色彩

---

① 阎连科：《受活》，第16—17页，春风文艺出版社，2003年。

的“革命历史”而成为受活庄的领头人，但是，却也因为不能让他们继续过“天堂日子”被受活庄人抛弃。无论茅枝婆如何“大公无私”，都无法抵御受活庄人在经济的诱惑下所形成的新的“好品行”的标准。

从这个意义上，受活庄虽然具有传统村庄结构和农业文明的特点，但其起源却又完全不同，它所有的模式都是对村庄内在逻辑的摹仿。这一模仿性也是它致命的漏洞。譬如，茅枝婆因为带领受活庄进入了“世界”，“庄严地成了双槐县柏树子区管理的一个庄”，过上了“天堂日子”，而茅枝婆也自然成了庄里的“主事人”，在这里，她相当于和受活庄签了某种契约，只要你实现了你的“诺言”，那就可以始终保持权威，否则，她就一无是处。她和族长并不一样，后者掌管道德，他的权威是一套象征秩序赋予的，不会因经济的失败而降低。相反，一旦有灾荒年，他可能会因比村民承担更多而更广泛地获得尊敬。这也预示了受活庄“道德救赎”的脆弱性。

三　“受活庆”：“小传统”的狂欢式和不彻底性

每年收过麦子之后，庄里都有茅枝婆组办三日大庆哩。各家灶膛熄了火，都到庄头谁家最大的麦场上，要集体儿大吃大喝三天。在那三天里，独腿的瘸子，要和两条腿的小伙比着看谁跑的快；聋子要表演他手摸在别人耳唇上，那个人嘟嘟囔囔，他就知道那人说了啥。他能用手摸出别人说了啥话呢，能摸出人家的声音呢。还有瞎盲人，瞎盲人相自比赛看谁的耳朵灵，把锈针落在石头上，木板上，脚地上，谁都看不见，让他们猜那针是落在他身前还是身后边。还有断臂的，瘸腿的，也都各自有着一手的绝活儿。那三天大庆是和过年一样哩，三邻五村，跑几里、十几里也都有姑女、小伙来看受活庆。这看着看着哩，男的就和女的相识了，有外庄的小伙

> 就把庄里残疾的姑女娶走了。庄里的残小伙，就把好端端的外村姑女娶了回来了。有时节，也是要闹出一些悲剧的。比如说哪个庄的独生子，人长得周正端详，本是来受活庄看看热闹的，这一看，就看上了庄里的一个瘸腿姑女了。她腿虽然瘸，人也长得不甚好，可她一眨眼能认六十到八十根的绣花针，能当众把那小伙子的像绣在一张白布上，他觉得不娶她他一辈子无法活了呢，爹娘不同意，他就寻死觅活地闹，或者索性就来住到了受活庄的姑女家。这一住，姑女怀孕了，姑女生了个一男半女的，那男方的爹和娘，就没有法儿了，只好认了这门亲戚了。[①]

受活庆是受活庄的公共生活。它的存在与农时历的关系，是一种农业文明时代的休闲与村庄的娱乐。因为丰收，所以要感天谢地，所以，要唱戏，表演，要尽情地吃喝，放松，快乐，耍杂技，甚至不惜丑化自己，贬低自己。它既是感恩、祈祷、自我祝福，也是农民释放自己、公开表达自己生命感受的唯一时刻。具有类宗教的功能。中国村庄这样的庆祝活动很多，多被称之为“庙会”，一般都是在庄稼收割之后，或者农闲之时的冬天举办。赶庙会，既是农民非常重要的亮相的机会，都会拿出最好的衣服，最好的用具，也是农民集中接受文化，传播信息，展示自己文化方式的时刻。因为在庙会上，会有各个戏台班子进驻到庙会里。中国的农民大多都是戏迷，他们从戏曲中、说书中、祖母的鬼故事中获得最初的对世界的认识。许多时候他们自己就是演员，平时务农，庙会时组织起来，临时搭个草台班子，组织社火、舞狮、秧歌等等，算做自己村里出的一个节目。在庙会中，苦难、被压迫、贫穷等等，一切生活中的不如意都暂时被抛开，民众投入到一场纯粹的

① 阎连科：《受活》，第 44 页，春风文艺出版社，2003 年。

精神活动中。

受活庆上受活庄对自己残疾的公开演示正是这样一种心理，是为了表达自己的喜悦和感恩而想出的最极致最强烈的方式。他们扭曲自己，也是在释放自己，是他们对自己美好的内在的肯定。所以，受活庆也成了受活庄人谈情说爱的好时刻，那个瘸腿姑娘因为精湛的绣花技艺而吸引到了一个健全的小伙子，一个聋子因为自己的贴心而赢得了健全姑女的爱。受活庆的场地成为一个欢快的、平等的广场，舞台上，古老的耙耧调唱着已死的残疾的媳妇儿对人间生活和双眼失明的男人的留恋，既诙谐又深情，唢呐奏着欢快的《鸟朝凤》，舞台下，残疾人和圆全人之间的界限也破天荒地弥合了，消失了，他们自由平等地交流，尝试着走进彼此的心灵。

乡村的庆典、庙会正是所谓的"小传统"被实现的最好时机。戏曲里唱着昏庸的皇帝老儿的故事，他和世人一样目光短浅、老眼昏花，因此，他被观众不停地哄笑，在现实中也上演不分阶层的私奔、戏谑的故事，有钱人和贫穷人在看同一台戏，喝同一家的茶，甚至还有可能一块儿聊聊戏。在这样的超现实的广场之中，正统的道德秩序被消解，阶层、贫富差异被暂时遗忘，权威和正典被戏仿，民众大声吆喝、大声欢笑。巴赫金把这种具有解放意义的仪式和活动称之为："狂欢式，意指一切狂欢节式的庆贺、仪式、形式的总和。这是仪式性的混合的游艺形式。……狂欢节上形成了整整一套表示象征意义的具体感性形式的语言，从大型复杂的群众性剧到个别的狂欢节表演。"[①] 这一"狂欢广场式的自由自在的生活，充满了两重性的笑，充满了对一切神圣物的亵渎和歪曲，充满了不敬和猥亵，充满了同一切人一切事的随意不拘的交往"[②]。巴赫金认为："这种类型的民间节日形象揭示了历史过程更

① 巴赫金：《诗学与访谈》，白春仁等译，第160页，河北教育出版社，1998年。

② 同上，第170页。

加深刻的含义，…… 在这种数千年来形成的并为人们竭力捍卫的人民观点中揭示了政治事件本身和一个时代所有政治问题令人发笑的相对性。当然，在这令人发笑的相对性里并没有抹杀正义与非正义、正确与错误、进步与反动在该世纪和相近的现实生活中的差异，不过，这些差异却失去其绝对性、片面性和严格意义上的局限性。”[①]

这一狂欢也被称之为“庆典”：“庆典，基本上就是一个欢乐的仪式。”[②]“庆典这一术语可以包括节日、仪式、集会、游行、宴会、假日、狂欢以及由这类成分构成的种种综合体。”[③]庆典的欢乐特征十分明显；而仪式则表明庆典具有一定的对象、功能、形式和意义。更重要的是，在庆典狂欢的背后，往往隐藏着神秘的掠夺、暴力、鲜血、压迫和一个民族的生长史，它不仅反映了诞生它的那个充满冲突和暴力的社会制度，同时也否定该制度的某些方面而强调另一方面。庆典正是通过仪式化和游戏化的方式把它象征并强调了出来。

对于一个村庄的农民来说，庙会的结构方式和日常的秩序完全是两种秩序，前者虽然能够对后者产生某种消解作用，但却有严格的界限。同时，因为它的非组织性和自发性，它也很容易成为政治实现自己的工具和途径。这不，随着柳县长的到来，受活庆的性质发生了变化。往常，受活庆由茅枝婆说两句话，无非是说受活人和来看受活庆的观众放开吃，或直接就是“开始吧”这样简单的话。但是，柳县长的讲话之前却要铺垫出一套“仪式”和“程序”，他以不同于受活人的穿着打扮和不同寻常的姿势使得受活庆和受活人失去了方向，仿佛被施了魔咒。柳县长对他们具有了统治和权威的作用，

---

① 巴赫金：《拉伯雷的创作与中世纪和文艺复兴时期有民间文化》，收入《巴赫金全集》，第六卷，第520页，河北教育出版社，1998年。

② 维克多·特纳编：《庆典·译者序》，方永德等译，第4页，上海文艺出版社，1993年。

③ 维克多·特纳编：《庆典·引言》，方永德等译，第20页，上海文艺出版社，1993年。

> 县长的军用大衣脱去了几天呢，眼下穿了个圆领白汗褂，下身是灰布大裤叉，汗衬捆束在了裤叉里。平头，红脸，肚子稍稍微微有些外胀哩，头发花花杂杂的白，那样子，一老完全都是县长的模样儿，不像耙耧山脉的农人们，也不像省城或九都的那些总从饭店的门里进进出出的人物头儿们。他似乎有些土，可和耙耧山脉的受活人立在一块儿，他又是十足的洋派哩；然他那些的洋，和天外大场地的人搁处在一块儿，却又是显土呢。当然哟，重要的不是他的土汽和洋汽，是他的秘书瘦瘦高高、白白净净，穿了不倒裤纹的料裤子，雪白白的衬衫扎在裤子里，头发一油黑亮的偏分着，全模样都是大地场的人。你是大地场的人，却又是人家的秘书儿，那就显增了人家主人的做派了。所以哦，县长就空手走在他前边，他就在县长后面替县长端了水杯子。那杯子是盛过酱菜的，可来受活庆的人就只有县长一个人有着水杯子。所以哦，县长走路就昂昂着头，秘书就只能平视着前后和左右，受活人和来看受活庆的人，也就只能仰视着县长和他的秘书了。所有的人都把目光朝着县长和他的秘书旋过去，卖茶蛋、卖豆腐、卖冰糖葫芦一七二八的吆喝声，都哑然无声了，娃儿们也不在人群中钻来跳去了。场子上静得只有了乐匠们不慎把锣鼓锤子弄落脚地的响动了。①

很显然，柳县长一亮相，就震住了缺少见识的受活人。“白白净净”、“不倒纹的料裤子”、“雪白白的衬衫”、“头发偏分”，等等，这些形象和物品对于受活庄、农民和乡村而言，具有绝对的精神统摄力，是他们所能想象得到的最高级别的拥有。这一威严富贵的形象既意味着

---

① 阎连科：《受活》，第57页，春风文艺出版社，2003年。

“上边”的本质，同时，也代表着“圆全人世界”的高贵。受活庆平等、欢快的幻象被戳破，转而被政治的威严所控制。接下来，柳县长开始发救灾款，在发款时所设计的一套台词和吃饭时所索取的“跪谢”也使受活人更加臣服于他。为了让受活人心完全偏向自己，他在发钱的同时赶走了受活庆里最大的明星——会唱耙耧调的草儿，正是她充满趣味的《七回头》使受活人获得了活着的尊严，也使受活人又哭又笑，非常满足。

随着政治意识形态的介入，村庄的公共生活，曾经充满狂欢式和反抗意味的受活庆变为权力显现和强化的手段，成为“感谢政府的受活庆”。它所暗含的平等、解放和欢快及与四时相符的自然法则也被瓦解。

民间的“小传统”与“狂欢式”不但没有得到实现，反而被拦腰截回，被硬生生地改变了方向。这一转折和悖论也体现出了民间“小传统”的不完全性和易受控制性。也正是这一错置，当受活人仍然以高涨的热情表演自己的绝活时，柳县长马上看到了契机：“就是在这一场的绝术表演里，许多事情云开日出了，像一场大戏真真正正把幕拉将开了一模样。柳县长也才豁然明朗呢，原来不是救了受活人酷六月的大雪灾，是这场六月雪救了他，急救了他那购买列宁遗体的天大的计划哩。”[①] 受活人对生命的张扬和对丰收的感激与感恩竟然成了柳县长实现“购买列宁遗体”的手段，成了政治的工具和媒介，这完全违背了“受活庆”最初的意义和价值取向，也违背了受活庄的基本道德结构。

① 阎连科：《受活》，第76页，春风文艺出版社，2003年。

绝术团："残缺之躯"及其隐喻

一　作为"奇观"的绝术团

维柯在《新科学》中石破天惊般地用一幅画来表达他对人类发展的分期和理解。他详细地解释画中每一事物所蕴含的隐喻、寓言、起源和历史生成，在此，事物不再只是事物本身，而是一种象征，具有总体性的意义指向，同时，也幻化成一个个具有神秘力量的中介物，通过它，人类的过去被呈现出来。这一幅画包罗万象，人类的过去、现在和未来，散发出强大的能量，彰显着自人类诞生以来的全部知识和对宇宙、自身的想象。

维柯在卷首说明中说，"我们希望借此使读者在读本书之前得到本书的一些概念，而且在读后，借助于想象把它回忆出来"[①]。这又是一个很奇妙的暗示，"借助于想象"，那么，这一"想象"来自于哪里？是图中事物所诞生的人类时期——英雄时代？人的时代？还是"想象"这些事物背后的"想象的逻辑"，因为它实际上体现了每一时代人类生活的总体原则和形式。

在这一前提下，我们来想象这样一幅画：它要具有高度的象征性和抽象性，能够涵盖中国生活的过去、现在和未来，能够以精确的事物和形态诉说出这一生活的形态、规则和逻辑。在读到《受活》中有关

---

① 维柯：《新科学》，朱光潜译，第 3 页，人民文学出版社，1986 年。

受活庄绝术团表演的叙事时，我似乎看到了这幅画：

> 第一个月发钱时，受活人都激动得双手哆哆嗦嗦抖。都把那钱裹在内衣里不脱衣裳睡觉哩。有的在贴身衣裳的某个处地又添缝下一个兜，把那钱缝在贴皮靠肉的布兜里，出演时那钱像砖样啪啪啦啦地拍着他的肉皮儿响。拍打着，出演不便当，可因了那钱的拍打哟，他就出演得越发认真了，越发快捷地走进那戏的情景了，演耳上放炮时，把耳上挂的一百响改成了二百响。在出演瞎子听音的节目里，为了明证瞎子真的是瞎子、是满实的全盲瞎，其原先是用一百瓦的灯泡在他眼前照上一会儿，后来就改成五百瓦的大灯泡在他眼前照上大半天，再后来就索性改为一千瓦的灯泡了。到了下个月，每人又发了上万的钱，出演就没有啥儿可怕了，小儿麻痹症脚穿着瓶儿翻斤斗，不是让那玻璃瓶儿不碎破，而是到末了故意让那玻璃碎在他的脚下边，他就站在那玻璃渣儿上给观众谢幕儿，观众就都看见血从他那麻杆腿下的脚缝呼哗哗地流了出来哩。
>
> 就越发地给他鼓掌了。他便越发地不怕脚疼了。他每月的钱也便愈加地多了起来呢。[①]

真是呢，这城市的大街小巷都为受活人的出演疯了哩。它的工厂里也是有许多的工人几年没了事故哩，没了工资哩，到了菜季要出城到乡下的菜地捡着菜叶维护生计呢，可这时，被左右邻居说动了，被有钱的人鼓荡起来了，仿佛不去看一次出演就白白活了呢，也便把捡垃圾，卖纸箱、酒瓶的钱从床头的草席下边一咬牙取了出来了，去买了一张最便宜的门票

---

① 阎连科：《受活》，第190页，春风文艺出版社，2003年。

去看了。有病的人，本来是几个月都躺在床上不动的，曾经为吃西药便宜还是中药便宜不止一次算过呢，可到了这时候，就把那药钱取出来去买门票了看了出演了，说天大的病，再好的药，也没有神情喜悦重要哩。说精神好了，百病皆无了，也就不顾一切地去看了那出演。[①]

一群残疾人的“奇观”表演，既无与伦比的悲惨，又充满着不可遏制的狂欢。它是虚构的，但却似乎能够从中感受一种真实性。它隐喻、象征了什么？它指出了当代中国生活怎样的本质和存在状态？我们可以仿照维柯对那幅画的解释方式来试着分析这一场景中的事物的象征：

这是一个大舞台，灯泡以因一种持续大瓦数燃烧而要爆炸的热度照亮着舞台，舞台上，各个不同类型的残疾人正卖力表演着。舞台下，是观众，有县长、市民和各地慕名而来的观众；舞台外，自行车疯了，它们密密麻麻地挂到了树上；整个城市疯了，他们被这一“残缺绝活大展览”所迷惑，“窥视欲”成为最大的欲望，没钱的变得充实，生病的突然间“百病皆无”。舞台，也或者可称之为“审判台”，台下的和台上的人因为“看”与“被看”而相互审视，互相投射出对方的形象。一出关于人性、幸福、尊严、商品和权力的大戏正在拉开，这是自人类自诞生以来就亘古出演的大戏，只不过，这次的演出更加独特，更加复杂。

那正在百般扭曲自己身体的受活人，或许可以看作被经济、“致富”的前景诱惑、控制了的当代农民，他们是演员，以小丑的方式上演一出“喜剧”，伴随着这一过程的是个人性、尊严、羞耻等人之所以为人的基本品格的丧失；人被集中起来表演残疾，意味着“残缺”被出卖，“身体”被作为商品出售，意味着农民被“降格”处理，他们不被看作与都

① 阎连科:《受活》，第 145 页，春风文艺出版社，2003 年。

市、观众、现代社会同等的存在；整个城市像疯了一样观看、追捧这一“残缺的奇观”，这疯狂助长了“残酷性”的增加，毫无疑问，它暗示着道德的缺失和人道主义精神的瓦解，暗示着“农民”再次成为笑料和奇观的制造者和生成者。它体现出了中国观念中最根深蒂固的“城乡差别”意识，在文学史中可以找到无数的原型：“《陈奂生上城》之中，卖油绳、买毡帽、住旅馆的陈奂生制造了一系列的笑料。令人咋舌的旅馆收费和坐不瘪的沙发映照出陈奂生身上不可掩盖的土气。亚里士多德早就发现，如同骗子或者小丑，‘乡下人’始终是喜剧人物的一个原型。《红楼梦》之中的刘姥姥形象是一个众所周知的著名例子。这不仅证明了古今中外的城乡差别，同时还证明了城市对于乡村的蔑视。令人感慨的是，大半个世纪以来，左翼文学、《在延安文艺座谈会上的讲话》以及从丁玲到浩然的一大批作家并没有彻底铲除城乡差别的意识形态。一旦温度合适，城市对于乡村的蔑视立即故态复萌。这远远不是一种行将就木的传统观念。事实上，愈演愈烈的城乡二元结构有力地支持这种意识形态源源不断地生产。”[①]

台下正中央柳县长正在不动声色地进行“算账”，他眼前看到的是“200天就挣到一个亿”，那是“一万块钱一捆，1000捆，从脚底儿垒到楼顶上”的人民币。这是权力的真相，或者可以看作市场经济的真正逻辑：以什么样的方式挣钱不重要，重要的是挣到钱。政治依靠“残疾人”的身体完成原始积累，这从根本上决定了这一政治具有结构上的原罪。

那观众中的下岗工人、退休老人、病人，和那疯狂的自行车、公交车、城市，仿佛都被一种魔力所征服，他们被鼓动着，沉迷在这样的表演与狂欢之中，遗忘了现实的苦难和自己目光中的不平等。

所有的人、整个城市、整个中国都被席卷入一种莫名的狂热、躁动

---

① 南帆：《〈受活〉：怪诞及其美学谱系》，《当代作家评论》，2004年第6期。

之中，这躁动似乎具有狂暴、炫目的力量，吸引着所有事物不可逆转地朝更深的旋涡里下陷。

或者可以说，这正是当代中国的感性形象。绝术团和它的表演既是一种充满激情的、夸张的诉说，也是一个寓言，一幅画，一种基本形态。它象征着这个时代的病症和总体精神：奇观化、物质化、商品化、非人化、冷漠化。

二　农民的"身体政治学"

茅枝婆唤："你把身子转过来。"

马聋子就把略微能听见的左耳旋对了茅枝婆的脸。

茅枝婆问："你也去那出演团？"

马聋子似乎生怕别人听不见他的话，就可着嗓子大声答："一月几百上千块钱我咋能不去呀。"

茅枝婆又到单眼家里了。单眼的行李全都收拾好了呢，正坐在屋里试穿他娘给他做的鞋。茅枝婆说："你去在人前穿针认线，那是辱你哩，辱你的眼，辱你的脸，那是把你当成猴耍哩。"

单眼说："在受活呆着倒是不遭辱，不遭辱可我二十九岁了，二十九了我连媳妇都找不到，你说我能不去吗。"

茅枝婆又到瘫媳妇家里了，说："你不能不去吗？"

瘫媳妇说："不去我在受活穷死呀！"

茅枝婆说："别忘了你是咋样瘫的呀，别忘了你是咋样来的受活庄。"

瘫媳妇说："记住哩，就是记住我才不能不跟着上边的人出门呢。"

茅枝婆又去了十三岁的小儿麻痹家里了。

茅枝婆说："孩娃才过了十三呀。"

人家爹娘说："再长几年他的脚就穿不进瓶里啦。不小啦，该让他出门闯荡了。"

茅枝婆说："不能拿着孩娃的缺残去让人看呀。"

人家爹娘说："你不让人看这你让人看啥呀。"[①]

这是茅枝婆在受活庄到处劝说受活人不要参加绝术团遭到拒绝时的对话。在"贫穷"面前，"身体"的尊严是最不值得坚持的东西，因为后者无法解决更为迫切的生存问题。有论者认为："那个由残疾人组成的'绝术团'，它的使命可能是冷战以后人类最奇特的使命，是乡土中国进入 WTO 以后才会有的一种使命，宛如被疯狗追逐之后的'必须之举'。"[②] 让孱弱、残疾的乡土之躯承担起走向现代化、完成原始积累，并最终挽救社会主义命运的使命，这本身就是一种极大的反讽。但这一反讽中也泄露出历史的秘密逻辑：农民的"身体"再次成为唯一能够和世界对话，并参与历史进程之中的"资本"。

农民的这一"身体政治学"在中国历史和现代革命史上并不陌生。在 20 世纪文学史中，《从文自传》中的杀戮，《柚子》里的杀头，《阿Q正传》、《示众》中的砍头，我们可以对农民的身体政治学可以略感一二。而在现代革命史中，农民战争的发动更是革命成功的重要原因，农民变为现代意义的"战士"，"死亡"变为"牺牲"，"被杀"被命名为"就义"。但不管如何命名，农民政治地位的被确定所依靠的只能是"身体"，而不是智慧、知识或劳动。这一状况自延安时期似乎开始有所改变，毛泽东提出"为人民服务"，城市青年"上山下乡"，知识分子"劳动改造"，农民作为精神的主体和价值极大地得到认同，这也意味着"农民的身体"有了浮出历史地表的可能。但是，在叙述主体那里，

---

① 阎连科：《受活》，第 97 页，春风文艺出版社，2003 年。

② 李洱：《阎连科的力量——我读〈受活〉》，《北京日报》，2004 年 2 月 16 日。

尤其是在文学史的叙述中，农民仍然是“被压迫与被损伤的”存在，因为农民地位、农民收入和社会资源分配并没有得到真正的改善。在《远村》中，我们看到一个农村女性仍然需要依靠身体来交换到生活得到维持的资源，而《陈奂生上城》虽然写的是农民得到经济上和精神上的“解放”，但却更让我们看到由于经济、地位的低下农民“肉体”的贫乏与可笑。

在改革开放的现代化发展中，农民的身体从与“革命”的纠缠中脱离开来，身体自身成为资源，变为可以获得经济利益的商品，参与并形成新的经济结构。在《许三观卖血记》中，许三观以不断地“抽血”来获得生活的物质原料，来维护家人的健康和应有的尊严。身体被不断抽空，又不断充实，然后再抽空，最终身体失去了其稳固性和可靠性，它变成一个“虚空”，一个巨大的剥夺，以其源源不断的血液的流出把身体所具有的政治隐喻给呈现出来。在阎连科的小说中，“身体”一直具有很强的隐喻性和原型性。《日光流年》中，三姓村的人为活过四十，妇人集体出去“卖淫”，男人出去“卖腿皮”，“身体”是他们唯一挣钱的渠道和可以反复使用的资源。最后，司马蓝为了活过四十，竟拉着女儿给准备重修旧好的初恋女友蓝四十下跪，而蓝四十竟然也答应了，因为这是三姓村唯一可以挣到钱并改变自身命运的渠道。在此，生命的延续依靠的是出卖身体，而出卖过身体的女性却因为失去尊严而没有了活着的意义，这成为一个悖论。它和丁玲《我在霞村的时候》中贞贞所面临的困境有所相似。贞贞依靠“身体”换来了革命的资本，但最终却被村庄所鄙弃，这一鄙弃背后并不只是道德的评价，还涉及政治在民众中的本质存在问题。

非常奇怪的是，受活庄人在选择出卖身体、放弃身体时，非常坦然，非常镇静。或者，对于中国农民来说，“贫穷”并不只是一时的属性，“出卖身体”或“身体被质押”也不只是一时的行为，它是千百年来中国农民的属性和行为，从来如此，也只能如此。在当代的新闻报道中，我们经常会看到哪一个村庄成为癌症村、血铅村；哪一个村庄是妓女村、乞讨村；哪一个村庄的河流被污染，鱼、庄稼全部死掉，村民得各种怪病；或者，哪一个城市被沙尘暴所袭击，对面不能识人，哪一个城市浓烟滚滚，被高度污染。但是，农民，我们，这些城市的人，都泰然自若地生活着。虽有埋怨，但依然“淡漠”。“冷漠”是中国人对自己身体的政治地位的基本态度，因为它一直处于“被质押”和“被控制”的地位。当代的“个人身体”只是一种换了形式的“剥夺”。

“身体发肤受之父母，不敢损之毫厘”，对身体的尊敬是一种孝道，也是一种尊严。在西方语境中，“身体”是个体存在的生理基础，对身体的尊重与持有是公平、正义和个人权利的基本条件。但是，在中国的历史中，个体意义的“身体”一直被所谓的大义、政治所磨损，“为了一个高尚的目标我们必须有所牺牲”，这是革命对于身体的要求；农村妇女卖淫、农民自动做乞丐、癌症村的出现，是改革中的必然阶段；柳县长告诉受活庄人，你们“出卖身体”，就可以挣到很多很多，从来没有见过的那样多的钱。于是，受活庄人争先恐后地“卖身”，卖不成的还要下跪求“卖”，因为他们“卖无可卖”。在这里，农民的“身体”被物质化和客体化，成为完全商品的存在。

对于受活庄人而言，身体所具有的价值还因为“残缺的可观赏性”。残疾不再只是“自然的残缺”，而变为“现代性的风景”，是可以产生经济的事物。这种“可观赏性”有非常广泛的群众基础。在中国最盛大的演出，春节晚会上，我们可以很轻松地找到对应。赵本山的小品被亿万观众喜爱，包括小品中对“残疾”的惟妙惟肖的摹仿，我们哈哈大笑，开心至极，而电视台在一年之中或几年之中反复播放，我们也不厌其烦地观看，每次仍然会开心大笑。在这笑中，一个民族的冷酷被展示出来，它也意味着，我们对自身（精神的和物质上的肉身）并不关心，我们热衷于“围观”，尽管我们自己也是“被围观”中的一个。也因此，当这种“可观赏性”能够带来巨大经济的收益时，对身体的“抛弃”也是非常自然的事情了。在《受活》却是逼人的反讽,以集中的夸张所带来的不适,和作品中的象征构成一种对话意味。

但是,不论如何扭曲、奉献、牺牲自己以换取金钱或必要的生存资料,最终,农民都是失败者。“阎连科的世界里,命运的赌盘不停转动,过去的主宰是土地庄稼,现在则换成了金钱,但农民的身体总是那孤注一掷的赌本。我们还记得阎连科《耙耧天歌》、《日光流年》等小说里的农民身染恶疾,走投无路,他们以最素朴的方式对抗命运的诅咒,世世代代,形成一种苦难奇观。《丁庄梦》里的农民则是为了发家致富,不惜铤而走险。在这层意义上,阎连科看出了艾滋的现代性意义,并赋予相当批判。然而他对社会主义市场化以后的经济发展保持暧昧的看法。以往小农式或合作式的经济模式不再能够约束阎连科丁庄的农民。他们现在要的不是子孙香火(《耙耧天歌》)、不是宗族伦理(《日光流年》),而是实实在在的物质生活的日新月异。他们把卖血当作没本的生意,却落得血本无归。他们是‘中国特色的社会主义’里一群失败的投资人。”[①]

三 志怪传统和“怪诞—肉体”形象

如果一定要从现实主义的角度来理解《受活》,无论如何都面临着阐释的不确切性,虽然在某个层面它仍然具有典型的现实主义性(我在下文将有所论述)。那我们不妨换个角度,看是否能产生新的理解。

庄子在《德充符》一文中描述了一群体残形畸而德行超众的人,“兀者王骀、申徒嘉”(断足)、“叔山无趾”(断脚趾)、“恶骇天下的哀骀它”、“闉跂支离无脤者”(跛脚、驼背、缺唇),最终,他们以自己的

---

① 王德威:《革命时代的爱与死——论阎连科的小说》,收入《当代小说二十家》,第443—444页,生活·读书·新知三联书店,2006年。

德行征服了圣人孔子、国君卫灵公、亲人和世人等等，庄子由此得出“德有所长，而形有所忘”的结论。[①] 姑且不谈庄子这一理念的哲学意义，在美学史上，这一“畸人论”被看作中国艺术史和文学史上的一大起源。闻一多在《古典新义·庄子》一文中对庄子的“畸人论”给予极高的美学评价：“如达摩是画中有，诗文中也常有的一种‘清丑入图画，视之如古铜古玉’的人物，都代表中国艺术中极高古、极纯粹的境界。而文学中这种境界的开创者，则推庄子。”郭沫若在《十批判书》中虽然是以否定的观点批判庄子，但也认为正是庄子的“畸人论”使得以后的中国文学充满了“奇形怪状”的身体形象，“以后的神仙中人，便差不多都是奇形怪状的宝贝。民间的传说，绘画中的形象，两千多年来成为了极陈腐的俗套，然而这发明权原来是属于庄子的”[②]。

《庄子》中的寓言故事、人物形象可以看作中国小说的“原型”。与它几乎同时代的《山海经》中，也有各种“畸人”和“畸人国”的存在，“三身国，一臂国，奇肱国，一目国，无肠国，聂耳国，拘瘿国，跂踵国”，当然，最著名的就是“刑天”，“刑天与帝争神，帝断其首，葬之常羊之山。乃以乳为目，以脐为口，操干戚以舞”(《海外西经》)。此后，逐渐形成了志怪传统，如《搜神记》、《异林》、《异苑》、《太平广记》、《列异传》，再到《聊斋志异》等，既有神仙魔法，也有异人异事，人魔互变，因此，许多中西学者都认为中国古典叙事文学可以用“异”、“非常”等中心概念来概括。[③]

“小说”最早的概念也来自于庄子，在《杂篇·外物》中，“饰小说以干县令，其于大达亦远矣”。这里的“小说”指的是浅陋的言辞，意指“用浅陋的言辞来求得美好的声誉，这离那通达大道也太远了”。此

---

① 庄子：《庄子》，方勇译注，第77—93页，中华书局，2010年。

② 同上，第77页。

③ 莫宜佳：《中国中短篇叙事文学史》，第11页，华东师范大学出版社，2008年。

时的“小说”与文学之“小说”并无内在联系，但却对以后的小说美学具有“原型”作用。班固在《汉书·艺文志》中又说:“小说家者流，盖出于稗官，街谈巷语，道听途说者之所造也。孔子曰：虽小道，必有可观者焉，致远恐泥，是以君子弗为也，然亦弗灭也。”这里的“小说”与文学中的“小说”最为接近，是街头巷尾之谈，具有民间性、传奇性和不可靠性。班固对小说的“传统定义”导致了小说，尤其是那些志怪、传奇小说受到儒家思想的排挤和压抑，不能拥有正统地位，只能在民间世界流传。并且，在故事流转过程中，经常会把那些充满想象力的神话、人物和故事改编为符合儒家教诲的寓言，其诡异、神秘和夸张的成分遭到极大破坏。

这一情势在五四初期发生了变化，梁启超在《论小说与改良群治之关系》中把“小说”提高到“新一国之民”的地位。在这一“启蒙”功能的统领下，严肃意义的小说地位被提升很高，但具有志怪、传奇、通俗倾向的小说仍然处于被压抑之中，我们从中国现当代文学的发展史可以清晰地看到这一点。奇人、异事、幻象不再被看作对人类生活和世界的延伸、想象与再造，它的“笑”、“夸张”、“荒诞”等特征不再具有美学上的价值，因为它不符合我们认为所认知到的“真实”世界的境况。这也是现代小说美学的基本起点。正如昆德拉在看《塞万提斯》所意识到的，当各种人来到小酒馆时:“整个儿是离奇的巧合和遭遇的堆砌。但如果把这看成是塞万提斯的幼稚或笨拙就错了。当时小说和读者之间尚未形成必须逼真的默契，他们不看重模拟的真实；他们看重的是娱乐、错愕、惊讶、陶醉。他们是在**游戏**，并于此施展才情。在小说史上，19 世纪初代表着一种巨大的变化。我几乎要说它是一种灾变。必须摹仿现实的规则一下子使塞万提斯的小酒馆变得荒唐可笑了。20 世纪常常反叛 19 世纪的传统。然而，再也不可能简单地回到塞万提斯式的小酒馆了。19 世纪的现实主义站在塞万提斯和我们之间，它担保说，离奇巧合的游戏永远不可能再是天真无邪的了。它不是变成了真诚的滑稽、讽刺、戏仿（例如《拉夫奇奥历险记》或者《弗迪杜克》），就是变成了多余的幻想和梦。”[①]

以此来看《受活》，受活庄里的各类残疾人，拐脚的、单腿的、侏儒、瞎子、聋子、瘫子，等等，他们虽没有庄子《德充符》中那些畸人的德行，也不如《山海经》中的那些人怪异，但却个个身怀绝技。他们组成的绝术团，惊世骇俗，无与伦比，让世人为之震惊、疯狂。还有那具始终漂浮在文本之中的尸体，它既是死亡、腐朽，但同时却又拥有巨大的能量，可以控制甚至创造现世的生活。它和《受活》所设置的原始时间一起，构筑了一个夸张、怪诞、想象同时又充满民族神秘气息的世界。《受活》走的是《山海经》、《搜神记》、《太平广记》，而不是《诗经》、《论语》、《史记》的那一路。它遵循的是志怪、传奇的传统，而非儒家的“文以载道”和“温柔敦厚”。甚至，它试图绕过启蒙以来理性主义精神对现代文学的渗透和制约，而重新回到天地神灵共生的时代，在那里，文学感的产生依靠的是对无限世界的蒙昧的想象和好奇。“蒙昧”产生想象，现实的、真实的原则不是它所要考量的和所要遵守的规则，它不要“募仿”现实，而是创造它以为的或可能的“现实”。也因此有论者说《受活》真正成功的地方，“并不在于对农村和农民的苦难的大胆揭示，这有人做过，现在也还在有人做，不论用文学的方式还是用其他方式。这部小说的独特之处，是对农民苦难和农村文化政治这种特殊的政治形式（还有它的体制）的复杂关系的描绘和揭示，而且，这种描绘和揭示不是用写实的手法，而是荒诞、是超现实”[②]。“荒诞”和“超现实”这样的词语都是典型的西方文学理论的术语，但是，《受活》的这一美学方式也确实能够在西方文学中找到对应的概念。

如果说有志怪、夸张、想象美学倾向的《受活》是对现代政治社会

---

① 米兰·昆德拉：《小说的艺术》，董强译，第96—97页，上海译文出版社，2004年。

② 李陀、阎连科：《阎连科〈受活〉讨论：超现实写作的新尝试》，《读书》，2004年第3期。

和启蒙文学样式的一种反抗的话，那么，怪诞和狂欢则是欧洲中世纪拉伯雷《巨人传》的美学特征，并以此建构出一个充满颠覆意义的民间世界。两者的精神与形态具有某种相似性。巴赫金以“怪诞”和“怪诞现实主义”来命名《巨人传》的美学模式：“怪诞现实主义的主要特点是降格，即把一切高级的、精神性的、理想的和抽象的东西转移到整个不可分割的物质—肉体层面、大地和身体的层面。”[①] 它主要的表现形式是“怪诞人体”和“诙谐”。“怪诞人体”以夸张和未完成的人体形象把事物拉向“物质—肉体”层面，拉向大地、生育、繁殖等生生不息的感性层面，并以此达到对规范、标准、一体化的反抗：“物质—肉体的因素被看作包罗万象的和全民性的，并且正是作为这样一种东西而同一切脱离世界物质—肉体本源的东西相对立，同一切抽象的理想相对立，同一切与世隔绝和无视大地和身体的重要性的自命不凡相对立。物质—肉体的体现者是人民大众，而且是不断发展、生生不息的人民大众。这种夸张具有积极的、肯定的性质，它的主导因素都是丰腴、生长和情感洋溢。”[②] 诙谐则是“贬低化和物质化”，通过种种民间广场的表演（即中国生活中的庙会、说书人、流浪戏班、马戏班等小传统），以嬉笑怒骂的方式，通过“全民的笑”和“狂欢”在整个官方世界的彼岸建立了第二个世界和第二种生活，消解严肃的官方的生活和权威。

《受活》中充斥着如巴赫金所言的“怪诞的人体”。残疾的身体被再次扭曲、突出、变形，它与病态、丑陋、恶心的意象相联系，也是一种“奇观”。而当它被作为商品“展览”，在全国各大城市巡回、流动表演之时，它的意义是多重且相互冲突的。一方面，确如巴赫金所言，

① 巴赫金：《拉伯雷的创作与中世纪和文艺复兴时期有民间文化》，收入《巴赫金全集》，第六卷，第24页，河北教育出版社，1998年。

② 同上，第23页。

这一表演本身具有“物质—肉体”意义的混沌和内在的讽刺意味，这从肉体的扭曲、内容的荒诞和民众的疯狂都可以看出，整个大地是感性的、肉欲的，非理性战胜了理性的精神和抽象的概念，虽然柳县长的目的是为了筹钱买列宁遗体（这一目的本身就是非理性的，有微妙的政治色欲和诱惑意味）。受活庄的残疾人如马戏团的小丑一样，羞辱与放弃，自我贬低与非人化，它以超越于“规范人体”之外的“怪诞”给人带来一种新的想象力，一种解放感、自由感，同时，又是肉体的、感性的，通过夸张的“物质—肉体”的方式羞辱那些被深深吸引的观众。它的确给民众带来了“大地的丰饶”和“解放再生”之感，作者也在文中不遗余力地渲染绝术团表演带给民众的这种奇迹，有病的病好了，没钱的忘记了贫穷，有钱的一遍遍观看、赞叹与震惊，带着满足的心情离开，绝术团所过之处，人、物、城市都“疯狂”了，所有事物都像被打了一针强心剂，充满了生的希望和好奇。

但是，另一方面，这一表演——残疾人 / 正常人，乡村 / 城市——背后始终还有另一种隐喻，即对象之间存在着“某种敌对的、陌生的和非人的东西”[①]，因为“规范的身体”，即现代世界是以“物”——抽象的消费之物——来观赏这一表演的，它的解放意义既被张扬，同时，又被无限制约。它是中国式的围观，充满着对杀戮、破坏、伤害的渴望。

这一“物质—肉体”的怪诞形象，这一感性、混沌的美学风格在当代小说的美学理念中，无疑是一种另类书写。对“现实”世界进行“非现实”的书写，这需要一种冒险精神，因为它要挑战的是一个时代的文学的“常识”——自五四以来文学的启蒙传统和对理性主义精神的提倡，包括后来的革命现实主义、社会主义现实主义和现代主义等等。阎连科似乎早有预感，在《受活》发表的同时，在后记中以预先张

① 巴赫金：《拉伯雷的创作与中世纪和文艺复兴时期有民间文化》，收入《巴赫金全集》，第六卷，第 56 页，河北教育出版社，1998 年。

扬的方式反击可能的诘问，写出"寻找超越主义的现实"一文，以试图对自己文中的"非现实主义性"进行解释。当然，这只是一种徒劳。

四 "残缺之躯"："乡土中国"的感性形象

"残缺之躯"一直是阎连科小说的重要形象，也是其作品中"怪诞人体"形象的主要表现形式。"被肢解的人体、孤立的怪诞器官、肠子和内脏、张开的嘴巴、贪吃、吞咽、排泄活动、屎尿、死亡、分娩活动"等怪诞元素充斥在阎连科的作品中。《耙耧天歌》中以自己的身体熬汤给孩子治痴傻病的母亲，《年月日》中那扎满玉米根须的身体，《日光流年》中三姓村人的"割腿皮"、"卖淫"，《丁庄梦》中不断抽血卖钱直到满臂针孔、满脸疮痘的丁庄人，《受活》中那集种种"残缺"于一身的受活人，《四书》中那自愿以身体作为交换的女音乐家的"吞咽"动作，那以割破身体流血来滋养麦穗的"作家"，都让人过目难忘。作者甚至不惜以极端书写让读者感到不适、惊悚、恶心，甚至呕吐，这种极端的处理身体的方式也引起众多批评家和读者的注意。[①] 它们都唤起了当代人对"身体"，尤其是"农民身体"的感知，一种强烈的**残酷感和恐惧感**。

需要特别指出的是，阎连科的写作是以当代中国政治史、革命史和改革史为潜在反思对象来写作的，在短短几十年的时间中，因饥饿、肃反、战争、自然灾荒、大跃进、改造、大革命等等原因，"身体"的被折磨和非正常存在一直是中国生活的重要意象，它一直处于"被突出"和"被强调"的状态，"三年自然灾害"中的"饥饿"形态，"改革开放"中的"卖淫女"、"乞讨人"、"断指工"，上访告状的村支书横尸在大卡

---

① 陈思和、郜元宝、葛红兵等论者都在不同的文章中提到看阎连科小说时的生理感受，对此也有褒贬不一的评价。

车下面的惨烈，等等，都以触目惊心的方式存留于每个中国的情感深处，这一“怪诞—肉体”形象构筑了当代乡土中国的“身体潜意识”：残缺、恐怖、悲哀、让人厌恶，这一厌恶不只是精神上的厌弃，还包括肉体上的拒斥。它是一种象征，潜藏于当代每个中国人的心里，阎连科的小说让我们看到我们眼中的形象。在很大程度上，《受活》是对这半个世纪以来，或者更久远的“身体灾难”的一个强烈的反抗，以志怪的民间方式，在精心构筑的时间框架中，重回民族历史深处。

关于阎连科小说中身体意象的“惨烈”与“残缺”历来褒贬不一。但论者都注意到“身体”在其小说中的本体地位：“阎连科反复渲染的泥天泥地的世界里的坚守，往往不得不退缩到纯粹的身体，这是他的小说一再出现的值得注意的现象。拒绝扩张的世界观无可遏止地收敛，最后只能退缩到身体。农民在自己的世界中最后可做的事情，竟是‘自由’地支配剩给他们的仅有的资本——身体，动辄从身体中汲取反抗灭顶之灾的力量。”[①]“身体”的姿态和行为是对乡土世界和乡土中国的存在位置和存在方式的象征和隐喻。

但是，“残缺之躯”的残酷性和控诉性只是“乡土中国”的形象之一，它本身的“怪诞”和“物质—肉体”性还赋予这一“乡土中国”另外的含义。如巴赫金所言，“怪诞人体”形象包含各式各样的肢体的夸张、残缺、怪异，它们是“形成中的人体，它永远不会准备就绪、业已完结：它永远都处在建构中、形成中，并且总是在建构着和形成着别的人体”[②]。它以“肉体”的动感和不确定性破解了现实规则中固定的语言、形体和规范，与“现代规范人体”那种“完全现成的、完结的、有严格界限的、封闭的、由内而外展开的、不可混淆的和个体表现的人

① 郜元宝：《论阎连科的“世界”》，《文学评论》，2001年第1期。

② 巴赫金：《拉伯雷的创作与中世纪和文艺复兴时期有民间文化》，收入《巴赫金全集》，第六卷，第368页，河北教育出版社，1998年。

体”呈现出非常明显的对立趋势。[1] 当“怪诞人体”形象——在《受活》中指向“残缺之躯”——把概念、理性与抽象的事物引向混沌的、感性的、肉体的层面时，其实，它也把文本及文本中所表述的世界带入了一个“未完成的、建构中的”、可能随时颠覆什么的状态之中。

由此，两组相对立的意象慢慢形成：“残缺之躯”与“规范人体”，“解放再生与封闭固定”。再往下延伸，可以是“民间世界”与“政治世界”，“乡土中国”与“现代中国”，等等。“残缺之躯”以自身的“怪异、突出和震惊”效果使固定的世界有所动摇。“残缺”是一种未完成性，是动态的，不确定的，既有可能的生命力，同时，又暗示着某种破坏性和不协调性，并且，通过某一肢体的异常突出了肉体的存在，它是狎昵的，淫秽的，双重的，带有色情的意味。它所带来的肉感形象、污秽和生理上的不适应，具有强大的刺激性，正如绝术团所过之处对大众的冲击。它是大地的，也是全民的，它具有生殖性，世界变得“丰饶”，“自由”，暗含着“解放再生”的可能性。因此，官方、政治、“规范的人体”对这一形象有天然的抵触，也会通过对种种事物的规范化要求来对这一残缺形象进行限制。

而“现代人体规范的特点是，……个体的、界限严明的大块人体及其厚实沉重、无缝无孔的正面，成为形象的基础。人体无缝无孔的平面、平原、作为封闭的、与别的人体和个体性世界不相融合的分界，开始具有主导意义。这一人体所有的非完成性、非现成性特征，被小心翼翼地排除，其肉体内在生命的所有表现，也被排除。为这种规范所决定的、官方的标准言语的言语准则，与受孕、怀孕、分娩之类有关的一切，亦即对与人体的非完成性、非现成性及其纯肉体内在生命有关的一切加以禁止。在这方面，在狎昵的和官方的、‘体面的’言语之

---

① 巴赫金:《拉伯雷的创作与中世纪和文艺复兴时期有民间文化》，收入《巴赫金全集》，第六卷，第371页，河北教育出版社，1998年。

间，有着极为严格的界限”[①]。“规范人体”在《受活》中即“圆全人”，他们是现代世界的一切规则的象征物：官方的、标准的、普通话、权力、修养、技术、科学。身体被规范为一套准则，它所做的是千方百计限制、掩藏身体的突出部位，即掩藏肉欲、生理的一面，因为它过于肉感、过于不确定，过多地拥有新的可能性。这正是现代社会的雏形。“文明的发展史即一部性压抑史”，“权力通过对性的控制体现自身”，弗洛伊德和福柯在不同时代说出了几乎同样的话。控制“身体”，是所有文明社会、现代政治的最核心行为。

在此意义上，“乡土中国”的“残缺之躯”对现代中国和政治意识形态具有了本质解构的功能，残酷背后蕴含着破坏，扭曲中繁衍出对抗，毁灭中孕育着再生。它破坏了现存世界虚幻的（虚假的）唯一性、不可争议性、不可动摇性，并且竭尽所能嘲笑所谓的“规范人体”、“官方”、“现代”的合法性和陈腐性。而从另外意义上讲，这一“残缺之躯”也展示出“农神黄金时代”的大地上的生命力和解放力，它是一种回归，也是一种提示。正如巴赫金所言：“在拉伯雷笔下的形象中，怪诞人体不仅与宇宙的、而且也与社会—乌托邦的和历史的母题，其中首先是与时代的嬗替和文化的历史革新的母题，交织在一起。”[②]

---

① 巴赫金：《拉伯雷的创作与中世纪和文艺复兴时期有民间文化》，收入《巴赫金全集》，第六卷，第371页，河北教育出版社，1998年。巴赫金认为，这种古典主义人体观念构成了现代社会行为规范的基础。良好教养的标志包括：不把胳膊肘搁在餐桌上，走路不提肩摆胯，收腹，吃东西不吧嗒嘴，不出声，不打呼哧，不露齿，等等。亦即千方百计限制人体，掩蔽人体的突出部位。

② 巴赫金：《拉伯雷的创作与中世纪和文艺复兴时期有民间文化》，收入《巴赫金全集》，第六卷，第372页，河北教育出版社，1998年。

妥协的方言与沉默的世界

一　语言的根性

每一个作家都在致力于寻找语言和小说之间的秘密契约。阎连科也是一样。单从语言来看,《日光流年》、《坚硬如水》和《受活》这三部长篇，很难让人相信它们是出自同一位作家之手，它们之间的差异性不仅体现在语速，语态和语气上，而且也表现在修辞、语言内部的张力和整个叙事方式上的不同上。但有一点是共通的，阎连科所有的语言，它的声色气味，都致力于表达他所描述的世界——耙耧山脉。

先从《日光流年》说起。《日光流年》的语言是“涩”的，语速缓慢、凝重，带着一种铿锵和绝望。“嘭的一声，司马蓝要死了。”开头这句话奠定了小说的语言基调，三姓村人之间的对话，蓝四十和嫖客的对话，司马蓝和买腿皮的人的对话，都非常简单，平淡，不动声色，但是，却让人感受到深深的绝望和恐怖，即使是描述耙耧山脉的风景，色彩也总是黏稠、凄凉。从语气上来看，三姓村人的生活是充满敌意的，每个人心中都有一股巨大的怨气，他们和自然界，和彼此，和外部世界都有仇，因此，他们沉默、咒骂和怨恨，彼此折磨。但是，他们所拥有的语言又是那样少，他们只能翻来覆去地重复那少量的词汇，曲解着彼此的意思。《坚硬如水》的语言则非常“狂”，极致的“狂”，一泻千里，浩浩荡荡。非常明显的，小说语言处于癫狂状态，一开始你会以为是作者的语言有点失控或者显示了作家思维的某些贫乏的地方，但是，随着语言形式的强化和重复，它在文中具有了某种隐喻：它给我们提供了时代的某种症状与本质。在这一时代里面，最大的特征就是政治话语以巨大的诱惑力和强迫性覆盖了私人话语，也遮蔽了耙耧山脉的方言系统。《受活》的语言风格又发生了极大的改变，充满“柔”性特征。《日光流年》和《坚硬如水》的语言内在紧张感非常强烈，节奏绷得很紧，一触即爆，是一种非常态的语言，与生活世界的紧张和人物内心的偏执相一致。《受活》语言回到了“常态”之中，语言的节奏、语态都非常抒缓，日常化，甚至带着明显的抒情性。“你看哟，炎炎热热的酷夏里，人本就不受活，却又落了一场雪。是场大热雪。”这是《受活》开篇的第一句话。语气助词和叠词叠音的使用明显延缓了语言的速度，语调非常柔软，有一种倾诉和自言自语的意味。

这三部长篇小说最突出的特色就是对方言的强化使用，字、词与意全方位的方言化与地域化，如《受活》中语气助词和叠词叠音的大量使用，它们形成一种特殊的地方气息。小说中的“了，啦，呢，哩”，有明显的豫西方言的口音：“真是的，时光有病啦，神经错乱啦。……老天哟，雪是一下七天哩。七天把日子都给下死了。”似乎有某种程度的俯就，带着一点口语化，软弱，谨慎，他们甚至不敢直接埋怨老天，他们只说“日子都给下死了”，就好像一位正在收拾家务的妇女的悄声嘟囔，声音很小，有天生的逆来顺受和内在的畏惧感。有一点温柔，一点嗔怪，绝望中还满含着某种祈求，这些词语的使用为小说制造了独特的缠绵回绕之气。在这样的自语中，受活庄人生活的自然性和内向性被突现了出来。他们的生活是内向化的，温柔谨慎、乐天知命式的生存。在某种意义上，“了，呢，哩”和叠词的使用在《受活》中并不仅仅起修辞的作用，它为我们营造了耙耧山脉的“柔性”生活，传达出耙耧山人的生活状态和心态，也使小说可以直接进入受活庄生活的内部和思维的深处。而当耙耧山脉的这种“柔”性语言与外部世界的扩张性语言、与柳县长的指令性语言相冲突时，这种语言对于小说的阐释意义就更加明显。

实际上，不管是“涩”，“狂”，还是“柔”，它们都显示了耙耧山脉的某种内在特征，或者说，它们蕴含了耙耧山脉的特殊信息和独特的生命存在方式，是一种密码式的，唯有耙耧山人能够理解其中的丰富性与意味性。这些独特的词语、音调和由此产生的情感意蕴结合在一起就形成了方言。他们以自己的视角看世界，并且为这个世界和自己的生活命名。因此，当作家试图用方言写作，用方言逻辑对世界进行思考时，他必将进入一个“隐语”式的世界，进入一个与日常经验完全不同的世界。对于《日光流年》中的三姓村人来说，方言就是“命通 / 命堵、翻地 / 挖渠”，而对于《受活》中的受活庄来说，隐语是“受活 / 不消受、圆全人 / 残疾人”，等等。“命通”，对于我们的公共生活来说，这一词语并不存在，但是，在三姓村，让“命”通畅起来，活过四十，却是他们从生下来就命定的唯一目标，这一词语就像一块强大的磁石，把三姓村人聚拢起来，制造着喜悦、悲哀和对待生死的观念。这是他们的命运，独属于他们的记忆，他们的思维方式和生活方式。“受活”，在受活庄的世界里，是“享乐、享受、快活”，也有“苦中之乐、苦中作乐”的意思，这是一个纯粹感性的词语，字面粗糙，有暧昧的色彩，暗含着性的成分，让人不由得想入非非。对于受活人来说，它蕴含着家族神话、历史、资料、现实，和理想生活的原型。毫无疑问，它只属于受活庄。

在这一方言世界，还有另外一种“隐语”，那就是关于外部世界的。进入受活庄的时代词语并不以它公共的面目出现，受活人常说，“铁灾、红难”、“大劫年”怎么怎么样，他们不说“大炼钢铁”，也不说“三年自然灾害”，他们遭遇的还不是饥饿、死亡，而是被掠夺，这是残疾人世界与圆全人世界之间、弱者与强者之间的冲突，是受活庄特殊的身份给他们带来的耻辱。时代语言被加入受活人的情感、记忆，直接从“三年自然灾害”变为了“大劫年”，记载了受活庄和外部世界之间的关系。他们按照他们的经历和遭遇去重新组合词汇。在残疾人的世界里，“圆全人”意味着优越，高傲，占有这个世界，“圆全人就是你们的王法”，这是一个定律。小说内部的语言大致可以分为两个语言系统：耙耧语言和公共语言。耙耧人的语言，低俗，原始，感性，很难进入公共话语圈；而公共语言却非常强势，它意味着权力，高傲，理性，常常以压迫的方式破坏耙耧语言系统。但是，很难说谁胜利了。尽管它破坏了耙耧山脉的自在性，同时，它自身也遭到了篡改和变异，新的词语不断融入耙耧方言，结合并产生出新的词汇，这些不断加入方言的词汇记载着耙耧山脉一代代人的生命感受、历史遭遇及情感方式。

乔纳森在《文学理论》中这样说，“不同的语言对世界的划分是不同的”。维特斯根坦也有过这样著名的判断，“想象一种语言，就是想象一种生活方式”。语言是一种生活方式，也是其世界的界限。以方言呈现出的小说世界，自然地形成一个独特的地缘世界和时空观念，这一地缘世界与现实的关系可以说是既互为一体，同时，又因为差异而使双方的冲突兀现出来。如前所言，“三年自然灾害”在受活人那里是“大劫年”，词语的转义其实蕴含着方言世界与公共世界之间的某种关系。而在经济时代，受活庄的人却毫不犹豫地接受了“致富”这样的大字眼，走出方言世界，进入公共领域，或者说，进入到了现代化的轨道之中。“九都、柏油路、电视、致富”等词语冲击着受活人，这些慢慢取代了“受活”，因此，受活庄里的侏儒女槐花和县长秘书好上之后，皮肤白了，个子高了，连说话用词也和受活人不一样了。可是，你又会发现，耙耧人对“致富”这一时代经济语言又是以自己的方式理解的，他们把它直接篡改为“绝术团”，“绝术团”等于“致富”，于是，在耙耧山脉的原野中，出现了无数个练习“聋耳放炮”、“单腿跳远”和穿着“奠”字寿衣的人。甚至，连政治素质极高的柳县长的思维，如他提出的列宁遗体方案，也不能说没有“篡改”的痕迹，它把这一切变成了时代的闹剧，荒诞而又触目惊心的闹剧。

方言世界与公共世界之间常常是作用与反作用的关系。方言在某种意义上可以称之为具有原型意义的生命样态的标志，它就像化石一样，存留着一个群体的生命痕迹与情感印记，作为一种几乎是原始意味的、被动的存在，方言必然遭受着公共世界的冲击，后者常常侵入前者并修改着前者本来的含义；但另一方面，方言也以自己的生命性、日常性与抗腐蚀性改变着公共世界的面目。韩少功在写作《马桥词典》时这样写道："一旦进入公共的交流，就不得不服从权威的规范，比方服从一本大词典。这是个人对社会的妥协，是生命感受对文化传统的妥协。但是谁能肯定，那些在妥协中悄悄遗漏了的一闪而过的形象，不会在意识的暗层里积累成可以随时爆发的语言篡改事件呢？"[①] 方言中的许多词语并非都只与地方经验有关，许多时候，政治话语是以方言的形式出现的，政治和文化必须在被加工的基础上，改头换面才能真正进入方言世界内部。对于受活庄的人来说，他们可能不知道"大跃进"、"文化大革命"等等当代政治史上的重要阶段，更不会明白其中的含义，但一当提起，他们马上会说，"逃荒那一年"或"红灾黑难那一年"，在这里，方言的确在进行着"语言篡改事件"，这种篡改本身具有相当明显的对抗性——与意识形态，甚至是普遍世界之间的对抗。但是，它的力量又有多大呢？方言能在多大意义上篡改公共话语、政治话语、经济话语，而达到一种自足的存在？更进一步追问，作为知识阶层与接受现代标准汉语教育的作家，能够在多大程度上达到方言世界的核心？这样的方言世界与整个世界的关系究竟是以何种方式存在的？

二　方言的难度与限度

列维－斯特劳斯在写作《忧郁的热带》时曾经这样对人类学考察的真实性进行总结："不论是有意或是无意，现代的香料味素等调味品

① 韩少功：《马桥词典》，第400页，作家出版社，1996年。

都是伪造过的。这当然并不是指今日的调味品是纯粹心理层面的而已，而是指不论说故事的人再诚实也无法提供真实的东西，因为真实的旅行故事已不可能了。为了使我们可以接受，记忆都得经过整理选择；这种过程在最诚实无欺的作者身上，是在无意识的层面进行，把真实的经验用现成的套语、既有的成见加以取代。"[①] 的确，经验的选择和表达的有限性是最残酷的事情，它常常遮蔽了更为真实的场景，而选择那些能为日常经验所能接受的东西，在这种迎合中，真实往往被假定了，而记忆也变得虚假。对于一个作家来说，这种记忆力的虚假性和组合性很有必要，因为它是小说产生歧义，产生相对性和私人性的根本。但是，从另一层面来讲，这种过滤性则总是与时代文化的偏见、与自我的立场相联系。

这是真实的难度。也是真实的限度。方言在某种意义上使写作者接近了他所描述的世界和那一世界的密码，以及背后所蕴含的社会体系和情感体系的模糊框架，但是，不完全的方言，或者已经妥协后的方言又很难真正直抵命运的深处，而试图在真实之上产生更大的真实则越发难上加难。

尝试用方言写作在当代文学几乎成为潮流。韩少功的《马桥字典》、李锐的《无风之树》，可以说是其中的经典之作，但如果仔细分析的话，你会发现，《马桥字典》是在运用知识分子书写方式对方言进行阐释，这种书写本身是理性的，带有明确的诠释色彩；李锐的《无风之树》运用人物独白方式直接进入方言世界，土字，土词，包括那些最粗俗的民间用语作者都直接书写，这无疑是很大胆也很成功的尝试。它摆脱了启蒙的理性，直接进入原生态的民间生活内部，进入到方言世界的内部，但是，你又会发现，这种形式的方言描写是细节上的，并

---

① 列维－斯特劳斯：《忧郁的热带》，王志明译，第31—32页，生活·读书·新知三联书店，2000年。

且人物性格重复单一，它很难从整体上传达吕梁山脉的气质。在《受活》中，阎连科试图从叙事本事进入方言世界，他既勾画耙耧山脉的整体形象，同时，又不放弃任何方言语句逻辑的使用，他不希望他的方言是细节上的或仅限于对话上的。但是，已经有读者指出阎连科的方言并不纯粹，这一点，阎连科本人也承认。他说，在写作的时候，常常有失语的现象，脑海里经常会跳出一个文言，或者一个普通话的词汇，而他，常常是不得不用。因为方言已经无法表达他想表达的意思。在《受活》中，我们常常看到一些半文半白，书面语和口语混合，意义暧昧模糊的语言。词与词之间的断裂、组合，显得很不和谐。许多时候，这种混合的语言反而增添了小说的语言魅力，创造了一种独特的语言气息，这是另外一个问题。这里，我想要分析的是方言的失语与妥协这一事件本身所蕴含的意义。

正如阎连科自己所言，在写作的时候，他经常处于某种半失语状态。这一方面确实如斯特劳斯所说，现成的套语、既有的成见取代了真实的经验。即使最有见地、最深刻的写作者也无法摆脱这些，尤其是无法摆脱他赖以写作的语言系统。从另一方面讲，方言的失语本身却意味着它所代表的世界的失语。方言的词汇无法表达出现代思维和现代世界的许多东西，甚至无法表达其中的情感方式。他们的词汇古老，缺乏新的意义填充，而对原有世界观的固守和生活经验的局限性，也使他们不可能转换和学习新的词汇。对于受活庄的人来说，新的词汇甚至是灾难的象征，如刚才所言的“合作社、大跃进”，于是，他们退回去了，同时，又诞生了几个具有特殊含义的词汇，如“黑灾、红难”，这是受活庄人的词汇，是他们对外部世界的一个基本印象和态度，蕴含着他们所遭受的痛苦、掠夺和对世界的不信任。从根本上讲，以耙耧方言生活的受活人根本未曾进入到现代社会话语之中，而他们所理解并参与了的“发展”是极其表面化的并被扭曲了的存在。

这样一个完全与世隔绝的村庄，一旦与世界重新联系，其与世界的冲突会更明显，也更富于象征意义。因此，我们看到，在他们难得开口说话的时刻，他们所表达的东西往往是公共话语强塞给他们的语言。他们很轻信，他们愿意扔掉自己的东西走出去。于是，在柳县长第一次鼓动受活人出去时，他们兴奋异常，过去的痛苦经验被柳县长充满蛊惑性的政治讲演所掩盖，或者说，被“改革开放”、“致富”这样大的命题所迷惑。“挣钱”，就这一个词便可打中受活庄人的穴位，这是方言世界致命的弱点，他们所有的高傲、尊严和价值，包括《年月日》中的先爷,《受活》中的茅枝婆都必将败倒在“挣钱”面前。方言在公共话语面前的弱势导致它影响力的缩小乃至于丧失，没有可交流性，它的使用范围必将越来越小，越来越被原型化。与此同时，方言世界的存在也越来越被同化，每一次大的政治变革、经济变革或文化变革都是方言被清洗的时刻，清洗的力度越大，方言世界越是迎合，所面临的越是更大的黑暗。在与当代经验和当代世界的冲突之中，方言总是处于弱势和被淹没的危险之中。

在这样的话语强势面前，在这样一个被缩小了意义存在的方言世界面前，阎连科不得不妥协，他不得不用更具公共传播性的语言来“转达”耙耧山脉的话语和存在处境。在这一“转达”过程中，有许多东西，耙耧山人的情感、思维已经失去了原貌，出现了明显的“词”与“物”的分离。可以说，无论是韩少功、李锐还是阎连科，他们展示给我们的方言世界的存在状态，实际上是支离破碎的，这不仅仅是因为记忆本身的支离破碎，而是作家所选择的语言方式的难度必然会导致模糊与歧义。这其实也涉及了作家和下层世界、下层经验的关系这一重要问题，我在下面会谈到这一点。作家从写作之初所接受的就是公共话语系统，而作家基本的教育也是规范的汉语教育，在普通话系列里，已经剔除了许多方言字和词，它是从传播的角度，而不是从保存一个群体情感记忆的角度进行选择的，这就决定了作家，或者说识字人的先天不足，他很难用公共语言规范来传达出某一群体的特殊经验，这注定了作家对方言世界的表达带有某种扭曲和臆想的成分。我们可以感受到,《受活》既不像莫言的《檀香刑》那样运用一种纯粹的前启蒙语言进行叙事,也没有一般的知识分子写作中强烈的启蒙意味,它几乎介于启蒙和非启蒙之间,呈现出一种被动的矛盾态势。作者试图抛弃距离,抛弃姿态,用他们的语言方式来表达他们的世界,但是,语言的受阻决定了这是一个几乎不可能完成的任务。这也意味着,在现代汉语的世界里,耙耧山脉人的"受活"是被禁锢起来的,不可能传播,它一开始就与发展、与现代文明绝缘。这实际上正是方言世界在现代社会中的处境和地位。在《受活》中,阎连科使用了一个变通的方法,即通过"絮言",通过对耙耧山脉方言词语的历史追溯来把握它们在耙耧山脉的真实含义,或者说,让读者进入耙耧山脉词语的感性世界。这一世界是恢复了的,通过词义的生成、阐释,给出一个群体的生活史和情感史,它与本文形成一种互文意义,互相阐释。在某种意义上,"絮言"弥补了因作者的"失语"和"转述"而被忽略掉的方言内核。但通过"絮言"叙事,而非本事叙事来通往方言世界,这本身就显示了方言写作的难度与困境。

三　以方言的方式重回"故乡"

从根本上讲,方言写作最大的意义在于,它试图改变五四以来知识分子对底层世界的代言方式,试图在叙事者与被叙事者之间寻找新的关系存在。当鲁迅《故乡》中的闰土神情麻木地看着作者,并喊出一声"老爷"的时候,知识分子与他的叙述对象之间深不见底的隔阂也遗漏无余。也许,恰是因为作者的身份与思考方式使闰土无语,两者根本不在同一个空间内,也无从交流。在作者"悲天悯人"的目光下,作为老农的闰土能讲出他的贫苦生活的某点欢乐或幸福吗?从这一角度来看《故乡》,毋宁说是作者使闰土麻木不知所措。在如何解决这一难题上，当代作家不约而同地选择了以方言的形式重回故乡，重回那一沉默的世界，并试图达到与底层世界的沟通。方言写作类似于文化考古，通过对词语的重新使用与叙述回到某种情境和谱系之中，这一谱系有着独特的地理、空间，方言是一种密码与媒介，里面蕴含着时间与记忆，它与方言的大地之间有着水乳交融的默契与共生性。方言是一种民间立场，但既不是同情式的，也不是启蒙式的，而是同在的，与那里的人物、环境同在。因此，方言写作不仅仅是在字、词、句方面使用土语、土话，而是作家思维方式上的一种根本性的改变，作家以“是”，而不是以“看”的身份进入所描述的世界，进入这一世界的生命轨迹与喜怒哀乐中。从这个意义上，《受活》语言的价值在于使我们感受到民间生长的过程，词语的生长背后是与此相共生的生活，由此，我们看到了时代的政治、历史与“受活”之间篡改与被篡改的想到关系，它带给文本及读者一种特殊的温柔与疼痛。

我在前面不自觉地使用了方言写作中“作家与下层世界、下层经验的关系”这样的说法，实际上，就当代文学的创作倾向与价值取向而言，方言写作的世界已经超越了“乡村”这一范畴，它指向更广阔的空间。我们可以从两个层面来理解这一问题。一般意义上的文学的方言世界多指那些以方言为起点的乡土世界——这是中国最基础的底层。韩少功的《马桥词典》分析的是“马桥”这一村庄的方言，李锐的写作直接指向吕梁山脉，莫言所使用的是东北高密乡的方言，阎连科的方言则只属于耙耧山脉。从更宽广的意义上，方言写作常常被纳入进底层写作的范畴，两者之间有天然的不可分割的意义关联，存在着某种置换关系。当代小说中的方言世界总是与中国的底层世界相对应，这里的“底层”不仅指乡土中国，也指任何一个被时代、历史忽略了的底层生存场景，是更具广泛性及抽象意义的方言存在。它背后有非常多的家族谱系，工人，农民，被侮辱与被损害的，“沉默的大多数”，等等，是一个庞大的、无法表述自己的群体。蔡翔在写到自己的故乡——上海苏州河北边时，非常谨慎而又自然地使用了“底层”一词[①]。因为那一故乡世界在历史的河流中的确是黑暗的，是被遮蔽的，它独特的词汇、意义系统与情感系统无疑是唯一能够彰显其存在的事物。

1990年代以来的方言写作的兴起，包括近一段时间以来关于底层写作的激烈争论并非当代文学一时的心血来潮，而是文学重回传统的一种表现。从现代文学开始，写作者一直在寻找表述底层的方式。“五四”时期的白话文运动，革命文学时期的“文艺大众化运动”，再到延安文艺时期毛泽东的“中国作风、中国气派”，等等，无不试图在语言工具上寻求突破。尽管知识分子努力学习民间文艺，努力创作具有“中国作风、中国气派”的文章，但是，在现当代文学发展史上，作家作品对底层人物或底层世界大多无法摆脱“哀其不幸、怒其不争”的格调，启蒙与教诲始终占上风。1980年代中期“纯文学”以后的当代文学离现实、历史与底层越来越远，承担意识越来越低，在激进派、年轻派的文学观念中，“文学回到自身”成为文学放弃责任的最好说辞，它也成为许多当代作家的基本规则。文学的意义在逐渐缩小，并且，这种缩小被看作文学的“正途”，文学/政治，个人/社会，私人叙事/宏大叙事等二元对立思维充斥着当代文学整体语境。可以说，方言写作的出现，包括像林白这样先锋女作家的《妇女闲聊录》，充满了政治上的策略意义。它以新的方式让文学重回宽广而又沉重的底层，重回“沉默的大多数”之中，肩载闸门，让负重再次显出它的美来。一位评论者甚至激进地认为：“方言的意思不是指一种具体的语言，而是指一切弱小的、弱势的‘事物’——比如一个商品社会中的诗歌写作，在儒家文化为支撑的文体（比如诗、文）压制下的小说，在一个大时代底部潜藏的小时代等等。所有这些弱势事物在大多数情况下，给我们的日

---

① 蔡翔：《底层》，《天涯》，2004年第2期。

常生活带来了比强势事物更多的安慰，更多的激情。”①

作家使用方言绝不单纯地是为了还原或再现某一地域或情景，而是显示自己的写作立场。但是，方言写作在多大程度上能够显示作家的“民间立场”，能够在多大意义上表述底层的存在仍是值得商榷的问题。莫言在写作《檀香刑》时曾经宣称要“撤退回民间”“作为老百姓写作”，试图摆脱五四启蒙话语语式，用流畅、浅显的叙事方式和民间语言方式来表现民间世界特有的思维方式和中国民间精神的特征。尤为突出的是，在《檀香刑》中，叙述人的身份降得很低，有许多时候，你甚至感觉真的是一个民间说书人在乡场上昏黄的灯光下说唱，但是，从小说总体意义呈现来看，莫言没有达到目的，而是陷入到“民间”的粗鄙与杂乱之中，即使文章不断营造如巴赫金的“广场吆喝”和“狂欢化”氛围，也未能更深刻地显示出历史的一角。这里面蕴含着许多问题：“对于在现代汉语语境成长起来的莫言来说，能否回到纯粹的民间语言？这种简单模仿民间语言资源的形式能否传达出‘民间精神’？即使是真的回到‘高密东北乡’的内部，回到民间说唱艺术之中去，它呈现给我们的是一个真正的民间精神世界吗？”② 实际上，方言写作仍是知识分子想象底层的方式，正如底层的语言系统本身无法从整体上表述自己的位置一样，知识者也无法放弃自己的启蒙立场对历史进行整体性思考，这也就决定了表述者意义的深广度一定要高于被表述者，不管你以什么样的姿态。否则的话，知识者的表述就失去了意义。这是一个悖论。

作家对方言的妥协与难以把握不仅意味着底层世界和经验本身的失落和支离破碎，同时，也显示了知识阶层（表述者）与底层（被表述

---

① 敬文东：《被委以重任的方言》，封二，中国人民大学出版社，2000年。

② 参见梁鸿：《当代文学视野中的村庄困境——从阎连科、莫言、李锐小说的地理世界谈起》，《文艺争鸣》，2006年第5期。

者）之间天然的矛盾关系。“他们无法表述自己；他们必须被别人表述。”马克思在《路易·波拿巴的雾月十八日》里这样写道。他们是谁？是耙耧山人？是那些永远挣扎在历史隧道最黑暗处的生命？他们的身份呢？他们的语言权力到了哪里？谁能代表他们发言？谁有权力和资格替他们在历史、文明中发言？其实，“替”他们这一事实本身，已经象征了他们在历史中的位置，他们是被隐喻了的一群，是失去了身份的一群，他们的喜怒哀乐、痛苦、绝望已经被排除在了历史之外，最终，他们沦落为“被拯救者”。对于历史和文明来说，他们永远只能是被动的承受者。因此，无论作家在主观上是多么想接近底层，多么想接近真实的底层生活，却仍然只是知识分子传统内的声音，或者说，他只能在自己的思维经验之内进行“转达”，这一“转达”本身也决定了知识分子的尴尬和知识分子话语的无力。鲁迅所谓的“无声的中国”不仅指中国底层的失语和被遮蔽，同时，也指中国文学中底层存在的“无声状态”，文人的话语方式始终遮蔽着底层的话语方式，这使得底层世界的“无声”更加隐蔽，也更加黑暗。

评论者对《受活》中方言的使用褒贬不一，赞扬者认为作者探索了一种新的通往乡村世界的可能性，而批评者则认为作者在故弄玄虚，因为河南不像南方的很多地方那样有独特的表意与构词系统，而那些语气尾词的使用也显得较为生硬。甚至专业读者也都抱怨这本书很难读，其理由就是其中大量的河南方言阻碍了读者的理解与小说意义的传达。从表面看来，这是纯粹的语言问题，《受活》语言并非完美，甚至许多时候的确生硬、不谐调，但实际上，这背后隐藏着方言写作一个根本性的问题：方言写作能否成为作家表达民间立场或底层世界的重要手段？如果方言写作仅仅只为一些学识丰厚的人才能读懂的话，它与它的初衷是否相悖？而从社会学角度看，中国的方言大地正在丧失，方言正在丧失其原有的活力与内部的交流性，它与地域、环境、生命情感之间那种水乳交融的默契也在逐渐消失。“千里久别，忽然邂逅，相对作乡语隐语，旁人听之，无义无味”，在这两人的乡语中，隐含着一个独特的世界，只有在那里生活过的人，才会懂得其中更为微妙的意义、情感与趣味。但是，在全球化时代，这一隐语式的方言世界变得越来越少，共时性的东西正在增加，而空间的跨度却不断缩小。方言对于许多年轻人来说甚至连记忆都不是，更无从谈起那个叫“故乡”的事物，方言的空间正在流散（“底层”的所指也变得越来越模糊），他们走进城市里讨生活，尽可能说普通话。他们面对的是一个越来越普通话化的世界：教育、消费、娱乐、生活方式、思维模式等全方位的普通话化。如果有一天方言真的成为纯粹的“文化考古”，那且不是意味着，方言写作离现实中的底层更远，而不是更近？

庆典、神话、暴力及其他

一　神话与传奇

耙耧山脉是在象征层面存在的真实，一个神话世界和传奇世界。

《年月日》、《耙耧天歌》基本上就是一个神话或寓言故事：一个老人，一条盲狗，一株随时都可能死去的玉米，广漠、干旱的原野，以及无穷尽的饿鼠，生与死之间进行着殊死的搏斗；一位母亲，在茫茫的耙耧山脉行走，为她的四个傻儿女寻找健康，母亲的形象既是母爱的象征，也可以说是牺牲、奉献，是人类对活着的焦灼和最大欲望。在《日光流年》中，"四十岁"是魔鬼给三姓村人设置的诅咒，破除这神秘的魔咒，是三姓村人一辈辈人唯一的目标；《受活》中受活庄里的残疾人如同上帝所遗弃的子民，他们希望能寻找到回去的途径，但却在歧路丛生的世俗世界迷失，离上帝越来越远。在阎连科的大部分作品中，所展示给我们的都是受难、牺牲、意志、回家等多重主题，它们是神话的基本主题。对于小说主人公而言，他们常常只是出于一种生存的本能，但在作者叙述的过程中，却逐渐展现出一种崇高、庄严甚至阔大的东西，叙说着人类普遍的要求。跟随着他们，我们进入一个不可思议的神话世界，充满着无穷尽的歧义、象征和隐喻。

神话是什么？有许多关于它的规定。但是，如果用最简单的话说，神话，就是人类一切认识的原型，是人类精神所能认识到的现象的原型。原型即具有核心性格的意象和象征，具有神话性质的小说往往具有这样具象而又抽象的核心。在《年月日》、《耙耧天歌》甚至《日光流年》中，没有时间的局限，没有特定性和规定性，事件和人物出现在茫茫无涯的空间之中，是永恒的存在，具有某种象征的意味；对于命运力量的阐释都具有双关性，它既是个人的，又是人类的；既是特殊的，又是普遍的。人物在毫无意义的挣扎、冲突，最终仍陷入命运的网罗之中，正如俄狄浦斯的弑父娶母，无法避免。

在阎连科的神话中，无论是从物质还是从精神层面来看，都可抽象为两个完全不同的世界：一个是耙耧山脉的世界，阎连科小说中经常出现的词语"一世界"就是指的它；另一个是九都世界。在他所有获得大家关注的作品中，他都细致、深入地发掘这两个世界各自的特征以及它们之间不可避免的冲突。这几乎可以说是一场带有普遍意义的冲突，就像羊和狼之间的冲突一样，是永恒的。耙耧山脉的人们按照本能和最原始的道德传统和政治传统生活，它们代表着朴素、母爱、原欲、生存和最本能的尔虞我诈，依循的是自然世界的规律；而九都，则意味着文明、制度、思想、先进，这是一个文明世界，利益的束缚远比耙耧山脉的人们更为真实、普遍。因此，几乎可以说，耙耧山脉和九都之间的冲突是文明世界与自然世界、文明人与自然人的对抗和较量，是思想尚未进入的世界与思想世界的冲突。最终的结果虽然不言而喻，但在其过程中，却呈现出一种寓言的意义和具有抽象意义的隐喻。

耙耧山人既是传统文化影响下的自然人，也是现实政治力量和外部世界的承受者和反抗者。在经历了和外部世界接触之后，他们被迫（《日光流年》中的三姓村人）或自愿（《受活》中受活庄人）回到原初状态之中。这是阎连科小说的基本思维逻辑。这一点在他的早期中篇小说《两程故里》中已经有所展现。天民和天青作为两个世界的各自代表在耙耧山脉经历着不同的遭遇。天民利用传统道德的外衣总能赢得两程故里人的心，而已经进入外部世界的天青无论付出多大的代价也不能得到承认，双方的较量以天青的失败而告终。当然，自然并非天然，这一自然世界有它本身的脆弱性，天民代表的是传统力量的自然性，传统的社会、经济和道德伦理结构，它有它的黑暗、肮脏和私欲，但是，耙耧山人能接受的恰恰是这种温和的、具有“仁义”形式的道德形式，而对天青的钱和村人在外部世界的遭遇却格外敏感和排斥。这是阎连科小说最初所展示的冲突形式。随着思想的深入，作者逐渐摆脱了这种较为浅显的冲突模式，而进入了对两种世界的本质性思考。《日光流年》中的三姓村人并没有排斥外部世界，相反，他们一直所努力的就是与外部世界的沟通，他们翻地，种油菜，挖渠引水，女子卖淫，男子卖腿皮，积极地从外面寻找各种信息。他们唯一的希望就是活过四十，能够像外面世界的人那样白发苍苍。但是，他们失败了。外部世界给予他们的压力和命运他们无法摆脱，这一外部世界既是社会、九都、文明（从九都引过来的黑水是被污染的文明的象征），也是不可知的命运。

如果说《年月日》、《日光流年》以其神话性统治着小说的精神世界的话，那么，《受活》则以巨大的传奇性构筑了一个有关真实的象征世界。整部小说可以说是一个荒诞不经，离奇诡怪的传奇故事。我们从中可以找到解读中国社会生活方方面面的密码和信息。这是一个完全由残疾人组成的受活庄与世界冲突的故事。“受活是这世界以外的一个村落呢。”“这世界以外”，受活人被文明世界和自然世界同时抛弃，而成为一个自生自灭的、独立的传奇世界。这样一个“世界外”的存在，却遭遇着“世界内”的不断冲击和掠夺。在这里，文明和社会的掠夺性被用极端的方式展现了出来，从而被赋予很强的象征性。这一掠夺性既是特定历史时期的社会特征，也是整个文明发展的特性。茅枝婆是受活庄的象征，在被社会和文明抛弃的时候，是她带领受活庄过上自由、富足的生活。但是，从她想让受活庄人进入世界的那一天起，灾难就接连不断地发生了。“世界内”的各种话语开始对受活庄的人进行掠夺，精神的掠夺和物质的掠夺。“大劫年”里，“世界”以政府、党、枪、党章、介绍信等各种方式掠夺受活庄人的粮食；在“黑灾、红难”中，受活庄人又被拖入荒谬、可怕的境况，他们要求“退社”，他们要退回自己的世界，没有制度，没有政治，他们要还原他们的生活。但是，更大的灾难紧接着降临了。受活人由于自己的残疾而被组成了“绝术团”，通过出卖、展示自己的残疾为柳县长（也就是为双槐县）赚钱，“人”变成“非人”，理性的目的（致富）最终变成了非理性的狂欢，两个世界再次成为对立面昭示着双方的性格。最终，受活庄终于退社，回到了耙耧山的深处，也回到了自己的家园。

“回家”，一个富有传奇色彩的梦。所有神话的最终归宿。致命的鲜血，残酷的斗争，奥德修斯经历了各种考验，各种诱惑，最终回到了家。这一历尽千辛万苦回家的过程成为人类最为温馨的神话。回家，意味着寻找到自己的身份，意味着情感、大地和生活的真正开始。但是，在中国的“回家”过程中，却总伴随着失败，是一种退守，“家”成了唯一保护自己的地方，是世界上最后一个落脚的地方。“回家”成为逃避世界的象征，以此与外部世界进行一种颇为消极的对抗。

从这个意义上，我们可以说阎连科是一个具有传统思想的人，因为他小说的所有价值取向似乎都有一定的道德倾向性，即“回家”，回到神话世界中去。但是，“回家”对于阎连科来说，却并不只是一个归宿，不只是一种逃避，而是寻找生命意义的必经之路。在对“家”的不断回望之中，人的存在与世界的存在关系也被昭示了出来。也因此，在描述这一“回家”的过程中，作者恰恰展现了他最富于现代意义的思想：世界与人的关系，它们以何种冲突、何种形式存在。他的所有小说都致力于寻找、揭示这一存在形态和内涵。

二 庆典与高潮

我在这里借用了“庆典”一词。因为阎连科小说中的许多场景都与庆典的狂欢化、仪式化、象征化具有相通之处。“庆典，基本上就是一个欢乐的仪式。”[①]“庆典这一术语可以包括节日、仪式、集会、游行、宴会、假日、狂欢以及由这类成分构成的种种综合体。”[②]庆典的欢乐特征十分明显；而仪式则表明庆典具有一定的对象、功能、形式和意义。更重要的是，在庆典狂欢的背后，往往隐藏着神秘的掠夺、暴力、鲜血、压迫和一个民族的生长史，它不仅反映了诞生它的那个充满冲突和暴力的社会制度，同时也否定该制度的某些方面而强调另一方面。庆典正是通过仪式化和游戏化的方式把它象征并强调了出来。

在阎连科近几年的长篇小说《日光流年》、《坚硬如水》和《受活》中，充斥着这样的庆典时刻，并且成为小说重要的隐喻和象征途径。在这些庆典时刻，具有几乎相同的模式：先是欢乐，极度的热闹、兴奋和期待，气氛达到了最高潮，等到最后爆发的时候，却突然转折了，完全意料不到的、悲剧性的转折。欢乐高潮的顶点是悲剧的突然呈现。《日光流年》中灵隐渠引水的场景，《坚硬如水》中高爱军和夏红梅地道里的爱情场景以及程庆东发现他们私情时的场景，都是典型的庆典时刻。在《受活》中，庆典时刻几乎成为小说情节展开的要素，受活庄的残疾人组成“绝术团”，在各个城市巡回演出，每一次演出都是一次盛典，巨大的盛典。我们来看看《日光流年》中灵隐渠通水时刻。三姓村人为能修渠引水，男的卖腿皮，女的卖淫，投入了全部劳力，它成为三姓村人活过四十的唯一希望。在这之前，他们深翻地，种油菜，做喉部手术都没能活过去四十。

---

① 维克多·特纳编：《庆典·译者序》，方永德等译，第4页，上海文艺出版社，1993年。

② 维克多·特纳编：《庆典·引言》，方永德等译，第20页，上海文艺出版社，1993年。

> 我日他祖先呀，灵隐渠真的通水啦！……一切都动了起来。一切都响了起来。天空日光的照晒中，隐隐地暗含了一个挨一个、一片连一片的噼噼剥剥，如正夏时无边无际的豆地里豆荚的炸裂一样。马队羊群一样狂奔着的村人们的身后，飞起来的尘埃落下去又被弹起来，仿佛梁道的地上，有一条汹涌的暗河在奔袭。……黑臭的气味愈发浓烈，粘粘稠稠，把秋天耙耧山脉的清淡都熏得微微黑起来。日光的透亮模糊了，半空的透明被腥烈的黑臭糊涂住，如雾罩在山坡上。所有的村人不再说话。一片惊愕的白色目光。一片木然不知所措的土黄面庞。……一片死静。渠水轰鸣。日光被污水染得昏暗潮润。

在这段话的之前和之后，作者都把气氛铺排到极度紧张的地步，阎连科是一个铺排、渲染气氛的高手。他善于运用各种手段描述场景，就像庆典中的游行和喧闹一样，大规模人群的狂欢，天空，大地都是这一场景必不可少的部分，气氛被烘托到极致，心理期待也到了紧张得不能再紧张的地步了，然而，在这万目注视之下，世界突然发生了改变，朝着相反方向发生了急转：欢乐突然变成了悲剧，幸福突然变成了残酷。因为这无数目光的注视和凝聚，时间突然被凝固，场景成为一个定格，一种仪式，一个象征，悲剧在瞬间呈现出它的残酷面目。

小说速度瞬间发生了变化。从欢乐的顶点突然进入黑暗的最深处，漆黑漆黑，直到虚无，让人不能接受的心理跌落和突然的寂静。如果说整部作品是一部大型交响乐的话，最响亮、最丰富的轰响不是高潮，真正的高潮是那轰响之后的“死静”，从最高音降到最低音，低到万籁俱静，低到你能听到大自然的呼吸，它牵制着你的听觉、感觉和全身心的力量，游若细丝，让人窒息。然后，才又是猛烈的轰响。在这轰响之前，你的心灵已经爆炸了无数次。在不可名状的恐怖和震惊中，世界的真实形象突然间暴露了出来。

是的，震惊。本雅明在论及波德莱尔的诗时，曾详细地从心理学和美学意义上解释"震惊"的含义，它是对"焦虑缺乏准备"时的一种心理防范机制，但同时，它又形成一种形象并产生出意义。换句话说，震惊其实是一种意外，它促使你从对事件的观看转向感受，转向本质性的思考并进入整体性的象征。庆典和高潮在阎连科的小说中几乎承载着文体的作用，与外在的形式相比，它更内化，也更具有美学的意义。它所携带的强烈力量把小说紧紧包裹在"耙耧山脉"的内核里，犹如进入层层地壳之中，先冷后热，一点点增温，最后才能达到炽热的岩浆层，内核和地浆在运行，能量不断聚集，最后终于爆发，这是作品的内结构。正如阎连科自己所说："我个人，还是更愿意从他们的故事中去体会文体，而不愿意从文体中去体会故事。"[①] 有许多读者和评论家在谈到阎连科的作品时，都提到自己有被小说"击中"的感觉，不管是因为情节的惨烈，还是因为小说意义的混沌复杂，这一"击中"实际上是阎连科小说具有某种象征意义的征兆。当高爱军和夏红梅在地道里纵情享受他们的革命爱情时，庆东突然出现了，庆典变成了刑场，爱情变为死亡，主人公从自以为神圣的革命爱情之中（狂喜时刻）一下子跌落到世俗之中，从而也彰显了逐渐变异的人性和社会。

在《受活》中，残疾人的"绝术团"表演更像一次次政治庆典。受活庄的残疾人只是庆典中的符号和物品，带有神秘的传奇色彩和象征意义，真正在狂欢的是群众和柳县长。或者说，绝术团的表演成为柳县长的政治游戏，是他的政治社交活动和方式。民众的狂欢强化了柳县长的地位和权威，在此刻，民众和政府达成了和解和共谋，而绝术团则只是一个媒介。受活庄的残疾人仍然是"这世界之外"的存在。真正让人震惊的是最后受活人所遭受的劫难，这是小说的最高潮。在柳

---

① 阎连科：《寻找支持——我所想到的文体》，《当代作家评论》，2001 年第 6 期。

县长认为列宁遗像就要运到魂魄山上的列宁纪念堂时，他要求绝术团为公众做最后一次表演，实际上是他要为自己加冕，就好比西方狂欢节中的皇帝加冕一样，具有模仿的意义和心理的满足。在这之后，他就答应受活人退社，退出世界之外，重新开始自己的生活，一切将会复归于平静。然而，在阎连科的小说中是不存在平静的，他总是用狂暴的形象来表达自己的愤怒。“出演到末了，料不到的是这一夜柳县长没有赶回来,受活人回去睡觉时竟又冷猛生发了一件天塌地陷的事。……他们半年出演挣下的钱都不在了那被里、褥里、枕头里，不在了箱子里和这里那里了。被人一抢而光了。被圆全人们偷得分文不剩了。”紧接着，那些没有抢到钱的人又把绝术团的受活人锁在列宁纪念政治堂里（这一地点本身就具有象征的意味），让他们交出所有的钱。庆典最终演变成了集体性的暴力掠夺，政治、人性背后所隐藏着的残酷性再一次显露出来。在《受活》中，柳县长的“算账演讲”和静默的听众也形成一次次极具空间感的庆典，既有舞台，有距离感，同时又有参与者，感受者，它成为一种仪式和象征使我们感受到政治的荒谬、政治力量的缘起和理性之中所蕴含的可怕的非理性。最后，柳县长，这个一直利用受活庄达到自己的政治目的的人，在经历了政治、信仰和家庭的毁灭之后，在接受了双槐县百姓在大街上“山山海海”的最后跪拜后，钻到汽车轮子下自残双腿，成为了受活庄的一员。和受活庄的人一样，自愿地抛弃了世界。这最后一次庆典完成了世界又一次新的转变，象征性的鲜血洒满了耙耧山脉。阎连科又创造了一个新的神话。

三　暴力与温柔

“真是的，时光有病啦，神经错乱啦。小麦已经满熟呢。一世界漫溢的热香却被大雪覆盖了。”（《受活》）“一世界都是秋天的香色。熟秋的季节，说来就来了。山脉上玉蜀黍的甜味，黏稠得推搡不开。房檐上、草尖上，还有做田人的毛发上，无处不挂的秋黄，成滴儿欲坠欲落，闪着玛瑙样的光泽，把一个村落都给照亮了。一个山脉都给照亮了。整个世界都给照亮了。旺收呢。”（《耙耧天歌》）“日头就一滩血样从缝里流将出来了，汤汤水水，把两个山峰都染成血浆了，把东边的天空映成酱色了。”（《日光流年》）我们默想一下阎连科所经常使用的词：一世界，日头，灰尘，凄然，轰然，哩，呢，潮潮润润，雾雾海海，茫茫白白，等等。读这些文字，你有什么感觉？仿佛一个孩子在向母亲嗔怪，声音柔软，带着某种稚气和密集的回忆信息；又仿佛一个绝望的人站在原野深处和大地对峙，暗淡、愤怒，这一切都是关于母亲、大地、田野、阳光，关于色彩、声音和气味的。且不要忽略这些细节和意象，它们组成一方完整的天地存在于阎连科的世界中，这些词如果不是代表着作者的某些思想倾向，也必然暗含着一些情感。更重要的是，它和作品中时时出现的暴力和酷烈相映衬，构成耙耧山脉的总体图像和基本底色。它是阎连科作品风格的两极，也是矛盾的统一。

这里所说的“暴力”并非指当代作家中所具有的描述暴力事件的倾向（如余华前期的小说），而是指阎连科小说的语言、形象和情节给人带来强大的冲击力和震撼力，以及由此而产生的审美倾向。暴力形象在阎连科最初的小说中并不多见，在自身与疾病的对抗之中，作家对意志的强度、生命的韧性和极端性的东西非常感兴趣，小说逐渐走向狠、绝、奇。语言、情节和结构的设置变得极为峭奇，超出一般的想象力之外，也远远超出生活经验范畴和通常的承受能力之外。在毫无防备下读阎连科的小说，你真的会被击倒，你的整个感官神经会为之颤抖，常规的感性和理性思维被完全打乱，你会为那荒谬和酷烈的人生而震惊、愤怒。总之，他的小说对你的内在世界构成一种巨大的威胁，你不得不进入他的世界去思考。你不能心安理得，你得做好被侵犯和对抗的准备，他带给你的震惊和击打是全方位的。这种侵犯和震惊最终成为一种暴力审美，并且逐渐成为阎连科小说的美学特征。

首先是形象的暴力。《年月日》和《耙耧天歌》中酷烈的死亡方式；《日光流年》中三姓村人活不过四十的意象，男人卖腿皮、女人卖淫来拯救生命的众生相；《坚硬如水》中地道里极乐时刻的谋杀；《受活》中的残疾人形象，绝术团在舞台上"表演残疾"时血淋淋的形象，等等，这些极端残酷的形象本身直接进入读者的审美背景中，构成一种风格和象征冲击着读者。语言的暴力。我在前面提到过，阎连科极善于铺排、渲染，形成巨大的高潮冲击着读者。在细节上，阎连科也极善于工笔细描，震动你的神经末梢。《日光流年》中司马虎卖腿皮之后，走在路上，裤筒里的蛆虫一粒粒掉下来的细节恐怕所有看过这本书的人都不能忘记，不是不能，而是无法忘记，你会感觉自己像挨了打似的，恶心、颤抖、愤怒、悲凉和莫名的寒意，其意蕴的丰富度和冲击力并不弱于大的场景。"暴力是一切神圣事物的核心及秘密灵魂。"在面对阎连科的小说世界时，这句话的意义突然显示了出来。在极端地带游走，逼迫你去感受生命的意义和坚韧，思考世界的荒谬和残酷，也许，这正是阎连科暴力的"秘密灵魂"。

暴力既是外部世界给予耙耧山人的压迫，同时又内在于耙耧山脉的自然呼吸之中，因为在这样近乎原始世界的存在里，它所依循的模式基本上就是外部世界的模式，并且，由于它的愚钝，在某些方面往往有过之而不及。从这个意义上讲，耙耧山脉的暴力成为文明和制度所具有的暴力性的象征，它以其极端的形象表现出核心的实质。

但是，就总体而言，阎连科对耙耧山脉的情感是混沌模糊的。作品中温柔而细腻的语言多来自于他对这一空间不由自主的爱。他无法处理他的这种爱恨交加的情感。爱是因为时光、大地、记忆，因为它是他的故乡和他所有孤独的来源，恨则是因为他从中看到人性、文明和社会本质的残缺和漏洞。

因此，我们可以明显地感受到，小说中的温柔和爱意时常被突如其来的厌恶和狂暴所压倒。温柔在他的小说中是非常孱弱的东西，经不起作者一阵狂暴的风，马上就被淹没了。一方面，是温柔、留恋和深深的爱意；另一方面，却是不由自主的恐惧、担忧和厌恶，他害怕他所热爱的土地最终被外面、被耙耧山人自己所毁掉，他厌恶这种让人绝望的生活。他在作品中时时传达着这种担忧和深深的恐惧。再没有别的中国作家像他这样在作品中连篇累牍地展现他对这片土地的爱和恨。阎连科在一篇文章中这样谈及土地文化对于作家的影响："……这些大家、名家的作品之所以至今依如当初一样年轻，灵动，重要因素之一就是因为土地文化是他们小说中可闻、可见、可触摸的潜流，是他们小说文字与文字之间相连的黏稠的雾霭。不是一般的展览和外在的绘状，土地文化只有被作家心灵化以后，才具有生命，具有活力。只有心灵中的故土和文化，才能使作品有弥漫的雾气，才能使作品持久地有一种沉甸甸、湿漉漉的感觉，才能使我们打开书页，仿佛在光秃秃的严冬中摘到了几片冬青树的厚叶一样。"[①] 土地给作家带来最温柔的情感，是深厚的、博大的和无以形容的依赖，它是家园的象征，对于阎连科和像阎连科这样从农村走出的中国作家来说，它确也是精神的家园，却不是抽象的，因为这里面包含着那一具体的家，里面有父亲母亲、兄弟姐妹和陪伴他度过青少年时期的耙耧山脉的阳光和大地，它们的存在才使家园变得可触可感。

但是，也正是因为能够体验到对土地的深刻情感，才最能体会到土地的暴力性。并且，因为它，暴力变得合情、合理，暧昧难定。如《平平淡淡》中的强奸事件。苗家女儿被赵家儿子强奸了，两者都是少年。在中间人（一名教师）的协调下，双方家长商定让这对儿女结婚，以免两个孩子陷入不幸（很明显，按照法律，男孩是强奸犯，将会送入监狱；女孩将会背上被强奸者的名义，一生也无法摆脱），最后，皆大欢喜，双方都找到了化解的渠道，暴力最终成了道德彰显的媒介。最

---

① 阎连科：《仰仗土地的文化》，《小说选刊》，1996 年第 11 期。

不可思议的是，我们在《平平淡淡》中所感受到的，竟然还会有温柔在里面。那是什么呢？是超出文明、道德范畴的真实生活。两个孩子，侮辱的和被侮辱的结了婚，过上了幸福的家庭生活，乡间的原始道德避免了两个孩子可预见的不幸。我们无从去判断这种解决办法的对与错，我们怎能用制度、法律这样冷冰冰的东西来衡量活生生的生活呢？难以言说的复杂。面对这样的结局，你只想哭，绝望，为这样的妥协和纵容，却似乎又充满希望，因为它毕竟给两个生命又一次机会。这乡间的温柔和暴力，希望和绝望，是如此紧密纠缠在一起，决不是斩钉截铁的城市所能感受到的。因此，我总觉得，《平平淡淡》应该是阎连科最好的短篇小说之一。它的确是一个平平淡淡的故事，留下的却是千般的滋味、万般的为难。它给读者设置进一个两难的境遇，任何的判断都会留下顾此失彼的漏洞。

不管怎样，在绝望和暴力之间，总还有温柔的东西在里面横亘着，即使这点温柔如此脆弱。它使得阎连科的作品不至于过分绝对和决绝，有湿润的气息，以及他所言的“黏稠的雾霭”。这温柔来自于乡村大地和这大地之上的色彩，还有活动在这块大地上的人，来自于阎连科对它们深刻的爱。他的所有温柔都指向它们，因为它们与他的灵魂息息相关。因此，耙耧山脉总给人一种温柔和凄凉的感觉，那洒落在乡村尘土之中的阳光，那淡淡的炊烟，那村头的争吵，都在时光的挟裹中，浑然过去，又不断地周而复始。黑暗与光明，痛苦与欢乐，绝望与希望也因这温柔而相互包含，相互依存，这样，艺术才是艺术，而不是冷冰冰的道德判断和文字指令。

四　死亡与自残

先爷躺在墓里，有一只胳膊伸到玉蜀黍这边，浑身的蛀洞，星罗棋布，密密麻麻，比那盲狗身上的蛀洞多出几成。那

> 棵玉蜀黍的每一根根须，都如藤条一样，丝丝连连，呈出粉红的颜色，全都从蛀洞中长扎在先爷的胸膛上、大腿上、手腕上和肚子上。有几根粗如筷子的红根，穿过先爷身上的腐肉，扎在了先爷白花花的头骨、肋骨、腿骨和手骨上。有几根红白的毛根，从先爷的眼中扎进去，从先爷的后脑壳中长出来，深深地抓着墓底的硬土层。先爷身上的每一节骨头，每一块腐肉，都被网一样的玉蜀黍根须网串在一起，通连到那棵玉蜀黍秆上去。这也才看见，那棵断顶的玉蜀黍秆下，还有两节秆儿，在过了一冬一夏之后，仍微微泛着水润润的青色，还活在来年的这个季节里。(《年月日》)

耙耧山脉制造出了惊天动地的死亡方式，也成就了人类最传奇的传奇故事。这是对世界最富有想象力的反抗方式，但同时又与耙耧山脉的封闭、顽固、愚钝密不可分。先爷，这个完全没有历史意识的耙耧人，在世界向他关闭了全部的光亮之后，他以自己的身躯换取永恒的再生。先爷将成为一种象征。力量、意志、反抗、生命的象征和有史以来最强大的蔑视方式的象征。这对于已经化作玉米的先爷来说，是无论如何也想不到的。因为，在他的世界里，只有那株玉米，那条盲狗和大旱的原野。还有，他唯一可支配的财产——他的身体。

在这里，阎连科给死亡下了一个新的定义：愤怒到极致了的一种近乎幽默的表达。它里面包含了自嘲、无奈、反抗和某种率性。《日光流年》中杜岩对自己死后不能躺进棺材里耿耿于怀，最终做出了决定，自己躺进棺材，让儿子将棺材钉死，这样，司马蓝就不会再抬走他的棺材了，

> 杜柏首选了一颗长的，在口里嘬湿，如死人入殓前一样，念念有词地说，爹，你小心着，盖棺啦，躲躲钉儿，现在钉的是左，你往右边侧着。就当——当——当——地钉了起来。

> 杜柏一锤一锤砸着，钉到第四颗时，他隔着棺材问爹，说你还有事情交代吗？爹说你抓紧成家立业，他说等我转成了国家干部再说。便从棺材左边拿起三个钉子，全部塞进嘴里，转到棺材右边，当、当、当地砸了起来，待十三颗钉子全部钉完时，杜岩的声音在棺材里已经变得瓮声瓮气，如在缸里说话一样，还有些霉腐的味儿。他说儿子，你把锤子放在门后，别再用时找不着哩。(《日光流年》)

杜岩把自己活葬在棺材里的刹那，想到的不是他将要面临的饥饿和喉堵的疼痛，而是那锤子，“别再用时找不着哩”。这简直就是一个巨大的黑色幽默，荒诞到幽默。但并不是谁都能理解这一幽默的内涵的，只有进入耙耧山脉世界的人，才能理解这一细节的幽默、真实和力量，这是耙耧山人诠释恐惧、无奈，表达反抗、意志的方式，也是他们化不开的中国农民思维的反映。对死亡幽默，这需要勇气、耐心和成熟的成机，因为一不留神就显得轻飘、滑稽，不伦不类，让人耻笑。在中国当代文学史上，能在死亡的恐惧中展示出幽默的还有另外一个作家杨争光。他的《老旦是一棵树》，一个极端固执的人，至死也不与世界达成和解，就那样戳在那堆粪上，直至把自己变成一棵树，为这世界奉献了惊世骇俗的幽默。先爷、尤四婆、杜岩、石根子、茅枝婆，他们一个个视死如归，不是革命意识形态的要求，不是个体意识的觉醒，他们的死只与活着有关。因此，任何关于他们死亡的现代阐释都是徒劳的，他们的选择只是在他们的世界意识之内，是感性、实在的，绝对孤立的，从来没有理性的关照。在他们的心灵中，活着与死亡的界限是模糊的，死亡并不是生命的完结，而意味着新生，是他本人生命意志的延续。因此，他们前赴后继，从容地走向死亡，悲壮、平静甚至喜悦地把自己的身体交出来。对于他们来说，不存在什么自我的生命意识，自我的存在价值，那是什么狗屁玩意儿！那没有放对位置的锤子，那株还没有活下来的玉米，那四个痴呆的儿女才是他们真正牵挂的。他们的存在只有与它们关联起来，才有意义，才有价值。

因此，这惊天动地的死亡幽默又是一种精神内倾性的幽默，充满着悲剧特性，他们与世界的关系只能是与石俱焚的同生同灭，没有扩张的可能和可延展的余地。他们的反抗是在一个孤绝的世界里进行的，它所有的意义和爆发也只存在于这一世界之内，对于外部来说，它没有任何影响力。这个孤绝的世界就是耙耧山脉。在最绝望的时刻，他们所想出的办法也只能与身体有关，或者说他们所有的力量和智慧都只能用在处置自己的身体上。世界、文明和社会对于他们来说都是遥不可及的，跟他们的生活没有任何关系。

但他们却无论如何也不能接受没有希望的“死”。“活不过四十”这一可怕的咒语对于三姓村人来说一个宿命。面对这样决绝的死亡，他们不可能幽默，因为死亡幽默毕竟还是一种自主的选择（哪怕这种自主选择是世界上最惨烈的“自主”），而他们，连身体都不能把握。然而，死亡在《日光流年》中只是一个象征，阎连科所要考察的是人类精神的限度。自然、文明、历史、现实所有这些外部环境，在形成一股巨大的合力把三性村人推向绝境之后，这时候，人，绝望、孤立、可悲的人，以什么样的精神和方式生存？我们看到的是一个绝望、疯狂、残酷的世界。为了活着，他们可以牺牲一切，尊严、情感、亲人，在这样彻底的牺牲中，中国文化里面最匮乏的内核被揭示了出来，即人的意识的缺乏。无论进行怎样的挣扎，他们对自我的存在属性始终处于一种不自知之中，始终只是在命运之内抗争，因此，他们的存在也始终只是被动性的存在，与现代的“人”的概念没有一点精神的联系，尽管他们的精神和意志足以让所有所谓的“现代世界”苍白无力。而他们对中国古老权力模式的拙劣模仿又使得这种缺乏变得残忍、荒唐，甚至让人怜悯。因此，去考察阎连科小说中“死亡意象”所具有的现代性意义是十分可笑的，对于耙耧山脉来说，死亡是神秘的、可怕的，同时，却又是日常生活。而对于阎连科来说，这是他传达耙耧山人对抗这个绝望世界的唯一方式——以身体为基础的死亡表达，它超越却同时陷入了所有的局限和历史束缚，成为最自在却又最绝望的反抗。

死亡、暴力、自残的形象在阎连科小说中频繁出现，意味着阎连科的世界在本体意义上处于不均衡状态。中国生活和中国艺术讲究结构和情感上的均衡。左右对称，平等、整齐，给人以愉悦和微微的心动。有相当一部分作家追求的就是均衡的美，生活的和艺术的。沈从文、汪曾祺、铁凝、王安忆的小说，翠翠的哀伤、白大省的善良远远大于生活的压迫和无奈，没有极端的描述，作家在生活的微妙和阳光的灰尘地带游走，灰尘是阳光之中的灰尘，被赋予了光芒和意义，而阳光，也因此不那么崇高和遥远，显得亲切可感。换句话说，他们最终肯定人性，肯定生活的美，这是他们对世界和人的关系的认识。但是，还有另外一批作者却在摧毁着你对生活、人性的全部信心，譬如鲁迅、刘震云、莫言和阎连科，你休想从他们那里找到对生活和世界的原谅和宽宥。他们尖刻，尖刻到尖酸，恶毒，恶毒到仇恨世界的地步，他们让你看到你微笑后面的卑劣、无知，让你看到你华丽衣着里面肮脏的心灵，哪怕你只一点点的肮脏，也休想逃过他们针一般锋利的眼睛。他们无情地撕开蒙在世界之上的繁华、乐观的面纱，让你看到它的背后是如何的荒凉、愚昧、可怕和肮脏，人处于怎样绝望、空虚的境地！从此之后，你再也不能睡一个风清月白的觉了。遇到他们，算你倒霉。

但也让你清醒。因为他们，以及他们所创造的荒诞、丑陋而又充满内在真实感的世界，让你开始意识到你的不“自在性”，开始审视你与世界以及人与世界的关系。对于人来说，这是真正痛苦的开始。但是，正如叔本华老先生所言：“任何一种幸福状态，任何一种满意的情感，就其品格而言乃是否定的。（这也是虚无产生的原因。）也就是说，它包含痛苦的解脱,而痛苦却是生命的肯定因素。”[①]“痛苦是生命的肯定因素”,我信奉这句话。否定这个世界,不仅仅是为了展示它的丑陋和虚无,也不是为了某种愤世嫉俗的心理,而是为了让人更加清楚地感受到生命的存在状态,这一时刻,生命才能称之为生命,历史、文明才能呈现出它的真实形象和全部的黑暗。而痛苦,是达到这一目的的唯一途径。也许,这才是耙耧山脉存在的真正意义,也是阎连科之所以孤独和绝望的真正原因。

---

① 叔本华:《叔本华论说文集》,范进等译,第418页,商务印书馆,1999年。

李　洱

“灵光”消逝后的乡村叙事

一 “世俗”的，而非“灵光”的乡村

在世界文学史上，乡村一直是原乡神话式的存在，无论骂它、爱它，批判它、赞美它，背后都有基本的原型意义。乡村是大地、母亲、故乡、家、爱、童年、温馨、苦难等等一切本源意义的代名词，它包含着巨大而深远的象征性，文学的基本母题和人类命运的基本命题都能够在这里找到寄托。“乡村”，几乎可以说是作家情感的祭坛，忧伤而甜蜜，神圣而深沉，充满着古典的膜拜意味。在对乡村本体的叙述过程中，作家类似于一个收藏家，一个信徒，总是试图在乡村中追寻遥远的时间与空间的叠韵，感受过去的生命与自我生命之间神秘的关联。本雅明在论及传统艺术的价值时，使用了一个非常感性的理论术语——“灵光”(aura)。“什么是灵光？时空的奇异纠缠，遥远之物的独一显现，虽远，犹如近在眼前。静歇在夏日正午，沿着地平线那方山的弧线，或顺着投影在观者身上的一截树枝，直到‘此时此刻’成为显像的一部分——这就是在呼吸那远山、那树枝的灵光。”[①] 毋庸讳言，在哈代的英国乡村、福克纳的南方小镇、马尔克斯的马孔多村庄，在鲁迅的绍兴、沈从文的湘西、莫言的高密东北乡、阎连科的耙耧山脉那里，我们

---

① 本雅明：《摄影小史》，收入《迎向灵光消逝的年代：本雅明论艺术—影像阅读》，许绮玲、林志明译，广西大学出版社，2005年。

都可以感受到这一“灵光”的存在，它由乡村的尘土、阳光与原野，由乡村的生命、神话与历史中折射出来，经过心灵，凝聚为精神的故乡，激发着人类最为深沉的情感悸动。

但是，在李洱的乡村小说《石榴树上结樱桃》中，充满灵光的，神圣的，哀愁的乡村，充满人类与民族所有命运与主题的乡村被隐去了，取而代之的是完全展览式的、世俗化的乡村。阅读《石榴树上结樱桃》，似乎在进行一次非常奇特、怪异的乡村旅程，展现在你面前的官庄村，是一个完全“光裸”的村庄，没有地理性与文化性，原乡神话式的情感及隐喻不再存在。在官庄村的上空，没有乡愁，没有精神意义的还乡，甚至没有了大地、植物与原野，只有事件，人物及现实的进程，乡村仅仅是现代社会的一个元素，一个肌体，不附着任何其他更为本源的象征或寓意。作家用一种准确的风格把乡村分解为一个个现实的行为、事件与语言，冷静而饶有兴趣的肢解，骨架，肌肉，脂肪，筋筋缕缕，丑陋，干巴，令人难堪的逼真。

世俗化，意味着“神圣情感”的消失，是一种现实的存在，没有记忆，没有审美。驴粪蛋就是驴粪蛋，不是故乡的某种象征；猪圈就是猪圈，没有蕴含童年生活的情怀；权谋就是权谋，不是民族文化心理的积淀，只是乡村生活中一个极为平常的元素。而一旦对乡村的“神圣情感”丧失，那笼罩在乡村上空充满本源意味的“灵光”也即消逝，“真实性”成为作家的终极目标，纯然客观的分析，略带嘲讽的叙述，叙述者与叙述对象——乡村——之间有显而易见的距离感。叙述者自由，不受任何限制地进入事件的核心，以一种残酷的理性，把事件本身的进程叙述出来。

在充满“灵光”的乡村意象中，作家，包括读者常被乡村背后巨大的象征性所支配、感染，不自觉地会有膜拜心理。有膜拜，有尊敬，才有诗性，才有文化，才可能进入乡村的文化结构及民族对乡村的文化心理，在此意义上，乡村不仅是作家本人对故乡的回望及精神的本源探索，也是一个民族对自我精神的深层追寻。《石榴树上结樱桃》给我们来一次“祛魅”，抛弃乡土小说所特有的主观倾向性和情感气息，抛弃那种深刻的“痛感”和“情感”（它们在形成小说巨大感染力的同时，常常遮蔽着作家的叙述），而致力于“还原”工作，回到现实之中，对乡村现状做客观的描述与最细节的刻画，由此，给我们展现了一个处于世俗进程中的，混沌、复杂的现实生活中的乡村意象。

但是，非常奇怪的是，这一“真实”、“世俗”的乡村叙述却带来强烈的陌生化效果，让人“震惊”，这不是我们所熟悉的文学乡村。更重要的是，我们突然发现了“面纱”的存在，李洱的叙述仿佛一把锋利的手术刀，以精确的风格割开面纱，使我们窥到那面纱之后的真相——残酷而真实，细节栩栩如生。女村长繁花面临着村支书的选举，要想选举成功，她的工作不能出任何差错，环境保护，经济发展，尤其是计划生育问题，上面的基本政策是一票否决制；同时，她又必须在村里拉到足够的选票，挫败那些力图取代她的力量。于是，一场乡村大戏就这样拉开了序幕。李洱运用自己运筹帷幄的能力，把这场乡村争斗写得惊心动魄、一波三折，热闹异常。繁花为选举成功而进行方方面面的铺垫，慰问同盟，阴谋策划，请客拉票，做各种亲民表演等，俨然翻版的总统竞选。展现在我们面前的是，是现实版的中国乡村，世俗、丑陋，却真实无比。现代文明的各个元素都对官庄村发生作用，生活方式（如手机、汽车）、政治（选举、环保、计划生育）、经济（引进外资、发展企业）等，它们在官庄村的土地上汇合，发生混战，并改变着村庄的生活结构与存在方式。

在某种意义上，20 世纪 90 年代以来的中国乡村经历着比之前几千年都要更为彻底的变化，在全球化文明迅速膨胀的时代，社会的各种元素，政治的，经济的，文化的，以极其可怕的速度渗透到中国大地的角落，哪怕是最偏远的乡村也不被拉下，它们在乡村以奇异的形态互相纠结，并发生影响，产生新的行为与结果。在这样复杂的语境下，仅仅古典的追忆是不够的，仅仅原型性的文化叙述也是不够的，它所牺牲的常常是现实层面乡村生活的真实状态，或者说，只有作家主动撤去情感面纱，主动撤去文化的渗透，乡村本体的存在状态才有可能呈现出来——无关乎家族伦理，文化世情，也无关乎自然伦理，原野大地，它就是地表层面的存在。

《石榴树上结樱桃》的叙事者是一个干脆利落的旁观者，而叙事本身也几乎不掺杂更多的情感，完全可称之为“零度”叙事——这在现代派作品经常出现，但在乡土小说中却几乎没有。作者很少对人物给予情感，没有道德的焦虑，没有对事件的判断，甚至，连通常的暗示性都没有，“以一种实事求是的叙事精神”给我们描述了一个乡村故事。李洱毫不留情地把作家的“精神还乡”之路掐断了，他在与笔者的访谈中用一句话表达了他的写作目的，“我的任务就是要打破这种幻想”[①]。乡愁，归属感，包括那想象中广袤忧郁的大地原野，亲人朋友，在李洱那里，都是要被嘲笑和被解构掉的东西。在中篇小说《光与影》中，主人公孙良的归乡之路毫无疑问是一条通过彻底黑暗的道路，越是走近乡村，他就越感到虚无，害怕，因为此“故乡”已经非彼“故乡”，正如鲁迅在《故乡》中所言：“我所记得的故乡全不如此。我的故乡好得多了。”最后，当孙良热爱的章老师——唯一还携带着故乡印记的人物——被两个高大的学生“挟持”着颤巍巍地出现在孙良面前的时候，归乡本身遭到了最彻底的解构，生活的所有意义都没有了，只剩下偷鸡摸狗的性爱和一碰皆碎的脆弱。生活中最光亮的地方，恰恰充满了更为强烈的阴影。对于李洱来说，他的任务不是书写光明，追寻光亮，而是使阴影部分和其中所包含的复杂色彩最大限度地呈现出来。这一点，我们从《石榴》的女主人公繁花的形象也能感受出来。繁花不是

---

① 李洱、梁鸿：《百科全书式的叙事》，《西部·华语文学》，2008年第2期。以下李洱的谈话均来自于此。

我们文学记忆中的乡村女性，既不泼辣强壮（乡村生命力的象征），也不温柔贤惠（母性与家的基本隐喻），繁花是一个干练的政治女人，冷漠、理性，在她身上，没有任何关于乡村的文化象征或关于人类命运的本源寓意。她所遵循与付诸行动的原则是政治游戏规则，是权力与智慧的较量，没有情感的成分，虽然在小说的结尾，作者让失败了的繁花流露出些许的伤感，但也基本上是愿赌服输。

这是李洱有意识的美学试验的结果，女性形象的模糊与非本质化有效地驱除了读者心中顽固的对乡村的本质主义（或者也包括他自己）倾向。无论如何，在人类心灵景观中，乡村总是与大自然，与本能，与肉体，与人的生理紧密相联，对它的升华愿望几乎可以说是人类的一种情欲本能，而乡村女性，也自然地成为地母的形象，宽广、混沌、丰厚，能够容纳包含一切。繁花不具备这些品质，作者让她（女性）从历史、文化的隐喻中摆脱出来，走进实在的生活与政治之中，时空缩短，一个世俗的、野心家的繁花，一个扎实地进入时代之中的现代乡村女性，虽然不那么复杂，不那么具有传统特性，但却别具意味。李洱自己也这样认为：“这样一个角色非常复杂。对我来讲，这部小说有意思的是，我写了一个乡村女性。在此之前，乡村的女性往往代表母性，我选择这一女性，她被政治化，世俗化。当乡村的女性融入了世俗化进程，那么，整个乡村就进入了世俗化进程。这也是我选择女性来作为这部小说主人公的原因之一，虽然我非常不擅长于女性。”

二 “后现代拼贴”式的新乡村叙事

应该说，对乡土中国的描述在20世纪50年代出生的一批作家如贾平凹、莫言、阎连科、李锐们的笔下已经达到了某种极致或巅峰，这些小说既有对民族国家命运的隐喻意味及对农村文化生存状态的抒写，充满强烈的忧患意识，同时，又满含着对中国大地、原野无以表达的热爱，《红高粱》、《日光流年》、《无风之树》等都是其中的典范之作。要想超越这些作品的确很难。作家从乡村走出，那里有他们生命最初的痕迹，有童年记忆，那里的一草一木是充满呼吸的，它们不需要本雅明那样的“凝视”，深沉的情感与生俱来地存在于血液之中，日夜流淌。在这样“灵光”的笼罩之下，这些小说有一个最根本的美学倾向，即乡村作为文化存在的原始乌托邦象征性（不管作者的目的是反乌托邦还是建构乌托邦），它代表着原始正义，传统理想、生命的自在状态，它是人类的童年时代，而它的命运就是不断被各种秩序破坏并修剪的过程。这样一种大的精神原则使作品内部容易出现潜在的二元对立思维，官方 / 民间，城市 / 乡村，现代 / 传统，致富 / 良心，金钱 / 道德，这些对立的因素最后往往指向批判政治与现代文明，由此，当代政治发展史与经济发展史也必然作为负面因素破坏、侵袭着具有原始正义的乡村存在。它带给读者一种博大的情怀和深沉的情感，同时，也有理想破灭后深刻的怀疑精神，使我们看到文明进程的黑洞与繁荣背后的荒凉。从总体来看，这类小说对乡土的书写整体性大于细节性，抽象性多于具象性，较少对处于冲突过程中乡村的结构性变化做“共时性”的叙述，而“共时性”这一概念，在处于全球化、后现代语境的时代，所蕴含的意义要比其他任何时代更为深远。

《石榴树上结樱桃》给我们展示出关于乡土叙事的一种新的美学风格和世界观。这是由技术主义，理性主义与世俗主义所组成的“百科全书式”叙事，强调事物之间的“关联性”，“共时性”，最终达成一种“准确的”，几乎是“后现代拼贴式”的诗学风格。在这里，乡村 / 城市的界限消弭，农民一边搓着脚趾头一边讨论台湾海峡问题，嘴里还时时迸出如“全球化”、“女权主义”等最现代的时代名词，乡村在各种话语的交锋之中变得光怪陆离。作家不再试图描述、感受，而是试图分析、探讨、展示乡土存在。这与阎连科、莫言等人的乡土创作之间有明显的“代际”特征。实际上，从整体发展趋势上看，近几年来，仍活跃在文坛上的60年代作家如毕飞宇、韩东、李洱都开始涉足“乡村”这一重大题材，毕飞宇的《平原》，韩东的《扎根》等都有这样非常明显的理性主义倾向。

这一技术主义与理性主义背后是哲学意义上的世俗精神的渗透，这里的世俗精神并非“庸俗”或“品格低下”，而是作家摆脱了“神圣”观念的统摄（它包括各种宏大叙事，政治的，思想的及艺术的），对日常生活进行诗学上的肯定，回归到人性、事物及社会的现实层面，并作出独特的叙事与价值判断。在某种意义上，它具有如本雅明所言的可技术复制时代的文艺“展览化”倾向。[①] 这也是以知识、理性为起点的李洱们的最大精神特征和对文学存在的基本态度。他们信任理性，长于思辨，强调文学的科学性与学科性，感性抒发与情感描写对他们来说只是文学的一个层面。对于中国现当代文学来说，这种观念无疑相当于一次“文艺复兴”。

的确，当我们以“世俗”的视野，以“共时”的时空观念重新考察乡村，就会发现，当代乡村生活所呈现的景观涵盖了太多复杂的、相互矛盾的东西。当繁花站在肮脏的猪圈旁，一边打电话商量选举的事，一边搓着泥巴，并思考着官庄村的现代化之路时，某种真实的荒诞意味慢慢渗透出来。此时，几个最为不同的元素形成深刻的映照——最乡土的与最现代的（猪圈与手机），最落后的与最文明的（泥巴与选举）——展示出处于后现代语境下乡村的“悖谬式”存在，这在某种意

---

① 本雅明认为：“随着绘画的膜拜价值的世俗化，对其独一无二基质的设想也越来越模糊不清了。……当然，‘本真性’这一概念总是要超越真实的圄限（这在收藏家身上表现得尤为明显，收藏家总是保留着拜物教信徒的痕迹，并通过对艺术作品的占有来分享艺术作品的膜拜力量）。尽管如此，在艺术研究中，‘真实性’这一概念的功能是一清二楚的：随着艺术的世俗化，真实性取代了膜拜价值。”本雅明指出这正是传统艺术发生危机的象征，但同时并没有否定艺术的这一世俗化倾向，而是作出理性的辨析。《可技术复制时代的艺术作品》（1934—1935），收入《经验与贫乏》，王炳钧、杨劲译，第267页，百花文艺出版社，1999年。

义上弥补了“原乡神话”式乡土小说的缺失，给读者搭建了一个通向后现代境遇中现实的乡村之路的平台。乡村生活还是猪圈，泥泞，传统的争权夺利，但行为方式完全变了，手机、竞选、民主、环保等时代名词把时空拉得无限近，乡村、城市、现代性、全球化，所有这一切都在一个平台上，纠缠，扭合，互相冲突并且互相改变。这个乡村已经不是原始的，文化的，道德核心的乡村，而是世俗存在的、现实生活中的乡村。正是这一世俗性与真实性，使我们看到在备受现代文明、经济和政治挤压下的乡村的另一面：现代文明从来都是乡村生活的一部分，乡村与现代文明之间并不是简单的二元对立或被侵入与入侵的关系，它也以自己独特的地理性、容纳性杂糅这些外来话语，两者相互影响，相互渗透，并使彼此脱离原有的轨道，而变成全新的事物，恰如文中的颠倒话所言，“石榴树上结樱桃，兔子枕着狗大腿”。一切都显得滑稽、荒谬，却自有它的逻辑和存在空间。在这一意义上，李洱很少做价值判断，在面对现代文明与传统生活、传统观念之间的冲突纠缠时，李洱更多地以一种冷静的姿态，以平视的眼光，以对“复杂性”的本能热爱，以最大的“关联性”把事件发生的过程，把事件过程中人的状态及乡村状态给描述出来。乡村不再原始而封闭，一个农民随时可以了解国际大事，并被胁迫进整个政治发展的潮流之中时，但是，对于乡村来说，这种开放性并非如知识分子所想象的那样，是一种压迫或摧毁，相反，它极有可能是被欢迎的。比如致富（这一是很多乡土小说家喜欢的主题）。因为“致富”理念的提倡，整个中国乡村道德、人伦及文化结构遭到了根本性的破坏，朴素的、人情的乡村逐渐消失，那的确是一首挽歌。但是，当以“世俗”视野去观照乡村生活时，你会发现，“致富”有其合理性，它对乡村实质性的影响决不是挽歌那么简单，乡村不需要挽歌，它需要实在的能够生活的金钱，更进一步来说，它需要金钱以融入整个社会之中，它不想被“另眼相待”，这是一种合理的文化要求。“‘宁愿富，不怕死’。在死亡与富裕之间，它选择发展。它极力要融入现代化进程，但这一融入过程，有太多的悲喜剧。另外一些作者可能会把它写成一曲挽歌，我对这种哀哀的声音也持一种怀疑。……而对我来讲，我甚至希望某种改变，只是这种改变给我带来一种感觉的错乱，我不知道这对于乡村是好还是不好，但是我知道这是中国农村的真实途径，甚至可以说它是中国乡村现代化进程的必由之路。”这或许也是李洱执着于进入乡村世俗生活层面的根本原因。

三　问题与困惑

如前所述，乡村象征原型的丧失与世俗乡村的浮现并不只是作家叙事方式的变化，在这背后，隐藏着作家美学观念上的根本差异和世界观的不同。在理性主义的渗透、技术化的分析等后现代视野的观照中，作家思维范式发生了根本性的变化，乡村“灵光”消逝，随之而消失的不仅是乡土/都市，前现代/现代的二元对立视野，也包括一代作家对乡村的乌托邦幻想和原始主义情结。文学乡村由此也走上了先锋道路，这几乎可以说是一场美学革命。《石榴树上结樱桃》摒弃“我”的情感与存在，以“百科全书式”叙事给我们拓展了一条通往乡土中国的新的途径。它或许使我们少了那份激情和热爱，使我们不得不撕去那总蒙在我们心灵之上的乡愁，但却更容易展示当代中国乡村的真实生活图景及它在当代生活中的坐标，也更容易使我们真正审视中国乡村的现实位置。可以说，它的出现也弥补了当代乡土小说的理性匮乏。

但是，总有隐隐的恐慌、害怕和深深的失落感。阅读《石榴树上结樱桃》，感觉叙事很冷酷，筋骨清晰，细节充分，却显得干涩，“情”的成分太少，唯一的温情就是小说结尾那一段，但那不足以挡住整部小说给人带来的严寒感。从总体来看，《石榴树上结樱桃》的“真实”虽然让人“震惊”，但却仍然有点过于细枝末叶，没有达到总体的真实

（可能与我的美学预设有一定关系？），作品没能进入到乡村伦理层面与情感层面，只是把事件与肌理勾画出来，缺少真正的源头，这也使得作品的“技术深度”与“情感深度”几乎成为反比例存在。为什么会出现这一问题？“百科全书式”叙事以追求思辨、深度与复杂性为根本特征，这在李洱的知识分子小说中得出色的发挥。为什么在乡土小说中显得力不从心了呢？技术主义、理性主义到底是否能够成为进入乡村的又一通道？或者说，这种后现代美学思想与技巧对于乡土题材来说是否存在着致命的局限性？

南帆在评论《石榴树上结樱桃》时，认为这部作品的“轻喜剧风格”使文本缺乏一种“激越的声音”和“深刻的矛盾”“这部小说的叙述者人情练达，脸上挂着悲悯的微笑。他多半置身局外，叙述者与故事的距离即是幽默与调侃的空间。由于叙述者的智慧，种种矛盾的价值观念并没有迎面相撞，以至于不得不分出个青红皂白。相反，它们被巧妙地处理成一系列喜剧式的修辞，例如轻微的反讽，滑稽的大词小用，机智的油腔滑调，无伤大雅的夸张，适度的装疯卖傻，如此等等。这时，开怀一笑就可以将严重的问题暂时搁下。……圆熟的叙述是否同时表明，作家并没有及时地发现可能打破生活现状的力量？”[①] 对于书写知识分子生活或当代生活的存在性时，“反讽”作为一种重要的风格非常恰切，它能够把知识分子的尴尬非常贴近地呈现出起来，但是，对于乡村书写来说，它是否显得过于轻巧了一些？而从根本上讲，造成缺乏“深刻的矛盾”的原因并不仅仅是因为小说的“轻喜剧风格”，这背后还有一个大的问题，即“世俗”存在的乡村是否就是“真实”的乡村，或者，这一真实度有多深，多远？

《石榴树上结樱桃》给我们展现出现代乡村结构的基本构成和主要矛盾，并力图揭示出当代乡村存在的“悖谬”状态。作者充分地发挥

① 南帆：《笑声与阴影里的情节》，《读书》，2006年第1期。

了自己在小说结构、语言和思想上的优势，技巧上无懈可击，同时，又有对乡村问题和乡村生活的洞察力，作者随时而至、出其不意的幽默也给作品平添了几分趣味。然而，在细细品味之后，却又觉得作品缺了点什么东西？作为一个艺术整体，小说缺乏一种力量，缺乏一种能把小说各个成分融合在一起的凝聚力。在《午后的诗学》中，作者用费边的客厅和费边的名言警句为我们营造了一个庸俗化的知识分子氛围，它有些夸张、变形，但却有内核的真实，那就是作者对此种生活有深刻的感受力和理解力，它们构成小说的和谐因素和紧张的张力，知识分子自相冲突、左支右绌的生活扭结在一起，形成一股力量，并最终形成某种象征的意义，我们能领略到其中的不可言传的意味和气息。

在《石榴树上结樱桃》中，你能感觉出作者的束缚感，小心翼翼，认真努力，因为他怕一不留神踩住自己埋下的炸弹，他得努力让读者不看出其中的漏洞和缺陷，这一漏洞就是他还不能完全自由地把握他所要写的人物、生活的整体形象。李洱以他细致而精确的构思，艰苦而认真地思考他所书写的对象及背后复杂原纠缠性，然而，对于乡土生活来说，这只是厚厚尘土之上的最表层的东西。他不能够自由地进入他们的心灵世界。这并不是说作家必须曾经是一个农民，必须要完全了解农村生活的全部才能写这样的题材，而是作家对此还没有达到一个感性的充分认识。在认识论的科学框架内，人的意识被规定为从感性到理性，然后再到抽象，升华的过程。然而，在小说领域，却似乎正相反，在这里，需要感性的还原，而不是如前所述的理性还原。只有感性的还原，才能使故事冲破真实的、实在的故事束缚，传达出比真实更多、更大的东西。

可以说，这一新的美学理念成为一把双刃剑，在成就了《石榴树上结樱桃》的同时，也突现了其缺点。《石榴树上结樱桃》给人很强的无根之感。作品缺乏乡土性，缺少与地理之间直接的联系，没有背景（这在许多时候甚至是作家的有意为之），虽然作者在文中也运用一些河南方言与地方民谣，并尽量让人物口语化，但是，从整体上并没有形成一种独特的地域色彩与情感气息，作者竭力所做的是不让你陷入情感之中，而着眼于事件本身。在许多时候，看起来是在还原乡村的细节与具体的事件，但呈现出来的却是问题主义的乡村。作者没有进入真正的乡村内部，或者说，作者的灵魂并没有进入乡村的灵魂内部。当作者把自己的理性和一种纯知识分子的智性思维用于对乡村生活的剖析时，显然有点太单薄，并且，有点文不对题的感觉。

一个作家所能真正把握的，可能就是一个很小的范围。而小说的可怕之处就在于它能在不经意的地方暴露出你致命的缺点，当然，也会在最细节的地方让人感受到一个作家的“根”之所在。从根本上讲，李洱是一个纯粹的知识分子，只有回到这群人中间，他才能获得写作的真正力量和情感，他的敏感、痛苦的气质是他对纯粹思想的渴求和中国知识分子生活的感受所赋予他的，在这里，他是一名杀手，温柔的杀手，冷酷残忍，但每一刀却也戳在自己心头上，因为，他和他们是同类，有着对同类特有的理解力、宽容度，他能体会到他们的灵魂如何在地狱里痛苦地挣扎，能感受到他们庸俗、做作甚至于无耻生活背后的空虚和恐惧。这是一个知识分子对人性、对生活的恐惧，是一个以知识、思想为生的人的必然结局。

在与李洱对话时，有一句话引起了我的注意，他说：“我经常有一个想法，想再写一部乡村小说，但它必定与《石榴树上结樱桃》有所重复，我又不大愿意去重复一件事情。”为什么李洱会有“重复”的感觉，而如莫言、阎连科这样的乡土小说家则不会有这样的问题？这是否与作家的美学出发点有关？因为，从事件层面，《石榴树上结樱桃》已经涵盖了乡村所有的因素，传统/现代，真实/荒诞，所有现实元素一应俱全，而乡村世俗的、“悖谬”式的现实存在作者也已进行了颇为精深的勾画，但是，这是不是乡土小说的全部？还有哪些是可以不断书写下去的东西呢——基本元素不变，但其叙事，其结构起点却由一些更为宽广也更为深层的东西组成，如作家的情感，对大地、原野新的认识，等等？而这些的匮乏是否可以说恰是这一美学起点的瓶颈？

这也使我产生了一个大的疑问，如此理智的开始，对于文学中的乡村来说，究竟是幸，还是不幸？从积极意义上讲，《石榴树上结樱桃》的叙事风格的确给我们带来新的冲击，使乡土产生了新的意义，甚至在某种意义上，它也使关于乡土文学的批评变得充满挑战性。在思考本文时，笔者有明显的感觉，笔者也只能把《石榴树上结樱桃》作为一个事件来分析，你无法把情感渗透其中，你必须是纯理论的思维，否则难以说明哪怕最微小的问题，这与思考如阎连科、莫言的乡土小说时的感觉完全不同。但是，似乎也不能否认，这种光裸之后的琐碎与丑陋，这种对乡土中国元叙事的取消带给人一种隐隐的不安和莫名的恐慌。试想，如果说连乡村、大地都不再能够成为人类、民族最根本的依托之地，那么，我们到哪里去找民族的共同的根及精神的依靠呢？如果整个民族都失去了建构精神故乡的冲动，以如此科学、冷静的目光审视中国生活，审视古老的大地、山川、河流，而不产生任何更为深沉的悸动，那这个民族将会多么贫乏！

但是，反过来说，这能成为问题吗？或者，对于文学，对于乡村象征性的美学变化，甚至对于作家情感来讲，也并不那么悲观？随着全球化概念的日常化，随着中国传统乡村的结构性裂变，随着文学观念的丰富多元，富于“灵光”的文学乡村也必然会发生变异，而如何迎向“灵光”消逝的地方则成为一个必然的新课题。或许，只有敏锐的作家才能够为我们“嫁接”出这样真实而又纯然陌生的乡村？或许，如我这样自相矛盾的批评只是因为作家作品所呈现出的新的美学因子让人无法作出清晰的判断？从这个意义上讲，李洱《石榴树上结樱桃》本身是否成功也许并不重要，但作为一种新的元素的诞生，它所带来的问题、新的视野和新的可能性却有它极为独特的价值。

新的小说诗学的建构

在阅读李洱小说的时候，有一种明显的感觉：小说的面貌已经发生了深刻的改变。那种在文学中进行情感教育和道德启蒙的“总体生活”时代（卢卡奇语）已不复存在——这一情感式叙事不仅包括如托尔斯泰、曹雪芹那种“全景式”的现实主义小说，也包括如卡夫卡、余华那种“碎片般”的现代主义小说。在这里，小说已经脱离了经典小说的种种元素，不再只是情感的范畴，它试图展示和容纳的远比情感复杂得多，或者说，小说精神的展现不再仅仅依赖于情感通道和体验能力，它还需要丰富的知识，深刻的智性，甚至于对文学的某种科学性把握，它依赖作家的理性，思辨和对世界多个层面之间复杂关联性的认知能力。就中国当代文学景观而言，这种迥异的小说面貌也使李洱的小说叙事从莫言式和余华式的叙述模式中分离出来，以新的叙事方式，文体意识和新的价值观创造出新的小说诗学空间和诗学形态。

一 百科全书式叙事

福楼拜在历经十年，翻阅了一千五百多本各类书籍，但最终仍未完成的小说手稿《布瓦尔与佩居谢》中，借主人公之口说出：他放弃了理解世界的愿望，甘愿重返充当代笔的命运，决心献身于在万象图书馆中手抄图书的辛苦工作。卡尔维诺在分析这一现象时认为，福楼拜这种创造“百科全书式小说”的企图与作家对“虚无”体验的展示有着神秘的联系，但同时，它也为现代小说提供了新的文体模式的雏形。“现代小说是一种百科全书，一种求知方法，尤其是世界上各种事体、人物和事务之间的一种关系网。”这与词源学意义上的“百科全书”并非一致，相反，依卡尔维诺看来，它们之间还存在着矛盾，因为“百科全书式的小说”所致力的并非是展示准确的知识及其价值，而是试图在各种知识中建立某种关系，这一关系背后的意义是动态的、怀疑的，甚至可能是纯粹的虚无。上个世纪以来，这种百科全书式小说一直被作家尝试，如托马斯·曼的《魔山》、乔伊斯的《尤利西斯》、帕维奇的《哈扎尔辞典》，包括中国作家韩少功的《马桥字典》等都是带有非常明显实验性质的作品。就其结构元素而言，李洱的小说可以说有着明显的“百科全书”倾向，我们姑且以“百科全书式小说”为命名来分析李洱小说基本的叙事特征和文体模式。

各类知识的出场成为李洱小说最典型的特征（这也是百科全书式小说的最显性标志）。但是，知识在李洱小说中不只是一个填充元素，显示主人公背景或某种氛围，它是一种求知世界的方法，作家所致力于的是在各种知识、各个事物之间建构起一种复杂的关系网络，展示它们之间的关联性，最终形成对事件、事物的某种认知。这对小说文体样式的形成产生直接的影响。阅读李洱的小说，你不仅需要有关哲学、美学、历史等方面专业知识的储备，还需要具备充分的智性思维和与之对话的能力，需要一种对于复杂性的理解能力和辨析能力，否则，你很难碰触到李洱的机智、幽默和反讽的核心地带。这在他的早期小说《午后的诗学》（《大家》1998年第2期）、《遗忘》（《大家》1999年第4期）中已有所展现，而在他的长篇小说《花腔》中则几乎达到了登峰造极的地步。作者编撰、搜集、补缺拾遗，以回忆录，报刊资料，个人口述，历史考据，散文，学术论文，@（at），&（and）等新科技符号作为小说叙事的基本方式，使各种文体、各种知识混杂交错（如关于“巴士底病毒”，“粪便”的论述，甚至是非常专业的医学论文），形成众声喧哗的花腔复调和非常奇异的文体大观。但是，知识本身或对知识的传播并不能成为文学本身，最根本的任务是探讨知识以何种方式进入叙事话语的，这一进入的方式最终决定小说意义的生成和文体的形式。在这里，"关联性"是理解小说形式的一个重要词语。《花腔》中寻找"葛任"（个人）的过程是一次声势浩大的福柯式的知识考古历程，所谓的历史叙事成为一次现代史的溯源，其目的不是为了求证，而是为了发现，发现现场，发现构成历史的哪怕最微小的元素。这使得小说人物、事物之间的关系前所未有的复杂。当一个事件的发生、人物的出场被无限关联的时候，它会是一种什么样的情形呢？故事逐渐模糊，事实不断衍生，细节淹没了一切，淹没了小说时间、情节，取而代之的是不断衍生的意外、关联与不断庞杂的结构空间，它像一张大网一样环环可扣，越结越大，彼此之间越来越不可分离。这些考证、资料、溯源和关于某一相关问题的专业论述如此之多，它们无限制地蔓延，占据了小说越来越大的空间，如此发展下去，以至于似乎要把整个宇宙包容进去，最终，"寻找葛任"成为一个被无限延迟的、不可能完成的任务。李洱曾经说过，在写《花腔》的时候，他非常担心写不完。我想，这与他的开放式、关联式思维有密切关系。

《花腔》的体例显示出了李洱对于知识的叙事能力和把握能力。小说主体是三个人对同一事件和同一人物的口述文本（@部分），后面是一系列的对口述的调查，引证（&部分），并且，@部分后面总是紧跟着&部分，人物口述之后是叙述者的即时反应和求证。三个文本互相阐释，又互相消解，再加上作者的历史陈述、调查求证，"真实"变得扑朔迷离，它迫使读者不断寻找其他文本作为参照。整部小说几乎无一字无来处，就像一部真正的学术著作一样，充满"引文"，试图达到最高意义的严谨。但是，在这准确、严谨的考证之后，我们所得到的却是一个如"花腔"般的存在形象，不同人物彼此相互矛盾的观点使"历史"呈现出前所未有的复杂景观。如果说《花腔》试图通过各类知识体裁的不断衍生把被历史层层覆盖的真实剥离出来，那么，《午后的诗学》则是通过费边的“诗学生活”与“现实生活”的矛盾关联性使整个小说与人物精神处于一种没有尽头的辩解与消解之中。在《午后的诗学》中，关于美学、哲学、文化学的许多知识、思想无处不在，“工蜂一张嘴，吐出来的就是蜂蜜，我的朋友费边随口溜出来的一句话，就是诗学”，作者把费边的哲学论述、诗学分析、时事杂文都详尽地书写出来，使小说充满着文体的交错与思想的聒噪，知识在这里形成一种特殊的话语结构，“用闲聊的‘语法’对应还原了一个暧昧的时刻（‘午后’）”，费边所展示的知识及分析能力越强，他的内心生活越是处于缄默状态，而他的行动能力则显得越为匮乏。很显然，无论是在《花腔》还是在《午后的诗学》中，知识都服从于作者独特的认知能力和叙事能力，知识在小说中的存在价值不是它本身有多么深刻，而是它的关联能力，能在多大程度上揭示人物的存在状态及其事物之间的内在联系和本质特征（当然，这一“本质特征”是携带着作者个人世界观的烙印的），为我们“织造出一种多层次、多面性的世界景观来”。这也正是卡尔维诺所谓“百科全书式小说”的深层含义。

知识的兴起和对知性思维的发掘可以说是90年代后小说范式的一个重大趋向，实际上，所谓“新生代”作家都有这样知性写作倾向，如韩东、毕飞宇、东西等等。在他们的小说中，对世界的智性思考成为首要的事情，这要求一种内在的准确风格，要求对事物，对世界有更为科学的认知，既要有对事物本体的认识，同时，也要对其在外部世界景观中的位置有基本的把握。有论者认为李洱“把一种实事求是的叙述精神引入了文学”，但是，这只是一部分，对于中国当代小说而言，这一变化并非只是一般意义小说元素和小说文体上的变革，它意味着新的文学观、世界观的出现，小说叙事来源在这里发生了方向性的转折。如本文开头所言，无论是托尔斯泰的批判现实主义，还是卡夫卡的现代主义小说，他们进入文学的方式都是情感，以情感、体验、描述作为基本叙述通道，以价值陈述作为基本语调，进入世界中心和人性中心；但是，在李洱这里，仅仅依靠情感的冲动根本无法完成小说的基本构思，正如李洱所言，“那种冲动的、一泻千里式的这种写作在这个时代好像很不真实”。价值陈述与事实陈述，叙述人与叙事材料之间有着严格区分的界限，作者的价值观不是通过情感叙述出来，而是依靠事实陈述，依靠对知识的架构能力和对世界的关联性把握来完成的，它需要作者不时地停下来，去查证、翻阅、思考，变换思维方式。因此，在阅读李洱，甚至东西、毕飞宇等人的作品时，经常能够感觉到一个纯粹的写作者的在场，它在调动、安排着一些材料，并使它们之间发生联系，产生意义。阅读者不是通过感性的凝聚达到理性的升华，而是从理性的辨析最终走向感性的体验和模糊抽象的思考空间。

但是，在李洱们这里，“准确”的词源意义已经发生了改变，它并非指对世界确定的看法和答案，而是指一种无限接近的可能性，它背后是一种怀疑主义或相对主义的历史观，各种材料的求证与分析，各种知识的出场只是为了最充分地显示影响事件的各种不同因素。“真理”被变为无数个细节和碎片，它们各自发出声音，形成对话，互相消解或印证，“真实”既在这不断的求证中得到最大限度的彰显，同时，却又被无限的遮蔽。正因为如此，百科全书式小说常常又呈现出驳杂的美学风格，一种准确与驳杂，简单与繁复之间奇异的结合体。“场景、细节无比明晰、准确，动机、意图却十分驳杂、暧昧；其取材之‘琐屑’，语调之‘冷漠’，洞悉力之‘狡黠’，判断力之‘无能’，仿佛都暗示着一个纯粹观察者的在场。”在《花腔》中最后发现葛任那首诗的报纸上，作者这样写道：“在同一天的报纸上，还有关于物价飞涨，小偷被抢；城垣沦陷，军官轮奸；车夫纳妾，妓馆八折；日军推进缅甸，滇缅公路被关；小儿路迷，少妇忤逆等等报道。关于葛任的那篇短文，发表在仁丹广告和保肤圣品乳酪膏广告之间。”当这些似乎毫无关联，但却是发生在同一空间的事物被汇集在一起时，某种历史的感觉突然出来，葛任的形象变得如此真实，但同时却也如此暧昧，悲凉，模糊不清，而你明显感觉，被放置在这样一些元素中的葛任，与被放置在“革命语境”中的葛任似乎也同样接近真实，它们是共生的元素，驳杂无比，但同时，却最接近李洱“准确”的美学含义。

值得探究的问题是，这种百科全书式小说能否真正成为一种具有共同性质的美学类型？换句话说，它其中蕴含着多少元叙事的因素，在多大程度上能够成为一种可供汲取的文学原理，这些还没有得到文学实践的验证。各种文体的无限混合是否会取消小说作为一种独特文体的边界？同时，当“关联性”成为作家考察世界的起点时，它是否会取消“真实”的存在，而陷入绝对的相对主义？当对本源的探询成为对绝对“虚无”的求证过程时，在许多时候，它反而可能会陷入某种复杂的单一性中。有论者就对《花腔》所展示的历史观表示怀疑：“三个讲述者从三个角度叙述主人公葛任的故事，说法都不一样。意思是，怎么说都行，没有真相。这就是‘历史真实’？我不知道这种‘历史真实’还有什么意义。”而卡尔维诺虽然提出了“百科全书式小说”这一命名，但他本人的创作，除了在《寒冬夜行人》中稍有尝试之外，在中长篇小说并没有真正实现这一点。在中国当代文学史上，韩少功的《马桥词典》、《暗示》在某种意义上具有其中的某些素质，韩东、东西等人的创作都具有知性写作的特征，思辨、分析与论证开始进入文学，但还没有足以形成一种有影响的文学类型。从总体上来讲，也许这种“百科全书式叙事”与中国复杂的历史处境更能产生对应关系。中国的现实语境比任何国家更为复杂，比卡尔维诺所处的时代、那个国度要复杂得多。从晚清一直到现在，在中国追求现代化的进程中，外界的压力以及自身文明的断裂导致一种复杂语境的诞生，这种复杂的历史存在状态也许只能通过具有“溯源”性质的对话文体与对多重关系的深入考察才能完成。

这同时也引发了另一个问题的产生：知识性在小说中的合法性问题。这也是李洱及同类写作体裁作家的主要争论焦点，比如关于韩少功小说《暗示》的争论核心就是其过于明显的密集的知识性倾向和对学术文体的混合杂糅使用，它更像一部学术随笔，而非小说。凡是读过李洱小说的人，对其学人身份应该都有所肯定，他对历史学、社会学、哲学领域的研究与理解，对于学术思维的运用程度都不用怀疑，而他对于小说诗学和美学理论的对话及反思，也都如大部分论者所言，完全达到了一个学者型作家的水平。但是，问题的关键并不在这里，读者并不反对知识本身，问题在于，这种纯知识性话语能否成为小说话语，并进而转化为小说的基本肌理？这种思辨考察、追根溯源、剔除了自我体验的话语方式及庞杂的文体结构最终能否达到感性的，而不是理性的升华，是令人置疑的事情。即使专业的文学批评者在面对《花腔》时也忍不住抱怨，“结构太复杂，破坏了阅读的连贯性，不断将读者的注意力从对历史现场的关注拉开，在是非面前把人搞懵”。与此同时，当我们在阅读李洱的一系列小说如《光与影》(《当代作家评论》2004年第4期)、《花腔》、《国道》(《时代文学》1999年第4期)时，有一种明显的感觉，李洱对于传达社会历史认知的兴趣要远远超过对事件本身或人物本身的兴趣，寻找葛任最后成为作者考察现代史的途径，而葛任则已经被历史和作者的叙述淹没了；《国道》中那个被奔驰车轧成植物人的小孩不仅被公众所利用，也似乎被作者所利用。小说的求知气息要远远大于人文关怀的气息，专业意识要大于人文意识，这无疑使小说精神出现了某种大的偏差。如何解决这一偏差，在情感与理性，在历史认知与人文关怀之间寻求一条平衡途径，我想，这也是所有知性作家所面临的基本问题。

二 “共时性”存在结构

与百科全书式叙事试图展示“多层次、多面性的世界景观”相一致的，是小说时空结构的改变。我们在阅读《国道》、《花腔》等作品时，有一种明显的感觉，时间不是在“历时”发展，而是以“共时”的方式存在，空间的内容与容量在不断增大，阳光、灰尘、杂草，越来越多地进入，它们无限关联，像滚雪球似的，越滚越大，把粪便、玫瑰都附着上去，并形成一个完整的不可分割的整体；与此同时，历史的线性时间却在逐渐消失，在许多时候，时间甚至是停滞的，因为有关事物几乎从来没有给出过判断，更没有答案，叙事似乎永远没有尽头。李洱曾经这样写道：“鉴于我们现在所处的这个时代的种种共时性特征，鉴于它的暧昧与含混，这个时代的写作无疑更加困难，比尤奈斯库的那个时代还要困难。”这种“共时性”存在结构显示了作家历史观，甚至是哲学意识的变化，具体到小说实践中，所带来的是小说美学元素的变化。

首先，它改变了故事在小说中的位置。在通常的小说叙事中，故事是核心元素，有完整的开头、高潮与结尾，并以此给人启发、感染与教益。但是，在“共时性”结构中，线性历史观被否定，事物的存在本质并不是以进化论方式出现的，而是通过比较、关联、分析映照出来的。因此，小说中细节无限衍生，并存事物被不断发掘，故事不再是表达意义的唯一手段，在许多时候，它没有开头，也没有结尾，甚至只是一个不断被打断、被遗忘的线索性元素。这在李洱的所有小说中都有所体现。伍尔芙曾经这样理解故事在小说中的作用，如果你读完一部小说，可以毫不困难地转述给另一个人，那么它就不是真正的小说，而只是一个故事。在这里有一个非常大的观念变化：相对于19世纪小说来说，故事已经不是现代小说的核心要素，或者说，小说所承载的绝不仅仅是一个故事，而是一种更为复杂的东西。它想要表达的是生活的一种镜像，它的复杂性，暧昧性及其种种特征，是一种展示，而不是判断。这种变化与李洱所言的“时代的共时性特征”是相一致的。在交通、通讯和现代传媒等的作用下，不同民族、不同区域都成为共时化存在，曾经与我们的经验保持着异质性、有着多重时间意识的“远方”和神秘空间已经消失。时空拉近，“远方”同样是“这里”。作家很难讲故事，因为他失去了讲故事者的基本条件：来自于远方；体验性；故事的创造性；时间的差异感等等。很多时候，作家比读者知道的还少，作家的很多故事是从网络、新闻、闲聊中得来的，对作家来说，这一故事已经是第二手甚至是第三手的，他甚至不能够把远方的故事作为一种知识告诉读者，因为他已经丧失了作为知识者的权威性。这一状况导致意义很难升华。在后现代文化生活和政治生活中，作家甚至低于读者，作家的观察有可能还不如读者，并且往往作家传达出来的气息还没有事件本身给人震撼更大。可以说，这种对意义的怀疑和讲故事能力的丧失改变了作家的文学观与小说的基本结构方式。

与故事地位的没落相对应的，却是细节在小说元素中位置的提升。在这里，细节控制了一切。细节在文本中无限延伸，它们彼此间的关联性如此紧密，以至于作者几乎无法停笔，似乎要把整个宇宙纳入进来才能够达到最终的“准确”。它不再只是一种附属功能，而成为小说的结构性元素，对主题构成关键的影响，这一关键影响并非是为了强化主题，而是为了产生无数的歧义，使主题更加复杂，更加多义。呈现在我们面前的是一个个具有完整意义的细节，而不是整体，在这背后没有整体意义，或者可能作者根本就不想表达一种意义，因为细节包含的意义方向太多，最后呈现出来的主题非常暧昧与含混。当细节的主题性代替了故事的重要性时，故事被强行推到了后台（在李洱看来，这一细节与生活的本质状态是一致的，或者说，是与李洱哲学意识中对世界的体验、生活的认知相一致的），甚至在处理《国道》这样具有社会批判意义的政治题材时，作者的处理方式和表述重心也并没有放在故事本身上，而是放在分析、描述这个事件背后相关联或毫无关联的很多元素上。作者写了多个人的奇特遭遇：做好人好事的司机，后来随着事情的发展陷入麻烦之中被妻子臭骂；想混票的足球迷因此没有买到票，失去了别人的信任，也失去了被赠票的可能性；给报社朋友爆料的老师，后来被迫改变当初的勇敢；那个围观的妇女因为洗掉了裤子上的污渍忽而高兴忽而恐慌等等，由于一个与已无关的肇事事件，每个人都被拖入了某种荒诞的处境之中，所有人都被折磨，并试图寻找逃避的途径。至于那个躺在床上的孩子，没有人关注。在小说中，作者没有直接提及到权力、政治腐败或人性等等此类的大词语，我们在阅读中也根本没有意识到作者的根本意图，他把重心转移到个人身上，让每个人充当细节，发出声音，并松散地汇合在一起。每个人的理由都有其合理性，最终，意义朝着各个方向发散，又朝着一个核心汇集。我们好像发现了某种冷漠，那个小孩躺在床上，感受着人类的冷漠，权力的冷漠，众人的冷漠，甚至也包括作者的冷漠（因为作者在热衷于叙述其他各种关系的时候，也总是把他给遗忘）。

这种写作重心的改变，对故事的淡漠和对细节的重视改变了小说的叙事时间，同时，也使小说的对话性得到最充分的展示。在“共时性”结构中，时间朝着多个方向发展，意义是多元的，未知的，在越来越扩大的空间结构与不断进入的关联性事物中，意义被不断地拖延，这其中隐含着一种不确定的时间表达。此时叙述者的视角甚至是低于读者的，因为他自己对一切似乎也是未知的，作家通常采用有限视角，试图把读者带入某种情境之中，并且随着读者一起被拖入到不断的“意外”与“震惊”之中。作家无法指引读者（实际上也因为他无法告诉读者更多的东西），他只能让读者和他一起感同身受，共同探索。在“共时”生活中，一切是未完成的，“生活的意义”总是处于延宕之中。这种时间观看似有点混乱，但实际上，里面却包含着一种观念的显露。由于作家对“准确”概念新的哲学阐释和美学定义，现代小说所追求的不是清晰性、确定性，而是一种相对性，多重的对话体越来越成为被作家青睐的叙事形式，这里面蕴含着作者对文明、历史及其社会生活进行彻底反思的批判意识和解构意识。在读《午后的诗学》、《花腔》时，有一种感觉，小说的故事与时间元素非常淡薄，因为我们没有从中找到费边生活的任何进展性，作家没有给费边的精神困境寻找到出路，小说的最后，他又回到了一个似曾相识的场景，时间又回到了原点；读者也没有从中得到情感的升华或净化，甚至，连基本的知识启蒙也没有完成。因为费边在发表高深理论与展示智慧的同时，背后是有一双怀疑、讽刺、嘲笑的眼睛的，这两种生活，两套话语系统并存于费边的生活，形成"悖论式"的声音解构着它们对于知识分子的意义。

应该说，这是小说诗学的一种本质变化，传统小说叙事是线性发展的，小说致力于表达的是某种价值观、道德感或某种信念，现在，作家这种价值观的自信消失了。真理的史诗部分已结束，小说叙述所表现的只是人生深刻的困惑（本雅明语）。事件如此复杂，而信念又是如此脆弱，作家已经不能再充当生活的解释者，道德、文明的合法性越来越被质疑，很多时候，回到事件本身变得困难无比，个人或事件迷失在体制、历史话语、个人生活的隧道之中。作家无法做出某种明确的判断，只能以对话体的方式叙述出各种因素的存在，位置及影响，在共时的存在中试图传达出表现出一种复杂的、多层次的存在本质。"把世界表现为一个结子、一团乱麻；表现这个世界，同时毫不降低它无法摆脱的复杂性，或者，说得更好一点儿，毫不省略汇集起来决定每一事件的、同时存在的最为不同的因素。"事件被追溯、发掘，被还原为一个个意义同等重要，或同等不重要的过程与细节，作者的任务是尽可能把平摊在这里各个元素都表现出来，让它们各自发出自己的声音。在《光与影》中，古老的京城和本草镇是各种话语的汇集地：典籍史志、光碟、英语、网络词汇、星座、性爱、城墙等等许多共时的、差异的元素与资源，都被作者一一纳入到小说之中，并且共同塑造着孙良的生活。每个景观都能散发出某种力量，各个细节、各种场景和各种意义之间相互不断地进行阐释，不断形成具有新的意义的对话，最终形成一种无限复杂、繁殖的，迷宫式的“共时”存在，事件永远处于未完成的状态。你可以无限接近中心，但你永远无法达到。这种对“共时性”存在的哲学要求也使李洱的小说充满了后现代的“悖谬”意识。当《石榴树上结樱桃》（江苏文艺出版社，2004年）的主人公繁花站在肮脏的猪圈旁，一边打电话商量选举的事，一边搓着泥巴的时候，某种真实的荒诞意味慢慢渗透出来。此时，几个最为不同的元素形成深刻的映照，最乡土的与最现代的（猪圈与手机），最落后的与最文明的（泥巴与选举），展示出处于后现代语境下乡村的“悖谬式”和“共时性”存在。现代文学史以来，乡村一直是具有强大象征意义和原型意义的存在，它与大地、母亲、温馨、苦难等字眼相联系的，一些文学的基本母题和人类命运的基本命题在这里能找到寄托。《石榴》中，一切都被淡化，甚至于没有。没有乡愁，没有精神意义的还乡，甚至没有了大地与原野，乡村成为现代社会的一个元素，一个肌体，作家用一种准确的风格把乡村分解为一个个现实与因素，使我们看到乡村与现代性进程的纠缠状态，看到影响其存在的复杂因素，这在某种意义上弥补了“原乡神话”式乡土小说的缺失，给读者搭建了一个通向后现代境遇中现实的乡村之路的平台。

三　日常生活诗学空间

早在1998年，李洱就这样写道：“从某种意义上说，现代小说是对日常生活的奇迹性的发现，在那些最普通、最平凡的日常生活中小说找到了它的叙事空间。”这一新的叙事空间并非只是主题的转换，前文所提到的“关联性”、“共时性”结构方式和细节的提升都与这一诗学形式有密切关系。当意识形态的道德性和合法性开始遭到质疑——

它曾经安排我们生活的秩序和价值取向，赋予每件事物明确的善与恶，是与非——历史、道德、制度突然呈现出可怕的面目，一切不再具有单一的“真理性”，而变得模棱两可，无法解释。历史时间消失了，剩下的只是沉闷而枯燥的，没有开始也有结尾的日常生活时间和空间。小说家失去了建构整体世界的自信和基础，“日常生活”一改它的平淡乏味，被赋予了深刻的哲学或诗学意义。

一般意义上，小说中的日常生活只是被称之为“日常生活描写”，没有被赋予独立的诗学位置，因为它从属于一个大的象征体系和秩序空间，后者或以民族、正义的形象出现，或以永恒的人性出现。而当生活被从象征体系和道德秩序中拖出来，在太阳下暴晒，再重新审视，它又是什么呢？无非是一团无意义的、让人厌倦的乱麻，换句话说，它本身就是破碎的、非理性的，甚至非人性的，没有可求证的价值。李洱们发现了日常生活的这种“未名”状态，这一“未名”状态不是充满意义，而是惊人的无意义，惊人的虚无与颓废，它不同于《一地鸡毛》中理想价值失落后的虚无和颓废，而是乐在其中、无知无觉的虚无和颓废。但也正是在这一意义上，“人”的存在处境被意外发现——人的双重或多重性被暴露出来。作家发现了日常生活，不是说发现了日常生活本身承载着多少人类价值，而是发现了日常生活的诗学地位，是美学的发现，并非本质意义的发现。这可以说也是李洱一代作家对文学内部空间的一次根本性的开拓，是作为“当代生活的‘迟到者’”才拥有的视野与体验。与他同时期的韩东、朱文、何顿、鲁羊等所谓“晚生代作家”一个时期内的小说几乎都以此为基本叙述对象。

当诸种背景崩溃，厌倦产生的时候，人也就有了觉醒的可能（加缪语）。无论是琐碎、虚无，都是一种存在的事实状态。它需要新的命名。譬如李洱“午后的诗学”、“喑哑的声音”、“饶舌的哑巴”、“光与影”等许多小说题目就是典型的命名，它们本身就充满隐喻性和象征性：一种矛盾的，悖论的，荒谬的存在方式。《光与影》中孙良的境遇告诉我们，当我们给生活演双簧的时候，生活并没有朝着我们预设的方向发展。实际上，就连费边式的妥协也只是知识分子的一厢情愿。但是，每一次丧失都不是重大的事情所导致的，而是因为极其非常微小的日常事件。最荒谬的是，孙良在街头和小王所演双簧的失败使孙良陷入被动的位置，但小王竟因此升官，为了使孙良能够隐瞒这一事实，小王追到本草镇，跪在地上哀求孙良，"任凭孙良的尿溅了他一身"。最后，当孙良热爱的章老师被两个高大的学生"挟持"着颤巍巍地出现在孙良面前的时候，归乡本身遭到了最彻底的解构，生活的所有意义都没有了，只剩下偷鸡摸狗的性爱和一碰皆碎的脆弱。生活中最光亮的地方，恰恰充满了更为强烈的阴影。这恐怕也是作者把它命名为"光与影"的根本原因。它也意味着，当试图对日常生活进行命名的时候，这种写作会变得异常困难，因为它要挑战一整套的价值系统，譬如归乡，现代性，田园诗的乡村，等等。

在另外一种意义上，日常生活诗学所展示的意义恰恰是一种"午后的"生存状态。加缪曾经提到过正午的思想，正午的阳光是灿烂的，明亮的，积极向上的（中国20世纪五六十年代的文学是"正午"文学的典范，纯洁而明朗）。而午后的诗学是什么样子呢？慵懒的，疲倦的，在表面的静默之中，充满着躁动和某种清醒的颓废。在一次与笔者的谈话中，李洱这样阐释"午后的诗学"的命题意义："我所理解的'午后'实际上是一种后革命的意思，或者是后极权的意思。在极权时代，人们是信任极权的；但后极权时代，所有人都不信任极权，信仰崩溃，但是人们仍会按照极权的要求生活，所有人都生活在谎言之中，谎言最终成为事实。"公共话语和私人话语之间完全相悖，非常矛盾，两个语言空间无法拼接缝合，因为各种价值背后并没有统一的原则。每个人都接受了这种分裂的和谎言式的生活，于是，一种精神分裂症状从当代生活的语言状态中显现出来。也许这正是李洱所意识到的日常生活的存在形态，它并非只是琐碎的、无名的，而蕴含着更为深刻的文化政治隐喻；“午后的”恰恰是当代中国的处境：当五六十年代的激情主义逐渐变为政治的废墟和对金钱的渴望时，所谓的正义、道德、理想开始显现出它们的双重形象。正午的时候，太阳是没有阴影的，当午后来临的时候，秩序开始动摇，隐藏于阳光之后的阴影开始显露出来，而这一巨大的阴影，恰恰是被我们的政治史、文明史所忽略掉的。因此，《国道》、《现场》并非仅仅是写普通人的日常生活形态，《午后的诗学》也不仅是写知识分子的日常状态，它们背后隐藏着深刻的泛政治学主题。当作者以多个重心的方式来进行叙事或结构的时候，恰恰是把这个时代的多个话语存在给展现出来，给我们展示了整个社会悖谬式的存在，这恰恰是后极权时代非常典型的景观。《国道》中做好事的人的生活受到极大的干扰，就是因为人们要从他身上取到伪证，不是为了求真，而是为了求假，他当然非常恐慌。包括那个女人身上的污秽，她后来非常庆幸她洗掉了，否则，她会陷入无穷无尽的麻烦之中。作家通过各个点，把生活的整体状态给展示出来。旧的秩序已经动摇，但新的秩序仍未形成，人正是在这个夹缝中显示一种悖论式的生存状态。

但是，正如李洱所言：“日常生活是个巨大的陷阱，它可以轻易将人的批判锋芒圈掉。它是个鼠夹子，使你的逃逸和叛逆变得困难重重。”这意味着，当进入日常生活叙事时，作家必须得保持某种警惕，保持着一种大的批判眼光与超越视野。把日常生活引入文学之中，不只是叙事的引入，而是一个大的历史观的改变。费边这样的知识分子，既有他妥协的一面，但同时，他也在自我解构。虽然作家的叙述似乎是客观的，但费边自我的多重声音已经告诉读者，这种生活是值得怀疑的。但是，在后来的小说中，包括当年著名的新生代作家如朱文的作品，叙事者怀疑、警惕的眼光没有了，日常生活变成了虚无主义的狂欢与放任。当日常生活诗学被无限上升的时候，它会形成物质化、本质化倾向，比如近年来小说中酒吧主义，吸毒主义等的出现。价值越来越多元，每一种价值都被无限上升，最后是一种经验的本质化，把经验上升到美学和存在的本质。

非常明显的变化是，在日常生活的美学意识下，人物成为丧失行动能力的主体，有论者干脆把它称之为“被动语态的‘知识分子’”。在李洱的小说中，人物多没有鲜明的特征，即使作家详尽地叙述了人物的行为、言语及生活方式，但依然无法拥有现实主义人物的典型性。相反，他的面目更加模糊、抽象。因此，“费边”、“孙良”这些泛性名称可以随时出现。这些人物无一例外丧失了主动行动的可能，人物与外部世界的冲突多表现为激烈的内心冲突，他们个人性的实现不再能够通过外部的行动传达出来，而只能通过内在的思辨完成。譬如费边及在费边客厅里高谈阔论的知识分子，尤其是给杂志命名的过程最能充分显示这一点。他们拥有“言说身份”及“言说能力”，但现实中却是无法行动的人。“学生们在五月风暴中送给阿多诺教授的那两样东西也值得分析。粪便在分析玫瑰，玫瑰在分析粪便。”(《午后的诗学》）粪便与玫瑰。一对完全相悖的诗学概念，指向两种极端的性质，但在某些时候却具有同质性。丑与美，虚无与存在，臭味与芬芳，卑微与高尚，同时并存，好像在隐喻知识分子生活本身。费边所说的名言警句最终都成了阐释、调侃庸俗生活的最好、最恰当的注释。这无疑是对思想、学术极大的反讽。这些优美、极富哲理的语言“扑通”一声陷进中国知识分子生活的泥潭中，被糟蹋得面目全非，再也无法找到当初的纯净、阔大和微言大义。

“这是又一代人。他们不是神经官能症患者，不是虚无主义分子，不是嬉皮士，也不是超凡脱俗的人文主义信徒。他们健康、敏感，受过良好的教育，有相当高的智商，生性散漫但懂得游戏规则，充满活力却从不挑起事端。……他们的经验征是：妥协。”但是，这种“妥协”背后隐藏着更为深刻的世俗主义的渗透与人文精神的衰退。实际上，费边以他拥有的思想和精神为手段，游刃有余地行走于世俗规则之中，在许多时候，他是得意洋洋的。这与他的“反省”与“痛苦”并不冲突，这构成了知识分子一体两面的真实生活状态。当知识分子所掌握的具有“原典”性质的人类思想成果与智慧不再被社会作为不言自明的共同追求，当把日常状态中的知识分子生活发掘出来并进行曝晒时，知识分子的形象一下子变得暧昧，虚弱可笑，不堪一击。相比较而言，葛任则无疑是具有共性特征的中国知识分子的象征性存在，他的“失语”不在于他自身生存状态的矛盾性（相反，他无论在何种处境都坚持著书立说，也没有失掉他的精神内核——羞涩的神态，被李洱称之为“个体存在的秘密之花”，在他身上，赋予了李洱对一个人文知识分子的最高理想），而在于他被无限地淹没在历史的叙述话语中。对于葛任来说，“羞涩”就是他的存在方式与存在价值。他越是“羞涩”，他与整个政治环境、历史语境就越是呈现出对立的趋势，因为，历史需要一种标准的、统一的“姿势”，比如“为革命而献身”，不允许存在其他的可能性。与费边们的“妥协”不同的是，葛任虽然对自己的命运洞若观火，但却仍然超然地领受一切，而不对自己的精神做任何方式的妥协，这或许是李洱知识分子情怀的一种不自觉流露，为此，李洱不惜在文中增加一些并不是非常协调的神秘主义因素。

可以说，中篇小说《现场》最好地传达出当代人的这种“被动语态”生存状态。个人行动完全处于一种无目的性，一方面是他在行动，他在一步步做出抢银行的步骤，人员安排等；另一方面，他抢银行却并不是一个意志坚定的主体行为，它仍然是被动的，仍然是丧失了行动的，它是不知不觉被某种情境推上去的。尽管作者所写的是一场行动，是一场已经有了结果的行动，但所表达的却是一个没有行动或丧失了行动的人。在这里，作者通过一个人混乱、盲目的行动塑造了一个完全不同于英雄时代的个人主义存在图像。现代人与社会的冲突不是表现在某一事件上，而是表现在内心的漠然与被动上。在现代小说中，人物的存在从现实主义的外部行动转向内心生活，这一位移并非只是文学内部人物描述方式的变化，而与个人在社会生活中地位的变动有关。在后现代语境中，人的行动的真实性已经丧失，个性常常是以最大的共性方式出现的，呈现出非常脆弱的、虚假的面目。“人的行为体现了人的个性变成了一个神话，因为人们赖以行动的那些价值——人的自由、自主性和主体性变得可疑了。”

就阅读李洱小说的总体体验而言，彻底的怀疑主义使其小说犹如锋薄锐利的刀片，以一种无法忍受的深入和准确风格把人类所有的价值与信念割裂开来。它所展示出来的完全是情感的碎片，哲学意义的生命的空虚，没有任何的希望与价值感，一种彻底的虚无。虽然，这种虚无是建立在一种百科全书式的关联之上的——它对日常生活“悖谬性”的深入书写使你拥有了比一般的情感体验更深层的感受，即理性层面的虚无与破碎，但是，当虚无成为绝对的支配性力量时，当怀疑背后缺少人类终极价值的支撑时，所有的分析都不自觉地携带着把玩意味，里面没有“我”的巨大痛感，只剩下与已无关的小疼痛和小悲伤，这里面暗含着一种深刻的冷漠，它与整个时代的技术化倾向（它常常以“个体体验”的名义出现），与作家情感深广度的欠缺有莫大关系。这一问题在他近年的一些短篇小说如《我们的眼睛》、《我们的耳朵》中（《上海文学》2005年第2期）中都有显露。有时候，我不理解李洱为什么能以一种充满趣味的笔调把这种虚无写出来，那是一个怎样寒冷的世界？冰雪纷飞，无处藏身。任何掩饰与伪作的企图都会立刻遭受到作家最深刻的批判和嘲弄。难道仅仅靠对文字的喜爱、对事物的喜爱就能支撑他一天天写下去？或许，这正是一个作家的深刻矛盾和痛苦之处？我仍然希望能够在李洱小说中寻找到一种温暖。这种温暖不是廉价的同情或肤浅的叹息，对于李洱而言，这毫无意义。这种温暖来自于对生命意义的最终信心和热爱，是一种经过严格审查与辨析之后的纯粹的存在世界，是一个理想主义者或怀疑主义者的坚持。否则的话，所有的知性，智慧与洞察力最终仍然可能只局限为一种技巧，一种求知，而很难上升为与大地，思想，诗性等人类所有奥秘相一致的精神。我不知道人到中年，目光更加锋利的李洱能否寻找到这种坚持的理由。

但许多时候，我怀疑我这种要求是肤浅的，因为在李洱的小说中，我常常体会到一种令人肃然起敬的创造性和富于远见的美学意识，它们拓宽了小说的概念，也给小说提供了新的可能性。在这个文学已经声名狼藉、日渐贫乏的时代，这种尝试无疑是有着巨大意义的。

附录一　和阎连科对话

河南作家：集体的困境

梁鸿（以下简称“梁”）：现在，我们主要谈谈中国文学中的河南作家。90年代，“文学豫军的中原突破”已经成为当代文坛上重要的文学现象，许多学者、评论家都非常感兴趣，像我的导师王富仁先生。入学之初第一次到他家去，他给我谈河南作家，谈中原文化，一口气谈了三个小时，并且希望我的博士论文能做河南文学。作为一个河南人，我当然愿意，并且，从新文化运动开始，河南也的确出现许多大作家，如师陀、冯沅君、徐玉诺、李凖、田中禾、张宇、李佩甫、刘震云、周大新、周同宾等等，当然，还有你，在文坛上都有非常重要的影响。更重要的是，我觉得在我的心灵深处，有与河南作家作品息息相通的地方。比如，我看你们的作品，总是特别能体现其中的情感，土地是我所熟悉的土地，生活是我所熟悉的生活，语言是我所熟悉的语言，等等，一切都是那么亲切，透明，并且能体会到其中最细小、最微妙的变化，我想这种感觉对于一个研究者来说是非常有利的。

阎连科（以下简称“阎”）：但也可能造成某种局限性。比如容易情感化、美化，而不愿意深究其中的缺点，这将是非常致命的。

梁：这正是我遇到的难题。你说，我们今天能不能打开天窗说亮话，对河南作家，包括对你，揭揭疮疤、批判批判呢？

阎：这没有什么不可以。真正的作家是不怕批评的，现在的批评就是好话太多了，真正具有穿透力的批评太少了。

梁：读了那么多河南作家的作品，有一种总体感觉，河南作家似乎缺乏一种飞扬的想象力和对现代世界的感受力。我想这可能与河南的地域特征和有极大关系，河南是一个农业大省，与现代文明有很大距离，并且现当代河南作家几乎都是从农村出来的。你认为河南作家创作中有没有这种共同的倾向？

阎：应该有一点，河南作家大多从农村走出来，除了张宇，其他出道都比较晚，都比较写实，但似乎一出来写的都十分成熟。当然，我是个例外，处女作写得非常糟。可像李佩甫的《红蚂蚱、绿蚂蚱》、震云的《搭铺》，都写得很好，很经典。

梁：你觉不觉得河南作家特别擅写乡村的权力、政治、官场等？像刘震云的从《头人》、《官场》、《新兵连》、《故乡天下黄花》、《故乡面和花朵》，始终都在描述故乡里民众对“官”的向往和由此而产生的众生相，展示了中国政治文化方式和人性之间的关系。还有你的作品，从《两程故里》、“瑶沟系列”、到《坚硬如水》，主题都是相通的，即故乡村民在被排除于政治生活之后的焦虑和对“村长”位置的明争暗斗。李佩甫从《无边无际的早晨》开始到《羊的门》，则显示了权力对人的巨大诱惑。还有二月河的帝王系列，及周大新、张宇、乔典运的作品也大多倾向于此。当然，这不能算是缺点，只能是一种写作倾向，但对于作家个体来说，会对思维形成某种限制和重复性。你认为呢？

阎：河南作家共同的特性就是对政治的热情不减，不管是热爱，还是嘲弄，都是一种关心。我的前期作品尤其这样，几乎成为一种本能。但要注意的是，这种对政治的态度，常表现在对下层人的特别关注和对知识分子的无意识疏离。

还有一点，就是河南作家普遍对女性的漠视。骨子里，女性在河南作家的作品中永远是他者、是属从。除了周大新对女性有些温柔情怀以外，别的更多的还是传统文化观念在作品中的潜意识。是不自觉的。如《羊的门》中呼天成对女性的观赏，其实是对自己的意志的考验，而不是对女性的关注。女性在地域性的一群作家中始终处于一种被歧视的地位，这是非常值得注意的。如果从这一点来考察中原文化对河南作家的影响，应该也是非常有意义的。

梁：那你怎么看待你作品中的女性地位？《日光流年》中一方面写整个村庄的人把女人送出去卖淫，使性爱成为一种交易，而女人又认同这种命运；另一方面，又描写了女人如何体会到性爱中的“受活”，如竹翠的感受。但最终，“受活”让位于村庄的集体利益，为什么会是这样呢？

阎：很简单，就是我在写作中只知道女人是人，而没有意识到女人是“女性”。这大约不光是我的问题，而且是河南作家所面临的一个集体的苦恼与困境。但意识到是一回事，写作又是另外一回事，并不是说意识到了，你就能写出关注女性的存在与地位的作品了。要真正写出那样的作品，我想需要改变的不仅是看待女性的观念，而是认识女性的思维。

梁：还有一个彼此相通、也是相同的问题，就是河南作家写苦难的东西比较多，尤其是你的作品，你这样认为吗？

阎：是这样。

梁：你觉得这中间存在什么问题吗？

阎：存在什么问题呢？苦难是中国这块大土地上共同的东西，应该是由中国作家来共同的承担。如果说有问题的话，我觉得是民族和最低层的人民的苦难有许多的作家不仅没有去承担，而且有意地逃避走掉了。逃避最低层人民的苦难，这不仅是一个作家应有的品质问题，而且是一个作家的深度、是他对文学理解的深度，甚至说，是对文学的一种根本看法。

梁：问题就出在这儿，并不是每一个作家都在承担民族与人民的苦难，而是又有的作家不仅对此视而不见，而且在掩饰生活，粉饰太平。

阎：你说的情况河南作家有，但比起全国、比起上一代作家，现在的河南作家要好多了。我觉得就民族与最底层的人民的苦难来说，应该分为物质层面的苦难和精神层面的苦难。河南作家存在的问题可能是关注物质层面多了些，关注精神层面少了些。或者说，对精神层面的苦难与困境的关注，还是必须我们长期的努力，似乎只有这样，才有可能写出真正的大作品。

梁：还有一种常被人们议论的现象，就是河南作家似乎有明显的大部头倾向。从姚雪垠的《李自成》、周大新的《第二十幕》、刘震云的《故乡面和花朵》，一直到更年轻一代的作家如柳建伟的《北方城郭》等，当然，二月河的“帝王系列”更典型，一部比一部长，这是怎么回事？是不是与中原文化的某些特点有一定关系？或者说是“文章千古事”的文人观在起作用？

阎：这里面肯定有一个“野心”。只有雄心勃勃，才能写出大部头。

梁：你说的这种“野心”是一种在文坛上安身立命、想在文学青史上留下自己身影的野心吧。但是，在这种心理支配下的创作肯定会有许多的重复现象，甚至在某种意义上会妨碍小说意义的产生。像姚雪垠的《李自成》，其实第一卷写得很好，语言、情节都很节俭、形象，可是他一定要写出那样一个长达几百万字的小说，主题并没有得到扩展，现在几乎成了一堆废纸；像二月河的“帝王系列”，重复的痕迹非常明显。虽然他的小说一直卖得很好，也为作者带来巨大的声誉，可是，我经常想，这样的惯性写作给读者提供的是一种什么样的小说呢？作为一名作家，他是不是失却了某些东西？

阎：其实一个作家真正的野心应该是如何把看是50万、100万字的小说写成20万、30万的字。

梁：应该说这才能代表一个作家的真正水平。现当代河南作家有很多，我们只选一些有代表性的重要作家来谈，不是简单的肯定、否定，而是客观地思考一下“中原突破”之后河南作家作品中所存在的问题。我们已经在其他对话里谈过阎老师作品中的问题，在这里，就不再说了。

李凖：一位缺少余音的歌唱家

梁：那你怎么看50年代成长起来的作家呢？如李凖，在写作之初，他所接受的仍是延安文艺讲话时期的文艺观，受强大的意识形态影响，这种影响成为先天的基因流淌在作家的血液中。

阎：说实在的，在李凖的创作之初，还没能写出像姚雪垠的《差半车麦秸》这样的作品。他一开始就注定是要成为为社会高唱的歌手，就像我们这一代的许多作家是看李凖的作品起步的一样，而李凖们是受解放区文学和被新中国成立后的欢呼所直接影响的作家，他写《不能走那条路》是必然的。即便没有李凖写这样的作品，也会有王准、赵准写出这样的作品。当时的社会意识需要这样的作品，必然会有作家去写这样的作品，正如我们今天的主流意识需要《抉择》这样的作品，就会有作家去写这样的作品。

梁：但是，在五六十年代，李凖的作品已经是比较优秀的了，即使是现在看来，仍然有很多鲜活的东西让人感动。你当时看是什么样的感觉？

阎：现在回想起来，除了觉得他对农村生活熟悉之外，没有留下什么不可忘记的印象。但是，他的中、短篇还是吸引了我。当时看《李双双小传》、《人欢马叫》、《耕耘记》等都非常激动。你忽然发现，日常生活还可以进入文学，并且可以照搬进文学。那么，我自己的生活是不是也可以进入文学呢？你会非常奇怪地这样问自己。你觉得小说和日常是完全脱离不开的，甚至日常就是小说的一部分。文学的神秘在你面前忽然消失了。同时，它也给你造成一个可怕的误区，使你认为日常就是真正的、全部的文学。

梁：那么李準所写的《不能走那条路》和当时一批描写农村生活的作品反映真的就是当时农民生活的真实情况吗？还是那只是他们认为的真实？

阎：这就涉及什么是生活的本质问题。他们所描述的肯定是生活的一部分，并且是时代大合唱中最轰轰烈烈的一部分，但是不是生活的本质？这就很难知道了。

梁：作家并没有去思考他所看到的究竟是什么，或者相反，他认为这就是生活的本质，因为它符合了时代、政治的要求；至于是否符合了“人”的要求，则没有被列入考虑的范畴。

阎：我觉得他们还是较少地进行一种自我的思考，不仅是看到什么就写什么的问题，而是“向上看”，看到什么就写什么，而不是“向下看”，看到什么就什么。《不能走那条路》这样一篇小说，之所以能在当时造成惊天动地的轰动，其实，也就是它以文学的样式敏感而及时地图解了当时的政策。也许，作家可能觉得这就是生活的本质，是最火热的一部分，文学就是要表达这些，至于最火热的是否是生活最本质的东西，这就是作家的思考和关注点的问题了。

梁：我觉得像他们那一代更多的是被强大的意识形态力量所遮盖，无法找到自己的声音和力量。

阎：还是与作家对文学的理解有关。最典型的就是40年代这批作家中为什么会产生孙梨的《白洋淀》这样的作品？他的作品同样是写健康向上的东西，为什么知道今天我们还愿意去看？这我想至少有两点：一是他小说中的整体的文学意境，二是他对汉语的一种独到的运用。而在李準的作品中我们很少看到这一些。

梁：在那个时代，中国作家的政治处境使他们很难摆脱掉政治对文学的影响。谁摆脱掉了？像孙梨，五六十年代基本上不创作了。

阎：不写，可能是文学的良知在起作用。他知道什么是文学，什么不是文学，明白这一点他就不去写。不明白这一点，他就会不停地去写，到所谓火热的生活中去写作。怎么去看这种火热的生活，却从来不去想。这一切，都与作家的文学观紧密相连，有什么的文学观就决定他去怎么样地写。

梁：如果说诗意，周立波的《山乡巨变》也是非常有诗意的，但是，这种诗意只能处于被压抑的位置。

阎：凭周立波的才华，凭他对农村生活的熟悉，如果不是被意识形态所左右，周立波完全可以写出一部伟大的作品来。还有柳青，他们都有惊人的才华，但对生活的认识却是肤浅的，包括对这会与政治的认识。

梁：应该说他们这一代是在政治文学的土壤下成长起来的，并且创作的黄金时代也在政治文学的环境下度过，自然会形成一种政治的文学观。他们对生活的理解也只能到那样一种程度。

阎：我们今天来谈这些前辈作家时，往往都用“历史的局限性”来解释一切，也掩盖了一切，而不从作家的自身去探讨什么。当然，这样一批前辈作家我们不能去苛刻他们，这是时代的一个大悲剧。然而，作家本人就不该承担一些什么吗？我们不能用其他理由来回避这一点。历史证明了，这样写是不行的。比如同代作家也有这样一批作品，如《中国制造》、《十面埋伏》、《抉择》、《国画》等等，它们是不是反映我们生活的主流？好像生活中最火热的东西被表达了出来，他们也获得了巨大的成功，可这样的作品究竟会有是什么样的命运，还是需要作家去想一想的。因为，《不能走那条路》的命运已经告诉了我们许多。

梁：好像五六十年代的作家很少有写到生活的另一面的作品？这是不是延安整风运动后的给中国作家留下的后遗症？

阎：如果王实味还活着，他只有两条路：要么写上述那样的作品，要么沉默。

梁：其实当时有很多现代作家已经不写了，如沈从文等一批现代作家。

阎：这就是文学观的选择和分化。在这样的意识形态下，他的文学观决定他只能选择沉默。沈从文选择研究古装这本身就是对现实的一种抵抗。

梁：你怎么看李凖的《黄河东流去》？它曾经被称为“民族史诗”，并且也是李凖在经过了一场思想危机后，痛定思痛，认真构思写下的作品。

阎：小说我还是特别认真看的。和我刚才说的一样，对我最大的益处就是他对农村习俗的熟悉使我感到吃惊，他的同代作家、包括我们当代作家，唯一具备这一点的是贾平凹。

梁：《黄河东流去》从细部看都非常精妙。每一句对话、语言，每一个人物的塑造都特别讲究，鲜活传神，非常有趣，如对乡村知识分子徐秋斋、农村二流子四圈都是文学中的经典人物。但是，整体看却觉得仍然没有超越传统小说的创作。这是不是作者的文学观在起作用？

阎：《黄河东流去》完全是一种经验写作。从《黄河东流去》中所透出的文学观和作家前期在主流意识形态要求下的文学观我没觉出有什么根本区别。倒是李凖后期写过一个短篇《芒果》，我觉得和他的那些作品有很大的不一样，似乎是他唯一一个对政治、文化进行反思的作品。小说写“文革”时期革命群众要给毛泽东献一个芒果，为了庆祝运芒果的大卡车从村庄经过，人们都到街上欢呼，去观看卡车，把人们所有的鞋子都挤掉了。故事就这么简单，写人的盲从，非常具有悲剧性。但是，很遗憾的是李凖这样的作品非常少。

梁：李凖的小说有一个非常明显的特点，前面我们也说到，他对河南的风土人情、风俗习惯特别熟悉，讲起来生动有趣，语言也特别有魅力，但是，同时又有一种感觉，他作品中的风俗只能被作为一地的风俗去看，是一种客观的描述，里面没有渗透进作家自己的判断和文化力量，你怎么看这一点？

阎：就风俗而言，他的确写的特别好，但是，作为一个真正的读者，不会因为这一点去看，如果我不去研究河南文化，我为什么要了解河南的风俗呢？

梁：请你从总体上评价一下李凖在文学史上的位置吗？

阎：李凖在文学史上的地位肯定得由历史、得由我们的后人来评定，我们今天无论说什么都为时过早。但必须应该说，在他同代作家中，李凖是一个非常优秀的作家，就是我们如何努力，也不一定能取得李凖那样的文学成就。可是，我总觉得李凖对时代的高歌缺少了岁月的余音。是否可以这样说，他是一个没有余音的高歌者、歌唱家。

张一弓：与时俱进的“时代的记录员”

梁：张一弓的创作应该说反映了70年代末、80年代初的中国农村大地所发生的变化，他的作品充满着“文革”之后，十一届三中全会之间中国知识分子普遍的理想主义冲动和乐观情绪，这是时代的大进步，是值得作家去大写特写的，但是，这和五六十年代作家们的创作似乎又有某些相似之处：乐观的景象，乐观的时代图景。我们的作家在此又迷失了什么？

阎：的确。张一弓一开始创作就宣布自己的宗旨是做“时代的记录员”。时代发生什么，我就记录什么。张一弓最好的作品是《犯人李铜钟的故事》，但自此之后，他的所有作品都没有超出这部作品。

梁：为什么？

阎：他的确做了时代的记录员，在《犯人李铜钟》里，他看到了人们对集体主义的反感并且也感受到了李铜钟的人格魅力。但在他后期的《黑娃照相》、《流泪的红蜡烛》、《春妞与她的小嘎斯》等等作品中，虽然也在贯穿这一主题，但是，当把这些作品放在一起的时候，你会发现，前者描写的是“人的被压迫”，而后者描写的是“人的被解放”，为什么写人“被压迫”时作品就成功，写人“被解放”时作品就不尽人意？这可能是一个深刻而有趣的问题。在后者的作品中，他记录了生活的一个方面或者社会思潮主流的东西，有许多更重要的东西被漏掉了。这也就是他和五六十年代作家相似的原因。

梁：非常有趣的是，李凖他们那一代真诚地歌颂五六十年代的意识形态话语，张一弓他们真诚地歌颂80年代初期的意识形态话语，而这两个意识形态话语又是截然对立的。但是，作家们却从来没有想到去思考这种现象产生的原因，更没能以独立的观点去反其道而行之，也没有想到应该和时代保持一定的距离和独立的批判精神。这几乎成为一部分中国作家的性格。

阎：这是一种通病。比如《黑娃照相》这样的作品，其实在当时代表了多数知识分子的理想与看法，表达了整个社会的一种热情。但是，当这种社会热情被逐渐冷静下来的人们所忘却时，其作品也就失去了其存在的价值。举一个例子，何士光的《种苞谷的老人》和张一弓的《春妞的小嘎斯》是同时代的作品，但是，两相比较，你会自然看出高低。前者就在于无论写什么，牢牢地把握住一点：写人的固有的情感；而后者则是写时代，时代，永远写时代，而把人的情感放在文学的门外。

梁：文学与时代究竟是一个什么样的关系？它们之间应该有一个多远的距离才是恰当的？这似乎是文学本身所存在的永恒的矛盾。

阎：这可能也是许多作家一直困惑的东西。为什么有的作品一出笼就异常热闹，几年之后，甚或半年、一年之后，又冷冷清清，无人问津，还有的作品，出版的当时，冷冷清清，必须得到许多年后人们才能去重新认识与评价，这都反映了文学与时代的矛盾。事情就是这样，时代往往是一个沉渣泛起的大环境，必须得等到以后它沉静下来、有记忆的时候，该记住的它会记住，该忘记的它自然就会忘记。从某种程度去讲，文学永远都是与时代矛盾的产物，是作家的心灵受到强烈压抑的精神产品。如何把握文学与时代的距离，是谁都无法回答的。但是有一点，文学无论在什么时代都要把握人的固有的情感应该是没有错的吧，文学要怀有恒久的对人的尊重应该是对的吧。

梁：并且这个“人”必须是一个独一无二的个体存在。如《黑娃照相》，看起来是在写黑娃一个人，其实是时代的一个缩影和抽象，可以感觉到后面无数个黑娃，是一个相当概念的东西。像《犯人李铜钟的故事》这类小说毕竟开始反思时代、反思过去，尽管走向了另一个极端，但它写了李铜钟作为人的情感世界。

阎：现在作家困惑的是：我们可以反思过去的，但是面对当前的，仍然很感迷茫。有的作家能与时代保持一定距离，有的作家走进去却又走出不来。

梁：其实我觉得作家很难与时代保持一定距离，如新生代作家的某些小说，在一定程度上也迎合了时代某种大的潮流，不过它所迎合的不是主流意识形态，而是大众的声音，这种对大众解构性和游戏性无限度的认同也可能使作家失去自己的判断而走上媚众的道路。比如新写实小说，其实就是对个体温情主义的顺应，作家同样缺乏自我批判力量的渗透。你怎么看待这一点？

阎：我觉得他们和此前作家最大的差别在于他们是有自己的文学观。而张一弓和李凖这样一批作家，是没有个人文学观的，他们拥有的只有时代的文学观。比如《一地鸡毛》，我以为它的最大成功在于它表达了刘震云对文学的看法，其次，才是它所表达的小人物的生存。《一地鸡毛》毫不客气地把文学从宏大的主题上拉了下来。而张一弓，没有这样的文学观，他就是要做"时代的记录员"，这样的文学观就必然产生他那样的作品。而做"时代的记录员"，只能是记录时代表面的喧嚣，而文学的主题恰恰是要描述人的内心和人在时代中的内心。说白一些，张一弓更多的作品，是继李凖之后的对时代的记录与挽唱。说到底，他们的创作，是时代赋予作品意义，而不是作品赋予时代意义。

梁：在这个时候，汪曾祺的出现，可能就有他非常大的意义，他代表着 80 年代文学的另一种声音。

阎：对，他的小说不光是以诗意和散淡来打动人，还有对时代的放弃。恰恰是因为他对时代的放弃，而又给时代赋予了新的意义。

梁：刚才我们谈到时代和文学的关系，我一直在想，我们这个时代个人主义越来越被张扬，但是慢慢也走上一种虚无，没有底线了，文学似乎也在走向“无底线”。你怎么想？

阎：文学怎么会无底线？“无底线”也是一种底线。文学还是需要各种个性同时张扬和发挥的。现在，一方面文学受着意识形态的制约，另一方面，又受影视和其他强势文化的挤压，毫无疑问，这淹没了许多作家的个性与声音。这个时候，作家怎么样没有底线都是正常的，因为在强大的压力下面，唯一的选择就是能够使自己的存在发出自己的声音，否则，就不存在了。现在，作家怎么样强烈的声音在社会上都不可能形成一声尖叫，都是非常微弱的挣扎。

梁：这是不是也与作家在社会上越来越边缘化的位置有关系？

阎：有一定关系。前一段时间大家说文学回到文学本身，可以不负责社会功能，这其实是一种自我安慰。文学和社会是分不开的，任何作品都或多或少有自己的个人价值判断，这种判断，本身就是你对社会的一种回应。至于这种回应是间接的还是直接的，则是另外一回事。即便你的作品远远地离开这个社会本身，也表明了你的一种态度。

乔典运：农民哲学家的局限性

梁：乔典运在河南作家里面应该是大器晚成的作家，但遗憾的是他又过早地去世。90年代初，他的《问天》、《满票》、《香与香》等作品出来后，几乎篇篇引起人们的关注。我觉得他的作品对中国乡村人与人之间的关系，以及在此种关系中人的存在状态描述得特别到位，语言又特别朴素，拙到极致，又智慧到极致，具有强烈的寓言意味。但是，看得多了，你会发现，他所有的作品都在用一种文学方法描写一个主题，即农民如何运用自己的智慧在卑微的地位中获取自己的生存空间。你怎么理解他的作品？

阎：乔典运的作品充满着一个农民的智慧，充满着智慧和生存的斗争。并且在社会环境中，智慧永远战胜生存。我们今天之所以活着也是因为我们能用我们的智慧去抵抗生存。农民今天之所以能活得这么坚韧、这么强大，是有他的生存观和哲学观。而乔典运的作品，恰恰就抓住了这种生存观和哲学观。之所以他对农民的理解，与河南作家、与中国作家所有描写农民的作品都不一样，正是因为他在描写农民时不光描写他们的生存境遇，还在作品中透露出了一种独属于农民的、独属于老乔的哲学意味。

梁：从另一意义讲，他所写的农民的生存状态，其实展现了“人性”这一概念是多么可疑、暧昧、空洞的名词。

阎：更确切地说，他的作品是展现了社会环境中的人的特性。老乔是一个个性鲜明的作家，他对生活、对社会的认识和我们都不一样，因此，他对文学的理解，也和一般人差别很大。他对小说语言的追求，也很值得我们学习。那种幽默、质朴与自然，无不包含着一种含泪的微笑，如《村魂》、《问天》、《满票》等，看完后都喷饭而辛酸。

梁：但是又不同于山药蛋派那种质朴。并且如果和李凖作比较，同样是写民俗、民情，你会发现，李凖写的是纯粹的风土地貌，是死的东西，而乔典运的风俗描写，却蕴含着许多人的东西，是活生生的。

阎：是这样，就民俗这一点，在李凖的作品中，总给人一种堆砌和展览的感觉，而在乔的作品中，民俗是一种文化，并提升为小说的元素之一。李凖则没有完成这一点。

梁：对，因此，我们看李凖的小说，就可以把描写风俗的几页掀过去不看，而看乔典运的作品则绕不过去这些，因为它不会让你觉得他是在描写河南人独特的生存状态，而是描写的整个中国农村，更扩大一点，是全部中国人的生存状态。

阎：我看他写的半部长篇《命运》时，非常震撼，真实得让人浑身发抖。它借个人的经历来反映那样一段历史，细节的描述真实得让人惊异。小说中并没有太多的评判性思考，只是人在面对残酷的外部环境时的几句心理描述，而恰恰正是这些简单的描述，使人感受到了许多无法言传的东西。

梁：你觉得他小说创作的最大缺憾在哪里？

阎：看得多了，你会发现，他的小说故事中人与人之间的关系都处于一种冷漠、半冷漠的状态，每篇都可能是一个欧·亨利式的结尾，这已经成为一种固定模式。

梁：他的短篇小说可能“写”的痕迹太浓。也许小说写作到一定的程度是一种“无技巧的技巧”。但是似乎他又太投入他那一方“小井”了，太过写实地描写那一“小井”文化中的现象，以至于他的作品未能呈现出更多的意义和更广的外延。

阎：还有一点，乔典运在开始他故事中的人与人之间的关系时，这种对立、紧张的关系总是在特殊社会政治背境下，这也影响了他小说的一种丰富性。

梁：这可能是他的那种“右派”经历决定的。

阎：小说需要突破经历与经验，这是许多人所面临的问题。不光乔典运是这样，而我们大家都面临这个问题。包括乔典运的《命运》，也同时受到经历与经验的约束。但他的《命运》摆脱了“写”的痕迹，不再有他短篇中的雕琢感。《命运》是他在身体极端不好的情况下写作的，他放弃了结构，放弃了语言的精雕细刻，完全放松，非常自由，比原来的小说更有力量。一个作家从有结构到无结构，肯定是一种进步。但并不是作家创作不需要结构，那只能是无知，对结构的训练还是非常必要的。你在结构的道路上走的越是艰难，最后，你所达到的境界可能就越高，《命运》就是这样，可惜，它只是半部作品。

梁：还有一点，乔典运和是李準年龄相仿的人，比张一弓大许多，但他的作品完全没有李準、张一弓的那种与时代的同步性，同代作家，有如此大的差别，这是很值得探讨的。

阎：我觉得他们是与时代同步性的不同方向，是“向上看”还是“向下看”的问题。李準、张一弓他们在不同的程度上是向上、向阔大的方向望去，而乔典运是向下、向更小的民间望去。也许，这就是同代作家写出完全不同类型作品的根本原因。

张宇：聪明给智慧挖下陷阱

梁：我知道你和张宇是好朋友。你怎样看待张宇和张宇的小说？希望你不要有情感顾忌，能够客观地说说你的看法。

阎：张宇是当代河南作家中成名较早的作家。《河边丝丝流》好像是他的处女作，发在80还是81年的《北京文学》上，写得清新、优美，之后，他的短篇《新闻》、《桥》等等不断问世，总是被《小说选刊》选。那时候不比现在，《小说选刊》选一下是了不得的事。总之，80年代初张宇就红得了不得。当时每一届全国小说评奖提名都有他，只是他和李佩甫运气都不好，要不就都红得发紫了。

梁：为什么？

阎：我常常说，刘震云是智慧的，而张宇是聪明的，我自己是笨拙的。智慧者面前总是有高山，聪明者面前往往有陷阱，上帝睁着眼时都是公正的。

梁：对，“陷阱”，阅读张宇的作品，总觉得张宇面临着巨大的问题。

阎：张宇的陷阱是张宇自己挖将出来的。这就是他身上的那股原来从未彻底消失的对权力的亲近。从最低层走出来的作家，被权力压迫惯了，往往会有这种亲近感。我不知道他要去当那个作协主席干什么，从这个角度去说，是他走近人到中年的智慧圈里时，年轻时的聪明又把他拉回到智慧以外了。

梁：而他的小说，我以为也有如此的情况，如《头条新闻》、《桥》及以后的《乡村情感》、《软弱》等，都在接近智慧时，会被聪明所淹没。你仔细去琢磨，会发现他的小说每当将接近智慧的时候，就变成了一种聪明，最终，走不进一种大智慧的境界，而总是在智慧的边沿晃来晃去。这是不是一种思维的定式？或者说，与他本人所持的生活态度和世界观有一定的关系？如他在《活鬼》中对侯七的小聪明、小智慧的欣赏和喜爱，这其实是很典型的河南农民的性格。一方面它从一个角度反映了人在时代大的动荡面前的艰难生存，另一方面，却也表现出作者思想的局限。

阎：《活鬼》是一部优秀的成功之作，今天去看，仍然是一部可读的作品。

梁：的确，《活鬼》中充满了张宇式的聪明、幽默，而侯七所遵循的也是典型的河南式的生存之道。这是时代给个体重压所带来的结果，但是一当它成为一种生存哲学并且作家也为之津津乐道时，就非常可怕了。张宇恐怕缺乏的正是对生存现象的穿透力。

阎：说实在，张宇不是一个遮着掩着、大智若愚的人，也许他是聪明的大象，智慧的山羊。不过，人也好，作家也好，有他的聪明也就够了，真正智慧的作家毕竟是少数，聪明与智慧最近的距离是相隔一层纸，最远也就一步之遥，谁能把握好这个度呢？而且，把握的本身，也就是聪明，而不是智慧。

梁：另外，张宇好像总是太过急于把对生活的看法和态度表现在作品中。这不能说是缺点，但使得作品有点"露"，过于浅白，有时候也表现为一种说教。

阎：也不全是这样。他有非常故事化的小说，也有非常散文化的小说，甚至离政治、社会生活较近的小说，他也写得很有探索性的意味，如《疼痛与抚摸》。而今天盛行的官场小说，张宇是写得最早的，比如他的《晒太阳》，当时河南的县委以上的人几乎是人手一册，被当作教科书。其实，文坛上的各种流派，张宇都有自己的作品，在河南，他是属变化大，探索性很强的优秀作家，很值得研究者去探讨和讨论。

梁：但是，从另一角度讲，这是不是也意味着他对自己的创作始终没有一个真正的定位？作为小说家的敏感、才能他都有，但是却缺乏某种深入的思考，缺乏真正属于自己的思想性的东西，或者说缺乏作家自己思想和情感的真正"介入"。

阎：敏感与才华，对他来说，丝毫不缺，绰绰有余。可能他这个人特别爱玩，也特别会玩。如打牌，种树，雕一个树根啊，他能蹲上一天一动不动。甚至，他在玩上所表现的才华远大于在写作的才华。但有一点，他是非常有悟性的一个人。他在一瞬间悟到的东西，你可能十年二十年也悟不出来，这也许他自己并没有意识到，许多时候是说过去了也就忘记了，所以，和他谈文学，你常常会得某种启发。

梁：他可能并没有意识到他的这种瞬间灵感的重要性，而在别人听来却非常震动。

阎：是这样。所以我经常说，张宇可能写不出大作品来，但是他一定能教别人写出大作品。

梁：我总觉得，阅读张宇的作品，你会觉得他的文字、情节、情感都很美，很纯净的感觉，也特别注重技巧。但是，总体上却缺乏某种更为宽广的东西、更具有震撼力的东西。这些美只限于表面，或者说，阅读他的作品，我们感动、为之动情，为作品里面的人在社会、时代的挤压下的生存之道而为之会心微笑，但是，仅此而已。它没能给我们提供更深刻的思考。这可能就是我前面所说的"缺乏某种自己的思想性"?

阎：在张宇的作品中，你会发现，张宇不是在玩文学，他对文学有自己的见解，很认真，但可能他是在文学中玩生活。这样，你就可能觉得他的小说里缺乏某种切骨的疼痛。

梁：对，"缺乏切骨的疼痛"，他始终没有真正进入事情的本质，没有真正把这个事情作为自己心灵的东西来叙述。或者说在他开始叙述事件之初，他考虑的更多的是用什么样的技巧，而不是这件事情本身意味着什么。是不是可以这样说：张宇对自己所叙述的事件感情并不深，对文字、故事的玩味大于他对事情本身的看法和态度？

阎：打个比方说罢，当张宇去写农民的时候，你能感觉到他是站在田头充满情感地看农民种地；而另一个作家去写农民时，你就可能感觉到作家就是那个在地里干活的农民了。

梁：始终与他所写的人物隔了一层？

阎：也不完全是这样，他太"玩味"了。

梁：这种"玩味"是不是有助于达到文学的审美境界？

阎：我觉得优秀的作品是需要一定聪明和某种“玩味”的，但是真正的大作品是不需要聪明的。毫无疑问，聪明是一个作家必备的素质，可大作家在写作的时候应该进入一个比较愚笨的状态，从聪明进入愚笨并不容易。但是，张宇的散文、随笔写得非常好，这种文体适合张宇的这种“聪明中的智慧”。

梁：我看他写的《守望中原》中的故事、语言都特别幽默、智慧，把一个很严肃的问题用很轻松的方式表达出来，并且你能感受到他所要表达的本质意思。可是为什么同样的叙述方式、思想方式在小说创作中就觉得有了局限呢？

阎：把一个很严肃的问题用很圆滑、幽默的方式表达出来对于一篇好散文来说足够了，但是，对于一部好小说来说是远远不够的。看张宇的小说，你会感到他作品中的目的性，这篇要探索，就是探索的，如《疼痛与抚摸》；这篇是走市场，就一定要走市场，如《软弱》。我想，大作品应该是在目的不明确、混沌状态下产生的，毫无混沌可谈的情况下，产生不了大作品。

梁：是不是可以这样说，真正的好作品应该来源于一种冲动？这种冲动始终存在于你的创作之中，它促使你非写不可，反复地、用各种手段来表达。写作功力再好，语言再美，如果没有这种冲动也产生不出好作品？

阎：我个人认为，一些短篇小说作为技巧训练对冲动的要求可以不是太高，但是，稍微有一定长度和深度的作品必须要有一种冲动，或者说必须有一种疼痛感。这种疼痛的深度决定你写作的深度，决定你的作品与大作品的距离。因为现在作家所接受的语言、技巧的训练，差不多都是一样的，当一个作家的必要性的探索与训练都基本完成之后，就看你作品中的疼痛感。

梁：其实还是你对作品情感定位问题，你对它有多深的情感，你的作品的疼痛感就有多深，这种情感的深度与广度与作家的思想素质有很大关系。但是，这种疼痛感也绝不是简单的煽情，而是蕴含于作品的内在结构中，是一种可感受的气息。

阎：对，质的东西就是情感的东西。

梁：说到疼痛和情感的问题，我总觉得当代作家缺乏这些东西，尤其是一些新生代作家，阅读他们的作品总是感觉非常“隔”，并且作家在有意识达到这种“隔”的效果，也许作者想通过这种“隔”表达他们对时代的感受，如语言的破碎、情节的断裂，一些哲学的断想，等等，但是，阅读作品非常费力，更找不到那种疼痛的感觉。如果仅仅作为一种纯粹的小说形式探索，它毕竟提供了小说创作新的可能性，但是，现在看来似乎成为小说新的精神倾向和一种潮流。你怎么看待这个问题？

阎：这可能与他们的经历和时代背景有关系。这一批作家大多是从院校出来的，对文学的审美观有自己新的看法，他们觉得文学就在文学的样式上，这也是文学发展中的必然过程。但这一条路也是千难万险，并不是每个作家都能走得通，比如要求作家必须有足够的学识，对生活，包括对世界都有相当独立的看法。只有这样，形式的本身才包含着内容的意义，否则，也无形式可谈。

梁：是不是走过这样一种样式的探索之后，他们的小说就可能是另外一种情形？

阎：就像我前面所说的，文学没有什么样式可谈。任何一种小说的样式都可以产生大的作品，并没有定法。但是，作为一个作家这样的探索过程是必要的，因为要找到自己的存在位置，起点就必须和别人不一样，随着年龄的增长和写作技巧的娴熟，观念也在不断的改变。

如毕飞宇原来也写了一些探索性作品，但是，毕飞宇就是较早明白某种道理的人，他近期所写的《玉米》就和前期作品不一样，你根本想不到会是他写的。可惜，我觉得河南作家特别缺某种纯粹形式的探索。

梁：我们还是回到张宇的小说和疼痛感这个问题上来，你说张宇的小说中最有疼痛感的是哪一部？你最喜欢他的小说是哪一部？最不喜欢的是哪一部？

阎：最有痛感的小说是《疼痛与抚摸》，最喜欢他的是《疼痛与抚摸》和《没有孤独》，最感可惜的是《乡村情感》，我不知道为什么那种永恒动人的“农民情感”会被他上升为“党员情感”。

梁：这就是聪明给智慧挖下的陷阱。

李佩甫：在泥和水中挣扎

梁：李佩甫的《羊的门》前几年非常火，你怎么理解这部作品？

阎：毫无疑问，《羊的门》是一部好作品，从故事到人物，从对农村政治的理解、批判、思考，都是非常优秀的。从对汉语传统对小说的理解上看，《羊的门》的每一部分都不错，人物、故事、情节、语言、思想性、批判性等等都一应具备，完全可以说是当代批判现实主义的一部大作品。说心里话，在看前面几章写平原上的花花草草的时候，我心里真的非常非常激动。我有一种感觉，一个伟大作品要诞生了。但是，一旦进入人物、故事的时候，发现前面和后面有点脱节，小说开头的那种气息没有了，尽管他的人物、故事都写的非常好，但这种阅读的失落与落差仍然存在，让人痛心，我的那种期待没有了，而我所期待的大作品是文章开头的那种，而不是后面这样的。

梁：这就是《羊的门》的问题所在。

阎：但是，我想《羊的门》的价值不会因为我的期待消失就消失或减弱，它有那么多的读者，那么多的人喜欢。

梁：其实，作者在《羊的门》所期待的价值指向和读者的阅读指向并不是相等的。作家一直强调他写的是土地、土壤、植物、人，写的是什么土地上长什么样的人，并不是写官场，然而，无论是评论家、批评家、普通读者，还是官方和基层做官的，都把它看作一部典型的官场小说。作家不断呼吁，最终仍不免被误解。你怎么看待这一现象？

阎：无论如何，《羊的门》给我们这个社会提供了很多思考，而你说的情况，可能是在小说的开始，是对大地的想象占据作家的灵魂，而且李佩甫也的确写出了大地的气息，但这种大地气息并没有融进故事的人物命运之中，或者说，没有像一开始那样贯穿始终。他没有写出他心中想象的文化的土地、官场的土壤，没有写出它们之间必然的联系。

梁：换言之，作家努力想保持《羊的门》的纯文学性，但是，在创作中他并没有达到。因此，读者的误读也是正常的。《羊的门》故事中的官场部分之所以那样被广泛地关注，而前面那部分关于土地、植物的诗意、忧郁而被忽略，还有重要一点，就是中国文化、中国国民性格中有对权力天然的亲和力，或者可以说，中国人就生活在一个巨大的权力关系网中，而对真正诗意的东西则很少体会。我在和别人谈论《羊的门》时，有许多读者和你的感觉恰恰相反，他们认为前面的部分是多余的，没有必要的，更不可能从中感受到一个大作品的气息来，而后面写官场的部分才真正是好的、好看的。从《羊的门》现象你怎么理解读者对作品的这样一个选择？

阎：这说明作家无权选择读者，只有读者有权选择作品。我作为读者，我也喜欢看《羊的门》中的“呼家堡里的故事”，而我作为一个写作者，我喜欢《羊的门》前面的几章。

梁：这里面好像有一个悖论，写这类题材的作家不愿意只被看作官场小说，另一方面，作为读者，看到的又只是这方面的东西，而小说本身的元素却几乎被忽略，也引不起兴趣，这你怎么理解？

阎：我觉得只要有切骨之爱、之痛、之恨，大可不管它是什么方面，它是否被读者所接受，任何题材都可以成为文学的精质。《羊的门》前面所写的土地、小草是文学的东西，后面的乡村政治斗争仍然是文学的东西，就看你怎么去写。看你怎么去表达，如果你用非文学的样式去表达，就是非文学的，如果你用你心中至高的文学理想去表达，那肯定就是文学的。

梁：还有，小说的语言在进入故事时与前面也有很大差别，诗意大大减弱，而官场的东西无形中被突出了出来，并且也写得非常精彩，因此，才被看成官场小说。

阎：说《羊的门》是"官场小说"有些简单。据我所知，佩甫在写作中是努力要让他的小说和社会现实保持一定距离的，他不会为了某种社会需要而低头写作。佩甫有一颗写作的高贵的心灵。

梁：李佩甫当然是优秀的纯文学作家，他决不会去迎合时代某一方面的需求。《羊的门》也不能和《国画》、《十面埋伏》相提并论，但你得正视它和《国画》、《十面埋伏》以及今天盛行的"反腐小说"、"官场小说"的共同性，相通性。我是说，小说并无题材的好坏之分，即使是这类作品，同样也可以写出伟大的东西，虽然如此，到目前为止，《羊的门》还是这类小说中最好的。

阎：当然，《羊的门》被称为官场小说，也丝毫不影响它小说的价值。

梁：出现读者与作家把一部作品分成两部分欣赏的这种现象，不能只是读者的原因，也与作家自身的追求、创作原则、写作功力都有一定关系。我以为，就李佩甫而言，他的创作是在泥和水中挣扎。出现这样的情况与他创作的那些电视剧有没有一定关系？因为在写作界有一个普遍的认识，就是写作影视剧本会损坏小说创作的艺术性。

阎：在对《羊的门》的理解上，作家和读者之所以产生如此大的分歧，与李佩甫很投入地创作了一批好看的电视剧也许有关系，如《平平常常的故事》、《颍河故事》、《红旗渠》，等等，写的都很好。这样的东西在写的时候可能觉得无所谓，但是，时间长了，肯定对小说创作有影响。

梁：最后问你一下，你最喜欢李佩甫的哪些作品？

阎：应该说，李佩甫最初给人留下印象的是《红蚂蚱、绿蚂蚱》，但我最喜欢的是他的《黑蜻蜓》，大概是88年、89年时候的作品，小说的那种朦胧、诗意状态，对乡村生活的痛心和人物的那种切骨之痛都写得非常好，但它一直没有多大影响。短篇中我最喜欢他的一篇叫《桔子》的小说，写了一个人，当人把桔子仍在他脸上的时候，桔子竟在他脸上长出一棵树来，那种意象给人的震撼力非常大，让人思路大开。但是，他不知为啥，他没有沿着这个思路写下去。

梁：是不是那并不是最适合他的路子？

阎：可能罢。我觉得他的小说有两条轨迹，一是像《红蚂蚱绿蚂蚱》、《无边无际的早晨》，一直到《羊的门》这样的作品；一是《桔子》、《城市白皮书》这样的作品。但他有影响的作品是前者，后者好像只是作为他写作上的一种补充。

梁：《城市白皮书》在某种程度上是一个失败之作，这标志着李佩甫对小说新形式探索的失败，也从另一角度说明了真正融入李佩甫骨子里面的是他对乡村、土地的感受，如《羊的门》。

阎：的确是这样。就《羊的门》来说，虽然缺少了《城市白皮书》的探索精神，但却多了一种我前面所说的疼痛感，这是他所真正熟悉的生活，只有他谙熟其中的精神和含义。

梁：就你所了解的，李佩甫现在的创作状况是什么样子？

阎：我想他不会沿着《羊的门》这样的路子写下去吧，因为他不会停止自己对小说的探索。

田中禾：才华与热情的浪费

梁：河南作家田中禾应该说是为文学付出最多的作家。还是一个大学生的时候，因为热爱文学回到农村，但是，由于时代的大变动，他却因此远离了文学，这一远离就是将近二十年，等他再回到文坛上时，已经将近中年了。他也的确写出了像《五月》这样产生一定影响的作品。你对他的作品有什么看法？

阎：田中禾给我最大启示的不是他作品的一个方面，而是从他身上，我们可以看到文学和体制之间的矛盾，看到当官给文学留下诸多遗憾。80年代初，田中禾的《五月》、《夹竹桃》写得很好，充满了才华与灵气，充满对女性、青春与生活的爱，并且他的小说语言有一种传统的诗化，非常美。如果他坚持下去，并不是不可能成为沈从文、汪曾祺这样一条脉线的优秀作家。但是，这时候他做了官，滑入了体制的某种轨迹。在我看来，有一种当官的作家，是在体制内做事，在体制外思考；还有一种当官的作家，是在体制内做官，自然也在体制外思考。田中禾属于后者，做了体制内的事，尽了体制内的力。当官并没有真正给他带来多大好处，却给自己的文学创作带来无可弥补的损失。现在他退休了，身体仍然很好，但是，最重要的是你不知道他能不能回到文学的情景中去了。

梁：是不是当官会毁掉一个作家的创作心境和创作状态，尤其是在中国这样的官场氛围里？

阎：当然，对于许多当了官的作家来说，也不是说不能写，要看你写出来是什么样子，是不是仍具备你作品那样的气韵就很难说了，如王蒙这样机智、明白的作家，在他创作的巅峰时期做了文化部长，好像做了部长作品也没有少写，但是，在这一段时间内，我们并没有看到王蒙写出像《蝴蝶》、《杂色》这样的作品，印象深的，也就是《来劲》了，而今天去读《来劲》，它也不来什么劲。像王蒙这样的作家在体制内做官时尚且如此，更何况别人了。

梁：是不是文学思维、小说思维在这样的气氛下很容易被破坏掉？包括对生活的看法。

阎：我想，个中原因，只有他们自己从那个位置上退下以后才能说得清楚。

梁：国外的作家是不是同样的情形？

阎：国外也有当官写作的，但是他们能写出很优秀的作品，如略萨，他也对政治充满热情，但他作品中作家自由的精神并不减少。然而，在中国当官个人利益太多，占人生比例过重，你就不能不在你的作品中舍弃一个作家的自由精神。说白了，国外的作家当官，当然也是为了某种利益，为了某个集团、为了某种政治抱负、为了某一部分人，但在中国当官更多的是为了你自己，甚至说完全是一种个人化的行为。并且，中国这样的体制决定你作家当官只能成为伤害自己的一把屠刀，首先伤害自己的心灵，然后再伤害别人。

梁：像田中禾这样，年轻时为了追求文学而放弃自己唾手可得的优越生活，应该说是对文学有自己非常清晰、坚定的思想，而最终，却在文学中游离了文学的本质，这几乎可以说是中国一大批作家的共同悲剧，是作家的一种才华与热情的浪费。

阎：是啊，如你所说，田中禾十六岁时已经是在全国有影响的少年诗人，然后，怀着非常崇高的文学理想从城市到农村彻底去当农民，但是，重新回到文学已经中年，刚刚进入文学的大门，绕了一圈，他又走进了官场，这样主动的走进来，而又主动的退出去，我想他自己是因为有深刻的人生体验才这样选择的。作为一个人生过客，他的作为可能丝毫没错，但作为一个作家，他的这种选择——也是许多作家的人生道路，是给写作者留下了许多的人生启示。

梁：好像作家们都明白这个道理，又要做如此选择，为什么？

阎：也有个别的作家是写作到了那个份上，你不当不行的情况，但更多的不是这样。为什么会这样？我始终认为，这除了中国传统的官本位思想、骨子里有一种天然的政治情节以外，还有一个更重要的原因，就是作家对自己的写作失去了信心，只有假借做官，来掩盖对写作的一种无望心理，而那些对自己的写作充满信心的人，把心灵自由看得高于一切的人，是不会把当官还是不当官看得多么重要。

梁：现在如果让你当官呢？

阎：那要看当什么官。

梁：像田中禾那样，当省里的作协主席？

阎：那我可能真的不当。

梁：为什么？

阎：因为我还没有江郎才尽。我知道我写不出什么好东西来，但我还很想写。我说的想写不是想动笔，而是说想写什么就写什么，无所顾忌，也无所畏惧，完全处于一种心灵的开放与自由。当了官，哪怕是像作协这样的算不上官的官，你当了，你就无形地在自己的笔前留下了一道栅栏。

梁：现在，田中禾已经退休了，你说他还能写得和他以前一样好吗？

阎：怕就怕他写得和他以前一样好。比起《五月》，文学已经发展了二三十年，它虽然有永恒不变的东西，但它也有永远在变的东西；不变的，是许多作家都可以共同掌握的，而变化的，则需要每位作家去独立而充满个性地去把握。不过，你我都不用为田中禾去操这份心，他是一个内心充满活力的人，身体好，有才华，不愁写不出好东西来。

刘震云：求变的狂呼与两难

梁：我知道你和刘震云很熟，在谈论张宇时你说震云是非常智慧的，你认为刘震云的智慧表现在哪里？

阎：在他的言谈举止里，更在他的那些充满智性的小说里。

梁：正如一个评论家所说，刘震云是一位“大作家”，他的《一地鸡毛》、《单位》、《故乡天下黄花》、《故乡面和花朵》都是“开风气之先”的作品，这不仅是指文学形式方面，也包括他的文学观念。这也必然奠定了他在中国文学史上有自己独特的位置和启示意义。这种看法你赞成吗？

阎：说震云是大作家的好像是摩罗，余华好像也在哪里对记者说过中国已经有了大作家那样的话，这说明大家都共同对当代作家和当代文学有相同的认识和肯定，也许现在说谁是大作家、说哪部作品是大作品还有一些早，但历史早晚会有一个肯定或否定的答案的。

梁：看《故乡面和花朵》，对读者是一个巨大的挑战，他把各种类型、各种文化含义的语言放在一块，从而使语言生成新的意义，非常自由、开放，应该说他的确激活了汉语的活力和想象力，让我们体会到汉语语种的极致是什么样子。但是，又的确觉得太庞杂了一些，看《故乡面和花朵》，使人头晕目眩。并且有一种感觉，前三卷都是作者在说，是作者一个人在表达对生活、社会、政治的各种观念，这在某种意义上失却了小说的丰富性和生活的感性，这对一个小说家来说也是应该警惕的。我觉得到第四卷《故乡面和花朵》才回到小说叙述中，因为每个人在说自己的话。你怎么看《故乡面和花朵》?

阎：震云应该说是中国当代文坛上非常优秀的作家。一个对语言特别有兴趣的研究者绝对绕不过《故乡面和花朵》。你可能看不进它的故事，但是，你随手掀上一页，都会发现那些非常精彩，像火花一样不断闪现的汉语的使用。然而，二百万字都是火花，也就成了满天梨花，让人眼花缭乱，这不仅有碍于阅读，而且有碍于那些专家的研究。不过，我想，那些真正有志于研究当代中国文学的人是不应该不看《故乡面与花朵》的，它毕竟是当代小说的一个奇观。

梁：看《故乡面与花朵》，我觉得是作家在求变中的狂呼。

阎：是这样，你必须得承认，从《一地鸡毛》这样写实的作品一下子跳跃到《故乡面和花朵》这样充满想象性的作品，肯定是一个非常有才华的作家才能做到的。这样的作家，毫无疑问，有着巨大的爆发力，可能还会写出更让人以外的作品。那个时候，震云已经把《新闻》、《一地鸡毛》写得非常纯熟，而转到这里，一边是梦中，一边是现实，写得张扬而富有才华和耐力，由此可见，作家真的是一口井，有的一眼就能望到底，有的却非常深，很难见到底。

梁：刘震云是一口很难见底的深井吧？

阎：至少现在我们料不到他下一部的作品会是什么样子吧。

梁：我特别喜欢《故乡面和花朵》的第四卷，写少年成长时期性意识觉醒时对生活的感觉，对世界的认识和对女性的意识，我觉得他写的“太阳花嫂”是中国作家写“性”最好的作品，在某种程度上达到了你所说的“性的审美层次”。

阎：我觉得震云的写作立场更值得关注，他始终坚持为平民写作。

梁：应该说，从《一地鸡毛》开始，刘震云就旗帜鲜明地亮出了他的“平民立场”，最近出版的《一腔废话》是他这一立场的延续，他认为正是“一腔废话和这种精神想象过程”支撑着平民的生活，既然它是这样，它就有它的意义，应该肯定它的过程。

阎：当然，震云是有自己的文学观的人，而且是从写作之初就有自己的文学观。之所以他和别的作家不一样，就是他历来都有自己的文学观。

梁：对，我非常赞成你的这种文学观的说法，说到底，一个作家是否成熟，要看他的文学观是否成熟。但是，这种立场并不是没有可商榷的地方。我曾在一篇论文里谈到过刘震云的文学观，评价了他的平民立场，刘震云看到了平民“精神想象过程”作为一种自我调节对于在现实生存夹缝中艰难存活的底层人的意义，但是，却不愿挑明这种意义的虚假性和循环性。这并不是说刘震云没能以一种批判的姿态去看待这样的精神世界，而是刘震云认为自己没有资格去评价他们的生活，这是他平民意识的一个基本立场。也就是说，刘震云这里的平民立场意味着他理解他们的生活和情感，但是，却拒绝承担他们生活本质的“虚假性”。原因在于，作者认为，正是这种“虚假性”构成了底层人生活的全部意义，它在他们的心灵中生发出真实的情感和灵魂需求，那么，它也就有了它的真实意义。我觉得这在某种程度上等于认同了鲁迅所批判的“阿Q精神”，等于放弃了对平民的批判立场，他所有的讽刺、不满更多地指向主流意识形态。你怎么看待他的这一立场？

阎：我写过一篇文章，其中一个观点就是，人们老是批判农民的麻木，麻木当然是应该批判的，但是，必须意识到，这种麻木正是农民的武器，他活下去最有力的武器就是用麻木来对抗社会对他的不公，人们一味地批判麻木是对农民的不理解，完全是对农民的不清醒的认识。

梁：你可以认同麻木的合理性，但是，决不能赞美、美化麻木。

阎：麻木应该说是一种精神的倒退，但是你必须理解，农民的麻木不是愚昧，不是无知，而是只能用麻木来对抗生存。

梁：这就涉及作家自己的立场和认识问题。他怎么看待这样的现象？是因为理解他们、同情他们而认同这一生存现象，还是带着自己的批判立场？

阎：刚才你说震云认同了鲁迅批判的“阿Q精神”，放弃了对平民的批判立场。我觉得应该允许作家对某种精神的认同和对某种精神的放弃。认同和放弃的本身，就是另外的坚持。只有认同与放弃，才能带来文学立场的变化；只有文学立场的变化，才能带来文学的变化。

梁：也许的确是这样。《一地鸡毛》中作者虽然对小林的生活状态和思想历程有过多的情感认同，但毕竟，它让我们看到了在中国社会中这无数灰色人物的灰色人生，让我们看到阳光之下被忽略了的灰尘的飞扬和它的不能承受之轻。

刘庆邦：单腿踏步的舞蹈

梁：刘庆邦近几年的短篇小说成为文坛的重要风景，写得很多，篇篇都很精彩，如《鞋》、《梅妞放羊》、《三姑》、《平地风雷》、《五月榴花》等，但是，放在一块，又觉得有特别“类”的特征。每一篇与每一篇之间，不仅是相通的，甚至是相同的，你说呢？

阎：庆邦不仅写短篇，也还写中篇、长篇，但他的重要成就似乎是在短篇上。他的短篇的确很好，且似乎是篇篇精彩，语言，故事，特别是小说一针一线缝织出来的那种绵密的小说意境，读了很让人激动；还有，现在因为种种原因，大家都把主要精力放在中篇和长篇上时，他却一如既往地热衷于短篇，这非常不容易，非常令人尊敬。我每次读庆邦的短篇，都会有一种怦然心动的感觉，尤其是他那种对渐渐失去的传统之美的无尽吟唱与痛惜，让人心里有一种因为丢失的而倍感惋惜的感觉，甚至，你会因为这种丢失的惋惜，而去自己身上寻找某一种责任，使自己身不由己的想去承担一些什么。

梁：是的，这就是美的功能。可是，如果你连续读刘庆邦五个短篇、八个短篇或一本小说集呢？你会不会产生一种刘庆邦在跳着一种单腿踏步的舞蹈？比如《鞋》、《梅妞放羊》、《听戏》、《拉网》等，同样的事件，同样的意味，同样的升华，同样的对事件层层叠叠详细的铺叙，由于他对所描述事物有明确的判断和倾向，因此所有作品最后的味道都是一样的，虽然每一篇都是非常美的，但对于一个作家来说，这却是一种无可救药的重复。

阎：我前一段时间集中读了他的小说集《梅妞放羊》，是有一点你说的那中“类”的感觉。当把他的十篇、八篇小说一口气读完时，你会感到他的小说可有两类之分，一类是以《梅妞放羊》为代表的对美的吟唱；另一类是以《人畜》、《平地风雷》等为代表的对恶的鞭打。似乎千变万化，都有些不离其宗。

梁：他小说的语言很好，但你能感觉到，他把更多的工夫都下在了故事上。

阎：他和南阳作家乔典运的作品有某些相似的地方。他们都写农村人与人、人与物之间的生存状态与关系，但是乔典运的作品充满着人与人之间关系的复杂性，而庆邦的作品恰恰充满着人与人之间关系的单纯的美。

梁：你怎么看他这种“单纯的美”？

阎：我喜欢他小说中的那种白描式的东西，现在，当人人都在为创新努力时，你会觉得那种东西特别的好，至于你说的那种“单纯”，读多了你当然会觉得有些把人生、社会简单化了。我前几天读了他最新的短篇《幸福票》，故事异常绝妙，可它会让你不觉间想起庆邦的另一个短篇《嫂子和处子》，这是完全不同的两个小说，人物、故事、时代背景，都不一样，但不知为什么你老是把这两个小说联系起来去想。也许，这就是你说的单纯的结果？

梁：不管是还是不是，读者都不仅希望读到单纯的美，也还希望读到一种说不清的复杂来。一个作家，尤其是已经成熟了的作家，不应该只给读者一种东西，包括对故事的叙述，你不能总是慢慢道来，像剥葱一样，一层一层。

阎：短篇小说难写，在对短篇的要求上，不应该那么苛刻。

梁：你说得对。不应该要求短篇作家像要求长篇作家一样，一部一个样子，可短篇作家也应该有所变化，刘庆邦写短篇小说《走窑汉》时是哪一年？

阎：80年代中期吧。

梁：二三十年过去了，一个作家是应该有些变化了。还有刘庆邦的语言，很地道，但还缺少汪曾祺那样的一种纯粹，是我们总觉得如《鞋》、《梅妞放羊》这样的小说还没有达到《受戒》那样的境界。

河南年轻作家

梁：河南的年轻作家呢？与外省相比，比如江苏，是不是河南的青年作家弱一点？

阎：河南的青年作家并不弱，无论是人数，还是作品的质量。像行者、墨白、汪昊、李洱、张生、蓝蓝、戴来、陈铁军等，他们都是六七十年代出生，在全国很有影响。

梁：我觉得这些年轻作家的作品有一个最明显的特点是他们摆脱了土地，摆脱了地域文化对他们的直接影响。不但在作品中摆脱了，而且在心灵深处也被淡化掉了，取而代之的是一个更为开放、自由的心境和创作观念。如李洱、张生的作品几乎是纯粹的知识分子写作和智性写作，从作品中你几乎找不出河南地域文化的特点。这也是更为年轻的河南作家一个主要特征。

阎：在诗歌方面也有进展。蓝蓝就是比较优秀的诗人。但我不懂诗，据说她的诗在诗歌界的地位相当高。就我个人而言，我更喜欢她的散文。她散文的那种纯净，完全是一种境界，那种对自然和女性的细腻情感，是我们无法学的。

梁：这些年轻作家中你还喜欢谁的小说？

阎：喜欢戴来的短篇。她叙述的那种老道，使你不敢相信她是70

年代出生的人；还喜欢李洱的长篇《花腔》。

梁：你认为《花腔》写得好吗？

阎：很好。非常值得看。

梁：你认为河南的年轻作家主要存在的问题是什么？

阎：这很难说，我觉得他们几乎没什么问题。说实在，比我们这一代写得一点都不差，如果硬说哪里不理想的话，我觉得还是那种集体的探索、创新意识还不是太强。这不是说，每一个作家都必须去探索与创新，而是说一个作家应该有这么一个过程。经过这么一个过程，就是失败，完全不成功，你重新回到某中传统和写实上来，你对传统与写实的认识是会不一样的，会有一个认识上的飞跃。从整体来说，他们也在创新，但总是走不到别人的前边，总是跟在人后，这是很值得探讨的一个问题。为什么河南作家在这一点上除了离开河南本土的震云外，大家都没有别人迈的步子大，没有别人走得快？包括年轻的作家们，这很值得去研究。现在的情况好像好一些，像年轻作家中的李洱、戴来，但实质上戴来是江苏人，只是嫁到了河南，可她身上的文化的每一个细胞都完全是南方的，李洱是个例外，但他一直又都在南方读书，这样一种情况，这种现象，我以为非常有必要你们搞研究的去探讨、去思考。

附录二　和李洱对话

真实的知识与小说的虚构

梁：现在还能回忆起写作《花腔》时的心理过程吗？

李：《花腔》的写作是一个非常艰难的过程，我一开始确实想写一个中规中矩的历史小说。但是，我无法忍受自己这样写，我觉得我的很多想法无法付诸实施，我会怀疑我这样讲是真实的吗？如果我自己都不确信，我怎么能写下去呢？我记得当时从北京回去，我告诉我的朋友们，我生不如死，我已经写了一年多，有几十万字，但我要推掉重来。他们哈哈大笑，觉得我夸张，但我真的非常痛苦。我是1999年开始写，那时候已经是2000年，这跟我现在写的长篇一样，我已经写了很多，但我仍然不满意。

梁：我很想知道你写《花腔》之时的知识储备和资料储备。各种回忆录，报刊资料，历史事实，虚构叙事，各种知识混杂在一起，还有关于粪便学的论述，它甚至是一篇非常专业的论文。它的文体形式，语言方式是如此繁复，兼具历史学，社会学，医学和考据学等专业知识，你是怎样做到的？

李：我喜欢看30年代、40年代的书籍，我看历史逸事、口述史的时候，往往关注的是细节，一些器物，图片，人物的表情，服饰，我对此很敏感。这种收集并不只是为了写小说，所有跟历史相关的细节在我脑子里都非常鲜活。我试图回到历史现场。

梁：在文中有这样一个小细节，在最后发现葛任那首诗的报纸上，你这样写道："在同一天的报纸上，还有关于物价飞涨，小偷被抢；城垣沦陷，日军轮奸；车夫纳妾，妓馆八折；日军推进缅甸，滇缅公路被关；小儿路迷，少妇忤逆等等报道。关于葛任的那篇短文，发表在仁丹广告和保肤圣品乳酪膏广告之间。"尤其是那个"保肤圣品乳酪膏"，你在许多地方都提到过，它是否是一种历史的真实？它的反复出现似乎有某种隐喻？是让它把作者带回历史的情境之中，然后再让它承担着某种质疑的功能，让人进入亦真亦幻的情境之中？譬如关于鲁迅、瞿秋白的出现，里面甚至引用了鲁迅的日记来证明事件的真实性。然而，整个故事却是虚构的，为什么要这样安排？再问一下，巴士底病毒和关于粪便学的论述是真的吗？

李：完全是虚构的。

梁：这非常有意思。这对读者来说是几乎是一个非常大的愚弄，当你写病毒和粪便学时，你用的是一种非常准确的，类似于科学论文式的文风来写的。你想达到求真的效果，让人觉得这就是知识。但是你却是虚构的。

李：问题是我相信它是真的。这种革命的冲动，我认为其中隐含着某种病毒性，这种病毒来源于巴士底狱。它是革命的源头之一，是我们的主流意识形态产生的源头之一。在我虚构这个病毒的时候，巴士底的法文我不知道，我要去咨询懂法文的人。关于病毒的知识，我也要大致知道。这又是知识性的组合。

梁：也就是说，历史是真实的历史，革命的冲动也是真实的，知识也是真实的，但这所有准确的知识组合在一块儿却构成虚构的词语。而它背后的意义，它所达到的效果又是真实的，一种仿真的效果。完全是一种仿真学的叙事。这种仿真的风格在阅读上似乎更能产生效果。这里面有几重的知识建构和叙事建构的过程。病毒是真的，巴士底也是真的，它所带来的危害是真的，你把它物质化真实化，把读者带入到一种语境，甚至是一种观念之中。但是，读者却又是从一种知识中获得这种感觉。

李：人们对我的小说分析得非常详尽，但是我对巴士底病毒命名的苦心却被忽略了。还有就是粪便学。我设置的都是对历史的命名方式和认知方式。在表达这种认知的时候，需要许多知识储备，需要对历史有某种穿透力的认识。

梁：这就意味着你的小说的确是一个不断被打断的过程。不是那种一气呵成，在某种情绪亢奋的情况下的写作。这种不停地把知识融入其中的方式是否割裂你小说的某种连贯性？

李：我当然想连贯，我也想一气呵成，但我的小说总是在最激动的时候停下来。对于我来说，依靠冲动写作好像从一开始就没有。

梁：那你的写作起源基于什么呢？

李：我总是在不停检索自己的知识储备，哪里不够，马上补充。就像燕子衔泥式的把窝给搭起来，我在不停地做这个工作。你说那种一气呵成的往往是线性叙述，是对一个事件的讲述。我的兴趣不在于建构一个完整的世界，我的兴趣在于回到历史现场，要表达出自己对历史的和现实的认知。你会感觉到非常困难，你必须小心翼翼地去表达，才能保证你的表达是准确的。如果仅仅靠情绪来写作的话，在进入小说之后，人们对你这种情绪是否认可是值得怀疑的。

梁：实际上，如我们前面所谈，你试图摆脱“价值陈述”，保持一种“事实陈述”，你觉得这样才能够回到历史现场。如果一开始就带着强烈的怀疑，或者把这种情绪贯穿到底，你是否会觉得这是一种掩盖了某些东西的叙事？

李：我认为那种写作时代已经过去了。我感觉那种冲动的、一泻千里式的这种写作在这个时代好像很不真实。当然它也很有意义。我有时候也很喜欢读这类小说。我是把它作为一种片面的叙述。我需要知道人们是怎样片面地看历史的。而且有时候我会看没有任何叙事意识的小说，没有技术准备，非常朴素。或者说，我需要知道它们的局限性在哪儿，作为读者，我还很喜欢这种局限性。但我不允许自己出现这种情况。

梁：这非常有意思。作为一个读者，你会发现自己也是毫不费劲地喜欢这种小说。但是，你自己却不会写这种小说。

李：如果我这样写，是不负责任的，但并不排除我喜欢这类作品。一个作家，有时候，甚至不愿意自己是个专业读者。他也愿意有一种消遣性的阅读。

梁：这样就有一个问题：为什么不稍微改变一下自己的写作状态？相对大众一点，加入自己的见解，仍然会变成一个非常为大众所接受的作品。大众不应该一定成为作家的对立面。

李：我还是写出了一些很朴素的作品。忧伤的。比如说《喑哑的声音》。

梁：你认为已经够通俗了？但像我这样的专业读者，读起来也仍然需要非常仔细的去读。读你的小说不能忽略与跳跃，你不知道自己是否错过了非常重要的东西。但是，读那种故事性很强的小说，你可以翻过好多页，可以连蒙带猜出前面的情节。你的小说没有过达到你说的通俗性。比如《喑哑的声音》，完全是无事之事，作为读者，总试图发现作者的意图，在阅读的过程中会不耐烦，你翻过几页，发现还是如此，你觉得肯定遗漏某些重要东西。还必须回过头再从头看。

李：你觉得会遗漏了重要的东西，但实际上还是什么也没有。这也很有意思。

梁：《花腔》的这种仿真性还不能说是亦真亦幻，就是一个真实的虚构，或虚无的真实。包括你边写边起来查资料，这好像和传统小说完全不一样，这是否意味着小说新的生成来源？

李：这在《花腔》里面表现得比较突出，写其他作品并不这样。

梁：再问一个问题，你写《午后的诗学》是一动不动坐在书桌前写的吗？没有查资料吗？

李：基本上是这样。

梁：这太了不起了。但所有人都认为你在“掉书袋”，有卖弄之嫌。人们这样说的时候意味着你肯定是在不停地翻阅东西，然后再去写。

李：我早年特别喜欢哲学美学书籍，对我来讲，它的意义不在于是什么体系，更多地在于是一种细节。比如前两天我在写一个学者的生活，他的智商非常非常高，几乎和爱因斯坦一样高。在现代生活中，好莱坞影星莎朗·斯通也是高智商的象征，她的话和海德格尔的一句话有相通之处。我就通过这个研究者把他们联系在一起。实际上他们是两个世界的人，他们的共同特征是聪明。我的任务就要把他们联系在一块。对别人来说是一种知识，对我来说，是一种细节，一般人把这细节当作动作，而我，把它当作一种联系，或者说，我把这种联系也当成一种细节。

梁：这对作家是一种新的考验，这种小说的来源意味着作家必须拥有足够丰厚的知识储备。你可以说粪便学、巴士底病毒是虚构的，但其中的知识点和细节都是真实的，它要求作家起码能知道。并且，你得理解他们之间微妙的相通之处，比如莎朗·斯通和海德格尔之间的关系，同时形成某种反讽的东西。这是对作家智力的考验。我敢肯定，别的作家在读你的作品时，都有惊叹的感觉，李洱这家伙太不得了，怎么知道这么多知识！我觉得现在作家之所以作品显得单薄，与知识储备不足有关系。

李：也可以说是狗屁知识。

知识分子的分裂状态

梁：在中国当代文学史里面，知识分子命运对于作家来说一直是一个重大主题。从“十七年”开始，你觉得中国作家如何在文本里面给知识分子定位？

李：整个中国现代文学，实际上都是知识分子叙述构成的。但是，非常奇怪的是，在所有叙述中，知识分子都是一种附庸地位，基本上都是在向比他层次更低的人致敬。包括从鲁迅的《一件小事》开始。知识分子都试图融入洪流之中，他若在洪流之外，就会为自己在洪流之外感到不安，并且，为自己身上高贵的气质感到耻辱，感到卑微，在精神上他试图向比较低一级的生活靠近。但是，他小说的叙事人是知识分子，并且作家本人希望自己过上知识分子的生活，而不是他在文本中向往的那种生活。它是一种非常奇怪的分裂状态。比如说鲁迅，鲁迅不会变成人力车夫，他会让他笔下的人物看出自己的“小”来，鲁迅本人还是希望过上喝茶、抽烟，领着高额版税，安稳地写文章的生活。

梁：也就是说，整个现代文学知识分子叙述人与作品中的角色处于某种分裂状态。在作品中总是要求人物向下看，认为那样的生活与精神才是真正的生活。

李：这倒不是说他们是伪君子，而是他处于一种不由自主的分裂状态。而这种分裂是以牺牲个人性为代价的。一直到张贤亮的小说，章永麟想过马缨花的生活，认为那是最美好归本真的，但是，请相信，章不会过那种生活，只要社会提供给他任何一个机会，他马上会拍屁股离开，早年马缨花的生活只是提供给他一个美好的回忆。

梁：是整个中国社会道德的要求，还是政治史的发展导致知识分子的焦虑？他总是认为自己不对，或是有欠缺，才会出现这种情况。为什么知识分子会是这样一种心态？

李：更加奇怪的是，知识分子自己愿意过一种更精致的生活，而却愿意让他笔下的人物过一种更粗陋的生活，认为其中包含着朴素的真理，两种心态都是真实的。而那种精致的生活又构成了他的原罪感，他通过作品得到某种发泄，于是让他的主人公去过那种生活。我本人也是如此。譬如说，我看到拾破烂的，我真的有一种冲动，想把他们拉上来让他们吃顿饭，等等。

梁：实际上，那已经成为一种"风景"式的存在，那种联系是非常虚幻的。你在《花腔》中反复叙述葛任的"羞涩"，认为羞涩是个体存在的秘密之花，你认为像葛任这种"羞涩"，内含着知识分子什么样的历史境遇呢？或者说，当葛任脸上呈现出"羞涩"时，他与这样的政治环境，与历史处境是一个什么样的关系？他的这种"羞涩"会导致什么样的结局呢？

李：我们现在整个社会的运作机制需要把人完全变成机器，不需要个人的感觉在里面，它甚至不需要惭愧，它需要你义无反顾地作出某种事情。当我们的摄像机从主席台上扫过的时候，一个个全部面无表情，所有人都要呈现出一种标准的表情，标准的冷漠，标准的认真。当镜头打开的时候，他们全部已经坐在了主席台上，我们甚至看不到他走路的姿势，他的日常言谈，所有的个人性全部消失，这是社会对我们的要求。但葛任仍然保存着某种内心生活，会不由自主地表现出来，害羞，软弱，仍会保持写作爱好，等等。

梁：在作品中，你反复提及葛任会预见一切事情，好像对一切都洞若观火，他的这种“不走”意味着什么？

李：实际上他也没地方可去。并不说他的肉身无处可去，而是他的灵魂无处可去，这个社会不允许这样一个“葛任”（个人）存在。

梁：所以他越是洞若观火，越是明白，悲剧性就越大。

李：比如他愿意逃往大荒山。那个地方有可能会使他在一定时间内保持一点个人性，他珍惜现在这点时间，可以让他保留过去的记忆。

梁：革命打着让你成为英雄的旗号来成全你。这里面，知识分子价值存在的肯定首先是在民族危亡关头能做一些事情，其次，你能保持一点个人的独立存在性。但是，你会发现，最终的结果是个人性完全被抹杀掉，你才能保全一点名节。当然，这种大义是最初你所追求的，也是所有知识分子梦想得到的，但你会发现，这是以牺牲肉体为代价的。

李：我们每个人都希望成为英雄，希望投身于历史洪流之中。这是一种时代要求，是被时代裹挟进去的，当中其实没有多少个人选择。而且，实际上，最后的英雄都不是自己形成的，都是在历史意志的作用下形成的。彭德怀在讲抗美援朝时说过一句话，活下来的没有英雄，英雄都已经死了。当萨特在讲述俄国革命的时候，他本人是不参与这一进程的，他只愿意在思想领域参与这一进程。是谁首先发现俄国革命的残酷？是纪德，那些个人主义者，虚无主义者，他们发现了那个帝国的秘密，萨特是赞颂的，所以他本人非常喜欢中国的“文化大革命”，斯大林主义，赫鲁晓夫，认为其中包含着某种乌托邦色彩。

梁：在稍微抽象一点的意义上，你会发现，那些大的词语，民族、革命、人类，等等，它们与知识分子之间总有某些不相容的地方。当然，也并不是说，知识分子不必为大义负责，好像他总是无法实现这些东西，并且，当他要实现的时候，他总是以牺牲肉体为代价，才有可能实现更大一点的意义。

李：实际上，在讲述革命和知识分子关系的时候，我非常迷茫。这不是那种知识分子是否参与历史进程之类的简单迷茫。当然要参与历史进程，我们谁都无法孤悬于历史之外，这不用说。问题是以什么样的方式参与。

梁：我曾经在一篇评论中这样写道：“思想的深刻有没有权力代替文学的美感？理性的深入是否有权代替文学诗性的升华？《花腔》试图用纯粹的叙述和重返现场来传达出历史的非理性，但最终却陷入理性意识的泥淖之中，在一定程度上忽略了文学所应具有的湿润、华彩、情感和生命的震颤感。诗意的丧失。”毫无疑问，这是一种略带批评的口吻，但是，我又时常在怀疑，是否我所谓的“诗意”只是古典主义的怀旧，这种怀旧导致我，包括一般的读者对你这种新的美学元素的视而不见？或者，我的怀旧并非只是怀旧，而是对文学本质精神的某种肯定？当在读《花腔》时，的确经常要重回过去寻找线索，才能够形成某种感觉，脑子也被左中右许多声音所充斥，可以确定，这是你有意为之，这种形式本身传达出你对历史、对存在的看法，但是，在翻来覆去之中，某些感情的东西被破坏掉了。这究竟是怎么回事？这难道也是因为我作为一名读者那种不肯忘记的“古典主义情怀”吗？这到底是不是一种失去？

李：没有人要求小说必须是完整的，从头至尾讲述一件事情，不被打断的。我们只是约定俗成的，形成一种阅读习惯。我觉得我的小说还是有许多“诗意”的。但我又通常不愿用“诗意”这个词，如果让我选择，我更愿意选择“诗性”这个词。诗性包含着对复杂的认知。我们的不适应是因为，这个过程阅读起来会比较困难。还有一个原因，因为你是一个专业读者，如果你不是专业读者，你会一直读下去，我那个责编，她非常喜欢，为了定印数，她要知道一般人如何看，她让她的母亲看，她的母亲看得津津有味。有悬疑，非常传奇，有趣。它还是借用，或者说化用了一些传统小说的因素。

梁：你的意思是不是说我的复杂性追求是因为我作为一个专业读者的分析愿望太强，作为一个普通读者反而可能读出其中的趣味性、传奇性和故事性。

李：这非常有趣。你的复杂性追求太强，但你希望分析的又是那种比较简单的小说。而我的复杂性表达，又能在普通读者那里得到认可，阅读起来没有障碍。

梁：可能阅读是非常苛刻的。之前我一直有个预设，认为一般读者不能接受你这种多声部小说。普通读者没有理论的困扰，或许会觉得有趣，急于找到人物的命运，所以他会津津有味地去读历史资料、回忆录或摘抄等等。这种知识性或许并非构成阅读的障碍。从小说发展史上看，这种百科全书式的叙事可能通过另外一种东西重新呈现出小说的魅力，并获得另外的广阔空间。对于中国当代小说而言，这一变化并非只是一般意义小说元素和小说文体上的变革，它意味着新的文学观、世界观的出现，小说叙事来源在这里发生了方向性的转折。

个人化经验与小说的形态

梁：你有没有发现，我们的对话一直没有进入生活层面，你好像不想涉及你自己。而我和阎连科作对话的时候，非常放松，感觉就像和老朋友一起回忆昔日的时光，故乡、童年、成长的点滴及过去的经验都慢慢地展现出来。

李：前几天我听阿来讲一个故事，说他和阎连科一起做讲座，阎连科在讲台上谈起自己的经历，听众特别感兴趣，群情激昂。阿来说，轮到他自己谈写作的时候，他能够感觉到下面的人虽然在听，但兴趣没了。我们这一代人的生活，别人是不感兴趣的。所以，我特别不愿意做讲座，做访谈，因为你不能提供传奇性的经验。有意思的是，这一代作家平时不愿谈自己，但写作的时候愿意写自己。而上一代作家恰恰相反，生活中喜欢谈自己，但写作的时候却不愿意写自己。是不是？

梁：确实如此。在你们的作品中，个人的经验世界几乎成为最重要叙事资源。而上一代作家的作品呢，里面却很少看到他们自己的影子，即使是书写自己的命运，背后仍然有大的想象支撑，有非常明显的整体性框架。

李：我的说法可能够不准确，你姑妄听之。他们的小说更多地属于第三人称，即便是第一人称，给人的感觉也很像第三人称。而我们的小说更多地属于第一人称，即便是第三人称，给人的印象也是第一人称。

梁：但实际上，作家并没有完全暴露，只是把生活的某一部分经验暴露出来，成为自己写作的营养，另一部分却也包裹得非常紧。但那试图隐藏起来的那一部分又是什么呢？

李：我确实不愿谈自己。如果我们只是私下交流的话，我当然可以谈自己。就我自己而言，我不愿把公共生活和私人生活混为一谈。昨天还有人要来采访，采访我和妻子，但我们异口同声拒绝了。私人生活，是保持个人性的最后的领域，我为什么要敞开自己？对写作者来说，在文字之外谈个人的私生活没有意义。在日常生活领域，那种个人的真实的日常生活，是一种没有经过整合的，没有经过文学转换的世界，一旦这个世界进入文学交流，它就变成了公共事件。顺便开句玩笑，我几乎可以保证，作家们公开发表的那些谈论自己私生活的文章，都是不可靠的。你看过马尔克斯的《番石榴飘香》吗？那是他的文学对话集，里面大量的谈到他早年生活的经历，说得有鼻子有眼的，可实际上，其中很多都是虚构。文学，当然还有音乐，有一种奇妙的功能，它会让人产生从未有过的记忆。

梁：你是说，讲了也白讲？听了也白听？

李：那都是蒙读者的，蒙批评家的。读者和批评家当然不好蒙，但是他们蒙多少是多少。

梁：这是不是意味着，作家试图把自己的生活抽象化，进行拆解、思辨或分析，以实现文学或思想的意义？这比较有意思。当需要作家袒露自己的内心世界时，却发现日常生活难以叙说，或者说没有什么东西可讲，只能把它抽象化、隐喻化。但是，人类的情感、生命的意义或众多深刻的思想不恰恰来自于日常。生活的启示吗？难道所有的日常生活情感，爱、欢笑与恨都是无意义的吗？

李：你不要误解我的意思喽。人类的情感，人类对价值感的追求，当然是来自日常生活的启示，来自日常生活的激励或者反弹。我没有说，爱、恨和欢笑没有意义。

梁：我当然不会误解。但是，为什么述说会变得如此艰难？

李：那你也得问问自己。现在我来问你，请你讲讲你的私人生活，好吗？谈一下你的爱情好吗？你的儿子好可爱噢，长得那么好，请问你喂的是母乳还是牛奶？用的是传统的尿布还是纸尿片？你别笑，请你回答我。为什么你不愿讲？你觉得这一切没有意义吗？你不是为了孩子的成长而高兴吗？难道你认为爱、欢乐与恨都是无意义的吗？既然有意义，你为什么不愿讲？

梁：这确实是个问题。不过我看西方作家的一些访谈录，他们还是愿意谈的。

李：没错，他们愿意谈一些小事情，很小的事情。比如上次在巴黎，跟你喝啤酒的女人是谁，她的头发就像深海中的藻类，她涂的是烟灰般的眼影，抽烟的姿势有点色情，因为她喜欢把香烟舔来舔去，等等。在谈写作的时候，他们谈的问题也很小，完全是技术活。某个句子是怎么产生的，某个人物的某个细节是什么意思，等等。中国作家喜欢谈大的东西，悠悠万事，羊大是美。不过，正像我们的交谈，你可以发现，我谈到具体作品的时候，谈的比较细一点。但对于自己的生活，我不愿意过多展开，没有这个必要。

梁：或许，对于20世纪四五十年代出生的作家来说，他们的个人生活与共和国、个人经验与民族大的经验有某种天然的重合与直接的纠缠，在谈自己的过程中，蕴含着一种意义的开放性。譬如谈自己的童年与成长经历，在某种意义上，也是谈共和国的初期经验与发展轨迹。

李：是的，他们有话可说啊。譬如阎连科就可以说，他出生的时候，村子里的人怎么饿肚子，他当兵之前，怎么在洛阳打工，他转业的时候，家里的人因为他把猪给卖了。他的生活与一种大的生活背景联系在一起，与一种意识形态背景联系在一起。我很喜欢看他的散文，他的那些有纪实性的作品，我觉得非常有趣。另外一些作家，比如余华，他可以讲拔牙。他们的经历与他们的现在作家身份，有特别大的差异，读者很感兴趣。如果让我来讲，我就讲自己的求学经历？讲怎么在教室里写作？谁愿意听这些东西呢？连我自己都不愿听。当然，另外还有一种可能。就是对有些作家来说，比如对阎连科来说，他的写作就是回忆，而对我来说，写作就是现实，我的意思是说，现实是在写作中展开的，在写作中生成的。作家的经历不同，性格不同，最初进入写作的时候养成的习惯不同，就会有不同的处理方式。

梁：莫言、阎连科的写作，你读第一页就可以感受到，他与一个大的背景有关系，与民族苦难有关系。而新一代作家，包括你，给人的感觉却很不同。

李：你说的是事实。我自己阅读年轻人的作品时，也会有这种感觉。

梁：为什么会这样呢？为什么会觉得自己的生活与广阔的生活，与民族的苦难联系不上呢？是不是你们这一代这种日常化的生活经验及所包含的意义还没有被我们看作民族生活的一部分，这种写作也还没有被大的文学序列广泛认同，甚至没有被写作者自己承认？也许是你们太过虚无？对于你们这一代人来说，历史消失了，理想破碎了，激情幻灭了，大的民族叙事的架构坍塌了，但这些作为一种生命的底色又沉淀于童年及少年的情感之中，并最终导致了一种虚无意识与怀疑态度。当然，同时产生的还有对个人命运的思考。但是你们的经验，会不会形成一种新的意识形态，它通过文学、教育、传播等各个渠道影响并主导着一部分人的思想与情感？这一点，从你们这一代作家、艺术家对青年的影响力是可以看出某些端倪的。

李：历史不是消失了，而是融化在日常生活之中。也不能说，与民族经验无关。怎么可能无关呢？日常生活的写作，个人化的写作，同样可以具备历史想象力，就看你怎么处理了，就看你的写作是否有穿透能力了。从表面上看，90年代以后，作家在处理个人生活的时候，好像是把它从大的历史叙事中分离了出来。但是，说到底，你是无法分离的，你的个人生活也是历史叙事的一部分：你和现实的紧张关系，你的分离的努力以及分离的方式，都是历史叙事的一部分。所以，我想，一种比较好的方式，就是你贴着个人经验，从日常生活的层面，进入当代史的书写。现在回顾90年代，你会发现，几乎没有一部优秀的长篇小说，能够做到这一点。90年代出现了很多优秀的短篇、中篇小说，但是我们的艺术准备，我们对当代生活的艺术感受能力，还无法支撑起一部长篇小说。你现在翻看当时的长篇小说，你会发现有很多其实是中短篇小说的连缀。如果说长篇小说是对作家创作能力的根本考量，我们可以说，能经受住这种考验的作家和作品，在90年代，几乎是没有的。你看到的优秀长篇，大多是书写1949年以前的历史的，或者书写某个特定时段的历史故事，比如插队故事，比如土改运动，等等，当代小说很难去艺术化地处理当代日常生活经验。

梁：或者说，你们的写作与民族的另外一种经验相关，而这种经验还没有被历史书写者发掘或认同。是不是作家自己也在怀疑，这样一种琐碎的、个人的生活能否支撑一部长篇？

李：问题是，这样的长篇出来之后，你是否会认同？对作家来说，他当然有怀疑。我就只说自己吧，为什么一直无法顺利完成自己的这部长篇小说。说实话，我对自己正在写的这部小说非常熟悉。它的开头，结尾是什么样子，段落之间怎么过渡，场景如何安排，人物或许也称得上栩栩如生，但是我就是很难把它完成。前段时间和李敬泽聊天，敬泽问我何时能完成，我说不知道啊，天知道何时完成。我对自己的判断力，有时候也会有很多怀疑。比如，我喜欢的一些小说，比如俄罗斯作家的一些小说，马卡宁的小说，我自己觉得很重要的，也获得了布克奖，但它们在中国几乎毫无影响。有时候我向朋友推荐，过段时间想问一下人家的读后感，朋友说看不下去。马卡宁的小说，写的就是琐碎的个人生活，写的是苏联解体之后的生活。但这样的小说，在绝大多数中国读者，包括批评家看来，是不可卒读的。

梁：有一点非常重要，对当代生活没有命名的状态，作家也无法为之命名，作家现在也依然在怀疑这种生活是否有价值，也在怀疑自己的写作方式是否有价值。这也导致写作的难以为继。

李：你会发现，90 年代冒出来的作家正在锐减，而 50 年代出生的作家还在不断爆发。他们即便不是井喷，也是呈泉涌之势。

梁：为什么会出现这种情况？作家的这种状态应该与作家的写作观念有关。是因为它们过于表达自己的生活，还是因为他们觉得生活已经无法表达了？

李：有些人的怀疑是一种自觉的怀疑，它能够从这种怀疑中找到意义，把这种怀疑表达出来，这种人会慢慢写下去。而更多的人却被怀疑淹没，最终彻底堕入虚无。他会觉得这种写作毫无意义，甚至这种生活也毫无意义，最终，他就不会再写了。

观念化写作

梁：这段时间我刚好在思考这一问题。90 年代的许多作家为什么不写了？遇到了什么难题？它或者与作家遭遇的这种未经命名的日常生活有关，但也可能与作者的基本写作理念有很大关系。比如朱文的小说，我们还以他的短篇《磅、盎司和肉》为例。几乎可以说，对生活的荒诞、虚无感以及对这荒诞和虚无的愤怒是朱文所有小说的主题，也最能代表“晚生代作家”的思想特征和文体特征。《磅、盎司和肉》虽然只是一个小短篇，作者却以精炼的语言、高超的叙事技巧在几千字内把生活之无聊与存在之荒谬深刻地揭示出来。这是一篇愤怒之作，由于生活突然展现出如此陌生可怕的面目，而震惊、愤怒，而自嘲、自虐，而虚无、厌倦。当作者冷静地描写那个"不急不忙地前后一下一下地甩着膀子"的老太太，然后，又一次细致入微地描写那个中年无须男人眯着眼睛掂量那几个该死的西红柿时，一个充满讽刺意味的荒诞图景慢慢呈现出来，他们，运用了自己的全部智慧、精神，运用了对生活的全部哲学，甚至，把自己的生命也耗了进去，就是为了掌握加上或去掉一个塑料袋的重量差。他们越认真，越投入，越让人无法忍受，厌倦的气息和某种普遍意义的存在感沿着作者不动声色的笔慢慢渗透出来，如重雾般压抑着心灵，这就是他妈的生活！生活！在一股不可遏制的欲望中，作者以残酷而又富于激情的能量拦截、毁坏着所谓"生活"，同时，也粗暴地颠覆了几千年来文学所勾勒的人类生活图景。

但是，非常奇怪的是，《磅、盎司和肉》写得非常感性，细节也非常充分，对人物的刻画几乎可以说恶毒，总体阅读下来，却又给人以非常观念化的感觉。看起来朱文写的是最细节的，但却又是非细节的，他不是塑造具体的"这一个"，他只是为了传达某种观念，某种气息，是他对生活的感觉，与这个老太太没有任何关系，她只是一个符号而已。而这种观念化倾向导致了写作的单向度与难以为继。朱文后来转行拍电影也不能不说是写作遭遇困顿的某种表现。

李：那个塑料袋处理得很好。谁买肉的时候会在意塑料袋的重量呢？不可能的嘛。但朱文却把不可能变为可能。小说的文学性就是在这个时候产生的。小说就是要在整体写实的情况下，闪现出一些虚的东西。小说就是把可能变成不可能，把不可能变成可能。但对朱文的整体创作，我却无法做出进一步的评价，因为我看得很少。朱文有一个朋友叫吴晨骏，写过一篇小说，题目我一时想不起来了，写一个人辞职之后退掉公房，到外面租房写作，然后在一个雨天又回到那个公房，这时候大雨滂沱，情景交融。我觉得那是我很多年来看到的最好的短篇小说之一。但吴晨骏后来也不写了。我不知道他们为什么突然不写了。我也不敢轻易下结论，说他们不写是因为某种观念化倾向。事实上，我倒觉得，中国作家不是观念化倾向太重，而是缺乏观念化倾向。你告诉我，具有一定的写作观念，或者说，具有起码的哲学意识的作家，中国有多少？手指头都数得过来的。不过，有一点我倒是比较认同你，那就是愤怒的作家，具有某种青春期写作特征的作家，在完成一段时间的井喷之后，写得就少了。或许在未来的某一天，他们又写起来了？很难说。

梁：这涉及文学的一个重要问题。文学究竟要写什么？一个作家对具体事物的具体情感，比如对一个女人的感受，对此刻天气的感觉，也许非常重要。这种情感的东西会使他不断写下去，但就文学本身而言，这种细节的、情感性的、即时的、新鲜的、生生不息的东西，反而是文学最为恒久的存在。而这一点，恰恰是90年代创作所忽略的。文学是一种非常复杂的东西，既是观念的复杂，也是情感的复杂，是人类最深的奥秘。

李：我与你的看法不太一致。我反倒认为90年代文学的贡献就在于注重了那些“即时的、新鲜的”东西。正是因为注重了这些东西，注重了这些尚未被命名的经验，所以它们虽然展示了自己的活力，但却未被人们广泛接受。当然，能被人们广泛接受的东西，它的文学价值反而要打折扣。而且，一个作品被广泛接受，还有一个基本的前提，就是它的被经典化了。但一部作品的被经典化过程，是一个非常复杂的过程，需要因缘际会，还需要在某一点击中人们的习惯：要么是最大程度的迎合，要么是最大程度的反动。

梁：也许90年代作家为文学发掘了“日常生活”这一重大领域，这一“日常生活”的确是“即时的、新鲜的”东西，但是，这里面好像也隐藏着一个重大问题。大部分“晚生代作家”都沉浸在对日常生活意象，而不是对日常生活本身的描述之中，虽然作者宣称要彻底地进入到个人的“日常生活”之中，但是，这种“个人生活”中的人物却并无个性特征，而只有符号特征，所叙述的生活也并非“个人”生活，而是带着强烈的类型性和隐喻风格。这种符号化和类型化的美学特征与作者抛弃人物与生活的历史性和类属性，而只追求普遍人性论、普遍存在场景是分不开的。朱文的作品就有这样非常明显的悖论。

李：你认为，这都是因为观念性在起作用吗？

梁：当这种虚无情绪发展到极致时，作家对日常生活的感觉和情绪多陷于重复和平面化，作家在喋喋不休中玩味着生活的丑陋和虚无，虚无的背后是激愤、是恶意的嘲笑，还有恶作剧般的破坏和自虐后的快感，空虚感和乏力感。这些都导致了作品的虚无主义和怀疑主义。

李：你举例说明，以具体作品来说明。

梁：看你的眼神，听你的语气，好像是在耐心地等待我进入你的圈套，然后痛快地批驳我一番。为了能引发你的思考，我就如你所愿吧。比如，作品中常见的两大主题是“金钱”和“性”。作品在传达作家对政治意识形态和道德秩序的批判的同时，却也意外地给时代展示了拜金和享乐的魅力，这恰好从另一侧面迎合了市场和大众的需要，这是虚无主义的必然尴尬。

李：哈，对“金钱”和“性”津津乐道，不能说是绝对的虚无主义。迎合大众和市场，反而是社会主义初级阶段的主旋律，那是主流意识形态。不过，我还得说一句，写金钱也好，写性也好，这本身没有问题。为什么不能写性，不能写金钱？当然可以写。

梁：我的意思是说，这种写作使得“日常生活”所具有的逃逸和叛逆的价值变得暧昧不明。因为缺乏对理想的追求，主人公对一切总是无所谓的态度，最终，在迷惘中屈从现实，屈从于“性”的惯性与虚无之中，而文本所有的叙述也都指向一种犬儒式的精神退缩。这种精神退缩与整个时代的道德虚无感一起，催化出更加欲望化、狂欢化和虚无化的当代文学景观。

李：哦，梁鸿，我必须亮出我的一个基本看法了。我得说，这不是90年代文学的错，不是你所说的“晚生代”作家的错，不是日常生活诗学的错。你稍微检索一下，写金钱写得最厉害的是谁，写性写得最暴露的是谁。我想，除了网络作家之外，或许就是50年代出生的一些作家。你对此一定要做出准确地分析。但不管是谁在写，我想对欲望化的书写没错，对虚无的书写也没错，如果那确实是对90年代以后中国的精神状况进行探究的话，我反倒觉得很重要，真的很重要啊。如果翻看世界文学史，你还可以发现，除了极个别的适合中学生阅读的作品之外，几乎所有的重要作品，其主题都是消极的，人物也都是病态的，而且好多时候越是病态，小说越是散发出璀璨的光芒，充满着黑暗的启示。这是文学的基本事实，也是文学特有的宽容，甚至可以说是文学存在的重要理由。偏执、抑郁、冲动、易怒，疯狂，包括色情、厌世、颓废，文学都没有理由回避，只要它们对你构成问题，只要你绕不过去，它就是真实的，它就是日常生活的主题。所有这些，如果它们确实构成了当代文学的景观，那我要说，与其说这是文学的问题，不如说这是时代的问题。

梁：哈，不出所料，你果然“歪曲”了我的意思。你有没有发现，今天我们的对话似乎充满了火药味，很紧张，但这正是我所期望的对话状态，至少说明我们都进入了各自的思想深处。刚才你说的那些我当然赞同，这已经是基本的文学常识，我想要说的是，金钱、性、颓废、虚无固然是文学的永恒主题，但是，这背后也必然应该附着作家个人的价值立场与精神倾向，正是在这一点上，90年代的创作似乎出现了某种问题。如果联系起90年代朱文、韩东发起的著名的“断裂”问卷，就会发现，“断裂”问卷试图抹杀文学传统的“根”，以一种决绝的态度显示自己精神的独立性与自我性，从积极意义上讲，它表达了作家摆脱传统束缚和虚伪正统的强烈愿望，对当代文学环境的封闭、落后和权威化表示蔑视和对抗，但是，这种颇为激进的方式却也显现了“晚生代作家”对文学与政治、文化、民族传统之间复杂关系的简单认识。这都会导致作家在面对民族生活时大的情感的丧失与非常明显的观念化倾向。

李：“断裂”问卷，我没有参加。当时在饭桌上，朋友曾经把那个问卷摆在我面前，我看了看，但我拒绝参加。他们劝我再考虑一下，我说不用考虑了，我不会参加。我不参加的原因很简单，因为那里面没有一个问题是真问题，都是伪问题。传统的束缚也好，虚伪正统也好，不是说通过类似于农民起义的方式就能摆脱的。你的行为方式，很可能恰恰是一种传统的方式，也就是说，你很可能不是摆脱了它，而是加重了它，加重了它的阴影。我倒觉得，不是摆脱不摆脱的问题，而是能否穿越的问题，而且它首先应该是一种个人行为，与啸聚山林无关。

80年代的文学遗产

梁：现在重提80年代，好像是在回望一个黄金时代，那是西方思想，无论是美学哲学还是文学，在中国的全盛时期。可以说，中国作家如今的创作思想、美学理念及背后的世界观哲学观都与此密不可分。那时候你正在上大学，谈谈你的读书情况及当时的氛围。

李：80年代的确是各种思想交汇、吸纳的时代。但现在看来，80年代读书，完全是一种误读式的阅读。我们缺什么就看到什么，缺形式吗？好，从罗伯－格里耶、马尔克斯那里看到的都是形式。每天都有一个西方的人进来，今天是弗洛伊德，明天是荣格，后天是卡西尔；今天是纪德，明天是博尔赫斯，后天是杜拉斯。学校的书店里，每天都是人头攒动。人们进去，抱一堆看不懂的书出来，肚子扛着，下巴抵着，回到寝室用蚊帐罩着，晚上很激动地打开书，但刚看了两页就呼呼大睡。很常见的现象。

梁：都是西方的书吧？

李：东方的也有啊，当然是日本的，主要是川端和三岛由纪夫。当年我非常喜欢三岛由纪夫的《金阁寺》。也不仅是文学书，比如托夫勒的《第三次浪潮》，还有《走向未来》丛书。华东师大，尤其是华东师大的中文系，80年代的时候在全国是领风气之先的，出了很多的作家、批评家、编辑家、出版家，那是一所开明的学府，气氛很宽松。当然也有中国的书影响很大，像李泽厚的书，主要是他的那本《美的历程》。

梁：这一代作家很难摆脱西方的影响。我有一种笼统的感觉，80年代思想大解放带来文学的繁荣，造成了文学的丰富，但是也把中国文学给框了起来，成了西方文学的附庸与影子，总能找到某种对应。

李：下结论还是应该小心。我举个例子吧，很有意思。比如莫言的《透明的红萝卜》，被很多人认为是受马尔克斯的影响。但莫言那时候并没有读过马尔克斯的作品。当然，他可能听到过只言片语。一个杰出的作家，能够从只言片语中很快领悟其中的精髓。我说的有意思，是指马尔克斯本人又非常喜欢莫言的作品，他认为莫言太棒了，并且给莫言写过书评。马尔克斯说，他认为他应该写出这样的小说。我再举一个例子，80年代末，李陀他们组织人翻译中国80年代作家作品，出了作品集，西方的一些重要作家看了非常吃惊，认为那些作品具有很高的文学成就。所以，我们不能够说，我们的文学就是西方文学的附庸和影子。那种影响当然是有的，如果那是一种积极的影响，如果阅读那些作品，能够激发起我们自己的想象力，能够让我们换一个角度来审视自身的经验，我觉得这是大好事。我们可以想象一下在这之前我们的文学对历史的想象，全是《红旗谱》、《小兵张嘎》、《青春之歌》一类的。试想一下，当一个作家看到马尔克斯的叙事，看到历史还可以如此理解的时候，那对作家的冲击是无法想象的，说震惊，应该是毫不过分的。那就类似于让一个没有见过女人的童男子进入妓院。他能从这种震惊中醒过神来，然后稳住神，继续写作，这就像让那个童男子恢复了爱的能力，很不容易的。也有一帮人被吓倒了，从此以后只能成为最好的文学鉴赏家。但这帮人坚持下来了，并逐渐形成了找到了自己的主题，形成了自己的风格，拥有了自己的读者，产生了自己的影响。这确实很不容易。所以，我认为对当代作家应该宽容一点。对中国文学的不满足，首先是作家对自己的不满足，这一点无须怀疑。一般的读者当然可以随意发表看法，但专业读者发表看法的时候，还是谨慎为好。

梁：是的，有一些批评家对当代作家进行了相当严厉，甚至过于绝对的批评。

李：有一次在会议上遇到了评论家李建军，我对他说，建军兄，你可以容忍路遥和陈忠实犯一百个错误，就是不允许莫言和老贾犯一个错误。建军可能没有明白，他的这种苛求，其实是把莫言和老贾放在比陈忠实更高的位置上了。

梁：这反而在某种意义上肯定了莫言他们的价值。实际上，这其中有文学批评的一个误差，你希望作家表达一种中国生活，但什么才是真正的中国生活？也许每个作家写的都是真正的中国生活，是真正的中国生活的某一部分。

李：所以，我有时候会想，中国作家其实还是一种集体写作。你先别误解我的意思，我是想说，中国作家的写作，其实是一种从个体出发的集体写作，每个人完成对生活某一面的表达，最终形成一个大的文学画廊，呈现出丰富的中国生活。每个人都是个体写作，前提也必须是个体写作，但最终达到的是一种集体写作。

梁：现在看来，西方美学的批判意识已经成为当代作家看待生活、历史的基本起点，但如何批判，做得却并不好。作家很难超越于一般的历史事件来获取对历史的新的理解。但西方作家却比比皆是。当我们读加缪的《鼠疫》时，觉得小说既超越于本国历史，但同时又超越于一般人类思想的东西。

李：加缪之后，法国文学又走了几十年了，你告诉我第二个加缪在哪里？福克纳、海明威之后，索尔·贝娄之后，美国文学也有了几十年了，新的大师在哪里？文学的经典化过程，是个很漫长的过程，人们不断地阐释，不断地加入自己的理解，使一个文本的意义不断衍生，越来越丰富。具体到加缪的那部小说，你知道那是一部象征主义小说，是在那个年代可以出现的象征主义小说，但现在没有人敢写那样的小说了。加缪的最后一部小说，没有完稿的那一部，好像叫《第一人称》吧？他如果不死的话，小说也肯定有很多变化。加缪之后，英国的那个作家，还获得了诺奖的，叫戈尔丁，写过一部长篇小说《蝇王》，与加缪的《鼠疫》有些相似，但我们已经毫不在意了。

梁：你的意思是文学的神圣时代已经过去，那种具有原型性思想启迪的文学可能只出现在文学的某一阶段。但文学还应承载一些更丰富的东西，它应该给我们展现某种新的图景或想象，不仅在历史层面，在小说美学方面也应该如此。

李：那是非常高的要求。举一个简单例子，按照我的想法来写，读者仍然会不满意。比如说我想写艾滋病，也准备了很多资料，但我不会仅仅去写人性恶，去写一个故事，我不会只去写一个里厄医生（《鼠疫》的主人公）。我会写它与当代文化、当代体制之间的关系，与世界资本市场的复杂关系，一部多少类似于福柯的《疯癫与文明》那样的书。甚至我还想写出，确实有一些人，是怀着非常美好的愿望来掩盖一些悲惨的事实的。问题是，当我这样去写的时候，我就提供了一种新的想象与见解了吗？很难说。一种具有极大的象征意义的作品，现在很难出现了。

梁：但不能否认，你还是试图做出新的理解与阐释。这是一个真正的作家时时思考着的问题。我觉得对中国小说失望绝不仅仅是批评家，还有广大的读者。当然，这其中有非常复杂的社会原因，但其中一点，就是对小说主题陈旧的不满。

李：读者是谁？这就像我们在问，人民是谁一样。有趣的是，获得读者认可的作品，非常畅销的小说，动辄几十万开印的小说，你是不看的，我也不会看的，作者本人甚至不希望别的作家来看的。主题的陈旧，其实还是一个比较笼统的说法。同样有趣的是，越是陈旧的主题，越是有读者喜欢。

梁："读者"问题的涉及面太多，我们暂且不谈。我有时候感到现在思想非常过剩，谁的口袋里都装着这玩意儿。但是，文学又是非常复杂的东西。

李：思想过剩的问题是可以不谈的，因为它不能成立。这个问题如果换个说法，或许还可以成立，不是过剩，而是剩余，是剩余的思想，一些边脚料。当然这是另外的问题。说到小说，我的看法常常很矛盾。我们对话的时候，你也可以发现，我的看法常常矛盾。这对写作可能是好事，而作为理论的表述就容易出问题。比如，我当然认为，文学应该承载一些思想，或者说是思想的疑难。但我有时候，在读作品的时候，我又会觉得文学的意义，最主要的意义，好像就是要给我们提供一种个人的视角，个人的观感，一些以虚构面目出现的纪实性的片断，一些带有某种异质性的经验。我记得我们以前在电话里谈过杨争光的小说，《从两个蛋开始》。我很喜欢那篇小说。有一次碰到一个法国人，他说你推荐一下中国的小说。我说有一部小说很有意思，但国内没人注意，我说的就是杨争光的《两个蛋》。不料那个人还真看过这部小说，也很喜欢，但他说很难翻译，主要是那些土得掉渣的生活，语言，很难翻译。我跟刘稚，这部小说的责编，也交流过看法。我喜欢这部小说什么呢？它的主题，我们太熟悉了，对中国人来说已经没有挑战性了。我喜欢它的语言，它引起了我对生活的回忆，遥远的回忆，而且是你我没有经历过的生活的回忆，某种程度上它重新塑造了你的记忆，把你的记忆向前延伸，延伸到你出生之前。对我来说，我相信对很多读者来说也是如此，它的小说提供了一种异质性的经验。杨争光也是从80年代走过来的作家，现在他找到了这样一种方式来写小说，应该说很棒，但已经引不起更多人的兴趣了。

梁：我看杨争光的《从两个蛋开始》也觉得非常好，决非仅仅是纪实，而是在对历史的叙述中，一些其他的东西也慢慢被呈现出来，非常幽默、非常洞透地把人物背后的隐秘给写了出来，既传达了历史的某种信息，同时，也有文学的美感。

李：当然，我对它也有不满足。这部小说充满了快感，接近流氓的快感，有一种得意。可以想象他写着写着，站起来，抽支烟，笑一笑，打个手势，心里美滋滋的，有一种眼看它起高楼，眼看它宴宾客，眼看它楼塌了的快感。然后坐下来接着往下写。我也觉得，他过于纠缠于性了。当然，人到中年，他们喜欢写性，写到性就兴奋，就来劲，我也可以理解喽。

梁：作者与对象没有保持距离。它太有意思了，干脆跳进去算了。每个作家都有自己的限度，很难超越。当然，这也是我们今天的题外之话了。

有难度的写作

梁：我发现一个非常有趣的现象，在先锋作家里面，没有你的名字，而晚生代作家，你也是最晚被勉强地列入进去的，你自己似乎也特别反对别人把你放进晚生代作家之中。再反过来看你的作品，的确很难“入流”，你的成名作《导师死了》一开始就呈现出特别明显的异质性，从日常生活的尴尬对人的存在之荒谬进行深度书写。你怎么看待你的这一“不入流”现象？

李：讲现代作家，除了极个别人，你会发现差不多都是以潮流的形式来讲述的。文学流派，文学社团，差不多就是现代文学史的知识构成。一个作家如果不能被纳入某个潮流，他被遗忘的可能性很大。问题的另一面是，如果被纳了潮流，作家的个性，作家的个人成就，又会打折扣。比较好的现象是，既进入潮流，迅速成名，同时能保持某种个性。但这种事情，又不是由作家本人说了算了。80 年代以后的文学潮流，与现代文学史上的潮流还有些不一样。现代文学史上的潮流，除了哥儿们关系之外，主要还是靠文学主张，政治倾向，美学趣味来划定的，但 80 年代以后的中国文学，却主要是靠作家的年龄来划分的，先锋派比寻根派小，晚生代比先锋派小，70 后比晚生代小，80 后更小，那么以后就是 90 后喽。据说前段时间，批评界还有人在争论，谁先提出了 80 后的概念，版权到底是你张三的，还是我李四的。据说，争来争去，最后有人认为是王麻子提出来的。谁知道呢？所以潮流的问题，对我构不成干扰。

梁：现在看来，你的作品，从《导师死了》到《石榴树上结樱桃》等等依然保持着某种先锋性。譬如有人说你是“最后一个先锋”，这一名称虽有戏谑的成分，但也说明了问题。你认为你文本里面的先锋特质在哪里？

李：我想，你大概也承认，这是因为我的作品还没有取消难度。对于我来说，难度是我的写作动力，是对自己的挑战。取消了难度，我无法写作，写作的乐趣没有了。

梁：这里面有一个否定的轨迹。好多作家都有一个嬗变的过程，先锋文学从虚构到写实，从形式到故事，好像内在有一种对之前的否定。但你的作品，有非常明显的恒定性，比如主题，语言上或某种风格上，有内在的不变性。你认为是这样吗？

李：我感觉我的写作，在整体面貌上会越来越写实。中短篇小说会更自然，形式不再那么夸张，像《遗忘》那样的作品我不会再写的，它是为《花腔》做准备。我自己感觉是有变化的。早年写《导师死了》的时候，还不是那么自觉。后来再写的时候，我感觉还是自觉了许多，知道该往什么地方用力。文体上的探索，我也大致知道自己的努力方向。

梁：现在的小说不是你选取了某种风格，而是主题决定了你的风格。主题和风格之间是同构的。不是说有一个好故事怎么讲的问题，而是更为复杂的东西。比如说《午后的诗学》，这样的主题就是风格，这样的风格就是主题。

李：我现在还能想起写《午后的诗学》时的情景。写完之后，给了《收获》，却被《收获》退稿了。程永新先生是非常好的编辑，判断力很厉害的。他这么一退，让我心里直打鼓。后来我才知道，不是程永新先生退的，而是一个新来的编辑给退的。不过，尽管我心里打鼓，我心里还是知道，对我来说这应该是一部比较重要的小说。我就给了海男，《大家》的海男。这部小说产生影响，是在随后的几年里，人们不停地提起它，收到各种选本里。它在当时难以被接受，是因为人们不知道怎么归类它，它不同于一般的先锋小说，也不同于新写实，更不属于寻根派，又与传统的小说不一样。

梁：你觉得他们为什么不认同呢？是因为风格、美学，还是在主题上，你这样叙述知识分子精神，他们不同意？

李：最大的可能是，以前没有人这样去写知识分子，这样一种处于非常尴尬状态的知识分子的形象。在写作的方式上，我尽量做到混乱，想乱中取胜，想写出一种浊浪排空式的，沙尘浩荡的感觉，同时小说又是用各种知识构成的，每一句好像都有来历，都是引经据典的，各种知识的妖魔鬼怪全都出笼了，都从瓶子里跑出来了。可是尽管知识分子懂得那么多，他仍然无法解决自身的难题，连最小的问题都无法解决。有些问题他好像解决了，但实际上给他带来了更多的麻烦，让他更有失败感。这样的小说，以前好像没有吧？

梁：听你这样说，会让人吓一跳的。李洱到底要写出怎样的作品？读你的作品已经是极大的智力挑战了。也可能，你这种对“全部”、“复杂”的过高要求也造成了你写作的难度，并且，会成为一种致命的障碍。

李：那我只好认命了。哪一天，如果这些障碍真的把我全部粉碎了，那也是活该。

“爱”

梁：这一代作家好像丧失了爱的能力，或者说，在你们的作品里面，爱的存在本身就是值得质疑的。大爱已然丧失，没有寄托的空间，而小爱又令人怀疑。当用审视的眼睛去观察、分析时，一切都显得特别虚无，很冷漠。但另一方面，作家却又在喋喋不休地写爱。我这么说并不是否定你们作品中的“爱”，而是认为在你们这批人的作品中，“爱”可能是以另外一种内容与方式呈现出来的。

李：出现这样一种效果，原因很多了。通常说来，这代人写作的时候，控制很比较紧，我说的不是别的控制，而是文本的控制，很少情感的宣泄。他们在80年代，接受了新批评派的影响，新批评派讲究文本的控制，讲究形式感。有好长一段时间，对中国作家影响最大的文学批评流派，很可能就是新批评派。影响最大的哲学流派，前期可能是存在主义，后期可能是法兰克福学派。影响最大的文学流派，至少有一段时间可能是法国的新小说派和拉美的新小说。当然，我没做过这方面的研究，只是有这么一种粗略的感觉。我想，它们在很大程度上构成了这代人的知识背景。那种冷漠啊、人与人之间的疏离感啊，没错，很多作品包括加缪的小说也是如此。但是，你不能因此就说作家没有感情。或者正是因为感情比较浓烈，感情的要求比较高，欲壑难填，他才更能捕捉到那种疏离感。不过，对于新小说派所说的零度写作，我从来没有认同。最简单的道理是，如果真是零度，他不会写作。

梁：但这里面有另外一个问题，当作家把爱看得过于虚无，不再成为背后的精神支撑或信仰的时候，你会发现，作品没有了支撑点，气象非常小，也缺乏某种更为深远的精神存在。并且，这种情感的渗透能力不足以抵挡各种东西的冲击，让人觉得你的作品中爱的成分很少。

李：格局小，气象小，这种评价我听到很多。我不认为是因为作品中缺少爱，而是因为作品更关心个人的命运。博尔赫斯有一句话，中国人当然说出来比较困难，但其实很有道理，叫个人为上，社稷次之。对写作来说，尤其如此。这肯定不是说，作家不要关心社稷，这怎么可能呢？个人这个词就是相对于社稷而存在的嘛。而是说，作家是从个人的经验出发来写作的，这种情况下就会使你的“爱”显得比较小。而且，你的写作常常是否定式的、怀疑式的，它是怀疑中的肯定，不是直抒胸臆。这跟浪漫主义的写作当然不同。既然一不小心扯到浪漫主义了，你会发现，很多引起广泛认同的作品，其实是一种浪漫主义作品，当然在我看来那是虚假的浪漫主义了，里面的爱经不过推敲的，或者在某时某地经得起推敲，但过后就经不起推敲了。张洁的《爱是不能忘记的》，张洁后来还愿意谈吗？

梁：在这个时代里，爱不再有统摄力量。这种力量的降低使得生活与情感的其他层面也能够显示出来，呈现出更加复杂的东西。但同时，可能使文学的整体力量也变得小了，轻了。

李：也不一定。我看库切的小说《耻》，非常感动，库切像做病理切片，病理分析一样，把爱放在显微镜下，切分成不同的侧面去分析。你看到他这样分析的时候，你会感到冷，寒光闪闪。读这样的作品，人们不再像读浪漫派小说那样，有强烈的共鸣，伴随而来的不是眼泪，而是叹息与思考。同样是非常冷静的作家，纪德的《窄门》与库切在精神气质上是有相同之处的。纪德和同时代的别的法国作家比较，他是非常冷静的，但与库切相比时，他又显得有些浪漫主义了。就像现在的我们之于“80后”作家，可能他们又会认为我们非常浪漫。我看《耻》里面教授与女学生的感情时，觉得小说中充满着肌肤之亲，他描写的教授和女学生之间的感受是非常真诚的，但是在女孩子的男朋友看来，在学校体制里面，他又是一个流氓，但那确实又是一种爱啊。小说写了各种各样的爱，他与女儿的父女之爱，女儿的同性之爱，女儿被强奸之后的爱，人与狗之间的爱，殖民者与黑人之间的爱。其中任何一种爱，都是处在最危险的边界。库切真的像庖丁解牛一般，批大隙，导大窾，刀子是在骨头缝里游走的。可这样的小说，在中国注定是不受欢迎的。

梁：你又提到库切了，看来你是真的喜欢。那么，你的意思是，读者，或者说我们这个民族，对这些精神的辨析理解不了吗？

李：我只能说，我们习惯了非黑即白，非此即彼的思维方式，没有在一种界面上行走的能力。

梁：但也许这并不是作家的本意，或许正如你前面说的，出现这种情况也与作家所选择的叙事方式有很大关系。这段时间我集中阅读了如韩东、朱文、毕飞宇等人的作品，我感觉到，当作家试图用一种新的拆解式的方法写感情时，往往显得过于平淡，在某些地方处理得也相当简单化。如韩东的《我和你》，可以清晰地感觉到，作家试图用一种相对客观的，或内敛的笔调去写两性战争，也希望从中体现出人性，尤其是爱情中的人性的不可捉摸，但却有点像流水账。作者的目的显然没有达到。

李：作家对自己小说所描述的事物必须怀疑，但你怀疑那是因为你有肯定。小说没有怀疑的话，也就无法成其深，但如果没有一种肯定的话，小说也就无法成其高。

梁：你说得非常好。如何在叙述中把自己的观点与思想不动声色地体现出来，同时，对自己所叙述事件能够达到深入的思辨，始终是文学所面临的大问题。它绝不是一个或一代作家的问题，只不过，这代作家所选择的叙述方式使这一问题突现了出来。在当代政治的语境下，你没法对具体的事件做出意义的辨析，因为个人的判断在此毫无意义，你只有把事件放置在历史的背景之下，才能进行判断。或许，正是因为一切都被笼罩在大的话语之中，才使得对事件的意义判断显得非常艰难。因为个体的爱、尊严、信仰与思想从来不能成为其评价标准。这是中国生活最可疑的地方。

李：而库切最了不起的地方，是不放过任何一个疑点，包括爱。

“纯文学”与现实

梁：再谈谈另外一个问题。前面我们一直在谈小说之变，从先锋文学之后当代文学的美学元素、主题意识等等的根本性变化。这给当代文学的发展无疑是有着积极的意义，但是，也带来一些问题。譬如这几年学术界提出“反思纯文学”的口号，针对近些年当代文学过于极端的“世俗化”倾向（也称之为欲望化倾向）、“个人化”倾向和“虚无主义“倾向，反思先锋文学以来文学与政治，文学与现实，与宏大叙事之间逐渐形成的二元对立趋势及对文学的消极影响，并呼吁使文学重新回到一种有尊严的大的文学精神之中。作为一个在先锋文学的氛围中成长起来的作家，“纯文学”对你的影响应该是毋庸置疑的。就现在你所感受的文坛的总体趋势而言，该如何反思纯文学？或者干脆，这一问题从根本上是否成立？

李：我顺便提一下，“反思纯文学”最初还是从《莽原》开始的，之后才有《上海文学》上的系列文章。这批稿子是我组织的，我记得崔卫平、张闳等人曾经参与进来。可能是因为《莽原》地处中原，人们后来在谈起这场讨论的时候，都忘记了这一点。

前些年《莽原》组织过一些有意思的讨论文章，“反思纯文学”只是其中的一种。时过境迁，我手头没有现成的资料，所以我也无法说得更详细。但当时的一些想法，我大致还能记得。有相当长一段时间，文学越来越圈子化，形式化，割裂了与现实之间的关系。人们要求重新考虑文学的社会功能。如果我没有记错的话，是文化研究的兴起使人们意识到了文学的这种状况，或者说，是因为早年从事纯文学批评的批评家转向了文化研究，他们希望文学能够与社会现实构成有效的关系。这个愿望是好的，有它的积极意义。我本人对他们的观点有认同感。我想，文学不能孤悬于社会历史进程之外。文学不是蒸馏水，文学是矿泉水。但期望文学对社会历史进程有多大影响，我认为是不现实的，因为文学也不是葡萄糖。

梁：还不仅仅如此，文学越来越小，如李陀干脆把它称之为“小人时代”的文学。幽默到滑稽，虚无到放任，虚无主义、世俗主义这样一种写作倾向。当没有对立面的时候，所有的虚无都是无力的。当一个民族的文学都是如此的话，那非常危险。在小说创作中，很少出现正面的价值的肯定。作为一个作家，你如何看待这一观点？

李：文学概念总是有某种比喻的效果，不能深究。比如“小人时代的文学”这个概念就不能深究，因为它是一种比喻。“纯文学”这个概念也是一种比喻。真要把它作为一个文学命题，我想它的“伪命题”的成分相当大。至于作品是否表达了某种正面价值，这个问题很复杂，比如，我们不能说虚无就是负面价值，世俗主义也不能说是负面价值。表现虚无的作品，也不能说就是认同虚无。

梁：在当下生活中，文学与现实到底以什么样的关系、状态出现？或者说，现实主义中的“现实”与你所认为的“现实”能否构成某种对应？

李：我觉得现实主义首先意味着一种批评精神。尤其是在中国这样一个国度里。我非常怀疑大家所谓的“正面价值”是什么？作家经常会遭到指责，作品中没有正面价值与正面人物。有时候，我就会想，到底什么人才能是正面人物呢？譬如像《日瓦格医生》中的日瓦格和拉拉，我们为他们所感动。这种人物是否是正面人物呢？他们体会的正面精神是什么呢？他们的精神进入中国文学是否会成为负面精神呢？我搞不清楚。你认为马尔克斯的作品、加缪的作品中哪些是正面人物，体现了什么正面价值？当加缪提出一种人类应该颂扬的精神时，它反而是类似于西方愚公式的精神——西西弗精神。当我们在写现实生活作品的时候，譬如说在写费边生活时，另外一种和费边相对的生活，或者构成很大张力的生活是一种什么样的生活呢？当说正面精神这样的词语时，我感觉其中包含着二元对立思想。实际上是多个对立面。譬如说《午后的诗学》中的“我”，很难说“我”代表着正面精神，只能说“我”对费边的生活有某种怀疑，而我的态度里面蕴含着某种正面精神。

梁：似乎有这样一种现象，现在的批评家，也可能包括我在内，往往不自觉地预设一个非常高的目标，来衡量作家的作品，这样一来，很多文学都不符合这一总体目标，都被打入冷宫。这样一种批评反而忽视了生活的复杂性，和小说精神的复杂性。实际上，它没有构成真正的批评，或者说没有构成一个层面的批评眼光和批评视野，没有和文本在一个层面上探讨问题。

李：你可以看到许多批评，总是在批评作家的欲望化叙事。持这种批评的批评家往往是有基督教背景，马克思主义或批判现实主义背景。他们首先是抱着一种恒定的价值观来衡量作家，但是，如果作家写的真的与他所说的那种作品相一致时，人们会说那种写作是不切实际的写作。但是，人们此时此刻会认同这个批评家的批评。所以，作家在被批评家批评时，很多时候是哑巴吃黄连的。

梁：你怎么看待当代批评家与作家的关系？你怎么看待当代批评倾向？

李：我在一次会议上听到孟繁华先生的话，非常有感触，他提到有作家曾经直言不讳地说，跟批评家交往是晚上六点钟之后的事情。言外之意，批评家对于作家来说，只是一种边角料，供喝茶、闲聊时的话题。实际上，我还是与批评家有不少交往。跟作家在一块儿谈什么呢？只谈版税，只谈影视改编权。跟作家在一块谈文学变成一件非常矫情的事。对方会打量你，你谈这话是什么动机，甚至会怀疑你有什么不良企图。据我所知，作家都在认真思考问题。但每个人都像一只保密性能非常好的葫芦。当然，这里面也可能包含着一个恐惧：经验很快被复制。现在的情况是，作家愿意用一种反讽的形式来生活。你看，刚才我跟《收获》编辑程永新先生通话时还在说，看 80 年代的信件，里面没有一句费话，都是在谈文学。但现在，却成为一种虚伪的抒情。

梁：在这个时代，所有的严肃都会被嘲笑。甚至被认为是一种虚伪。一切都在从悲剧变为喜剧，甚至是闹剧，曾经给人崇高感的事物开始显得滑稽与荒诞无稽。那些从前曾经使我们感动的事，如今却总是让我们发出暧昧的笑声，更无法折射出人类精神的神圣光芒。这是怎么回事呢？是因为在后现代时代、资本时代人类精神的自然衰退？真的让人无可奈何。

李：80 年代谈文学是通宵达旦的。现在，我跟一些作家朋友在一起，还是愿意谈谈文学，当然很多时候是用开玩笑的方式谈的。

梁：这种“玩笑”开始的方式本身与时代的语境是有关系的。你认为这种内在的焦虑与紧张是否是一种虚弱性的掩盖？对自己的故事，或叙事的独特性的不自信？

李：还有另外一种可能，我感觉也比较真实。每个人都非常脆弱，你自己非常珍惜的东西，在别人看来如此微不足道。你的信心遭到打击。你好不容易有对生活一点感受，因此建立起来的写作信心会遭到迎头痛击，这种失败感无法承受。今天还有人问我，长篇写什么，题目是什么。我确实不敢说。我曾经把我的新长篇的构思告诉过一个批评家，他对我说，从现在开始，你再也不要告诉第二个人了，因为你的题目太好了，像你这种慢手，很快就有别人写出来。

梁：实际上，这是一种经验被复制和不确信的紧张。所以，回到谈话的开始，作家对自己作品的神谕性非常怀疑，你知道你达不到这样一种效果，甚至，你也不渴求能达到神谕，只想保持那点核心，别让别人知道。能把这种信心建立起来已经非常难了。这非常真实，它恰恰反映了现代小说整体语境。它处于被包围的状态，它的阵地越来越小，小到只有自己才有可能承认。

李：作家的这种状况就像朝鲜，手握着人人皆知的核技术，它还当成宝贝。它无法拿到国际上讨论，它会被人笑掉大牙。只好抱着一种卑微的信心，敝帚自珍。

梁：这是一种非常尴尬的存在。你觉得这是否只是作家的问题？

李：后来我发现这也是理论家的问题。譬如说一个教授辛苦地写了一本文学史，被迎头痛击，他当然无法接受。可见这不是从事虚构文学的要求，而是所有人文知识分子的要求。

梁：我觉得当代批评家和作家的关系非常紧张。当然，这种紧张关系由来已久，波德莱尔就大骂批评家是疯狗，虽然他自己写了大量的诗评、画评。这其中有一个重要的原因，当一个批评家写完之后，遭到迎头痛击，他同样不高兴。这是一个人文知识分子不愿意接受的，因为你在否定他的思想的时候，否定了他的精神的存在。

李：开句玩笑，你可以骂一个人文知识分子是流氓，但你不能说他是"肤浅"，这对他来说是最大的污辱。你甚至可以说他错了，有太多谬误，但你不能说他对生活没有发现。但现在批评家经常会用这样的句式：他竟然没有注意到什么什么，他竟然没有发现什么什么？所有的指向都认为作家是肤浅的。所以，有些作家就感到无法接受。

梁：作家和批评家是一种矛盾的存在。就我个人而言，我当然不同意纯粹吹捧的批评，但是，我也非常不赞同极端的立场，我觉得一个最高的原则蕴含着很多谬误，对作品没有起码的尊重。生活的真理是无数的真理，当用一个真理来衡量很多生活层面的时候，并不见得是正确的。我觉得批评家还是应该进入作家写作的语境之中，去寻找你认为对的或是不对的。

李：你会发现，批评家有些指责非常荒诞。比如批评家经常会指责作家写得太多。但是，如果比较起来，批评家一年要比作家写得多得多。开个玩笑，大多数批评家一年之内写的字，都比罗兰·巴特一辈子写得都多，比别林斯基一辈子都多。当然批评家们的这种指责对我无效，因为我写得本来就少。

梁：也许是批评家与作家关系太近了，而离作品太远了？

李：有这样的指责。但据我所知，西方的批评家与作家关系也并不坏，甚至更为密切。文学的经典也来自于批评的不断阐释。但是，就我而言，写我的评论文章的人我经常不认识，他们欣赏我的作品，而写批评文章的人，却常常是我多年的朋友。

后　记

2000年我考入北京师范大学攻读博士学位，我的博士导师王富仁先生建议我研究20世纪河南文学。他认为，作为中国文化和传统的发源地，河南作家的作品呈现出非常独特的乡土特点和文化特点。我自己是河南人，在乡村出生、成长并外出求学，对村庄及其背后所蕴藏的文化、礼仪、道德、生命方式都有很深的体验和理解。我对河南作家作品中的乡土形态一直都有很大的兴趣。从那时起，我开始关注、研究河南作家。

的确，不管从何角度进入文学，河南作家都有一个非常明显的共性，即想象“乡土中国”。想象“乡土中国”的形象、性格、特点和生命状态，想象它在遭遇现代文明之时的反应、命运及其启发性。那紧贴大地的，低矮但却又极富生命力的黄花苔，那粗壮的、黑色的矗立在山坳角落的皂角树，在乡间自由而苦难地生长。如今，它们正在消失，正在变为可以被规定的空间和资本。河南作家们在用自己的书写阐释：何为“乡土中国”？我们的苦难来自于哪里？我们的乡愁将丢失在什么地方？我们的文明可能会迷失在何方？

文中所选的五位作家是河南作家中的代表作家，这并不意味着其他作家就没有他们重要，论述有长有短，也并不意味着谁更重要谁不重要，都只是因为我的时间和关注倾向的关系。

书稿中的部分文章曾经作为我的博士论文《外省笔记：20世纪河南文学》的一部分发表。这几年来，我一直持续关注他们，随着作家作品的增多和我的思考的深入，我增补了一些论述。另外，也和作家做了一些深度的对话，我把它们作为附录放在后面，以和作家论形成一种有益的互文作用。

我和另外六位批评家被聘为中国现代文学馆首批客座研究员，这是我们的荣幸。这本书也得到了中国现代文学馆的资助。谢谢。